Schatten über Skiary

Highland Crime

DI Robert Campbell Band 1

Nellie Merthe Erkenbach

Personen, Ereignisse und Handlungen in diesem Krimi sind frei erfunden. Etwaige Ähnlichkeiten mit realen Personen oder Ereignissen sind rein zufällig.

Independently published

Design: Germancreative

Titelbild: Nellie Merthe Erkenbach

Karte: BMR Williams

ISBN 9798849146737

to my partners in crime

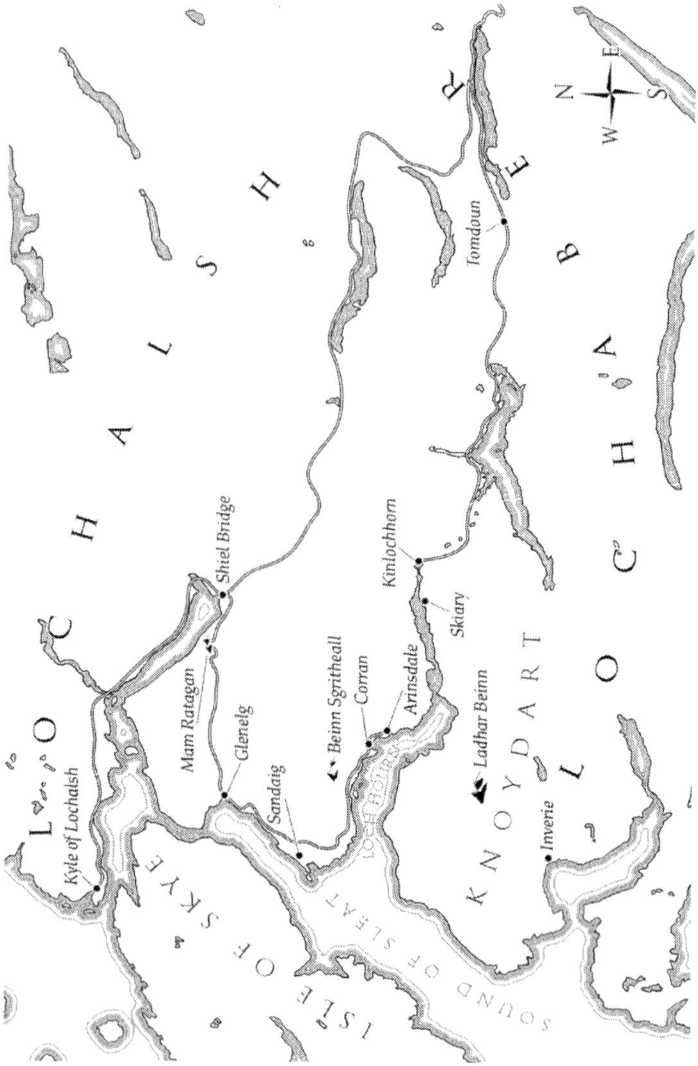
LOCHALSH
Kyle of Lochalsh
Shiel Bridge
Mam Ratagan
Glenelg
Sandaig
Beinn Sgritheall
Corran
Arnisdale
LOCH HOURN
Kinlochhorn
Skiary
Tomdoun
Ladhar Beinn
KNOYDART
Inverie
LOCHABER
ISLE OF SKYE
SOUND OF SLEAT
N
E
S
W

6.1.2022

Die Sonne hing tief am blauen, wolkenlosen Winterhimmel. Möwen schmückten den kalten Wind, der vom Atlantik kam und jegliches Gefühl von Wärme davontrug. Er krönte die flachen Wellen mit weißen Schaumkronen und trieb sie über den fahlen Sand ans Ufer. Dort, am Übergang zu den Dünen, wo man im Strandhafer den Wind in all seiner Wucht sehen konnte, stand still ein grauer Fischreiher und blickte auf das, was die Flut an Land gespült hatte.

Der nackte Männerkörper lag auf der Seite, den linken Arm unter sich begraben, der rechte lag vor ihm, die Finger ausgestreckt, als wollten sie um Hilfe flehen, ein weißkalter Körper mit toten Augen. Sein Kopf hatte eine bläulich rote Farbe und die Haut löste sich in Flocken ab. Kein schöner Anblick.

Schon ließen sich die ersten Möwen nieder und im einsamen Halbrund der Bucht wurde es plötzlich laut und hektisch. Im Winter war Futter rar. Der Fischreiher schwang sich hinauf in den Wind und stieß nach ein paar Flügelschlägen lautes Protestgeschrei aus. Für ihn barg Verwesung keinen Reiz.

Im schmalen Fluss, der die Dünen in einem quecksilberfarbenen Halbkreis umrundete, schwamm ein Otter dem Meer entgegen. Es hätte idyllisch sein können, wären da nicht die Möwen gewesen, die sich wie ein flügelschwirrendes Ungeheuer auf dem Toten niederließen. Sein Kopf bewegte sich mit jeder Welle ein wenig, so als ob er sich wehrte gegen das Grauen der scharfen Schnäbel.

Erst als der Mond sein hartes Licht in die kalte Nacht warf, wurde es still am Strand, vor der Bucht tauchten Seehunde auf. Schwarze glitzernde Augen musterten den leblosen Körper. Neben dem Geräusch der Wellen war im Dunkel ein leises, regelmäßiges Ticken zu hören.

Zeit. Ablaufend. Tick, tick, tick …

4.1.2022

Sie hob die Schultern und drehte den Kopf leicht von einer Seite zur anderen, um ihre Nackenmuskeln zu entspannen. Ihr Magen rief lautstark nach Essen, ihr Geist nach einer Pause.

Sie war mit ihrer Übersetzung gut vorangekommen und hatte nicht wie so oft durchs Fenster hinaus aufs Meer geschaut, um den Seehunden beim Spielen zuzusehen. Der alte Holzstuhl knarrte unwillig, als Issy aufstand und in die Küche ging.

Nach einiger Überlegungszeit hatte sie sich an ihrem ersten Abend in Glenelg für das schmale Wohnzimmer als Arbeitsplatz entschieden. Es schien ihr logischer: ebenerdig, näher zur Küche und den zahllosen Tassen Tee und Kaffee, die so eine Arbeit verlangte und sie hatte einen besseren Blick. Das zweite Schlafzimmer im ersten Stock wäre eine weitere Möglichkeit gewesen, hatte aber nur ein Fenster zur Seite und eines im Dach, also zwar viel Licht, aber wenig Aussicht. Es war die Aussicht, die dieses Cottage so wunderbar machte.

Issy liebte den kleinen Winkel am Erkerfenster in der Küche. Nicht mehr als ein gepolstertes Brett mit bunten Kissen, aber der herrlichste Leseplatz der Welt, um stundenlang einfach nur zu sitzen, zu denken, zu schmökern und aufs Meer zu schauen und gelegentlich einen Tee zu trinken. Sehnsüchtig warf sie ihrem Lieblingseck einen Blick zu und schaltete den Wasserkocher an. Tee und Sandwich für hungrige Übersetzerinnen, dann zurück an den Arbeits-, nicht an den Lieblingsplatz. Seufz!

Die ersten paar Kapitel waren zäh gewesen, aber jetzt war sie gut im Fluss. Sich auf Richard Freres Buch und seinen deskriptiven Erzählstil einzulassen, war ihr leichtgefallen. Das Projekt Übersetzung machte ihr Freude. Natürlich half es, dass sie weder zeitlichen noch finanziellen Druck hatte.

Issy nahm das Brot aus der Keramikschüssel mit Bambusdeckel. Anscheinend hielt es im feuchten Meerklima da besser als in einem Brotkasten. Ein prüfender Blick in den Kühlschrank: Sie musste bald einkaufen. Issy entschied sich für den roten Cheddar-Käse, legte den gekochten Schinken dazu aufs weiche Brot und schnitt ihr Sandwich in kleine Dreiecke statt in zwei Hälften, wie sie es zuhause tun würde. Ihr Leben war jetzt hier im schottischen Hochland. Sie wollte sich darauf einlassen. Bis hin zur Form ihres Brotes.

Bewaffnet mit einem großen Becher Tee und dem Sandwich setzte Issy sich nun doch auf die Fensterbank und blickte kauend hinaus. Regen prasselte gegen die Fensterscheiben, die Wolken hingen so tief, dass sie kaum die wenigen Meter bis zum Wasser hin sehen konnte, die Eberesche im Garten bog sich im Wind.

Ebereschen hielten angeblich Hexen und Geister vom Haus fern. Fast in jedem Garten stand eine. Ob die Einheimischen noch immer daran glaubten?

„Meine Eberesche hat ziemlich zu tun“, dachte Issy und grinste still. Das Buch, das sie übersetzte, trug den Titel *Maxwell's Ghost,* wobei der Titel irreführend war. Maxwells Geist war keine Gruselgeschichte, sondern die Biografie des legendären und abenteuerlustigen Naturschriftstellers Gavin Maxwell, der ganz in der Nähe von Glenelg gelebt und dort auch sein berühmtestes Buch geschrieben hatte: *The Ring of Bright Water.* Maxwell hatte an die Macht der Eberesche geglaubt und an den Fluch, den eine Frau, die ihn liebte, dort über ihn ausgesprochen hatte.

Kauend und schauend dachte Issy über Geister, Bücher und gefährliche Frauen nach, während es draußen nun sturmflutartig regnete, so als hätten sich sämtliche Hexen zusammengerottet, um ein Unwetter herbeizutanzen.

4.1.2022

Martin MacDougall war ein sehr gewissenhafter Mann. Seine blaue Weste hielt er stets sauber, seine Hemden waren akkurat gebügelt, sein verbliebenes Haupthaar ordentlich gekämmt und seine Nase immer gut geschnäuzt. Er führte den Dorfladen samt Post an der winzigen Hauptstraße in Glenelg. Der *Glenelg Shop* war eins von zwölf ehemals weißen Häusern an der Straße und auch wenn es sich nicht wirklich von den anderen unterschied, war es beileibe das wichtigste.

Seine Waren waren wie seine Weste: immer sauber und akkurat. Keine Dose, die schräg in der Reihe stand, kein Fleck an der trostlosen grauen Wand, kein Artikel über dem Verfallsdatum. Die Auswahl war klein und der Laden verströmte in seiner frugalen Ordnung sowohl die Verbitterung seines Besitzers als auch die Trostlosigkeit seiner Welt.

Martin MacDougall redete nur, wenn es sich nicht vermeiden ließ, zumindest mit Auswärtigen. Issy konnte ihm so oft sie wollte ein fröhliches Hallo entgegenwerfen und ihm mit dem sonnigsten Lächeln das Geld übergeben. Er nickte nur, murmelt laut ein paar unverständliche Worte und reichte das Wechselgeld, ohne ihr in die Augen zu sehen. Kein Gruß geleitete seine Kunden zur Tür hinaus. Selbst die Klingel an der Ladentür schien erleichtert, wenn ein Kunde wieder ging.

Martin MacDougall führt Sprache ad absurdum, dachte Issy, die, seit sie als Übersetzerin arbeitete, eine besondere Beziehung zur Sprache entwickelt hatte, eine ungekannte Neugier und Freude am Überraschenden wie am Regelhaften. Hier sagten die Einheimischen *I am going to get messages*, um auszudrücken, dass man einkaufen ging. Man ging Nachrichten einholen. Schön!

Und Klatsch und Tratsch war doch das Mindeste, was man von einem Dorfladen erwarten konnte! Lieber hatte Issy leicht braune Bananen, erfuhr aber, was so los war im Ort. Sie vermisste die Dorfidylle deutscher TV-Dokumentationen und die liebevoll-skurrilen Charaktere der Serien wie Doc Martin oder Hamish MacBeth.

In Filmen waren Ladenbesitzer alte Damen mit Hang zum Tratsch. Wieso musste sie im einzigen Ort in den Highlands Quartier beziehen, wo man beim Einkaufen nichts erfährt, null, nada, niente? Keine Infos über Kühe, untreue Ehemänner oder andere Streitereien. Nichts außer Ordnung und Sauberkeit. Issy zuckte innerlich mit den Schultern und seufzte lautlos. Dann zog sie mit ihren Eiern und Dosentomaten, aber ohne Nachrichten von dannen. Bananen hatte es keine gegeben. Als sie am Ende der Hauptstraße angekommen war, wo sie sich um die alte Kirche mit dem beschaulichen Friedhof wand, dachte sie immer noch über den seltsamen Ladenbesitzer nach. Wie viele hier hatte er noch einen weiteren Beruf: Er führte nicht nur den Dorfladen, er war auch Messner in der Kirche.

Irgendwie hat man bei ihm das Gefühl, dass er auch hinter der Kasse betet, dachte Issy, steckte die FFP2-Maske in ihre Jeans und lief vor lauter innerer Ketzerei beinahe vor einen Pickup.

Ein kurzes Hupen und ein heftiges Winken kündigten die ersehnten News aus dem Dorf an. Es war Brian, der Mann von der Forstbehörde. Obwohl er die meiste Zeit des Tages im Wald oder am Schreibtisch verbrachte, wusste Brian genau, was im Ort vor sich ging, und der attraktiven

Deutschen, die sich für drei Monate hier bei ihnen einquartiert hatte, erzählte er seinen Tratsch gern.

Natürlich waren zu Beginn nicht alle so offen gewesen. Die Pandemie hatte auch in dieser kleinen Gemeinde in den Highlands Spuren hinterlassen, man war misstrauisch und vorsichtig. Issy war gerade noch rechtzeitig eingereist, um den schlimmsten Einschränkungen der Omikron-Variante zu entgehen. Sie war geimpft und geboostert und hatte sich in Quarantäne begeben, bis ihr Testergebnis da war. Das war im Dorf nicht unbemerkt geblieben.

Brian, der trotz der eisigen Temperaturen lässig den Ellenbogen zum Autofenster hinaushängen ließ, hielt den wuchtigen Wagen mitten auf der Straße an, die auf diesem Stück nur eine Fahrspur für beide Richtungen bot. Man behalf sich mit Ausweichbuchten, außer man hatte wichtige Dinge zu besprechen. Dann wurde vom restlichen Verkehr erwartet, dass er entweder geduldig wartete oder etwas zum Gespräch beitrug. Es wäre keinem Einheimischen je eingefallen zu hupen, schließlich war Brian Williamson Herr über den gesamten Wald der Region und damit ein Mann mit gewissem Einfluss, mit dem man sich nicht überwerfen wollte, sollte man mal vergessen haben, Feuerholz zu kaufen und deshalb welches im Wald „organisieren" müssen.

Issy erzählte ihm, wie sie mit der Übersetzung vorankam. Brian lieferte Nachrichten von Alistair Cormack, der seine Mutter verloren habe und seitdem immer am Meer spazieren gehe, und von der jüngsten Tochter seines Nachbarn, die nach einer Party halbnackt und betrunken von der Polizei aufgegriffen worden sei.

Ein kleiner, aber heftiger Regenschauer beendete das gemütliche Gequatsche. Issy sprintete die letzten Meter bis zum Cottage und brühte sich dort eine ganze Kanne Tee auf. Mit der großen, schweren Tasse von Dunoon, die mit dem schönen schottischen Tartanmuster drauf, machte sie sich wieder an die Arbeit.

Der cremefarbene Schirm der kleinen Stehlampe am Schreibtisch warf ein warmes Licht auf das Kiefernholz. Der Fuß der Lampe war aus Hirschhorn, einem Teil eines Geweihs, ein wenig gruselig aber irgendwie passend zum Cottage voller Planungszeichnungen für Boote, Aquarelle von Meeresansichten, Jagdtrophäen und alten Waffen inmitten von Schottenkaro, gewachstem Naturholz und Steinböden. Issy liebte es genau so wie es war und als sich der Tag langsam dem Ende entgegenneigte, war sie glücklich und zufrieden mit sich, der Arbeit und dem Leben überhaupt.

5.1.2022

Es war einer dieser grandiosen Wintertage, wie man sie nur im schottischen Hochland erleben kann: Die Sonne bat für ihre lange Abwesenheit intensiv um Entschuldigung. Meer und Himmel schimmerten blau in den unglaublichsten Seychellen-Tönen, die Hügel mit den Schneekappen grün, wo Grasreste standen, grau, wo Stein vorherrschte, und tiefes Ocker da, wo der Farn sein Leben ausgehaucht hatte. Ein leichter Wind brachte Luft von unglaublicher Klarheit und Frische. Die wilde Weite des Meers wirkte schlichtweg berauschend.

Issy hatte sich vorgenommen, das Land zu Fuß zu erkunden, sobald ihr das Wetter die Möglichkeit dazu gab. Regnerisches Wetter war ihr grundsätzlich willkommen, denn dann ließ es sich ohne schlechtes Gewissen arbeiten, aber sie wollte an Ostern nicht wieder abreisen, ohne dieses Land, das sie schon immer fasziniert hatte, auch wahrhaft erfahren zu haben. Das ging am besten zu Fuß.

Die Zeit an der frischen Luft tat ihr gut, der Wind und die Bewegung machten den Kopf frei, zuhause war weit weg. Issy atmete freier nach solchen Wanderungen. Für lange Etappen aber war keine Zeit im Januar, denn richtig hell wurde es erst gegen neun und die Dunkelheit kam gegen vier Uhr am Nachmittag wieder zurück.

Die Fahrt nach Corran dauerte gut zwanzig Minuten. Issy hatte noch immer höchsten Respekt vor den Straßen hier, die sich wanden und schlängelten, plötzlich steil abfielen, um dann wieder abrupt anzusteigen. Als hätte ein wahnsinniger Gott sie als Prüfung für einen mythologischen Helden in die

Berge geworfen, schier unüberwindlich für die Sterblichen, eine Herausforderung für Sagen- und Fabelwesen.

Steigungen von bis zu vierzehn Prozent waren die Regel, nicht die Ausnahme. Gerade im Winter war Fortkommen oft ein Abenteuer und auch wenn der Audi Issy all die Technik bot, die man sich wünschen konnte, fuhr sie immer langsam und vorsichtig. Die Einheimischen dagegen bretterten die schmale Asphaltspur entlang, als sei es die dreispurige A8 bei Stuttgart.

Auf der ganzen Strecke war ihr nur ein Auto entgegengekommen und das war rechtzeitig in eine der Ausweichbuchten gefahren. Sicher und einigermaßen erleichtert erreichte sie den Parkplatz vor der Gemeindehalle in Corran. Vor ihr der Blick aufs Meer und die Berge von Knoydart, eine der einsamsten Gegenden im ohnehin einsamen Hochland. Bereits vom Parkplatz aus war das fantastisch und die Wanderroute entlang des Ufers versprach noch großartigere Aussichten. Der „Heringspfad“ führte an der Nordseite des Meeresarms Loch Hourn entlang ins Landesinnere. Als im 19. Jahrhundert der Heringsfang boomte, waren die Fischer, die hier wohnten, den Pfad entlang gegangen, um ihren Fang am ersten Ort loszuwerden, der an einer Straße lag: Corran. Ein mühsames Geschäft. Da war Übersetzen doch eine deutlich einfachere Art, sein Geld zu verdienen.

Als sie aus der kleinen Siedlung, die kaum aus einem Dutzend Häuser bestand, herauskam, tauchte plötzlich ein Border Collie auf, braun-weiß mit ein wenig Grau um die Schnauze und freundlich wedelnd. Er begleitete sie bis ans Ende der Weiden, dann kehrt er zurück zu seinen Aufgaben, die in Abwesenheit von Schafen hauptsächlich darin zu bestehen schienen, vor dem Haus zu liegen und alles zu überdenken.

Der Weg führte einen steinigen Strand entlang und war nicht einfach zu begehen. Große, glitschige Steinbrocken galt es zu überwinden. Issy hielt wie immer nach schönen Muscheln Ausschau. Sie hatte bereits eine bunte Sammlung auf dem Fensterbrett vor ihrem Schreibtisch arrangiert, schlichte Herzmuscheln, die blauen Halbmonde der Miesmuscheln und die gewundenen schneckenförmigen, von denen sie nicht wusste, wie sie hießen. Muscheln hatten was von Urlaub für Großstädter wie sie, ein Hauch von Meer, Sonne und kaltem Wind, der durchs schwäbische Häusergrau wehen würde, wenn sie wieder zuhause war.

Issy fühlte sich sehr lebendig und ziemlich glücklich. Endlich glücklich. Sie versuchte, nicht an Deutschland zu denken, und hielt das Gesicht in den Wind, um die unerwünschten Gedanken fortblasen zu lassen, über ihr das Kreischen der Möwen.

Die Entscheidung, das Angebot ihrer Freundin Theresa anzunehmen, und das Ferienhaus in Glenelg über die unvermietbaren Wintermonate zu beziehen, schien richtiger als je zuvor. Issy musste nur für Strom, Wasser und Heizung aufkommen und Theresa hatte den Vorteil, dass sie niemanden bezahlen musste, der das Haus säuberte und nach dem Rechten sah. So hatten beide etwas davon und Issy konnte sich ganz der Übersetzungsarbeit widmen und dabei die Vergangenheit vergessen, soweit das möglich war.

Ihren Reiseführer hatte sie fertiggeschrieben, wenig Tage vor der Abreise nach Schottland. Der Fotograf hatte wunderbare Bilder gemacht, das Buch war lektoriert und würde in ein paar Wochen erscheinen und hoffentlich auch ein Erfolg werden. Sie mochte es, Reiseführer zu schreiben. Es machte das Reisen erfüllender.

Nach ein paar Kilometern wurde der Pfad undeutlicher, irgendwo musste laut Wanderführer die Passage über den Strand kommen, bis der Pfad sich wieder entlang der Küstenlinie durch Farn, Ginster und Heidekraut schlängelte. Issy hielt sich mit beiden Händen an den glitschigen Felsen fest und stand nun auf dem Pfad der Heringsfischer. Was für ein beschwerliches Leben, in Wind, Wetter und Kälte. Sie zog die Mütze tiefer über die Ohren und wanderte unbeschwert weiter. Die einsamen Berge von Knoydart zu ihrer Rechten lagen still am Wasser.

Issy sah sich um: Ein traumhaftes Panorama, aber über Arnisdale zogen dunkel und bedrohlich Schneewolken auf. Sie machte sich besser wieder auf den Rückweg, denn Schneefall in diesem Gelände konnte das Vorankommen deutlich erschweren. Auf einem großen Felsbrocken ließ sie sich dennoch nieder und aß ihr Sandwich mit Genuss.

Es war still. Fast zu still. Der Wind, nur noch eine Ahnung, die See, ruhig, fast ohne Wellen. Schnee hielt die Kuppen der Berge im kalten Griff, alles war starr. Es kam Issy so vor, als sei die Zeit stehen geblieben und sie ganz allein in der unbeweglichen Stille. Wie tot. Vergessen.

Sie packte zusammen, setzte den Rucksack auf und wanderte zügig Richtung Auto. Vor ihr eine Wand aus grauen Schneewolken, die, je näher sie kam, immer dunkler wurde.

Das Lachen der Möwen lag wie eine Wunde in der Luft.

Haut. Warme Haut. Glatt, manchmal rau. Der Geruch nach Schweiß und Seife. Haut. Haut ist wie ein eigenes Wesen, das Angst, Lust oder Freude spürt. Man kann sie riechen. Ich kann sie riechen. Haut kann ich nie genug riechen.

Ich kann die Frauen riechen, wenn ich durch ihre Fenster sehe, geschützt vom Dunkel der Nacht. Ich möchte sie anfassen, ich möchte mich anfassen, fester! Nicht sie, sie dürfen mich nicht anfassen. Nur ich. Ich!

Ich liebe die Nacht, sie gibt mir Schutz, ich bin das Dunkel der Nacht. Die Haut im Schein des Lichts. Ich sehe sie, immer wieder, immer und immer wieder, wie sie sich waschen. Wasser auf der Haut, kühle Tropfen nach dem Schweiß.

Sie wissen nicht, dass ich das Auge der Nacht bin. Wissen nicht, dass ich nur wegen ihrer Haut vor ihrem Fenster stehe.

Meine Hand ist eiskalt. Ich fasse mich an, reibe Haut, heiße Haut, heißer, heißer …

Das ist er, der Moment, an dem ich die Haut an meinem ganzen Körper spüre. Jetzt bin ich ganz. Jetzt kann ich schlafen.

Wie gern würde ich meine heiße Hand an ihre kalte Fensterscheibe legen, ein fremder Gruß aus kalter Nacht.

6.1.2022

„Wie schön, dass sie kommen konnten."

Ein Satz wie aus einer alten amerikanischen Serie. Ein Gesicht voller angenehmer Falten lächelte Issy entgegen. Donald Ingalls, Endsechziger mit wildem, weißem Haupthaar, die Ähnlichkeit mit Albert Einstein war verblüffend, wenn auch nicht beabsichtigt.

Issy reichte ihm die Flasche Schwarzwälder Kirschschnaps. Sie hatte einen ganzen Karton aus Deutschland mitgebracht, für Abende wie diesen. Ein Tipp von Theresa, der sie am Zoll ziemlich ins Schwitzen gebracht hatte. Zum Glück war sie nicht kontrolliert worden. Seit dem Brexit war die Einfuhr von Waren nicht mehr so unproblematisch wie früher, als das Vereinigte Königreich noch zur Europäischen Union gehört hatte.

„Also wirklich, meine Liebe, Sie sollen doch nichts mitbringen!"

Der Professor klang immer mehr wie eine Rolle im Fernsehen: „Eine schöne junge Frau zu Besuch ist das kostbarste Geschenk für einen Mann hier. Das ganze Dorf wird mich um meinen Gast beneiden."

Issy lächelte das Kompliment beiseite, weil sie nicht so recht wusste, wie sie damit umgehen sollte, und trat ins Wohnzimmer: Bücher überall und wo keine Bücher waren, kämpften zwei Sessel, eine Leselampe und ein kleiner Tisch ums Überleben zwischen den Worten.

„Ein wenig voll hier vielleicht? Wir können in der Küche essen, wenn Ihnen das lieber ist."

„Aber nein, das ist doch wunderbar hier. Es gibt doch nichts Schöneres, als zwischen Büchern zu sein", meinte Issy.

Jetzt klinge ich auch schon so, dachte sie und lächelte.

Donald Ingalls war der beste Gastgeber, den Issy sich vorstellen konnte: belesen, unterhaltsam, ein guter Koch und ein ebenso charmanter wie amüsanter Unterhalter. Vor seinem Ruhestand war er Dozent für Schottische Geschichte an der Universität von Glasgow gewesen. Ein „echter" Professor war er nicht, doch jeder hier nannte ihn so. Gelegentlich hielt er in der Gemeindehalle Vorträge, einmal war er sogar im regionalen Radio zu Gast gewesen. Ganze zwei Stunden lang, was natürlich beträchtlich zu seinem Ruhm beigetragen hatte. Seither galt er als Koryphäe für alles, was die schottische Vergangenheit so hergab und das war unfassbar viel.

Der Professor reichte ihr ein großes Glas Rotwein: „Slàinte!"

„Prost!" Sie lächelte ihn an. „Es riecht wundervoll."

„Hirschgulasch mit Kartoffelpüree und glasierten Pastinaken", erläuterte der Professor mit beglücktem Gesichtsausdruck. „Lassen Sie uns zuerst essen, anschließend reden wir bei einem Espresso über Gavin Maxwell und Richard Frere.

Während sie aßen, schlug draußen kalter Regen an die Fensterscheiben. Es waren nur ein paar hundert Meter von ihrem Cottage zu dem des Professors. Issy hatte sich warm und vor allem wasserdicht eingepackt für den kurzen Weg, sonst hätte sie wie ein triefender Hund und nicht wie eine glückliche Übersetzerin hier gesessen, die köstlich speiste und sich angeregt unterhielt.

Im kleinen Kaminofen knackte das Birkenholz. Der Professor legte Torfstücke aufs Feuer. Die brannten länger, glimmten mehr, als dass sie Flammen erzeugten, und hatten diesen unvergleichlich gemütlichen Geruch nach schottischem Winter, unendlicher Weite und wildem Moor. Und der Merlot war weich und rund. Issy schwamm in einem Meer warmen Wohlbefindens.

„Gavin Maxwell war ein unglaublich faszinierender Mann. Richard Frere dagegen ein eher belangloser Mensch, einer, den man nicht wahrnahm auf einer Party, einer, der folgte, der sich anhängte. Äußerlich sahen sich die beiden ähnlich, beide schlank, fast schon hager mit dunkler Sonnenbrille. Aber innerlich trennten sie Welten."

Issy nickte ermunternd.

„Maxwell war fremd in seiner Zeit, größer als das Leben kann man sagen. Er diente im Zweiten Weltkrieg und zog sich danach in die Einsamkeit zurück. Zunächst nicht zum Schreiben, sondern weil er es schwierig fand, mit anderen klarzukommen. Die meisten Menschen hingegen fanden ihn ausgesprochen faszinierend. So auch Richard Frere, dessen Buch Sie übersetzen. Die Menschen hier fanden Maxwell eher seltsam, er lebte in dieser einsamen Bucht mit einem Otter, später sogar mit mehreren Ottern, baute sich Möbel aus Treibgut und lebte in den Tag hinein. Das Schreiben kam erst später, als er einen Weg finden musste, sich diesen Lebensstil auch leisten zu können. Maxwell stammte zwar aus einer der bedeutendsten Familien des Landes, aber viel Geld hatte er nicht. Seine Herkunft machte ihn hier suspekt. Man traf ihn gelegentlich im Pub, hier in unserem Glenelg Inn, aber er sprach selten. Er blieb ein Fremder."

Der Professor blickte versonnen ins Feuer.

Issy hatte ihn vor einigen Tagen in der Hippie-WG kennengelernt. Zwei Männer und drei junge Frauen in einem heruntergekommenen Haus, im Garten Hühner, Gänse, ein Vogelstrauß und Gemüse, hauptsächlich Kohl. Der Kohl und die Eier aus der Geflügelhaltung wurden verkauft. Zwei der Mädchen töpferten für die Touristen, einer der Männer malte, der andere schnitzte. Sie lebten weitgehend stromfrei, hinter dem Haus eierte ein klappriges Windrad vor sich hin. Was an einem regnerischen schottischen Wintertag verwahrlost aussah, hatte im Frühling vermutlich den Charme von ökologisch Wertvollem.

Zwischen Wandteppichen und gestrickten Fußwärmern waren sich Issy und der Professor das erste Mal begegnet und nach einem Joint und zwei Kräutertees schließlich auf Issys Buch zu sprechen gekommen. Sie hatte nur ein paar frische Eier besorgen wollen, als sich herausstellte, dass der Professor den Mann gekannt hatte, dessen Buch sie gerade übersetzte. Er würde ihr wertvolle Informationen und Einschätzungen liefern können, auch weil er viel über jenen Mann wusste, über den Richard Frere das Buch geschrieben hatte: Gavin Maxwell. Für Issy war der Professor ein unerwartetes, aber umso wertvolleres Geschenk.

Der Professor schenkte Wein nach.

„Gavin Maxwell, Naturschriftsteller, Geheimdienst-Offizier im Zweiten Weltkrieg, Rennfahrer, Weltreisender, Otterliebhaber, Walfänger, schwul, mit blauem Blut und einem Leben für zehn Bücher. In Großbritannien Kult“, resümierte er.

Nach der neuen Welle der Naturliteratur, die in Deutschland gerade von einigen Verlagen wiederbelebt wurde, war nun der Bedarf an Sekundärliteratur aufgetaucht, was Issy den

Auftrag beschert hatte, Freres Maxwell-Biografie ins Deutsche zu übersetzen. Diese würde sich nach *Ein Ring aus hellem Wasser* sicher gut verkaufen, glaubte man im Verlag.

„Sein legendäres Anwesen Camusféarna ist nur wenige Meilen von Ihrem Cottage entfernt. Es ist nichts mehr übrig, das Haus in der Bucht von Sandaig abgebrannt. Aber, so heißt es, dieses kleine, einsame Stück Land hat noch immer einen ganz besonderen Reiz, eine Atmosphäre der Abgeschiedenheit und des Glücks."

Dass Issy die Chance bekam, in unmittelbarer Nähe zu wohnen, während sie das Buch übersetzte, war ihr wie ein Zeichen vorgekommen. Ein Signal, am richtigen Ort zu sein.

„Richard Frere ist 1999 gestorben, sein Epilog zu Gavin Maxwell wurde 1976 veröffentlicht. Während er ihn schrieb, war er öfter in Glenelg. Ich habe einige Abende im Glenelg Inn mit ihm verbracht."

Issy hatte Fragen über Fragen und blieb bis spät in die Nacht, dann nahm sie ihren Anorak und die Taschenlampe und machte sich auf den Heimweg.

Sie lächelte ihn an: „Vielen Dank, das war ein wunderbarer Abend."

Dann ging sie in die Nacht hinaus. Nur noch ein paar Tage bis Neumond, der Regen hatte aufgehört, der Himmel war sternenklar. Ohne Angst schritt Issy allein durchs Dunkel.

Was konnte ihr hier schon passieren!

7.1.2022

Die Bucht badete in der Sonne, wohlwissend um ihre Schönheit im großen Reigen der überwältigenden Natur. Gegenüber, auf der Insel Skye, ragten die wilden Cuillins ins satte Blau. Eine tiefe Wintersonne glitzerte Kräusel ins Meer. Knoydart war nicht mehr als ein dunkler Schattenriss in der Ferne. Langsam drückte die Flut kraftvolle Wellen an den Sandstrand, der von grasgesprenkelten Dünen umsäumt war. Dahinter der Fluss, der gemächlich im Halbrund zum Meer floss, nachdem das Wasser sich von dem Fall über den steilen Abhang beruhigt hatte. Dies war Maxwells *Ring of Bright Water*. Das Zusammenspiel all dieser schon in sich selbst schönen Teile machte die Bucht von Sandaig zu einem der schönsten Flecken dieser Erde.

Issy stellte den Audi an der Straße ab. Upper Sandaig war ein Haus an einem kleinen Tümpel. Hier hatten einst Freunde von Maxwell gewohnt, seine nächsten Nachbarn. Das einsame Anwesen zwischen Arnisdale und Glenelg hatte lange leer gestanden, nun kam wieder Rauch aus dem Kamin und buntes Plastikspielzeug im Garten bezeugte die Existenz einer Familie.

Die Forstverwaltung bewirtschaftete seit vielen Jahren das Gelände zwischen der Bucht und Upper Sandaig. Der Wald war angepflanzt worden, nachdem Maxwells Camusféarna abgebrannt war. Nun war auch vom Wald nicht mehr viel übrig. Die Forstarbeiten hatten eine Wüste hinterlassen, aus der vereinzelt tote Bäume aufragten. Langsam aber begannen Birken, Heide und Moos sich auszubreiten.

Issy schlüpfte in ihre roten Wanderschuhe, zog die Softshell-Jacke an und holte Wollmütze und Handschuhe aus dem

Rucksack. Trotz des strahlenden Sonnenscheins war es ungemütlich frisch im Winterwind der Küste.

Die Abholzarbeiten der Forstbehörde hatten einen großen Vorteil: Es gab nun einen breiten, festen und vor allem trockenen Weg, ursprünglich für die Maschinen und LKW gedacht. Nun konnten Wanderer darauf entspannt und vor allem trockenen Fußes gehen. Sonst glichen die Wanderwege in Schottland mehr einer Fangoerlebnistour als der Vereinfachung des Vorankommens. Als Maxwell hier gelebt hatte, gab es wohl auch einen Weg, der aber nur mühsam mit einem Geländewagen zu bewältigen gewesen war.

Es war seltsam still, als Issy nach gut einer Dreiviertelstunde am Aussichtspunkt oberhalb der Bucht angekommen war. Unter ihr zog sich die Strandsichel zu den vorgelagerten Inseln hin, ein kleiner Leuchtturm glänzte weiß. Vor Maxwell hatte hier ein Leuchtturmwärter gewohnt. Mit der großangelegten Automatisierung der schottischen Leuchttürme war dann auch dieser Job überflüssig geworden. Vom Haus des Schriftstellers war nichts mehr übrig, nur noch ein kleines Cottage stand am Hang, abgeriegelt, vernachlässigt und verlassen, die Fenster mit Brettern versiegelt. Der Weg wurde zu einem Pfad im Dunkel der Nadelbäume, rechts toste laut der Wasserfall, der weiche Boden gab bei jedem Schritt nach, ein kleines, wackliges Gatter, dann stand Issy in der Bucht.

Sie hielt inne und holte tief Atem – Szenen von Liebe und Hass, verletzten Gefühlen, Glücksmomenten und dem Erleben der freien, wilden Natur gingen ihr durch den Kopf. Ob noch Otter hier waren? Was war das für ein Leben gewesen hier in der Einsamkeit, ohne Strom, ohne jeglichen Komfort? Maxwell hatte die Gesellschaft von Tieren der von

Menschen vorgezogen. Ein für andere sehr faszinierender Mensch, der lieber allein gewesen war, hier in Sandaig, das er Camusféarna nannte, davor auf der Insel Soay und danach auf einer Insel in der Meerenge von Lochalsh.

Ob es Frere schwergefallen war, seinem toten Schriftstellerfreund, der allen Ruhm auf sich vereinte, ein Buch zu widmen? Es brauchte Selbstbewusstsein, um das zu tun. Ein Wissen um das eigene Vermögen und Vertrauen in die eigene Bedeutsamkeit oder auch Gleichgültigkeit gegenüber der eigenen Unbedeutsamkeit.

Ein schmaler Pfad schlängelte sich durch das grobe Gras zu dem Gedenkstein, der an dem Ort errichtet worden war, an dem man Maxwells Asche verstreut hatte. So hatte er es verfügt. Auch im Tod war sein Wunsch, allein zu sein, groß.

Issy war nicht die Erste, die hierher gewandert war. Viele vor ihr hatten Steine und Muscheln auf den Gedenkstein gelegt. Auf seinen und auf den zweiten, der wenige Meter entfernt unter dem großen Nadelbaum stand, dem für den Otter Edal.

Das Rauschen des Wasserfalls wurde intensiver. Issy ging ein paar Meter den Fluss entlang, der von kleingewachsenen Eschen gesäumt wurde. Einst hatte hier irgendwo eine Eberesche gestanden, um die bösen Geister und Hexen fernzuhalten.

Dort hatte Kathleen Raine, eine Dichterin und Freundin von Maxwell, den Mann, den sie geliebt hatte, verflucht. Der Baum war unauffindbar, Maxwell war tot und alles hatte ein Ende gefunden. War von Raines Fluch noch eine Spur übrig, jetzt wo die Eberesche nicht mehr stand?

7.1.2022

Es war der Geruch, der sie stutzig werden ließ: Ein Gestank, der neben dem nassen Tang vom Wasser kam, die widerliche Süße eines rottenden Kadavers. Man roch es manchmal am Straßenrand: Rehe, Hirsche, Dachse, Marder, der Tod säumte die Straßen durch die Wildnis.

Issy ging zum Strand und gegen das scharfe Winterlicht. Trotz Sonnenbrille konnte sie außer einer dunklen Masse im hellen Licht nur sehr wenig erkennen. Steine und Felsen. War das ein Felsbrocken? Ein Tierkadaver, ein Delfin oder ein Schweinswahl? Hoffentlich kein Otter. Sie wollte ausgerechnet in Maxwells Bucht keinen verendeten finden. Aber für einen Otter war die Masse zu groß, die da im seichten Wasser lag.

Ihr Schrei war schrill und lang, erhob sich über die Bucht, um dann mit dem Wind Richtung Atlantik zu ziehen. Stille. Grauenhafte Stille, in der Issy auf die verwesende Leiche eines Mannes starrte. Den Todesgeruch nun in der Mundhöhle, holte sie tief Luft und würgte.

Rückwärts taumelnd stolperte sie über ein flaches Stück Felsen im Sand und fiel hin. Der Aufprall nahm ihr die Luft, ließ sie danach aber wieder ruhiger atmen. Die Panik ebbte ab, während die Wellen unaufhaltsam weiter am Strand ausrollten und den Leichnam leicht bewegten, sodass er aussah wie ein Schlafender, der sich wegen unangenehmer Träume hin und her wälzte.

Issys Atem ging schwer, Panik lauerte in ihrer Brust. Nah, ganz nah.

Sie versuchte, einen klaren Gedanken zu fassen. Hilfe! Sie musste Hilfe holen. Hektisch fühlte sie alle ihre Taschen ab und spürte das Telefon. Für Notfälle hatte sie es immer dabei, wenn sie in die Natur ging. Dies war ein Notfall.

Was war noch mal die Nummer? 911? 112?

Die Panik drohte, wieder hochzukommen.

Nein, 999 verdammt!

Issy tippte auf der Tastatur, als wolle sie das Telefon durchbohren. 999. Nichts.

Oh verdammt. Kein Empfang! Kein verdammter Empfang!

Sie war den Tränen nahe, aber die Wut, die ihre Angst nun gebar, gab ihr neue Kraft. Sie musste es von der Anhöhe aus versuchen. Drüben auf Skye war doch sicher irgendwo ein Telefonmast. Und sie musste aus diesem Gestank heraus, sonst ... Ihr Magen krampfte sich zusammen und Issy holte einmal mehr tief Luft, um sich nicht zu übergeben. Dann ging sie zügig und ohne Panik zurück zum Gatter und kletterte die zweihundert Meter zur Anhöhe hinauf. Von oben sah die Leiche wieder aus wie ein Fels im Sand.

Sie drückte auf Wahlwiederholung.

7.1.2022

„Polizeinotruf, wie können wir Ihnen helfen?"

„Mein Name ist Isabell Hartmann. Ich bin Deutsche und habe soeben auf einer Wanderung eine Leiche gefunden", sagte sie mit einer Stimme, die mehr zitterte, als ihr lieb war.

„Bleiben Sie ruhig, wir kommen so schnell wie möglich. Wo sind Sie in diesem Moment?"

Bleiben Sie ruhig, dachte Issy. Noch ruhiger und ich bin tot, verdammt nochmal!

„Ich bin auf einer kleinen Anhöhe oberhalb der Bucht von Sandaig zwischen Glenelg und Arnisdale. Die Leiche liegt unten am Strand. Sie stinkt furchtbar."

„Sind Sie sicher, dass es sich um eine menschliche Leiche handelt?"

„Sie hat eine Armbanduhr an."

„Sind Sie sicher, dass die Person tot ist?"

„Ich habe ihn nicht angefasst, er stinkt und sein Kopf ist ganz rot."

„Wir schicken Hilfe. Bitte fassen Sie weiterhin nichts an und bleiben Sie in der Nähe. Geht es Ihnen gut?"

Großartig, ganz großartig, dachte Issy. Ich habe nur eben eine Leiche gefunden. Ins Telefon aber sprach sie: „Alles okay, danke."

„Es ist bald jemand bei Ihnen. Bitte lassen Sie Ihr Telefon angeschaltet und bleiben sie wenn möglich in einem Bereich, in dem Sie Empfang haben."

„Danke. Und beeilen Sie sich. Wenn die Flut kommt, spült sie die Leiche wieder weg."

„Keine Sorge. Der Scheitelpunkt der Flut war vor einer Stunde. Das Wasser geht wieder zurück. Bitte berühren Sie die Leiche auf keinen Fall. Wir sind gleich da."

Issy legte auf. Wie betäubt schaut sie nach unten. Soeben ließen sich zwei Möwen auf dem Körper nieder.

„Bitte berühren Sie die Leiche auf keinen Fall!", schrie Issy wie irre zu den Aasfressern hinunter.

„Bitte! Bitte!" Sie sank auf die Knie, dann kamen die Tränen, salzige Wellen, die ihre Wangen herunterrollten.

„Bitte!"

7.1.2022

Gummisohlen auf Linoleumboden, es roch nach Desinfektionsmittel und alten Menschen. Über allem schwebte leises Gemurmel. Die Frau im Bett gegenüber redete in einer Sprache, die Issy nicht verstand. Sie lächelte ein wenig hilflos zu ihr hinüber und schüttelte den Kopf, hoffte, dass die Frau begreifen würde, dass sie nicht mit ihr kommunizieren konnte. Die Frau lächelte und macht ein international verständliches Zeichen: Daumen hoch. Issy antwortete ebenfalls mit Daumen nach oben.

Es ging ihr gut. Die Küstenwache hatte sie mit dem Boot zum Krankenhaus nach Broadford auf der Insel Skye gebracht. Mit dem Auto wäre das eine Fahrt von gut neunzig Minuten gewesen per Boot waren es nicht mehr als zwanzig.

Auf die Behandlung wegen des erlittenen Schocks hätte Issy gerne verzichtet, denn nun stand sie vor dem Problem, dass ihr Auto in Upper Sandaig stand und sie in Broadford im Krankenhaus lag. Noch hatte sie keine Freigabe, sich zu verabschieden, der Arzt wollte noch ein Testergebnis abwarten.

Seinen Namen hatte sie inzwischen schon wieder vergessen. Er war Arzt, mehr Rolle als Mensch, er untersuchte und entließ. Welche Rolle spielte da ein Name? Innerlich nannte sie ihn Dr. Hippie, weil er das restliche halblange Grauhaar zu einem dünnen Zopf zusammengefasst hatte. Von Bezahlung hatte das Krankenhaus nichts wissen wollen. Sie war sich nicht sicher, ob sie überhaupt noch das Recht hatte, sich hier behandeln zu lassen, seit das Vereinigte Königreich nicht mehr in der EU war.

Sie beschloss, an der Rezeption nachzufragen, ob sie irgendwo ein Taxi bekommen konnte, das sie wieder zu ihrem Auto fuhr. Nicht, dass sie in ihrer Zeit hier auch nur ein einziges Taxi gesehen hätte.

Vielleicht fahren die ohne Leuchtschild? Issy schälte sich aus dem Bett. Man hatte sie in eines dieser lächerlichen Blümchennachthemden gesteckt, die hinten mit zwei Schleifen zusammengehalten wurden. Issy zog den Anorak über und machte sich auf zur Rezeption.

Dort war niemand zu sehen, sie klingelte und harrte aus. Im Wartebereich saß ein junger Mann und lächelte sie an.

„Nettes Outfit."

Issy grinste.

„Frisch aus der *Vogue*!"

„Moira wurde gerade gerufen. Sie ist bestimmt gleich wieder zurück", sagte er.

Sie schätzte ihn auf Anfang dreißig, die Glatze eher modisches Statement im Einklang mit dem Dreitagebart als Fluch der Natur und die schwarze Brille eher Armani als Kassengestell. Er kam ihr nicht gerade wie ein Einheimischer vor.

„Du siehst aus, als könntest du Hilfe gebrauchen. Ich bin Rab MacAskill."

„Irgendwie schon. Ich bin mit dem Rettungsboot gekommen und mein Auto steht Meilen entfernt. Kann man hier irgendwo ein Taxi bestellen?"

„Theoretisch schon, nur praktisch heute unmöglich", lächelte Rab. „Ich habe die Taxifahrerin vorhin in der

Werkstatt getroffen. Die müssen eine neue Windschutzscheibe einsetzen und die kommt erst morgen."

Faszinierend, wie hier immer alle über alles Bescheid wissen, dachte Issy und überlegte krampfhaft, ob es irgendjemanden gab, den sie anrufen konnte.

Rab lächelte sie noch immer an.

„Ich habe später noch in Glenelg zu tun. Liegt das zufällig auf deiner Route, dann nehme ich dich gerne mit."

Issy hätte ihn am liebsten geküsst. „Das wäre wunderbar, ich muss nach Glenelg. Ich wohne da im Cottage meiner Freundin Theresa."

„Das ist gar kein Problem."

„Großartig. Danke. Die haben wohl gerade auch einen Covid-Test bei mir gemacht. Ich bin negativ. Nur so wegen zusammen im Auto und so. Ich habe gar keine FFP2-Maske mehr, aber ich bin geboostert."

„Ich auch", erwiderte er lächelnd. „Du bist in meinem Auto herzlich willkommen."

In diesem Moment kam Schwester Moira um die Ecke: „Dr. Morrison hätte gerne noch kurz mit Ihnen gesprochen, Frau Hartmann, dann können Sie gehen."

Issy zwinkerte Rab zu. „Ich bin gleich fertig, ich ziehe mir nur noch schnell was Cooleres an und plaudere mit den Doc."

„Keine Eile. Hier in den Highlands haben wir Zeit. Wir sind fertig, wenn wir fertig sind."

Hilfsbereit! Und süß ist er auch noch, dachte Issy. Dann nahm der Tag wenigstens ein gutes Ende.

Nachdem der Arzt ihr versichert hatte, dass mit ihr alles okay war, zog sie sich an, schnappte sich ihren Rucksack und winkte der Frau im Bett gegenüber zum Abschied zu.

Issy wollte nur noch nach Hause.

7.1.2022

Issy und Rab waren unterwegs nach Glenelg. In der Nacht ließ sich außer ein paar Lichtern nicht viel erkennen. Es war, als führe man durchs Nichts. Die Ereignisse des Morgens schienen Issy weit weg und doch lauerten sie irgendwo in ihren Gedanken, bereit, jederzeit wieder aus ihrem Versteck hervorzubrechen. Das machte ihr Angst, Gefühle waren gefährlich, wenn sie unberechenbar waren.

Als sie die Skye-Brücke überquerten und sie die Lichter der Boote in Kyle sah, brach Issy in Tränen aus.

„Hey, hey! Ganz ruhig. Alles okay. Alles wird gut."

Seine Stimme war wie Wärme in der Winternacht. Issy war nicht mehr zu beruhigen, sie schluchzte vor sich hin. Gott sei Dank war es dunkel im Auto. Sie wusste, dass sie nicht zu den Frauen gehörte, die attraktiv weinen konnten, keine schimmernden Kulleraugen, sondern rote Ränder um die Augen und eine laufende Nase.

Rab hielt an der Haltebucht auf der anderen Seite der Brücke, direkt vor dem Gavin-Maxwell-Museum.

„Was ist los, Issy? Wie kann ich helfen?"

Er nahm ihre Hand und sie sah ihn mit großen, roten Augen an.

„Ich habe heute Morgen eine Leiche gefunden. Es war furchtbar."

Rab nahm sie in den Arm, in seinem Range Rover war im Gegensatz zu Issys A3 jede Menge Platz für sowas. Es war eine unerwartete Nähe, doch der Fremde fühlte sich nicht fremd an für Issy.

„Erzähl!“, meinte er nur und Issy berichtete: von der nackten Männerleiche, die grau und stinkend auf dem bleichen Sand gelegen hatte, von dem roten Kopf und wie die Wellen den Mann bewegt hatten, als sei er noch lebendig.

Rab hörte aufmerksam zu, so als sei ihm jedes Detail wichtig. Issy erwähnte die Möwen und ihrer Angst, vom Warten, das unfassbar lang zu dauern schien, weil sie sich so allein gefühlt hatte, bis endlich die Polizei aufgetaucht war.

Rab fragt nach den Namen der Polizisten, aber daran konnte sie sich nicht erinnern. Ein Mann und eine Frau und Rab nickte nur, als wisse er, um wen es sich dabei handelte.

Die Polizei war fast zeitgleich mit dem Rettungsboot aufgetaucht, das Issy ins Krankenhaus gebracht hatte. Da lag der Tote noch immer am Strand von Gavin Maxwell.

Die Polizistin hatte viele Fragen gestellt, aber Issy konnte sich nicht mehr erinnern welche oder was sie geantwortet hatte. Sie hatte nur weggewollt.

Rab reichte ihr eine Papierserviette von McDonalds‘, die er aus dem Fach in der Fahrertür kramte, und Issy schnäuzte sich laut.

„Wollen wir weiterfahren? Es ist noch ein Stück bis zu deinem Cottage und den Mam Ratagan nehmen wir besser, bevor es wieder zu schneien beginnt. Der Pass hat es in sich, vor allem in der Nacht.“

Issy lehnte sich zurück und murmelte Zustimmung. Der Range Rover startete mit einem Husten und fuhr nach Kyle hinein. Sie war so müde, und wenige Minuten später eingeschlafen.

Rab lächelte, als er es bemerkte. Er holte sein Smartphone aus der Jackentasche und tippte eine kurze SMS: Top Story. Kommt noch heute. RMA

Dann schaltete er sein Telefon auf stumm und fuhr durch die Dunkelheit nach Glenelg. Für ihn war das ein Riesenumweg, aber das musste die hübsche Deutsche ja nicht wissen. Dank ihr hatte er nun die beste Story, seit er als Reporter für die *West Highland Free Press* angefangen hatte. Eine Story, die auch die großen Zeitungen im Land würden haben wollen. Das war so sicher, wie der Tod, über den er schreiben würde. Dann würde er die Story auf Twitter und Facebook rausblasen und jede Menge Anfragen bekommen.

„Tut mir leid", sagt er leise zu der schlafenden Issy. „Es tut mir wirklich leid."

7.1.2022

Die Scheibenwischer quietschten über die Frontscheibe, während Detective Inspector Robert Campbell versuchte, aus dem Fenster zu aschen, ohne nass zu werden. Prompt wehte die Asche in einem nassen Bogen wieder zum Fenster herein und legte sich wie feuchter Staub auf die Rückbank.

Er würde saubermachen müssen, rauchen war im Dienstwagen natürlich nicht erlaubt und es brauchte keine Spurensicherung, um festzustellen, dass er sich nicht an das Verbot gehalten hatte. Aber Nikotin war nötig, um wach zu bleiben. Eine Fahrt im Schneeregen auf dieser Strecke bei Nacht war anstrengend und gefährlich. Er hätte die Route entlang Loch Ness fahren können, aber auf der A82 hatte es mal wieder einen Erdrutsch gegeben. Die Straße war die nächsten Stunden nicht passierbar und so schien die Route über Achnasheen die beste Option zu sein. Doch diese Option war ein hartes Stück Arbeit. Meile um Meile unbewohnter Wildnis, in der jede Sekunde ein Hirsch auf der Straße stehen konnte. Aquaplaning, Überflutung, Glatteis, man musste auf vieles gefasst sein und die Einsamkeit im Dunkeln gut ertragen können. Robert Campbell war gut darin, Einsamkeit zu ertragen. Die Einsamkeit trug ihn.

Im Kreisverkehr bog er auf das einsamste Teilstück der Strecke ab. Nach Achnasheen gab es nur Wind und Moor und die dunkle Weite des schottischen Hochlands. Nicht einmal Schafe. Nur Weite.

Eigentlich hätte er um diese Zeit in Inverness beim Inder sitzen und seine Poppadums in köstliche Saucen tauchen wollen, dazu ein, zwei kühle Bier, Chicken Jalfrezi und ein Plausch mit der Besitzerin. Zum Kaffee hätte er auf dem iPad den *Herald* gelesen und die Ruhe genossen. Genau so hätte der Abend aussehen sollen. Hätte, hätte …

„Nun, der Abend ist nicht nur anders, er ist auch deutlich dunkler als erwartet“, brummte Campbell hungrig in Richtung Windschutzscheibe.

Er konnte nicht einmal telefonieren, denn es gab hier weit und breit kein Netz. Wozu auch, es wohnte ja keiner hier. Über den Polizeifunk kam die Ansage, dass der Pathologe bereits am Fundort der Leiche angekommen sei. Die Spurensicherung sei wenige Minuten vor dem Pathologen vor Ort gewesen, mehrere Beamte sicherten derzeit das Gelände ab. Es dauerte noch mindestens eine Stunde, bis er am Fundort der Leiche war, vielleicht noch mehr.

Robert Campbell gehörte seit drei Jahren zum MIT, dem *Major Investigation Team*, der Sondereinheit der schottischen Polizei, die Schwerverbrechen aufklärte. Die Polizeikräfte vor Ort waren für so eine Aufgabe nicht geschult. Campbell war die erste Wahl für den Job, er kam ursprünglich aus der Gegend, in der man die Leiche gefunden hatte. Eigentlich wäre der Fundort im Bereich der Kollegen von Fort William gewesen, aber wegen Roberts Ortskenntnissen hatte man den Fall nach Inverness und ihm gegeben. Deshalb war er auch später dran als Forensik und Pathologe, solche internen Abstimmungen dauerten ihre Zeit.

Campbell war nicht hier, weil er besondere Ortskenntnisse hatte. Er war hier (beziehungsweise auf dem Weg dahin), weil man ihn als Einheimischen respektieren würde. Das konnte bei den Croftern und Fischern von Lochalsh den entscheidenden Unterschied machen. Konnte, musste aber nicht. Wenn ein Polizist auftauchte, machten sie alle zu, egal, ob er von hier war oder nicht.

Robert rief sich nochmals die wenigen Fakten ins Gedächtnis, die ihm PC Wilma Farquarson am Telefon mitgeteilt hatte: ein toter Mann, Identität unbekannt, nackt, Mitte Vierzig, die Leiche im Zustand der Verwesung und von diversen Tieren zugerichtet, lag am Strand von Sandaig. Gefunden hatte ihn eine Deutsche namens Isabell Hartmann, die in Glenelg in einem Ferienhaus wohnte und einen Spaziergang gemacht hatte.

Hoffentlich spricht sie Englisch, dachte Robert, denn außer „Guten Tag!“, „Auf Wiedersehen!“ und „Du kannst mich mal!“ konnte er nicht viel zu einem Gespräch mit einer Deutschen beitragen und Letzteres war außerdem nicht gerade höflich. Er war auf Klassenreise drei Tage in Berlin gewesen. Die Currywurst hatte er nie vergessen. Soweit er sich erinnern konnte, hatte er an allen drei Tagen Currywurst gegessen. Jetzt hatte Robert Campbell Hunger für fünf Currywürste.

Er hatte sich im Glenelg Inn einquartieren lassen, die Küche hatte früher mal einen guten Ruf gehabt und er nahm sich fest vor, morgen das Abendessen nicht ausfallen zu lassen. Selbst wenn er es aufs Zimmer nehmen musste, weil er wegen der Corona-Beschränkungen nicht im Pub speisen konnte.

Man erwartete ihn nicht mit Essen, sondern mit einem geländegängigen Auto und einem Beamten, der ihn zum Fundort bringen sollte. Mit dem Boot wäre es einfacher, aber dann hätte er seinen Wagen in Kyle abstellen müssen. Eine kleine Weltreise am nächsten Morgen. Der Kollege hatte ihn bereits eingecheckt und den Zimmerschlüssel entgegengenommen, es war spät und im Inn keiner mehr im Dienst.

8.1.2022

Der L200 schaukelte den steinigen Weg hinab. Die beiden Beamten konnten das Blaulicht und die großen Strahler schon von Weitem sehen. Weil sie sich dem Fundort von oben näherten, hatte alles eine unwirkliche Qualität, so als fuhren sie zu einer Theaterbühne.

Am Wendehammer standen zwei Autos. Wenden war damit mehr oder weniger unmöglich geworden, der Hang auf der einen und der Abhang auf der anderen Seite schlossen ausweichen aus. Ein junger Constable sicherte den Zugang und nickt ihnen zu. Er sah schon ziemlich durchgefroren aus und auch Robert Campbell zog schnell den Reißverschluss seiner Daunenjacke zu. Die Strickmütze trug er weit über den Ohren, die Hände mit den gefütterten Handschuhen steckten tief in den Jackentaschen. Unten am Wasser würde es eisig sein.

Die Wirklichkeit sah im künstlichen Licht noch erbarmungsloser aus als bei Tag, als hätte man Kopfschmerzen. Die Kälte biss an Fingern und Zehen.

Campbell widmete sich der Aufgabe, die vor ihm lag: ein Toter im Wintermeer.

„Der Mann ist Mitte vierzig und mindestens seit fünf Tagen tot“, referierte der Pathologe völlig emotionslos. „Mit ziemlicher Sicherheit Tod durch Fremdeinwirkung.“

Im rotierenden Blaulicht schien es, als zuckte der Körper des Toten.

„Ein Schuss in den Hinterkopf. Das Geschoss ist ein- und wieder ausgetreten. Ich vermute ein Gewehr, ohne Projektil kann ich nicht viel sagen. Er war sofort tot. Am Strand haben ihn dann die Seemöwen erwischt. Ob er hier erschossen wurde, muss die Spurensicherung klären. Mehr von mir nach der Obduktion."

Campbell nickte. Er hatte schon öfter mit Dr. Asikainen zusammengearbeitet und schätzte ihn. Janne Asikainen war Finne aus Rovaniemi am Polarkreis und, nachdem er in Edinburgh studiert hatte, in Schottland hängengeblieben. Vermutlich, weil das Wetter hier besser war als Zuhause in Lappland, was einer gewissen Ironie nicht entbehrte.

Der Endzwanziger liebte Heavy-Metal-Musik und spielte Schlagzeug in einer Band namens *Death by Asphyxiation*. Janne schrieb auch die Texte für *Erstickungstod*. In der Regel trug er seltsame schwarze T-Shirts mit Totenköpfen, brennenden Gräbern oder Zombies auf Brust oder Rücken. Sein Haar war lang, dünn und natürlich strohblond, wie es sich für einen Finnen gehörte, Janne selbst war ebenfalls lang und dünn.

„Ende Januar musst du zu unserem Gig nach Montrose kommen. Der Vorverkauf läuft gut, es wird voll werden", sagte er, ohne Robert anzusehen.

Robert konnte sich nichts Schöneres vorstellen, als in Montrose in einem überfüllten Konzertsaal inmitten schwarz gekleideter Langhaariger zu stehen, die frenetisch die Köpfe schüttelten als säße ihnen ein Schwarm Bienen in den Ohren.

„Da, dadada …"

Janne war wohl gerade eine neue Textzeile eingefallen. Ob er Leichen inspirierend fand? Robert wandte sich an die

Kollegen der Spurensicherung. Ein kurzes Zunicken, man kannte sich.

„Erkenntnisse?"

„Leiche wurde angespült, keine Spuren am Strand oder auf dem Weg außer von der Frau, die sie gefunden hat. Der Fundort ist definitiv nicht der Tatort."

PC Wilma Farquarson kam auf ihn zu, einen Notizblock in der Hand. Im grellen Schein der Leuchten sah sie nicht nur blass, sondern fast weiß aus.

„Was haben Sie für mich, Farquarson?"

„Keine Papiere, keine Identität bisher. Nur eine Armbanduhr. Sieht teuer aus. So eine habe ich noch nie gesehen. Ich schätze, er ist nicht von hier."

„Ein Tourist? Unwahrscheinlich um diese Jahreszeit."

Robert nahm die Tüte mit der Uhr und sah sie sich mit seiner Taschenlampe genauer an.

„Liebrecht. Das ist eine komische Marke. Und was heißt das darunter? Sch… Schramberg?"

„Was zum Teufel ist Schramberg?"

„Klingt Deutsch, finde ich", sagte Janne Asikainen im Vorbeigehen. „Im Deutschen fängt vieles mit *sch* an."

„Eine Deutsche hat ihn gefunden?", fragte Robert zur Sicherheit nochmals nach.

„Ja", bestätigte PC Wilma Farquarson. „Das Rettungsboot hat sie nach Broadford ins Krankenhaus gebracht. Dort hat man sie inzwischen gehen lassen. Sie ist wohl wieder in ihrem Cottage in Glenelg."

„Nun, dann werde ich morgen früh gleich nach dem Frühstück bei ihr anklopfen. Eine Deutsche, die hier im Nirgendwo einen toten Mann mit einer deutschen Uhr findet, zu einer Zeit, in der die Deutschen normalerweise gar nicht hier sind? Das ist mir ein bisschen viel germanischer Zufall."

Der Herr ist groß. Der Herr ist mein Richter. Ehre sei Gott in der Höhe. Mutter Maria, bitte für uns Sünder. Jetzt und in der Stunde ... Ich bin schuldig. Herr, vergib mir meine Schuld!

Sieh meine Sünde, jeden Morgen auf nackten Füßen bete ich zu dir. Kalter Steinboden. Ich zittere am ganzen Körper. Mit kaltem Wasser versuche ich, die Sünde von mir zu waschen, jeden Morgen. Doch es gelingt mir nicht.

Sünde. Sünde!

Wasche mich rein, oh Herr!

Sie ist wach. Ich kann sie hören. Das Bettgestell quietscht, wenn sie sich bewegt. Die Schlafmittel schaffen Ruhe in der Nacht. Ohne Medikamente würde sie nicht schlafen, warum auch, sie liegt den ganzen Tag im Bett und bewegt sich kaum.

Gleich gehe ich hinauf, um ihr meinen Morgenkuss zu geben. Sie wird mich mit ihren bleichen Augen ansehen und nicht wissen, wer ich bin. Ein regloser Körper in einem Zimmer, in dem es schon so lange nach Tod riecht.

Und führe mich nicht in Versuchung.

Ich muss mich beeilen! Es ist gleich sechs Uhr und dann ist sie wach.

Herr, erbarme dich unser.

8.1.2022

Es war ein kaltes Erwachen. In den wenigen Stunden in der Nacht, in denen Robert tatsächlich geschlafen hatte, war Schnee gefallen. Der lag nun in einer dünnen Schicht Winterhauch über dem Dorf und auf seinem Fensterbrett. Er hatte vergessen, das Fenster zu schließen, als er gegen vier erschöpft und müde ins Bett gefallen war.

Glenelg war eine Schönheit mit kleinen Makeln, so, als hätte Gott im Paradies nicht richtig aufgeräumt: ein traumhafter Blick aufs Meer und die Berge, eine malerische Seefront samt einer von weißen Cottages gesäumten Hauptstraße, dazwischen die Kirche und das Pub, das Glenelg Inn. Bei genauerem Hinsehen aber kam der Schrott in den Vorgärten zum Vorschein und am Strand rostige Bootsanhänger, gammelnde Bojen, alte Autos, Reusen, Baumaterial. Dazu ein paar ziemlich heruntergekommene Häuser. Vom Schnee geweißt aber war selbst das idyllisch.

Robert genoss seinen Kaffee, der in einer Cafetiere serviert wurde. Er ließ Müsli und Früchtejoghurt stehen und verlangte ein *Full Scottish* – das traditionelle Frühstück mit Kartoffelfladen, Würstchen, Spiegelei, Speck und Blutwurst, alles in Öl frittiert. Dazu Toast und Kaffee und essiglastige braune Soße. Der Cholesterinschock wurde von einem übermüdeten Teenager mit Super-Hero-Stoffmaske serviert.

Robert Campbell war wieder ein Mensch.

Er wusste genau, wo die Deutsche im Dorf wohnte, früher hatte er jeden Hausbesitzer hier gekannt, aber die meisten waren mittlerweile tot oder fortgegangen und ihre Häuser zu Ferienwohnungen für Touristen mutiert. Wie jenes, vor dem er jetzt stand. Er beeilte sich, an der Tür zu klopfen, die prompt geöffnet wurde, so als habe die Frau dahinter auf das Klopfen gewartet.

Sie sah genauso aus, wie sich Robert als Teenager immer eine Deutsche vorgestellt hatte: blass und schlank mit langem blondem Haar, großen blauen Augen und schmalen Fingern. Sanft und kühl mit einem Hauch von Gefährlichkeit. Die Sorte Frau, die Männern gefährlich werden konnte …

„Isabell Hartmann?“

„Ja, das bin ich.“

„Ich bin Detective Inspector Robert Campbell vom MIT, dem Major Investigation Team. Es geht um den Toten am Strand.“

„Kommen Sie doch bitte herein“, sagte sie nervös und wies ihm den Weg in die Küche. „Kann ich Ihnen eine Tasse Kaffee oder Tee anbieten?“

„Nein danke, ich komme gerade vom Frühstück.“

Sie war unsicher, das war nicht zu übersehen, aber das konnte aus Roberts Erfahrung viele Gründe haben. Die allgemeine Nervosität, die fast alle Menschen hatten, wenn sie von der Polizei befragt wurden, oder die persönliche Nervosität der Menschen, die etwas zu verbergen hatten.

„Ich bin gerade erst aufgestanden“, murmelte Issy.

Sie dachte an Rab und wie er sich gestern um sie gekümmert hatte. Er war noch mit ihr ins Haus gekommen und hatte überprüft, ob alles in Ordnung und sicher war. Dann hatte er sie erneut in den Arm genommen. Das Gefühl der Wärme war geblieben, lange nachdem er weg war.

Rab hatte versprochen, sich am späteren Vormittag zu melden, um zu hören, wie es ihr ging nach dem Gespräch mit der Polizei.

Robert Campbell ist ein gutaussehender Mann, schoss es Issy durch den Kopf.

Campbell hatte etwas Bäriges. Er trug Bart und das braune, leicht gelockte Haar so lang wie es der Beruf zuließ. Alles an ihm war gemütlich, was manche dazu verleitete, ihn für langsam zu halten. Den Fehler hatten die meisten schnell bereut. Dieser Schotte konnte hart sein wie Granit und wirkte ungemein kräftig, hatte einen massigen Oberkörper, ohne dick zu sein.

Er sieht aus wie ein Mann, der ein Holzfällerhemd trägt, einen Pick-up fährt und einen Hirsch mit bloßen Händen niederringen kann, sinnierte Issy leicht amüsiert.

„Erzählen Sie bitte der Reihe nach. Fangen Sie damit an, warum Sie an diesem Tag diese Wanderung nach Sandaig unternommen haben."

Campbell schaltete sein iPhone auf Aufnahme, lehnte sich aber nicht zurück, sondern blieb im Sitzen leicht nach vorne gebeugt, so als spräche sie zu leise und er müsse sich anstrengen, jedes Wort zu hören. Er wollte ihr nicht zu viel Raum geben, um ihm auszuweichen oder Dinge auszuschmücken. Je weniger Raum desto mehr Wahrheit.

„Es waren zwei Gründe", antwortete Issy auf seine Frage. „Die Sonne schien so wunderbar und das Licht war herrlich. Ich habe davor tagelang hier im Cottage gearbeitet und musste einfach mal wieder an die frische Luft. Und dann war ich am Abend zuvor beim Professor, das ist Mister Ingalls, und er hat mir viel von Gavin Maxwell und Richard Frere erzählt. Ich übersetze gerade Freres Buch für einen deutschen Verlag. Und dann habe ich es einfach mal sehen wollen, das Paradies von Gavin Maxwell, um alles besser zu verstehen. Und dann …"

Issy schluckte.

„Und dann finde ich dieses, dieses … Ich habe noch nie einen toten Menschen gesehen. Schon gar keinen, der so aussieht und riecht. Ich glaube, dieser rote Kopf ist auf ewig in meinem Gedächtnis eingebrannt."

„So wird es wohl sein", Campbell Stimme war mitfühlend. „Das geht uns allen so. Manche Bilder wird man nie mehr los."

Was für Bilder muss er wohl sehen, wenn er die Augen schließt? Issy war froh, seinen Job nicht machen zu müssen. Sie erzählte ihm Schritt für Schritt vom Fund der Leiche und was sie danach getan hatte. Langsam schwand ihre Nervosität. Mit ihrer Ankunft im Krankenhaus in Broadford endete ihre Erzählung.

„Dann habe ich nur noch eine Bitte, Sie sind Übersetzerin?"

„Ja. Englisch-Deutsch. Und ich arbeite als Lektorin und schreibe Reiseführer."

„Sagt Ihnen der Name Schramberg etwas?"

„Schramberg?"

„Ja, Schramberg."

„Ja natürlich sagt mir das was. Das ist ein kleiner Ort im Schwarzwald, ziemlich abgelegen. Junghans hat dort seinen Firmensitz. Die stellen Uhren her."

„Solche?“ Der Inspector hielt das Tütchen mit der Armbanduhr ins Licht und ließ sie aufs Ziffernblatt schauen.

„Gehörte die dem Toten?“, fragte Issy. Sie hatte eine an seinem Handgelenk gesehen.

„Ja.“

„Hier steht Liebrecht über dem Ort Schramberg. Das ist eine kleine und sehr edle Uhrenmanufaktur, soweit ich weiß. Da war kürzlich ein Film über die im Fernsehen. Das gute Stück hat sicher ein paar Tausend Euro gekostet. Die bauen Uhren vom Feinsten. Das ist gut, die können eventuell sagen, wer alles dieses besondere Modell gekauft hat. Vielleicht bringt Sie das weiter.“

„Da ist noch eine Inschrift auf der Rückseite. Können Sie sich die auch mal ansehen. Ich glaube, sie ist Deutsch.“

„Ein Mann muss tun, was ein Mann tun muss? *A man's gotta do what a man's gotta do.*“

„War das nicht John Wayne, der das gesagt hat?“, fragte der Inspector halblaut, mehr zu sich selbst als in Richtung der Übersetzerin.

„Nein, ich glaube, es war John Steinbeck, der es in *Früchte des Zorns* geschrieben hat. Im Film also Henry Fonda, wenn sie eher ein Film- als ein Buchmensch sind.“

Kaum war ihr das rausgerutscht, fragte sie sich, ob es nicht vielleicht zu unverschämt gewesen war.

Aber der DI lächelte nur und nickte.

„Ist das ein gängig genutztes Zitat in Deutschland?“

„Ich würde sagen eher nicht. Heutzutage klingt das deutlich zu machohaft.“

Teure Uhr und Macho-Spruch, beides deutsch – er würde Interpol kontaktieren müssen. Vielleicht hatten die eine Vermisstenanzeige, die auf den Toten passte.

„Sind Sie noch eine Weile hier in Glenelg? Es kann sein, dass ich nochmals Ihre Übersetzerdienste in Anspruch nehmen muss."

„Oh, ich bin noch bis Ende März hier. Dann ist hoffentlich das Buch übersetzt. Ab Ostern will Theresa das Cottage wieder an zahlende Touristen vermieten. Ich darf ohne Visum nur neunzig Tage im Land bleiben."

„Ich gehe davon aus, dass wir den Fall bis dahin längstens abgeschlossen haben. Vielen Dank für Ihre Hilfe. Es tut mir leid, dass Sie das alles mitmachen müssen. Sie haben Anspruch auf unsere psychologische Beratung. Die ist für Menschen, die mit einem Verbrechen in Kontakt gekommen sind. Möchten Sie sie in Anspruch nehmen?"

Issy schüttelte den Kopf.

„Nein, danke. Ich habe jemanden, mit dem ich reden kann."

„Das ist gut, es ist immer gut, wenn man jemanden zum Reden hat."

Campbell verabschiedete sich. Issy stand an der Tür und sah ihm nach, wie er durch den Schnee Richtung Inn ging. Er ging aus der Hüfte, wie viele selbstbewusste Männer. Und er ging wie ein Mann, der ganz genau wusste, was er wollte.

DI Robert Campbell hatte nicht viel von sich preisgegeben. Ich habe mir einen Detective Inspector ganz anders vorgestellt. Sie musste lächeln. Wahrscheinlich schaute sie zu viele Krimis.

„Ein John Barnaby ist er jedenfalls nicht", murmelte sie halblaut, während sie zum Wasserkocher ging und sich einen Tee machte. Sie hatte das Bedürfnis nach Wärme.

Dann griff sie zum Handy und tippte auf die Anrufliste. Ganz oben stand die Nummer von Rab MacAskill.

8.1.2022

Die Einsatzzentrale, die neue Basis in Glenelg, entstand in Höchstgeschwindigkeit. Es war auch nicht viel aufzubauen gewesen in der Gemeindehalle: Internetanschlüsse, drei Arbeitsplätze mit Telefon und Laptop und ein runder Tisch für Besprechungen. Eine ausgediente Schultafel strafte amerikanische Krimis Lügen, das *Crime Board* war im wahrsten Wortsinn *old school.*

„Wir haben einen funktionierenden Breitbandanschluss. Das Internet steht“, sagte Hamish McFarlane. „Jetzt warten wir noch auf die Jungs von BT, weil die Telefone noch nicht spielen. Handys gehen, wie haben Netz und die Heizung geht auch.“

„Danke Hamish.“

Sie waren weitläufig verwandt, einer von Hamishs Brüdern hatte eine von Roberts Cousinen geheiratet. Bei der Hochzeit hatten die beiden mit ein paar anderen Polizisten die Bar leer getrunken. Hamish war einer von zwei Polizeibeamten auf der kleinen Dienststelle in Kyle of Lochalsh. Morde waren selten.

„Besprechung in fünf Minuten“, DI Campbells Kommando klang im Raum nach.

Mit dampfenden Bechern Kaffee und Schokoladenkeksen saßen Hamish und Wilma am Tisch. Robert stand an der Tafel und versuchte, nicht wie ein Lehrer auszusehen. Wilma, Mutter von zwei Kindern, und Hamish, irgendwie selbst noch ein Kind, sahen ihn erwartungsvoll an.

„Wir haben eine Leiche um Vierzig, die Verwesung hat eingesetzt, sie ist von Tieren angefressen. Todesursache – ein Schuss in den Hinterkopf. Keine Schmauchspuren. Der Schuss kam also aus einer gewissen Entfernung. Wir müssen herausfinden, wo die Tatwaffe ist, und wir müssen den Tatort finden. Noch haben wir nicht alle Erkenntnisse, aber es sieht nicht so aus, als sei der Fundort auch der Tatort. “

Hamish nahm noch einen Schokokeks: „Wer war es, wo war es und wo ist die Waffe.“

„Hamish, du redest mit der Küstenwache, sobald wir den genauen Todeszeitpunkt haben, ich will wissen, wo sie ins Wasser geworfen wurde. Sandaig selbst ist als Tatort eher unwahrscheinlich. Wir haben keine Spuren gefunden und warum sollte es in dieser Einsamkeit zu einem Mord kommen?“

Hamish nahm einen weiteren Schokokeks.

„An der linken Hand trug der Mann eine teure und seltene deutsche Uhr aus dem Schwarzwald. Er trug sonst nichts am Körper außer der Uhr. Warum? Hat man ihm die Kleidung genommen, um Spuren zu vermeiden? Aber warum hat man ihm dann die auffällige und teure deutsche Uhr gelassen? Ich werde die Firma kontaktieren und mit Interpol sprechen. Wir haben hier keine vermissten Männer, die dem Profil entsprechen. Es könnte sich also um einen Touristen handeln, was die ganze Sache nicht einfacher macht, denn der wird zunächst mal nicht vermisst, solange man ihn noch im Urlaub vermutet. Die Inschrift auf der Uhr ist ein weiterer Ansatz.“

Hamish nahm den dritten Keks. Wilma sah ihn streng an. Hamish legte den Keks wieder auf den Teller und lächelt schuldbewusst. Zu viel Zucker ist nicht gut für dich, sagte Wilmas Blick.

„Was bedeutet die Inschrift auf der Uhr?“, fragte Hamish, um Wilma vom Zuckerthema abzulenken.

„Ein Mann muss tun, was ein Mann tun muss.“

„Robert Burns?“ Wilma mochte keine Western.

Hamish schon. „John Wayne!“

„Henry Fonda, glaube ich. Und damit“, betonte Campbell, „sollte es recht einfach sein, eine Identität festzustellen.“

„Farquarson, Sie reden mit den Leuten hier, vielleicht wird in einem der Ferienhäuser ein Gast vermisst. Und vor allem mit der Familie oben in Upper Sandaig, dem Haus an der Straße. Vielleicht haben die etwas gesehen.“

Hamish starrte auf den Keksteller.

„Ich habe heute früh mit der Deutschen geredet. Ich habe sie nicht in Verdacht, aber ich finde es dennoch seltsam, dass ausgerechnet eine Deutsche einen Deutschen findet. Irgendwo ist da ein Zusammenhang.“

„Noch Fragen?“

Sein Team schüttelte den Kopf und machte sich an die Arbeit, die offenen Fragen zu beantworten.

8.1.2022

Er hasste es, hasste es, hasste es. Er hasste den Geruch, er hasste das Geräusch der Säge, die sich durch Knochen fraß, er hasste das *Schlupp*, mit dem die inneren Organe in eine Metallschale glitten. Wenn es einen Ort gab, an dem Robert Campbell absolut nicht sein wollte, dann war es dieser: Raigmore Hospital ob auf einer der Stationen für die Lebenden oder hier in der Pathologie.

Schon die zwei Stunden Fahrt waren seiner Laune nicht zuträglich gewesen, nun auch noch die Obduktion der Leiche. Zuvor war er zuhause vorbeigefahren, um ein paar Klamotten in die Sporttasche zu packen. Er brauchte wärmere Sachen an der Westküste. Das Haus war ihm kalt und abweisend vorgekommen. Aber vielleicht lag das auch daran, dass die Obduktion noch vor ihm lag. Nun war er mittendrin und wäre am liebsten wieder zuhause, egal, ob kalt oder nicht.

Seitdem das Corona-Virus die Welt beherrschte, waren Obduktionen eine potenziell gefährliche Angelegenheit. Deshalb mussten anwesende Polizisten volle Schutzkleidung anlegen inklusive FFP3-Maske. Der Ganzkörperschutz aus Plastik raschelte bei jeder Bewegung und es dauerte, bis man ihn an- und später wieder ausgezogen hatte.

Dr. Janne Asikainen trug seine langen Haare im Zopf, so dass man die Tätowierungen an Hals und Nacken klar erkennen konnte: keltische Schlangenlinien, Totenköpfe, Runen. Sie mussten die Polizeieinheit mit dem seltsamsten Pathologen des Vereinigten Königreichs sein. Er war definitiv der Eigenartigste im Team der Raigmore-Pathologen, die ziemlich oft mit Toten zu tun hatten. Nicht, weil die schottischen Highlands ein Hotspot für Verbrechen waren, sondern weil die Rettungskräfte aus den Bergen oder dem Meer regelmäßig Verunfallte holten. In kalten Wintern kamen auch noch die dazu, die einer Schneelawine zum Opfer gefallen waren. Allein im letzten Jahr waren es fast dreihundert Tote in der Wildnis gewesen. Das Hochland war brutal und manchmal deutlich gnadenloser als die übelste Gegend Glasgows.

Der Finne sah Robert intensiv in die Augen und setzte seine Arbeit fort.

Campbell versuchte, den Gedanken an Blutwurst und Frühstück loszuwerden.

„Todesursache?“, murmelte Rob unter seiner Maske.

„Definitiv der Schuss. Er ist von hinten ins Hinterhauptbein eingedrungen und im Stirnbein wieder ausgetreten. Die lateinischen Begriffe erspare ich dir. Der Täter war also entweder kleiner als das Opfer oder hat aus einer gebückten Stellung, zum Beispiel kniend, geschossen.“

„Tatwaffe?“

„Da es sich um einen glatten Durchschuss handelt und wir das Projektil nicht gefunden haben, kann ich dazu nicht mehr sagen. Das Opfer stand, als geschossen wurde, und der Täter war ein gutes Stück entfernt, schätzungsweise knapp vierzig Meter. Das geht nur mit einem Gewehr und ist vor allem bei schlechter Sicht nicht leicht, präzise zu treffen.“

„Der Täter war also ein guter Schütze“, murmelte Rob. „Das klingt, als wäre das Opfer vor ihm weggelaufen.“

„Gut möglich, aber das kann ich nicht mit Bestimmtheit sagen.“

„Die anderen Verletzungen wurden ihm posthum zugefügt und stammen alle mit ziemlicher Sicherheit von Tieren. Möwen, Krähen und Krabben. Die Leiche ist generell gut erhalten, weil das Wasser so kalt ist. Aber die Verwesung hat eingesetzt. "

Janne Asikainen schob die Unterlippe mit dem Piercing nach vorn und verhakte sich damit in der Schutzmaske. Ein paar schnelle Bewegungen mit dem Unterkiefer befreiten ihn wieder.

„Frag nicht", sagte er, als er Robs Blick sah.

„Warum ist der Kopf so rot?"

„Blut sammelt sich am tiefsten Punkt und wenn eine Leiche im Wasser treibt, ist das der Kopf, der ist am schwersten. Der Mann war durchtrainiert und hatte keine auf den ersten Blick ersichtlichen Krankheiten."

„Todeszeitpunkt?"

„Sonntagabend oder Montagmorgen."

„Genauer geht es nicht?"

„Nein, das hängt davon ab, ob er direkt im Meer gelandet ist oder erst später hineingeworfen wurde."

Welcher Tag ist heute?"

„*Lauantaina*. Samstag."

Dann war er also schon eine knappe Woche tot und keiner hat ihn vermisst. Robert runzelte die Stirn und dachte nach. Was zum Teufel hat er gemacht, dass ihn jemand in der Nacht vom zweiten auf den dritten Januar, wo hier wegen Hogmanay alle betrunken zuhause in ihren Betten liegen, getötet hat? Was hat er getan, das diese Wut hervorgebracht hat? War es ein Unfall mit Todesfolge? Eine Tat im Affekt? Dann sagte er laut:

„Hatte er Alkohol im Blut?“

„Du weißt doch, dass das Labor Zeit braucht, Robert. Ich ruf dich an, sobald ich mehr sagen kann.“

„Aber es war Mord?“ Es war eigentlich keine Frage, aber Robert brauchte diese Bestätigung, weil das Wort Mord für ihn Anfang oder Ende seiner Arbeit bedeutete. Je nachdem ob es fiel, oder nicht.

Jannes Augenbrauen-Piercing blitzte kurz im grellen Licht. Dann lächelte der Pathologe, der DI konnte die Antwort in seinen Augen sehen:

„*Kyllä*. Ganz sicher. Es war Mord.“

8.1.2022

Bevor sich Robert Campbell wieder auf den Weg nach Glenelg machte, fuhr er in der Zentrale bei der Old Perth Road vorbei. Das Land war polizeilich in drei Regionen unterteilt – Nord, Ost und West. Dreizehn Abteilungen deckten die jeweiligen Regionen ab. Doch für die Aufklärung von Mordfällen war das MIT zuständig, das regionsübergreifend operierte. Die Einheit arbeitete mit lokalen Einsatzkräften zusammen, wo es notwendig war.

Das moderne Gebäude erinnerte mehr an die Hauptverwaltung einer Versicherung als an eine Polizeistation, wären da nicht die uniformierten Kollegen gewesen, die in ihren Leuchtwesten wie Bojen in der See des Verbrechens schwammen.

Robert rückte seine notwendige Maske zurecht, ging direkt in sein Büro und schaltete seinen Computer an, um E-Mails und interne Nachrichten zu prüfen, bevor er sich wieder in die weite Einsamkeit ohne Netz begab. Auf dem Telefon kamen dort Nachrichten jeglicher Art, ob SMS, WhatsApp, Facebook, Twitter oder E-Mail, nur sehr bedingt und fast ausnahmslos mit Verspätung an.

Die letzte E-Mail war von Interpol: keine vermisste Person, auf die das Profil ihrer Leiche passte. Wenn der Tote Deutscher war, dann vermisste ihn, noch, keiner.

Hamish hatte eine Rundmail an alle Polizeistationen geschickt, mit der Bitte, in ihrem Beritt nach einem verlassenen deutschen Auto Ausschau zu halten. Dabei wünschte er ihnen jetzt schon viel Spaß. Seit Beginn der Pandemie standen überall auf legalen und weniger legalen

Stellplätzen Autos. Wildcamper, die der Zivilisation und dem Virus entfliehen wollen. Einige Deutsche waren darunter, aber seltener als früher, seit der internationale Reiseverkehr vor allem in den Wintermonaten dank COVID deutlichen Einschränkungen unterlag.

Es konnte sein, dass der Deutsche hier gelebt hatte und ein Auto mit schottischem Kennzeichen fuhr. Oder dass er nach Schottland geflogen war und sich einen Mietwagen genommen hatte. Noch hatte keine der Polizeistationen geantwortet. Kein Wunder, die Zuständigkeitsgebiete waren weitläufig, einsam und mitunter schwer zugänglich.

Höchste Zeit für die kurze Pressemitteilung. Toter gefunden, Todesursache unklar, Bitte um Mithilfe, das Übliche Blabla eben. Jegliche Art von Details musste er rauslassen aber ergänzte, man nehme an, es handle sich um einen Deutschen. Das konnte wertvolle Hinweise liefern. Nur warum man davon ausging, dass es sich um einen Deutschen handelte, das würde er selbstverständlich nicht veröffentlichen lassen. Mit einem kraftvollen Tippen auf die Return-Taste schickte er den kurzen Text an die Pressestelle, die ihn dann in ihren Verteiler geben würde.

Die Tür öffnete sich. Auftritt Chief Inspector Major Investigation Team, auf edlen Ledersohlen und eleganten Schrittes. CI Pankaj McGill war Ende dreißig, smart und weltgewandt. Seine Kindheit hatte er in Indien verbracht, seine Jugend in Fettes College, einem elitären Internat, und nun war er drauf und dran, der jüngste Superintendent in der Geschichte Schottlands zu werden.

„Campbell, haben Sie schon was für mich?“ In seinem dunkelgrauen Anzug und dem perfekt gekämmten Haar sah der CI aus wie frisch aus der Reinigung. Und er sprach wie frisch aus dem Sprachlabor. Nicht der Hauch eines schottischen Akzents.

Ich wette, selbst seine Fingernägel sind alle millimetergenau gefeilt, dachte Robert.

„Noch keine Identität. Die Indizien deuten darauf hin, dass es sich um einen Deutschen handelt, die Todesursache war ein einzelner Schuss in den Kopf."

„Nun", der CI atmete einmal genüsslich tief durch. „ich meinte, haben Sie was für mich, das noch nicht in der Zeitung steht?"

Er reichte die *West Highland Free Press* über Campbells Tisch. Eiseskälte strömte ihm aus allen Poren. Normalerweise erschien die Zeitung immer mittwochs. Wegen der Feiertage kam sie diese Woche ausnahmsweise samstags raus und der Mord prangte auf der Titelseite.

„An dieser Untersuchung sind derzeit nur drei Polizisten beteiligt, wie kann es da passieren, dass sämtliche Details an die Öffentlichkeit gelangen, DI Campbell?", wollte sein Chef von ihm wissen.

Roberts Hirn arbeitete blitzschnell: Hamish? Doof genug, aber zu langsam. Wilma? Redete hundert Prozent mit ihrer Familie über den Fall. Möglich. Janne Asikainen? Der Finne war verschwiegen wie ein Grab. Blieben noch die Küstenwache und die Aushilfspolizisten, die den Fundort abgesichert hatten oder die Deutsche, die die Leiche gefunden hatte.

„Jetzt haben wir die nationale Presse am Hals, dank Ihnen habe ich schon den fünften Journalisten abwimmeln müssen. Finden Sie das Leck und stopfen Sie es. Subito!", knurrte McGill und runzelte die formvollendeten Augenbrauen. Robert fragte sich, ob McGill italienische Wörter einwarf, weil so seine Schuhe besser zur Geltung kamen.

„Sorry, Sir. Ich kümmere mich darum." Campbell war nicht sonderlich glücklich, von einem Mann, der eine Generation jünger und einen Kopf kleiner war als er, derart unter Druck gesetzt zu werden. Aber hey, das war der Job!

McGill verabschiedete sich mit einem stummen Nicken und verließ den Raum so schneidig elegant, wie er ihn betreten hatte.

Fünf Minuten später war Robert auf dem Weg nach Glenelg, wütend und hungrig. Mal wieder.

8.1.2022

„Ein großes Tennent's Ember. Was gibt es zu essen?"

„Gebratenen Ziegenkäse auf Rote-Beete-Carpaccio als Vorspeise und gegrillten Lachs auf Kartoffelstampf mit scharfer Cajun-Sauce im Hauptgang."

Es war bereits kurz vor neun Uhr abends und Robert bekam nur deshalb noch was zu essen, weil er Hotelgast war und sich angekündigt hatte. Bis auf weiteres kochte das Hotel nur für die Einheimischen und geimpfte Gäste und auch nur am Abend. Das Ehepaar, das das Glenelg Inn seit ein paar Jahren führte, war aus Wiltshire, ausgesprochen höflich, vorsichtig distanziert und sehr hilfsbereit. Überstunden für den Koch waren kein Problem, wenn die Polizei darum bat, weil der Chef selbst kochte. In der Pandemie und nach dem Brexit einen Koch zu finden, den man auch bezahlen konnte, hatte sich als unmögliches Unterfangen erwiesen.

Robert nahm drei große Schlucke von dem bernsteinfarbenen Bier ohne Schaumkrone und fühlte den Ärger des Tages von sich gleiten. Der Tisch am Kamin war für ihn eingedeckt, die Birkenscheite loderten und knackten. Hier war der wärmste Platz im Pub. Außer ihm waren noch zwei Paare hier, ebenfalls Hotelgäste, die sich jeweils an die äußersten Ecken des Raumes zurückgezogen hatten, um ein wenig Privatsphäre zu haben. Das jüngere Paar stritt, das ältere langweilte sich gegenseitig.

Robert drehte ihnen nach einem kurzen Nicken den Rücken zu und sah ins Feuer.

Die Vorspeise erreichte ihn vor dem vierten Schluck Bier. Er liebte Ziegenkäse, besonders in der Kombination mit roter

Beete, dazu ein herrlich duftendes Weißbrötchen, klein und noch warm.

Robert lächelte und aß.

Das Mädchen brachte bereits den Hauptgang, obwohl Robert mit der Vorspeise noch nicht ganz fertig war. Das Personal wollte offensichtlich Feierabend machen.

„Stimmt es, was in der Zeitung steht?"

Campbell brummte und nickte als Dank für den Lachs. Nicht als Antwort auf die Frage.

In diesem Moment ging die Tür auf und Issy und Rab MacAskill kamen gemeinsam herein. Issy schüttelte den Schnee von der Mütze und lächelte Robert an. Rab dagegen wich dem Blick des DI aus, so gut er konnte, und nickte ein wenig hilflos einen Gruß in seine Richtung. Die beiden setzten sich an den ersten Tisch, ein gutes Stück weg von Robert. Issy schaute verwirrt drein.

„Das frägst du am besten Rab MacAskill da drüben. Der hat den Artikel geschrieben", sagte Robert zu dem Mädchen, das ihn nach dem Zeitungsartikel gefragt hatte, und widmete sich seinem Teller, das köstliche Aroma der Cajun-Gewürze in der Nase. Ich nehme noch ein Tennent's Ember, bitte."

Dann sah er dem Schauspiel kauend zu.

Das Mädchen ging schnurstracks zum Tisch der beiden Neuankömmlinge.

„Der Polizist sagt, Sie haben den Artikel in der Zeitung über den Toten in der Bucht geschrieben. Stimmt es, dass man ihn ermordet hat?"

Hätte Rab sich auf Wunsch in Luft auflösen können, er hätte es getan.

„Artikel? In der Zeitung? Welcher Artikel? Welche Zeitung?“ Issy versuchte ihre Gedanken zu sortieren.

„Hier! Wir haben sie da.“ Das Mädchen griff zum Tisch am Eingang, wo die Broschüren für die Touristen lagen, dazwischen war auch die aktuelle *West Highland Free Press.*

Issy starrte auf die Titelseite.

Who killed Hans in Maxwells Bay? Wer tötete den Deutschen in Maxwells Bucht? Exklusiv von Rab MacAskill.

Issy griff nach ihrer Strickmütze und stand langsam vom Tisch auf. Dann ging sie wortlos, ohne sich zu verabschieden oder Rab auch nur eines Blickes zu würdigen. Das Mädchen starrte ihr hinterher. An der Pub-Tür angekommen, drehte sich Issy noch einmal um und brach ihr Schweigen:

„Ratte!“, sagte sie laut und deutlich, sodass es alle hören konnten. Verstehen konnten es nur jene, die des Deutschen mächtig waren, doch das Pub begriff auch so, was gemeint war. Dann drehte sie sich um und ging.

„Noch ein Pint und zwei doppelte Whisky“, bestellte Robert Campbell in die Stille und gab Issy innerlich zehn Punkte für den Abgang. Dann winkte er Rab, sich zu ihm zu setzen. „Es wird Zeit, sich mal ernsthaft über die Grenzen der Pressefreiheit und Behinderung der Ermittlungen zu unterhalten. Ganz investigativ.“

Robert sprach kein Wort mehr, bis die Drinks kamen. Normalerweise musste man die sich an der Bar holen. Seit Ausbruch der Pandemie aber, bekam man sie gebracht. Rab wurde sichtlich nervöser, je länger sein Gegenüber aß und schwieg. Er hatte keine Anstalten gemacht, Issy zu folgen. Sie hatte ja recht. Er hatte ihr Vertrauen missbraucht. Und jetzt hatte er auch noch Robert Campbell an der Backe. Und der schwieg gefährlich.

Nach dem ersten, großen Schluck Whisky entspannte Rab sich langsam.

„Sorry, es war Zufall und dann konnte ich einfach nicht …"

Robert bekam die ganze Geschichte zu hören, ohne auch nur eine einzige Frage zu stellen, es brauchte nicht mehr als zwei weitere Doppelte. Dann wies er das Mädchen an, Rab ein Zimmer zu geben. In dem Zustand konnte er den Journalisten nicht mehr ans Steuer lassen.

Rab hatte ohnehin keine ausgeprägte Lust, sich jetzt noch auf die lange Heimfahrt zu machen. Außerdem würde er hier noch mehr recherchieren müssen. In Glenelg war er am Puls des Geschehens, hier waren die Informationen. Mit etwas Glück konnte er das Hotel sogar über Spesen abrechnen und Morgen würde er bei Issy vorbeischauen, um zu sehen, ob da noch was zu kitten war. Sie war zu hübsch, um sie einfach so gehen zu lassen. Mit dem letzten Wort noch dazu. Er war der Journalist, das letzte Wort gebührte ihm!

… 140, 160, 180, 200. Die Zwanziger Noten sehen wie frisch gedrucktes Plastikgeld aus. Zwei Eichhörnchen auf der Rück- und eine Frau auf der Vorderseite. Keine Ahnung, wer sie ist, wen interessiert's. Wichtig ist, dass auf dem Schein eine Zwanzig steht und nun zwei dicke Packen mit diesen Zwanzigern auf dem Tisch liegen. In der Brotdose aus Bambus in der Küche sind sie erst mal sicher.

Ping!

WhatsApp Nachricht: 50er heute?

Steve. Schon wieder Steve? Der wird so langsam mein bester Kunde.

WhatsApp-Nachricht: Emoticon Daumen hoch

Hm. Wann mach ich das am besten? Ich muss hoch zur Sammelstelle. Wenn man die Jungs nicht kontrolliert, pflanzen sie die neuen Bäume auf der Abholzungsfläche an völlig sinnlose Stellen.

WhatsApp-Nachricht: In einer Stunde oben.

Die Übergabe am Mam Ratagan, der Pass ist wirklich der unproblematischste Übergabeort. Man bleibt im Auto, hält im Vorbeifahren kurz an und tauscht Geld und Dope aus. Beide können von Weitem sehen und hören, ob ein Auto kommt. Zu Fuß ist da keiner unterwegs, Kameras gibt es auch nicht und einen Drogenumschlagsplatz vermutet da schon überhaupt keiner.

WhatsApp-Nachricht: Emoticon Daumen hoch

Und wieder Geld verdient.

Ob es Steve nur um den Stoff geht? Vielleicht ... Naja, vielleicht will er mehr von mir als nur Dope. Aber hey, ich mach nicht den ersten Schritt. Ich lass lieber die Finger davon. Er ist noch so jung und hat keine Ahnung, wie wichtig es ist, hier oben die Klappe zu halten und gelegentlich mal eine Frau zu vögeln. Die Fetten sind die Dankbarsten. Die nehmen es hin, wenn man sie umdreht und von hinten nimmt, und wen ich in meinem Kopf vögle, ist ja wohl immer noch meine Sache.

Frauen sind wichtig für den Ruf. Das ist schließlich nicht London hier. Die leben im Kopf alle noch im letzten Jahrhundert. Ich werde nicht die schwule Sau sein, die sie zum Schlachtfest durchs Dorf treiben.

9.1.2022

Das Meer in fünfzig Tönen Grau, Wolkenfetzen über den wuchtigen Bergen, ein Fischreiher auf einem Felsbrocken am Strand, hoch oben ein großer Raubvogel, Issy konnte nicht erkennen, was es für ein Vogel war. Man hatte ihr gesagt, es gebe Seeadler in der Gegend, und sie wünschte sich, dies wäre einer, wünschte sich, sagen zu können, sie habe einem Adler beim Fliegen zugesehen.

Vor ihr gähnte mit einer großen und gänzlich weißen Seite Laptop-Leere. Nur eine blaue Überschrift: Kapitel 3.

Sich zu konzentrieren, fiel ihr wahnsinnig schwer, zu viele Dinge schwirrten ihr im Kopf herum: der Anblick der Leiche, die Polizei, das Krankenhaus, Rab, die Gewissheit, unfreiwillig Dinge an die Presse weitergegeben zu haben, die sie nicht hätte weitergeben dürfen. Der Blick von Robert Campbell als er sie mit Rab sah. Rabs Blick, als ihm klar geworden war, dass sie nun alles wusste.

Wenn man Gedanken doch nur mit dem Handrücken von der Stirn wischen könnte!

Richard Freres handwerkliche Probleme mit der Wasserzufuhr zum Haus schienen ihr so belanglos und banal. Statt Ruhe zum Übersetzen zu finden, hatte sich ihre Zeit hier in ein Chaos von Ereignissen und Gefühlen verwandelt. Rabs Verhalten hatte Issys leises Interesse an ihm deutlich abgekühlt, mochte er noch so unterhaltsam und einfühlsam sein. Sie war nicht gut mit der ganzen Situation umgegangen; geschlafen hatte sie auch kaum, immer wieder sah sie den roten Kopf der Leiche vor sich, deren von den Wellen bewegte Hand auf sie zu zeigen schien.

Sie übersetzte *Maxwells Geist* und hatte das Gefühl, in Maxwells Bucht einem Geist begegnet zu sein. Jetzt fiel es ihr unfassbar schwer, einen klaren Gedanken zu fassen.

Das Klopfen an der Tür war eine willkommene Abwechslung. Issy sah durchs Fenster. Es war der Polizist. Ihr Magen zog sich vor Anspannung zusammen. Sie würde Ärger bekommen, weil sie mit der Presse geredet hatte. Ausgerechnet sie, die selbst gelegentlich Artikel für die *Stuttgarter Nachrichten* schrieb.

„Guten Morgen, tut mir leid, dass ich schon so früh störe, aber ich habe gesehen, dass bei Ihnen schon Licht an ist."

„Ich konnte nicht schlafen und war schon um fünf Uhr auf. Arbeiten funktioniert leider auch nicht wirklich, alles ziemlich viel die letzten zwei Tage."

Robert Campbell trat ein und folgte ihr in die Küche, wo Issy den Schalter des Wasserkochers hochklickte.

„Ich … Es tut mir leid. Ich hätte nie und nimmer mit der Presse reden dürfen."

Das warme Lächeln aus den braunen Augen des Inspectors tat ihrem schlechten Gewissen unendlich gut.

„Sie wussten ja gar nicht, wer oder was Rab ist. Er ist im Grunde kein Schlechter, da sind nur die Pferde mit ihm durchgegangen. Schließlich haben Sie ihm die Story seines Reporterlebens erzählt."

Jetzt hatte das Lächeln den Rest seines Gesichts erreicht.

„Ich habe ihm die Meinung gegeigt. Rab und ich kennen uns von früher. Ich komme von hier, fast von hier, Arnisdale, das ist eine halbe Stunde weiter die Straße runter."

„Ich weiß, wo das ist, da bin ich durchgefahren auf dem Weg nach Corran."

„Meine Eltern sind vor vielen Jahren nach Kanada ausgewandert, von unserer Familie ist keiner mehr da. Es gibt noch eine Tante, die Schwester meines Vaters, aber die ist in einem Pflegeheim für Demenzkranke in Portree."

„Kaffee oder Tee?"

„Kaffee bitte, weiß, zwei Zucker. Was riecht denn da so gut?

„Ich habe Crumpets im Ofen, wollen Sie einen? Sie müssten jetzt warm sein."

„Sehr gerne, ich habe heute auf mein Hotelfrühstück verzichtet."

Issy strich Butter über die warmen Crumpets, die in den Hohlräume des Gebäcks langsam zerlief. Crumpets sahen aus wie ein flacher Schwamm, aber schmeckten um einiges besser, als sie aussahen. Fluffig war das Wort, das Issy immer mit dem Gebäck in Verbindung brachte. Der Inspector kaute schweigend, nahm einen Schluck Kaffee und sah sie an.

„Ich bin nicht hier, um mit Ihnen zu schimpfen."

Jetzt grinste er sogar und biss nochmals mit einem glücklichen Gesichtsausdruck in sein Frühstück.

„Ich brauche Ihre Hilfe."

9.1.2022

Issy tippte *Liebrecht* und *Schramberg* in die Google-Suchleiste und schon hatte sie die Telefonnummer. Der Internetauftritt der Firma war edel, die Uhren mussten ein kleines Vermögen kosten. Ein exklusiver Handwerksbetrieb hoch oben über Schramberg mit Blick auf den großen Konkurrenten Junghans tiefer im Tal. Die Firma war in den Jugendstilräumen einer ehemaligen Villa untergebracht.

Robert Campbell überließ Issy das Telefonat. Es war Samstag und sie war sich nicht sicher, ob sie jemanden erreichen würde.

„Liebrecht Uhren, Gabriele Freitag. Guten Tag."

„Guten Tag, mein Name ist Isabel Hartmann, ich bin Übersetzerin aus Stuttgart und gerade in Schottland. Die Polizei hier hat mich gebeten, ihr bei diesem Anruf behilflich zu sein, Inspector Campbell spricht kein Deutsch. Er sitzt neben mir, ich habe das Telefon auf Lautsprecher."

„Aha", klang es langezogen und fragend aus dem Telefon.

„Ich weiß, das klingt alles etwas merkwürdig. Ist der Chef zu sprechen? Ich nehme an, Herr Liebrecht spricht Englisch, dann kann der Inspector alles direkt mit ihm klären."

„Herr Liebrecht sitzt gerade im Flieger nach New York. Er ist erst morgen wieder zu erreichen. Kann ich vielleicht weiterhelfen? Ich bin eine der Uhrmacherinnen hier in der Manufaktur und spreche ebenfalls Englisch."

Issy reichte Robert Campbells Handy wieder an ihn zurück, nach zwei Minuten gaben sie das Experiment auf. Campbell mit einem sehr ausgeprägten schottischen Akzent, rollenden

„R“, anderen Vokabular, ungewohnten Betonungen, dazu noch am Telefon, die Uhrmacherin hatte so gut wie kein Wort verstanden.

Auch wenn Issy keine Simultandolmetscherin war, fiel es ihr dennoch leicht, direkt zu übersetzen. Sie drückte wieder auf Lautsprecher, legt das Smartphone auf den Tisch und begann zu vermitteln.

„Im Zusammenhang mit einem Fall, den Inspector Campbell gerade untersucht, ist eine Ihrer Uhren aufgetaucht. Sie ist leicht beschädigt, weil sie eine Weile im Wasser gelegen hat, ist aber voll funktionsfähig. Sie hat eine Gravur, von der wir annehmen, dass sie in Ihrem Haus gemacht wurde.“

„Wir machen selten Gravuren, es sollte also nicht schwer sein, die Uhr zuzuordnen, aber aus Datenschutzgründen dürfen wir ihnen diese Informationen nicht einfach so weitergeben.“

„Inspector Campbell sagt, dies sei eine Mordermittlung und der Besitzer der Uhr ist das Opfer. Er habe sehr wohl das Recht dazu, aber es formal durchzusetzen, würde viel zu lang dauern. Es ist ihm aber sehr wichtig, über die Uhr Bescheid zu wissen.“

„Was ist denn eingraviert?“

„Ein Mann muss tun …“, mitten in der Gravur wurde Issy unterbrochen.

„… was ein Mann tun muss“, ergänzte die Stimme am anderen Ende der Leitung. „Ich weiß, wem sie gehört!“

9.1.2022

„Unsere Leiche heißt Tom Uwe Thelenbach", referierte der DI. „Zumindest müssen wir davon ausgehen, denn Tom Uwe Thelenbach hat diese Uhr bei der Firma Liebrecht in Deutschland vor einem Jahr gekauft. Anhand des Modells und vor allem der Inschrift war er leicht zu identifizieren. Die deutschen Behörden wurden kontaktiert, wir erwarten bald mehr Details. Es könnte auch sein, dass die Deutschen einen Kollegen schicken, noch haben sie sich dazu nicht geäußert."

Robert Campbell dachte kurz nach, gerade gab es nichts zu tun und er hatte Sinn für Teamspirit.

„Wir machen eine kurze Pause. PC Farquarson holt Sandwiches aus dem Laden. Ich mache Kaffee, dann besprechen wir beim Essen weiter."

Kurz darauf standen drei dampfende Becher auf dem Tisch, drei kauende Polizeibeamte beäugten aufmerksam die alte Schultafel, auf der Fakten und Bilder die bisherigen Erkenntnisse wiedergaben. Hamish aß Thunfisch ohne Gurke, Wilma hatte Ei mit Mayo und Kresse und Robert Corned Beef mit scharfem Senf. Eine große Tüte Chips Käse-Zwiebel-Geschmack lag offen in der Mitte, jeder der drei griff zu.

Hamish schlürfte seinen Kaffee. Soweit fand er die Morduntersuchung großartig. Viel entspannter und lockerer, als er sich das ausgemalt hatte. Robert ließ nie den Boss raushängen.

Wilma kaute und dachte intensiv nach. Sie wollte keine Fehler machen und sich dem neuen Boss so gut wie möglich präsentieren. Wer wusste, wie lange ihr Mann noch seinen Job hatte, und eine Beförderung konnte sie jetzt mehr denn je gebrauchen. Der Kredit, den sie für das Haus aufgenommen hatten, machte ihr Angst und sie sehnte sich nach Sicherheit. Vielleicht war sie deshalb Polizistin geworden. Nicht, dass es hier viel Auswahl an Jobs für Frauen gab: Köchin, Putzfrau, Lehrerin. Dann doch lieber Polizistin, mit Haushalt hatte sie es nicht so.

Wilma war eine dieser kleinen, dünnen, ungemütlichen Frauen, die schlecht kochen und Plastikdecken auf dem Essenstisch hatten, weil es so viel praktischer war. In ihrer Küche war es voll und irgendwo stand immer ein Wäscheständer.

In Hamishs Küche wiederum standen Boxen von Bose und ein großer Mülleimer für die Verpackungen von Hector's, dem Chinesen und dem Inder, den drei *Take Aways* in Kyle, die für ihn das Kochen übernahmen. Hamish aß lieber Fertigreichte, als sich die Mühe zu machen, zu kochen. Noch war er jung genug, dass man es ihm nicht ansah.

„Und was habt ihr zu berichten?" Robert Campbell sah sein Team aufmerksam an.

„In den Häusern entlang der Uferstraße in Glenelg wusste niemand etwas von einem Deutschen in der Gegend. Es gibt noch ein paar Häuser in der Hauptstraße und die, die weiter hinten Richtung Moyle wohnen, da habe ich noch nicht gefragt. Keinerlei Ergebnisse bisher", sagte Hamish.

„Die Familie, die in Upper Sandaig wohnt, hat ebenfalls nichts gesehen. Sie sind sich relativ sicher, dass sie etwas bemerkt hätten, wäre der Deutsche über diesen Weg gekommen. Dann hätte er den Bus nehmen und bei ihrem

Haus loslaufen müssen. Sie sind sich sicher, dass ihnen das aufgefallen wäre. Die Übersetzerin haben sie gesehen und konnten ziemlich genaue Angaben zu ihrer Person und der Zeit machen, in der sie da war", ergänzte Wilma.

„So, wie es aussieht, kann Thelenbach nur vom Wasser gekommen sein. Aber ich werde heute Mittag noch mit dem Busfahrer sprechen können. Der ist auf seiner Tour nach Applecross, soll aber vor der Dunkelheit wieder zurück sein, sagt seine Frau. Dann wissen wir sicher, ob er Bus gefahren ist. Wäre er mit einem Auto unterwegs gewesen, stünde das ja noch oben an der Straße."

Wilma nahm einen großen Schluck Kaffee und biss zaghaft in ihr Sandwich. Sie fürchtete, dass etwas von der Kresse zwischen ihren Zähnen stecken blieb, mit Grün im Mund mit DI Campbell sprechen, wie peinlich. Obwohl er nicht so aussah wie ein Mann, den so etwas kümmerte. Wohl aber wie einer, der auf Kleinigkeiten achtete.

Hamish räusperte sich und sah wie ein amerikanischer Präsident bei der Rede zum Unabhängigkeitstag selbstgefällig in die Runde.

„Küstenwache", dozierte er. „Küstenwache."

DI Campbell musste nur die Augenbrauen hochziehen und schon legte Hamish an Tempo zu.

„Die Küstenwache nimmt an, dass die Leiche irgendwo im Loch Hourn ins Wasser gelangt ist. Ob vom Knoydart-Ufer, von der Lochalsh-Seite oder von einem Boot aus, können sie nicht sagen. In Anbetracht der Gezeiten und der Strömung ist Loch Hourn aber der wahrscheinlichste Ort. Loch Hourn hat derzeit einen Tidehub von knapp fünf Metern. Ich könnte heute Mittag mal zum Kopfende des Meeresarms fahren, das ist aber eine ziemliche Strecke und die Straße ist der Horror, wenn sie nicht schnee- und eisfrei ist."

„Das macht jetzt keinen Sinn mehr. Man braucht gut und gerne zwei Stunden bis Kinlochhourn. Dann ist es schon fast dunkel, wie willst du da etwas finden? Ich fahre morgen, Hamish, du kommst mit. Farquarson, Sie machen weiter mit den Befragungen vor Ort und bleiben mit Interpol und den deutschen Behörden in Kontakt. Die schicken Mails auf Englisch, das sollte also kein Problem sein."

„Ich fahre nach Arnisdale und befrage ein paar der Fischer dort, die in dem Gebiet arbeiten. Vielleicht wissen die etwas."

„Hamish, du bleibst hier und hältst den Laden am Laufen."

Hamish nickte und holte eine Packung Schokokekse aus Wilmas Einkaufstüte.

Den Laden am Laufen halten war neben Fernsehen Hamishs Lieblingsbeschäftigung.

9.1.2022

Die Sonne stand schon sehr tief. Robert fuhr dem hellen Ball entgegen, rechts vor ihm lag in stillem Blau das Meer, links erhob sich der wuchtige Ben Sgriol, der Berg, an dessen Füßen Glenelg lag. Die Meerenge zwischen Festland und der Insel Skye, der Sound of Sleat, konnte trügerisch und gefährlich sein, Glenelg markierte die schmalste Stelle und damit den schnellsten Wasserfluss. Richtung Arnisdale wurde es weiter und rund um Loch Hourn ruhiger und einsamer.

Robert mochte die kleine, einspurige Straße mit den Ausweichbuchten, die sich über Felsen und Hügel durch das ockerfarbene Meer aus Moor und Birken wand, auf der man sich fühlte wie beim Skifahren oder auf dem Motorrad, wenn man den Rhythmus traf und niemand entgegenkam, aber auf der einem manchmal auch der Magen in die Hose rutschte, wenn man zu schnell über eine Kuppe kam und der Wagen plötzlich ins Nichts zu fallen schien.

Morgens war viel los, der Schulbus, die Arbeiter, die zu den Fischfarmen, den Baustellen und den anderen Arbeitsplätzen fuhren, später dann die Handwerker, die unterwegs zu den Kunden waren. Im Laufe des Tags wurde es ruhig, besonders im Winter. Dann fühlte sich eine Fahrt nach Arnisdale an wie eine Fahrt ans Ende der Welt. Für Robert war es eine Reise in seine Vergangenheit.

Das Haus, in dem er seine Kindheit verbracht hatte, war nicht wiederzuerkennen. Bevor er den steilen Stich hinunterfuhr, hielt er in einer der Ausweichbuchten und blickte auf die alte Heimat. Aus ihrem kleinen Cottage war ein Ferienhaus geworden mit einem Wintergarten, der statt Pflanzen Couch und Sessel beherbergte. Alle Sträucher und Bäume im Garten waren verschwunden. Nun gab es nur noch einen klinisch reinen Rasen samt Holztisch mit Sitzgelegenheiten, weniger Arbeit, mehr Ertrag. Jetzt, im Winter, wo keine Touristen für Leben sorgten, schien das Haus ausgestorben und trostlos.

Wie die meisten Dörfer in der Gegend wurde auch Arnisdale im Winter zur Geisterstadt, wenn die Touristen und Zweitwohnsitz-Besitzer ausblieben. Die Häuser gehörten fast ausschließlich Menschen, die nicht hier leben, sondern irgendwo in England oder Edinburgh. Die Touristen wohnten wochenweise von Samstag bis Samstag in schön eingerichteten und gut erhaltenen, die Einheimischen in alten, meist heruntergekommenen Häusern. Bei den Preisen konnten sich die wenigsten Einheimischen etwas anderes leisten als das untere Preissegment im Portfolio der Immobilienmakler. Seine Eltern hatten damals verkauft, um nach Kanada auswandern und näher bei seiner Schwester sein zu können. Die Bilderbuchschwester lebte in Toronto mit vier Kindern, einem Mann, einem Hund und ein paar Pferden.

Er hatte keine Kinder, keine Frau mehr und auch keinen Hund, obwohl er sich immer mit einem gesehen hatte.

Robert startete den Wagen und lenkte ihn vorsichtig auf die steile Abfahrt hinunter nach Arnisdale, ein Dutzend Häuser entlang der Bucht sortiert, am Ende das große Herrenhaus, in dem niemand wohnte. In der Mitte des Dorfes, ungefähr auf Höhe der kleinen, weiß gekalkten Kirche mit dem winzigen Friedhof, ein schwimmender Pier, das vermeintliche Herz von Arnisdale.

Jeder der Männer hier besaß ein Boot, viele waren Gelegenheitsfischer und arbeiteten auf der Lachsfarm in Arnisdale oder einer der umliegenden. Der Betreiberfirma gehörte der Steg und anlegen durften nur Mitarbeiter. Deshalb lagen die meisten Boote an Bojen in der Bucht und man musste rausrudern, das war deutlich unbequemer als am Steg. Fischen gingen sie immer noch oder fuhren im Sommer die Touristen in der Gegend herum. Die liebten einsame Buchten mit Robben und Ottern, Schweinswalen und Delfinen. Mit Glück tauchte bei der Tour der ein oder andere Wal oder Riesenhai auf. Mit Pech war es ein aggressiver Killerwal.

Ein Boot kam herein, Robert stellte das Auto ab und ging über den Strand auf das Beiboot zu, das nun auf dem Weg zu ihm war Erst als das Ruderboot den Strand berührte, erkannte er, wer es war: Alistair MacRae. Sie kannten sich oberflächlich, Alistair war ein paar Jahre jünger als Robert, sein Bruder war mit Robert in der Schule gewesen. Sie waren gemeinsam unterrichtet worden, obwohl sie nicht derselbe Jahrgang waren. In der Grundschule von Glenelg wurden alle Jahrgänge in einem Raum unterrichtet. Es gab nicht genug Kinder für mehrere Klassen und auch nicht genug Lehrer, erst in der weiterführenden Schule.

„Wie geht's dir, Alistair?"

„Robert Campbell?!"

Gewichtiges Nicken auf beiden Seiten, Handschlag oder Umarmung waren nicht üblich. Man hielt die Distanz in der Einsamkeit.

„Die Familie?"

„Gut, danke. Alle gesund."

„Und bei dir?“

„Auch alle fit und munter.“

Erwartungsvoll schweigend vertäute Alistair das Boot.

„Glück gehabt?“

„Na, du weißt, wie es ist um diese Jahreszeit, so gut wie nichts zu fangen. Ich war nur draußen bei den Reusen, um zu kontrollieren, ob alles okay ist.“

Er schob die löchrige Wollmütze tiefer über die Ohren und kratzte sich am Kinn wie jemand, der sich gerade den Bart abrasiert hatte und nachprüfen wollte, ob er auch wirklich weg war.

Man hätte Robert Campbell ebenfalls für einen Fischer halten können, obwohl er nicht in Gummistiefeln und wasserdichtem Overall steckte. Er war mehr die Kino-Variante: bärtig, breitschultrig, schweigsam. Wie Alistair trug er eine Wollmütze gegen die Kälte, nur seine hatte keine Löcher. Jeans, Trekkingschuhe und ein warmer dunkelblauer Seemannspullover unter dem gefütterten Outdoor-Parka rundeten das Bild ab. Als DI zwang ihn der Beruf gelegentlich zu Anzug und Krawatte, aber er umging die formelle Kleiderordnung, wo immer es möglich war. Hier würde er mit Anzug und Krawatte nicht nur aussehen wie ein neugieriger Fremder, sondern vor allem wie ein vertrauensunwürdiger Trottel aus der Stadt.

Robert sah Alistair prüfend an.

„Ich bin dienstlich hier.“

„Hab‘ ich mir gedacht.“

Natürlich wusste jeder in der Gegend, dass aus John Campbells Sohn ein Bulle geworden war.

„Ich habe es in der Zeitung gelesen“, ergänzte Alistair und wartete auf mehr Informationen.

„Wir haben einen Toten“, sagte Robert bedächtig. „Hat irgendjemand im Dorf vor Kurzem einen Deutschen gesehen? Um die vierzig, groß, schlank, durchtrainiert. Vielleicht hat er ein Boot gemietet? Sein Auto irgendwo abgestellt?“

„Über Silvester waren ein paar Touristen da. Seither ist kein einziger mehr aufgetaucht. Alle Ferienhäuser sind leer. Auch euer altes Haus. Und aufs Wasser ist schon seit Wochen keiner mehr mit mir raus. Sonst haben nur MacManus und der alte MacDonald ein Boot, das im Winter einsatzbereit wäre. MacDonald nimmt keine Touristen mit, quatschen ihm zu viel, sagt er. Ich nehme sie gern mit, schenke ihnen einen billigen Whisky aus, erzähle ihnen Geschichten von Seeungeheuern und verlange das Doppelte. Aber das läuft nur im Sommer. Von denen würde es keiner mehr als zehn Minuten auf dem Boot aushalten im Winter.“

„Die meisten haben also ihr Boot über den Winter trockengelegt, du bist also der Einzige hier, den man fragen könnte?“

„Naja, der ein oder andere hat schon noch ein kleines Boot hier, das er benutzen könnte. Vor allem die Schlauchboote sind schnell fertiggemacht.“

Die Küstenwache hab’ ich vor zwei Tagen gesehen, haben sie ihn da rausgefischt?“

„Ja, in der Maxwell-Bucht.“

„Dann könnte er schon von hier irgendwo gekommen sein. Die Strömung war stark die letzten Tagen. Oder auch von weiter draußen von irgendeinem größeren Schiff.“

„Ja, das sehen die Jungs von der Küstenwache genauso.“

Alistair nickte und kratzte sich wieder am Kinn.

Robert reichte ihm seine Karte.

„Da ist meine Nummer drauf, ruf mich an, wenn du irgendwas hörst, okay!“

„Mhm. Inspector also. Verdient man da gut?“

„Nicht so gut, dass ich mir ein Boot leisten könnte.“

Alistairs Lachen klang noch lange in seinen Ohren nach, als Robert zurück zum Auto ging. Alistair MacRae hatte ihm nicht die ganze Wahrheit gesagt. Wahrscheinlich, weil er irgendwas Illegales tat, aber Robert war sich relativ sicher, dass Alistair bezüglich des Toten nichts wusste.

Er ging weiter zu einem der letzten Häuser vor dem Herrenhaus. Hier wohnte sein alter Sportlehrer, sein Idol, ein außerordentlich guter Rugbyspieler und verständnisvoller Zuhörer. Kein Lehrer hatte ihn so geprägt wie David MacManus.

Alistair sah Robert Campbell nach und zündet sich eine Selbstgedrehte an. Campbell, dieser neugierige Bulle! Er würde hier keinen verpfeifen. Niemals. Nicht in hundert Jahren!

9.1.2022

Theresa hatte die Küche wunderbar eingerichtet. Es war alles da, was man brauchte, und am richtigen Platz. In dieser Küche zu kochen, war für Issy jedes Mal ein Fest. Zwischendurch starrte sie vom Fensterplatz hinaus aufs Meer, am liebsten mit einem Glas Weißwein in der Hand.

Das langsame und genussvolle Kochen hatte sie sich hier angewöhnt und jetzt schmeckte alles viel intensiver. Nach einem Blick in den Kühlschrank entschied sie sich für Quiche mit Lauch und geräuchertem Lachs. Dank der Hippie-Kommune ein paar Häuser weiter hatte sie immer frische Eier und ein paar Blättchen Salat waren auch noch übrig.

Während sie Salz, Mehl und Butter zu einem Mürbeteig vereinte, dachte sie über Rab nach. Man konnte gut auf einen Mann wütend sein, wenn man Teig knetete. Sie hatte ihm schon halb verziehen. Was hätte er auch machen sollen? Sie hatte ihm ihre Geschichte förmlich aufgezwungen und wenn der Zufall einen Reporter schon an die sprudelnde Quelle der besten Geschichte der letzten Jahrzehnte brachte wer war sie, es zu verurteilen, dass er die Chance ergriffen hatte? Rückblickend, dachte sie, habe ich ebenso viel Schuld wie Rab.

Issy schämte sich vor dem Polizisten, der sie nun sicher für eine Plaudertasche hielt. Obwohl, er hatte den Eindruck gemacht, als verstehe er ihre Hilflosigkeit im Anblick des Mordes. Schließlich hatte sie unter Schock gestanden.

Selten war ein Mürbeteig so intensiv geknetet worden. Issy wusch sich die Hände und packte ihn in den Kühlschrank, bevor sie ihn komplett ruinierte.

„Pause für dich, Mürbeteig. Ich geh unter die Dusche, während du dich ausruhst."

Piep, piep. Eine WhatsApp Nachricht leuchtet auf dem Sperrbildschirm auf.

Sorry, sorry, sorry!!! Issy, es tut mir so leid. Darf ich vorbeischauen, um mich bei dir zu entschuldigen? Ich muss es dir erklären!!! Rab x

Issy antwortete schnell, aber hielt sich kurz, er sollte sich seiner nicht zu sicher fühlen.

5pm

Jetzt beeilte sie sich, unter die Dusche zu kommen. Ihr blieb eine Stunde, um sich aufzuhübschen.

Das Bad, ganz skandinavisch in Milchblau und Weiß gehalten, hatte ein auf altmodisch getrimmtes Waschbecken mit den landestypisch getrennten Wasserhähnen für heiß und kalt. Es war also einigermaßen schwierig, sich damit vernünftig zu waschen, denn man hatte die Wahl zwischen eiskalt und brühend heiß. Etwas dazwischen gab es nicht. Dennoch liebte Issy diese kleinen Eigenheiten, auf die sie in Schottland immer wieder stieß und die Theresa bei der Renovierung ganz bewusst beibehalten manchmal sogar hervorgehoben hatte.

Issy knipste den Schalter für den Strom an und schaltete die Dusche an. Danach öffnete sie das kleine Fenster, das zur Hinterseite des Hauses hin frische Luft im Bad ermöglichte. Auf dem schmalen Sims lag eine Sammlung weißer Muscheln. Der Raum war nachträglich an die Küche angebaut worden und alle Armaturen waren neu, nur das Licht war ein wenig zu dunkel, um sich richtig zu schminken. Hier erledigte Frau das Styling ohnehin im Schlafzimmer und nicht im Badezimmer, weil es in schottischen Bädern keine Steckdosen gab.

Sie rasierte ihre Beine mit Schaum und Klinge über dem Waschbecken und trug dann von der guten Körpercreme auf, die sie bei ihrem letzten Großeinkauf in Fort William erstanden hatte. Dann schaute sie sich prüfend im Spiegel an.

„Wer seine Beine rasiert, ist bereit für Sex!“ Sie zog ihre Augenbrauen hoch und sah sich im Spiegel tief in die Augen: „Sei ehrlich! Du hast ihm doch schon längst vergeben.“

Sie war auf dem Weg in die Küche, als es an der Tür klopfte. Issy hatte sich für ausgewaschene enge Jeans und einen engen, flauschig weißen Kaschmir-Pullover mit V-Ausschnitt von H&M entschieden, sah teuer aus, hatte aber nur wenig gekostet. Ihr einziger Schmuck bestand aus zwei massiven Stahlringen, einen trug sie am Zeigefinger und den anderen am Daumen. Der wuchtige Schmuck ließ ihre langen Finger zerbrechlich erscheinen.

Als sie Rab die Tür öffnete, schlug ihr der Abendwind wie eine eisige Welle entgegen. Für einen Moment blieb ihr der Atem weg.

Rab hatte sofort ihr Parfum in der Nase. Sie hatte ihm verziehen! Auch wenn ihr Gesicht diesen Schluss ganz und gar nicht zuließ.

„Sorry, ich wollte Blumen mitbringen, aber die gab es weit und breit nicht. Dafür habe ich eine Flasche Rotwein und Pralinen.“

„Willkommen in den Neunzigern." Issys Sarkasmus störte ihn nicht weiter, denn sie akzeptierte offenbar die Geschenke. Der Rotwein war gut und teuer. Er hatte sich also ins Zeug gelegt. Gut!

Die Flasche öffnete sie sofort, um ihn atmen zu lassen, einen Dekanter gab es nicht im Haus. Rab entschuldigte sich so wortreich für sein indiskretes Verhalten, wie es sich für einen Journalisten gehörte, und zögerlich verzieh sie ihm schließlich.

Bereits vor dem Essen war die erste Flasche Weißwein getrunken. Nach der Quiche gingen sie zum roten über. Sie goss zwei große schwere Gläser ein, der Wein war erstklassig. Dazu gab es schottischen Käse und Cracker. Von der Docking Station strömte Mendelssohns 5. Symphonie durch den Raum, im Kamin loderten Flammen.

Ihre Hände berührten sich, als Issy nach dem Glas griff. Sie sah Rab mit einem langsamen und provokativen Augenaufschlag an.

„Zeit fürs Bett. Kommst du?" Sie stand auf und streckte ihm ihre Hand entgegen.

„Ich nehme an, diese Frage ist rein rhetorisch?" Er zog sie an sich und küsste sie.

Das Bett blieb eine rein rhetorische Frage. Er nahm sie ohne großes Vorspiel auf dem Tisch und zog sie erst vollständig aus, nachdem er gekommen war. Das Feuer ließ Schatten über ihre nackte Haut wandern, während seine Finger auch sie langsam zum Höhepunkt trieben.

9.1.2022

„Robert! Ich habe dich drüben am Pier gesehen und mich gefragt, ob du es wirklich bist. Du warst so lange nicht mehr da. Komm rein, komm rein. Schön, dich zu sehen!“

Es roch ein wenig muffig und ungelüfte,t als Robert in den schmalen dunklen Flur trat, der nach hinten in die Küche führte. Rechts war das Wohnzimmer, in dem ein Feuerofen brannte und der Fernseher lief.

„Fußball?“

„Rugby. Ich habe das letzte Viernationenturnier auf DVD und schaue mir gelegentlich Teile an. Man lernt nie aus. Die Schulmannschaft schlägt sich gut zurzeit, die wird es weit bringen.“

„Hat ja auch einen guten Trainer.“ Robert grinste David MacManus an. Sein alter Sportlehrer musste inzwischen Anfang fünfzig sein, aber er sah zehn Jahre jünger und noch immer extrem fit aus.

„Wie geht es deinen Eltern, Robert?“

„Oh gut, sie genießen die Zeit mit den Enkelkindern. Kanada scheint ihnen gutzutun.“

Robert sah die Frage in den Augen seines Lehrers. Er schüttelte nur den Kopf.

„Noch ist es nicht zu spät“, David MacManus lächelte. „Wie alt bist du? Einundvierzig?“

„Zweiundvierzig.“

Robert sah seinen ehemaligen Lehrer ruhig an. Er musste über ein anderes Thema sprechen.

„Okay, du bist dran mit den Fragen, was bringt dich hierher? Ich habe vom Mord in Maxwells Bucht gelesen. Untersuchst du den Fall? Wie kann ich dir helfen?“

Robert war klar, dass er hier nicht das ganze Dorf befragen musste. Alistair wusste, was auf dem Wasser los war, und Mr. MacManus wusste, was an Land passierte. Generell wusste sowieso jeder alles über jeden hier. So viele Touristen kamen auch während der Saison nicht nach Arnisdale, ein Fremder würde immer auffallen.

„Ja, ein Deutscher, wie wir jetzt wissen. Ungefähr mein Alter, sehr durchtrainiert, möglicherweise ein Sportler.“

Der Lehrer starrte auf den Fernsehschirm, auf dem ein Gedränge mit der Pausentaste als Standbild festgefroren war. Kräftige Männerkörper, wie übereinandergestapelt auf der wilden Jagd nach dem ledernen Ei.

„Hier war kein Deutscher, das kann ich mit Sicherheit sagen. Ein fremdes Auto hätten wir sofort bemerkt.“

„Nun“, Robert sah bedächtig ins Feuer. „Er könnte ja hier gewesen sein, während Sie in der Schule waren, dann hätten sie das nicht mitbekommen.“

„Das stimmt, Robert, aber ich war nicht in der Schule. Wir hatten Winterferien, der Achte war frei und jetzt ist Wochenende. Die Schule geht erst wieder am Montag los. Ich war die ganze Zeit zuhause.“

„Sie waren nicht mal einkaufen?“

Robert wusste noch von früher, was für ein Aufwand es war, zum Supermarkt zu fahren. Und der hatte dann überteuerte Produkte kurz vor dem Verfallsdatum im Angebot. Der kleine Laden im Dorf in Glenelg war keine Alternative.

„Es lebe die Gefriertruhe!" Sein ehemaliger Lehrer sagte es mit einem lauten Lachen.

„Außerdem, die Zeiten ändern sich, Robert. Jetzt kommen die großen Supermärkte mit kleinen Transportern und liefern den Einkauf. Man kann alles online bestellen. Da muss man nicht weiter gehen als bis zur Haustür. Du kannst sogar die Lieferzeit bestimmen. Auch sonntags."

Und als wollte er beweisen, was er gerade gesagt hatte: „Willst du ein Bier?"

„Danke, nein. Ich muss noch fahren."

In dem kleinen Wohnzimmer standen alte, abgenutzte Möbel, aber es war sehr sauber. Dennoch wirkte es eher wie ein Hotelzimmer als ein Zuhause auf Robert: keine Bücher, keine Zeitschriften, kein Krimskrams.

„Sie leben allein?"

„Ja, ich war nie verheiratet und ich glaube, die Frau meines Lebens werde ich nun nicht mehr treffen. Das war von Vorneherein eher unwahrscheinlich in Arnisdale. Aber mir fehlt nichts. Ich mache meinen Sport und lebe so, wie ich es will, muss keine Kompromisse eingehen. Und wenn ich mal eine Frau brauche – die gibt es auch online, jede Menge Prostituierte aus Polen und sonst wo. Man muss nicht mal bis nach Inverness. Aber das weißt du wahrscheinlich besser als jeder andere."

Robert sah ihn mit fragendem Blick an, seine dunklen Augen fixierten den alten Lehrer. „Wie?"

„Na, als Polizist meine ich."

Jetzt lächelte Robert.

„Habt ihr denn schon eine Spur?"

„Sie wissen, dass ich Ihnen darüber nichts sagen kann, Mr. MacManus. Das könnte die Ermittlungen behindern."

MacManus nickte und starrte ins Feuer.

Robert Campbell legte seine Karte auf den Tisch.

„Hier ist meine Nummer, wenn Ihnen etwas einfällt, ich bin im Glenelg Inn und wenn Sie Glück haben, habe ich da Empfang. Wenn nicht, hinterlassen Sie mir eine Nachricht. Hat mich gefreut, Sie wiederzusehen."

„Mich auch, Robert, mich auch."

Der DI ging durch den dunklen Flur und den muffigen Geruch von feuchten Wänden in alten Häusern nach draußen. Die Winter am Meer roch man nach ein paar Jahren. Er hörte, wie im Wohnzimmer das Rugbyspiel aus der Pause geholt wurde. Ein Stadion brüllte, die Stimme eines Kommentators überschlug sich. Robert trat hinaus in die blaue Dunkelheit eines frühen Winterabends.

Morgen würde er bei seiner Frau vorbeischauen.

9.1.2022

Issy lag nackt im warmen Schein des Kaminfeuers auf dem Sofa, es war eng, aber bequem. Rab schlief und sie sah zufrieden in die Flammen. Der Männerkörper neben ihr zog laut Atem, die Ankündigung eines Schnarchens, das sich wie aus Höflichkeit noch nicht heraustraute.

Sie hatte das Gefühl von Nähe und Körperlichkeit genossen, mehr brauchte sie im Moment nicht. Issy lebte allein, weil sie das so wollte, nicht weil sie es musste. Sie hatte genug von den Chauvinisten und Selbstdarstellern. Inzwischen gab sie sich keinen Illusionen mehr hin und wusste wohl, dass Rab ein ziemlicher Egoist war. Sie hatten eine Affäre und keine Beziehung. Da spielte der Charakter eines Mannes eine untergeordnete Rolle. Manchmal zweifelte sie, ob es überhaupt einen Mann gab, den sie spannend genug finden könnte, um die Anstrengung einer Beziehung in Kauf zu nehmen. Wo sie auch hinsah, Beziehungen waren immer problematisch und Partner in der Regel mehr Belastung als Hilfe oder Unterstützung, zumindest für Frauen wie sie mit einem Beruf, eigenen Vorstellungen und dem Wunsch, sie selbst zu sein.

Erst überlassen sie alles dir und dann verlassen sie dich, weil sie sich unterdrückt fühlen, dachte sie nicht zum ersten Mal.

Draußen blies der eiskalte schottische Wind ums Haus, sie konnte ihn im Kamin hören. Rab war kein Anker, an dem man sich festhalten konnte. Er war heute so und morgen so und immer sich selbst der Nächste, für sie da, solange es seiner Story half, darüber hinaus zählte sie besser nicht auf ihn.

„Benutzt" zu werden, machte Issy nichts aus, solange keine echten Gefühle im Spiel waren. Sie benutzte ihn ja auch, suchte Zuspruch und ein Ohr, ein Gegenüber, mit dem sie die ganze Geschichte mit der Leiche und dem Mord teilen konnte. Heute Nacht hatte sie einen warmen Körper und Sex gewollt, um das Bild der Leiche, das sich in ihr Gedächtnis eingebrannt hatte, endlich verdrängen zu können. Rab war ihre Valium-Tablette. Glück durch Vergessen. Genau so sah er auch aus, schlafend neben ihr. Sie musste kichern.

Issy stand vorsichtig auf, um ihn nicht zu wecken. Nicht so sehr aus Rücksichtnahme auf seinen Schlaf als viel mehr aus dem Bedürfnis heraus, allein zu sein. In diesem Moment schien er ihr völlig fremd.

Sie holte den kuschelig warmen Bademantel aus dem Bad und setzte sich in der Küche ans Fenster. Glenelg schlief, ein paar Lichter hier und da, der Rest waren Wind, Regen und Dunkelheit. Was hinter den Türen passierte, sie wusste es nicht, aber sie war sich sicher, dass ihre Nacht mit dem Journalisten spätestens morgen Abend allseits bekannt sein würde.

Es war ihr egal. Nicht die Sorge um möglichen Tratsch hielt sie vom Schlafen ab, vielmehr das Rätsel um den toten Deutschen mit der Designeruhr aus dem Schwarzwald. Nun, nachdem sie den Schreck auch dank Rab hinter sich gelassen hatte, konnte sie sich auf das Rätsel konzentrieren, das dieses Ereignis in ihr Leben getragen hatte.

Kaum war der Inspector weg gewesen, hatte sie den Namen des Opfers gegoogelt. Tom Uwe Thelenbach war aus Stuttgart so wie sie. Ein seltsamer, fast schon unglaublicher Zufall. Und er war kein Unbekannter, der Tote war

Schiedsrichter in der 2. Fußball-Bundesliga. Achtundachtzig Spiele hatte er dort geleitet und zweiundvierzig als Schiedsrichter-Assistent in der Bundesliga hatte er laut Datenbank des DFB ebenfalls auf dem Konto. Er war geschieden, Vater zweier Töchter und liebte Musik, wandern und Sport. Von Beruf war er Zahnarzt. So sein Steckbrief auf der DFB-Homepage.

Für Issy warf das jede Menge neuer Fragen auf.

Was machte ein Schiedsrichter in Schottland in dieser Einöde allein und wo waren seine Kleider? Wieso hatte er eine Uhr dabei, die gut und gerne zwölftausend Euro wert war? Als Schiedsrichter und Zahnarzt konnte man sich so einen Luxus natürlich leisten, aber eine solche Uhr in der Wildnis zu tragen, das war doch nicht logisch! Was bedeutete die Inschrift? Ließ man nicht vielmehr eine Gravur anfertigen, wenn man beabsichtigte, die Uhr zu verschenken? Warum trug er sie selbst? War es purer Zufall gewesen oder sollte sie ihn finden, den Mann, der auch aus Stuttgart kam?

Sie war doch nur zur Bucht gegangen, weil der Professor ihr die Geschichten von Frere und Maxwell erzählt hatte. Gab es da einen Zusammenhang?

Rab vermutete, dass der Deutsche nicht allein unterwegs gewesen war und dass sein Begleiter ihn getötet und ins Meer geworfen hatte. Aus irgendeinem Grund, der im Leben des Deutschen zu suchen war: Eifersucht, Geld, Macht oder Drogen. Rab hielt es für sehr wahrscheinlich, dass es sich beim Täter auch um einen Deutschen handelte.

Rab wollte früh aufstehen und schreiben. Die *Sun* wollte einen Artikel von ihm und auch die deutsche *BILD*. Er schlief immer noch tief und fest, das Feuer war inzwischen nur noch glühende Asche. Issy legte eine Decke über ihn und ging nach oben in ihr Bett.

Für eine Nacht war das Nähe genug gewesen.

10.1.2022

Robert Campbell öffnete die Tür und mit ihm strömte der Duft von gebratenem Speck in den kühlen Raum.

„*Bacon rolls!* Sollten gegessen werden, solange sie noch warm sind. Ich habe im Hotel Frühstück *to go* bestellt und das gleich für uns alle." Dann verteilte er die Brötchen.

Hamish war zufrieden mit Chef und Leben. Er hatte keinerlei Ambitionen, jemals Detective Inspector zu werden. Ihm genügte eine Geste wie diese, um aus einem guten Tag einen sehr guten zu machen. Es machte ihm Spaß, mit einem DI zu arbeiten und dazu noch einem, dem die Stimmung im Team nicht egal war. Wenn der Chef künftig noch an braune Soße dachte, sein Leben wäre perfekt.

„Tom Uwe Thelenbach ist Schiedsrichter im deutschen Fußball, in der dortigen zweiten Liga. Er ist also dem ein oder anderen bekannt. Er ist Zahnarzt von Beruf, hat sich aber aus einer Gemeinschaftspraxis zurückgezogen, solange er pfeift. Wir konnten ihn anhand der Gebissdaten zweifelsfrei identifizieren. Er ist als Assistent in der Bundesliga und international unterwegs. Die deutschen Behörden prüfen für uns, ob er allein im Urlaub hier war. In Deutschland macht der Fußball eine Winterpause, Schiedsrichter haben also frei. Er kommt aus Stuttgart und hat Geld. Das erklärt die Uhr - Schramberg liegt übrigens ganz in der Nähe von Stuttgart, aber nicht die Inschrift."

Robert Campbell schaute in die kauende Runde. „Die Frage, die sich mir stellt: Ist das Motiv im Bereich seines Berufs zu suchen?"

Hamish zog die Brauen nach oben. „Ein Fußballer, der sich für eine falsche Abseitsentscheidung rächen will?"

Robert Campbells tiefbraune Augen schienen noch eine Spur dunkler zu werden. Hamishs Bemerkung ignorierte er genauso wie dessen Gekicher.

„Das ist alles verdammt merkwürdig. Und, was habt ihr?"

Wilma hatte wegen der Kälte ihre Jacke nicht ausgezogen und hielt sich an ihrem Becher Kaffee fest.

„Der Busfahrer hat definitiv nichts gesehen, keine fremden Menschen, keine fremden Autos. Er fährt die Strecke zweimal am Tag, ist also vier Mal an Upper Sandaig vorbeigefahren. Einmal morgens kurz nach acht Uhr und dann kurz vor neun Uhr wieder zurück. Dasselbe am Nachmittag, da bringt er die Schüler von der Grundschule in Glenelg nach Hause, so gegen 15 Uhr ist da Abfahrt und er fährt dann um kurz vor vier wieder von Corran zurück. Dazwischen hat er noch die eine andere Tour, aber die interessiert uns weniger."

Wilma nahm vorsichtig noch einen Schluck. Sie wollte keine Kaffeeflecken auf der Jacke. „Niemand hat auch nur irgendetwas gesehen, ich denke, wir können ausschließen, dass er von der Glenelg-Seite gekommen ist. Der Deutsche muss übers Wasser gekommen sein."

„Jetzt wollen wir mal nicht katholisch werden", grinste Hamish.

Wilma rümpfte die Nase und würdigte die Bemerkung mit keiner Antwort.

„Nun, es gibt noch die Möglichkeit, dass er in Arnisdale, Corran oder Kinlochhourn war. Letzteres ist über den

Landweg zwar weit weg, über das Wasser oder zu Fuß ist das Kopfende des Meeresarms Loch Hourn aber nur wenige Meilen entfernt von dem Ort, wo die Leiche angespült wurde."

Robert sah beide an. „Hamish begleitet mich, Wilma hält die Stellung. Das müssen wir uns ansehen."

Das Telefon klingelte. Wilma würde nicht auf der faulen Haut liegen können, während die Männer unterwegs waren. Sie war zufrieden mit der Entscheidung des DI. So konnte sie in Ruhe arbeiten und nebenher ein paar private E-Mails schreiben.

Robert und Hamish stiegen ins Auto und machten sich auf den Weg.

„Hallo Mama", lächelte Wilma drinnen ins Telefon. „Ja, ich bin bei der Arbeit. Nein, ich kann sprechen, erzähl …"

10.1.2022

Weite Umwege waren die Normalität, nicht die Ausnahme in den Highlands. Mit einem Boot musste man zwar nur ein paar Meilen zurücklegen, aber das Meer war im Januar meist zu stürmisch, um es auf dem Seeweg zu versuchen. Selbst zu Fuß waren es nur rund zwölf Meilen, wenn auch durch einsames und zum Teil unwegsames Gelände. Vorankommen war mühsam und die Tage um diese Jahreszeit kurz. Mit dem Auto war der Weg zwar lang, aber machbar, sechzig Meilen waren es von Glenelg zum Kopfende des Meeresarms Loch Hourn, das Land, die Croft, alles dort hieß *Kinlochhourn*.

Der umständliche Landweg führte Hamish und seinen Detective Inspector über eine große Schleife auf einer Straße, die diese Bezeichnung nicht auf der ganzen Strecke verdiente. Der letzte Teil war einspurig, steil, mit engen Windungen, das Schild „für Wohnmobile ungeeignet“ stand da aus gutem Grund. Wäre es zuvor nicht milder und stürmischer geworden, hätten sie kaum eine Chance gehabt. Es gab keinen Winterdienst, wenn man von den großen gelben Plastikkisten mit Sand-Salz-Gemisch zum Selbststreuen absah.

Robert Campbell schwieg und dachte nach. Hamish sah gelegentlich zu seinem Chef hinüber und wartete auf den Beginn einer Konversation. Zwei Versuche hatte er unternommen, doch DI Campbell hatte nur gebrummt und aus dem Fenster geschaut. Hamish, der liebend gerne und ausgiebig plauderte, wurde still neben dem großen Schweiger, der aussah, als würde er lieber mit einem Wolf kämpfen als Blödsinn reden.

„Sie nennen die beiden Meeresarme, die Knoydart begrenzen, Loch Hourn im Norden und Loch Nevis im Süden, die Arme des Himmels und der Hölle."

Hamishs DI überlegte. Dann sprach er.

„Welcher ist die Hölle?"

„Loch Hourn."

Nun schwieg auch Hamish.

Nach über zwei Stunden Fahrt erreichten sie die Croft am Ende der Straße. Auf beiden Seiten ragten die Berge dramatisch in den Winterhimmel, die Nordseite war in den Wintermonaten gänzlich ohne Sonne. Winterschatten über einer Szenerie, die es mit jedem norwegischen Fjord aufnehmen konnte.

„Endstation, bitte alle aussteigen", ulkte Hamish im Tonfall eines Cartoon-Lokführers.

„Hamish, du siehst dich um, ob du irgendwo Anzeichen eines Autos finden kannst. Ich frage auf der Croft nach." DI Campbell zog die Gummistiefel aus dem Kofferraum. Der Pfad zum Haus war übersät mit knöcheltiefen Pfützen, zwischen matschigen Fahrrinnen und Kuhscheiße. Ein Border Collie an einer langen Kette bellte und knurrte wie ein Wahnsinniger.

„Hallo-o!"

Keine Antwort. Die zotteligen Hochlandkühe mit den großen Hörnern blickten fragend von der Weide zu ihm hinüber. Auch die glich einem Schlammbad. Die Croft war ein heruntergekommenes Wrack. Er klopfte nochmals an die Tür, von der die Farbe in großen Placken abblätterte. Der Türrahmen starrte vor Schimmel.

Elend gebiert Wut, dachte DI Robert Campbell.

„Hallo-o?“

„Was!“

Ein Mann kam um die Ecke, nicht sonderlich groß, aber sehr kräftig, das Gesicht voller Ecken und Kanten. Der Kopf steckte in einer ausgeblichenen Wollmütze, die Füße in dreckigen Gummistiefeln, der Rest in Militärhosen und einem karierten Holzfäller-Fleece in der Farbe der Gummistiefel: grün und braun. Die waren das Einzige, das keine Löcher zu haben schien. Er roch nach Schweiß und Kuhscheiße und sein „WAS“ hatte ein Ausrufezeichen, kein Fragezeichen gehabt.

„Polizei. DI Campbell. Ich habe ein paar Fragen.“ Robert hielt den Ausweis hoch, aber der Mann sah gar nicht hin.

„Ich habe Sie kommen sehen. Dachte, das sind wieder so ein paar verdammte Touristen, die hier übernachten wollen.“

Der Mann zeigte auf das Schild, das am Zaun hing: *WIR SIND KEIN B&B!*

„Ich bin John MacRae, das ist mein Land hier. Sind Sie wegen des toten Deutschen da? Ich hab's vorhin im Radio gehört, da war dieser Journalist. Stimmt es, dass die Leiche von hier kommt? Wurde er hier ermordet?“

„Das können wir nicht mit Sicherheit sagen, Mr. MacRae, es ist aber in der Tat eine Vermutung. Deshalb sind wir hier. Haben Sie hier in den letzten Tagen irgendetwas Ungewöhnliches bemerkt?“

MacRae sah ihn prüfend an, schwieg aber.

„Ein fremdes Auto vielleicht, ein Wanderer?“

MacRae zog die Nase hoch, dann die Hose, dann schüttelte er den Kopf.

„Aber ich habe ein Boot gehört, klein, nicht mehr als zehn PS im Außenbordmotor. Letztes Wochenende war das. Draußen auf dem Loch und ich habe mich gefragt, wer um diese Jahreszeit da wohl den Skipper spielt. Aber vielleicht waren das auch Leute, die zum Barrisdale Bothy wollten?"

„Barrisdale Bothy?"

„Eine gute Stunde von hier zu Fuß. Eine Berghütte für Wanderer, die jeder nutzen kann. Kein Strom, kein fließendes Wasser, nur ein Brennofen als Heizung. Wenn man Holz findet."

„Haben Sie das Boot gesehen?"

„Nein, ich war hinten bei den Schweinen, von da aus kann man nicht um den Felsen sehen. Der versperrt die Sicht auf Loch Hourn. Dazu muss man schon näher an der Bucht sein. Aber bei den zehn PS, bin ich mir sicher, war wohl ein Yamaha-Motor."

Na großartig, überlegte Robert. Das traf auf jedes zweite Boot im Umkreis zu.

„Samstag oder Sonntag sagen Sie? Also direkt nach *Hogmanay*? Können Sie sich an die Uhrzeit erinnern? Der genaue Zeitpunkt könnte wichtig sein."

MacRae kratzte sich im Schritt und sann nach.

„Ich war noch betrunken. Aber ich glaube, es war der Sonntag, Ja, es war nicht der Silvestermorgen, es war der Morgen danach. So um zehn oder elf Uhr, ich war gerade aufgestanden."

„Leben Sie allein hier?"

„Meine Frau auch."

„Kann ich sie sprechen?"

„Nicht da, seit Weihnachten bei ihrer kranken Mutter. Sie stirbt."

„Das tut mir leid."

MacRae grunzte. „Ich muss selbst kochen."

Robert reichte ihm seine Karte, das übliche Spiel.

„Wenn Ihnen noch etwas einfällt …"

Aber MacRae hatte sich schon umgedreht und war um die Ecke des Hauses verschwunden, noch bevor sich Robert Campbell verabschieden konnte. Zurück am Auto sah er den Crofter über die Weide hinter dem Haus gehen, ein großer schwarz-weißer Collie folgte ihm.

Hamish saß am Steuer und versuchte, dem Autoradio einen Sender zu entlocken.

„Nichts!"

„Was nichts?" fragte der DI. „Kein Sender oder keine Spur?"

„Keine Spur und kein Sender. Der Wendeplatz ist trocken, da sind keine Reifenabdrücke zu erkennen."

Sie blickten hinaus aufs graue Wasser, die steilen Berghänge am Ufer schroff und abweisend.

Hamish fröstelte: „Irgendwie passt der Name."

„Loch Hourn?"

„Meeresarm der Hölle."

Hamish startete den Wagen, wendete und fuhr los.

10.1.2022

Rab war am Telefon, als Issy am nächsten Morgen herunterkam. Er tigerte durch die Küche und redete über seine Bluetooth-Kopfhörer.

Issy hörte nur „Leiche“ und „Mord“ und stellte den Wasserkocher an. Rab flüchtete ins Wohnzimmer, während er den Finger an den Mund legte, um ihr einen Kuss zu schicken und gleichzeitig um Ruhe zu bitten. Es klang, als würde ihn jemand interviewen.

Wenn jetzt schon Journalisten andere Journalisten interviewen, müssen sie ganz schön auf dem Trockenen sitzen, gähnte Issy und machte einen Kaffee. Ganz so hatte sie sich den Morgen danach nicht vorgestellt.

„Ja, Detective Inspector Campbell vom MIT leitet die Ermittlungen, ihm zur Seite stehen zwei Beamte aus Kyle of Lochalsh. Bislang hat die Polizei noch keine neuen …“

Rab wollte sich einen Namen machen mit dieser Geschichte, er hatte den nötigen Ehrgeiz. Seine Zeitung erschien nur einmal die Woche, deshalb hatte er Zeit, alle Anfragen von Radio und Online-Plattformen zu beantworten, außerdem waren Artikelanfragen von der *Sun* und dem *National* gekommen. Und er hatte über fünfhundert neue Follower auf Twitter und knapp tausend auf Facebook. Er konnte auf einen Schlag viel Geld verdienen, wenn er jetzt keinen Fehler machte.

In Boxershorts und T-Shirt saß er in Issys Wohnzimmer und verdiente Geld.

Herzlich willkommen im Hotel Hartmann. Ihr Frühstück müssen Sie sich heute leider selbst zubereiten, das Personal ist im Streik, brummte Issy in sich hinein. Sie wollte eigentlich auch arbeiten, aber das ging nicht, solange der Glenelg-Chefreporter ihren Arbeitsplatz besetzte und ihr Cottage in ein Pressezentrum verwandelte.

Issy machte sich mit ihrem Kaffee auf den Weg ins Badezimmer. Dann gehe eben ich!

Eine gute halbe Stunde später war sie geduscht und angezogen, Rab noch immer am Telefon. Er redete, parallel tippte er auf seinem iPad herum. Er war wohl nicht mehr live, aber immer noch in einem Gespräch.

„Tschüss!“, rief sie ins Wohnzimmer und winkte kurz in sein verblüfftes Gesicht. Es lag keine Freundlichkeit in ihrem Lächeln, Issy war wütend. Wütend, nach einer gemeinsamen Nacht so behandelt zu werden. Er hatte sie einfach ignoriert, Schreiberling! Schönes, altmodisches Wort: Schreiberling!

„Was ist falsch mit Kaffee ans Bett? Oder einem Hallo mein Schatz, möchtest du Frühstück?“, fragte sie sich halblaut. Der Wind blies stark von der See und ihre Haare wirbelten wild um ihren Kopf. Schnell setzte sie die Mütze auf und machte sich auf den Weg. Wohin, wusste sie selbst nicht so genau.

Erst als sie sich dem Haus des Professors näherte, schien ihr ein kurzer Besuch dort die beste Möglichkeit, der Situation im Cottage zu entfliehen. Nicht, dass Rab ihr nachgeeilt wäre, aber man wusste nie, und ein Schauspiel auf offener Straße war sicher nicht der klügste Schachzug. Sie würde noch eine Weile hier wohnen.

Ihre dreimonatige Auszeit war perfekt geplant: Sie kümmerte sich um Theresas Haus von Mitte Dezember bis Mitte März. Ihre Wohnung in Stuttgart hatte sie derweil an eine Sängerin untervermietet, die am Opernhaus ein Engagement auf Zeit hatte. Issy musste in Schottland nur für die Nebenkosten aufkommen: Strom, Wasser, Heizung. In diesen drei Monaten ruhte ihre andere Arbeit, ihre Buchprojekte, ihr Lektorat. Alles, was sie tat, war, dieses eine Buch zu übersetzen und sich eine Auszeit von ihrem Alltagsleben zu gönnen. Familie, Freunde, Kollegen, alle hatte sie gebeten, ihren Rückzugswunsch zu respektieren. Das fiel vor allem ihren Schwestern und ihren Eltern schwer, aber sie verstanden Issys Wunsch. Nun tat es ihr fast leid, denn nun fehlten ihr Menschen, mit denen sie über all die Dinge reden konnte, die gerade in ihrem Leben passierten.

Die Augen des Professors leuchteten, als er seinen Besuch erkannte.

„Issy! Wie schön, dass Sie vorbeischauen. Ich habe gerade Tee gemacht. Wollen Sie eine Tasse?"

„Sehr gerne, vielen Dank!"

„Wie geht es Ihnen Issy? Sie sehen etwas mitgenommen aus."

„Es ging mir schon besser, ich habe einfach immer noch mit dem Bild der Leiche zu kämpfen."

„Nun, das ist doch verständlich, nicht wahr? Ich habe gehört, dass Sie ihn gefunden haben. Hätte ich Ihnen nur nicht von Maxwell und Frere und der Bucht erzählt, dann wären Sie gar nicht dort hingegangen."

Er goss ihr Tee ein.

„Zucker?"

„Nein, danke." Issy nahm den Becher dankbar entgegen.

„Ich frage mich, ob es wirklich Zufall war, dass ich den Mann gefunden habe. Die einzige Deutsche weit und breit findet eine deutsche Leiche. Das ist fast ein wenig zu viel."

Der Professor blickte auf und lächelte.

„Edward I von England starb am 7.7.1307, gerade als er in Schottland einmarschieren wollte. Edward II starb 1327, Edward III 1377. Ziemlich viele Siebenen für einen Zufall, finden Sie nicht? Ich glaube aber dennoch nicht, dass irgendeiner zwei bis drei Könige ermordet hat, damit die Siebener-Reihe stimmt."

Issy kicherte, wurde aber schnell wieder ernst.

„Wann waren Sie das letzte Mal in Sandaig?"

„Wie? Glauben Sie, ich habe Sie da hingeschickt, weil ich wusste, dass die Leiche dort lag? Woher hätte ich das wissen sollen?"

„Weil Sie sie vor mir gefunden haben, aber nicht in die Geschichte hineingezogen werden wollten. Deshalb haben Sie mir so viel von der Bucht erzählt. Damit ich hingehe und die Leiche finde."

„Und habe ich Ihrer Meinung nach die Leiche nur gefunden oder habe ich den Mann auch ermordet?"

Issy wurde blass, der Gedanke war ihr noch gar nicht gekommen in all dem Trubel der letzten Tage und Stunden. Sie schluckte. Ihr Mund war auf einmal unangenehm trocken.

„Welches Motiv hätten Sie dafür gehabt? Sie kannten den Mann ja gar nicht.“

„Das sagen Sie, ich weiß nicht, ob ich den Mann kannte oder nicht. Wer war er?“

„Ein deutscher Fußball-Schiedsrichter namens Tom Uwe Thelenbach.“

„Warum sollte dieser deutsche Schiedsrichter ausgerechnet bei uns tot am Strand liegen? Ist er aus einem Boot gefallen?“

Er sah Issy lange an, dann entschuldigte er sich und ging ins Badezimmer, der Tee forderte Tribut.

Issy blickte sich im Wohnzimmer um. Alles stand voller Bücherregale, vor allem Werke zur schottischen Geschichte, aber auch schottische Literatur - Stevenson, Scott, Burns und natürlich Gavin Maxwell. Sie zog einen der dicken Bände heraus, das Buch kannte sie noch nicht: *Lords of the Atlas,* Herrscher des Atlas Gebirges. Das könnte ein weiteres Übersetzungsprojekt sein. Sie blätterte ein wenig herum und stellte es wieder zurück.

Da sah sie das Taschenbuch, das hinter der gebundenen Ausgabe von Maxwells Abenteuern in Marokko versteckt war: *Die Schwarzwalduhr.* Ein deutsches Buch. Der Deutsche hatte eine Armbanduhr aus dem Schwarzwald getragen.

Die Siebenerreihe wurde immer länger.

„Es war bestimmt ein Unfall.“

Issy stellte das Buch zurück, bevor Donald Ingalls den Raum wieder betrat.

„Es war bestimmt ein Unfall, ich habe ihn jedenfalls nicht getötet.“

Sie lächelte ein wenig verkrampft.

„Natürlich nicht, wieso sollten Sie auch."

„Eben, wieso sollte ich einen Mann töten, den ich nicht kenne, und Sie dann zu seiner Leiche führen?"

Ja, dachte Issy. Wieso?

Wie kann ich nur ertragen, was er getan hat? Immer und immer wieder? Wieso habe ich es nicht gesehen? Warum hatte ich nie eine Ahnung, dass hinter der harmlosen Fassade ein Monster lauert?

Ich habe ihn entschuldigt, Erklärungen gefunden, Ausreden bemüht, um nicht hinsehen zu müssen. Ich habe weggesehen. Ich bin schuld.

Er hat es gespürt und war frei, frei weiterzumachen und nicht aufzuhören. Er hatte die absolute Macht, weil ich sie ihm gegeben habe.

Und dann war er da, dieser eine Moment, in dem alles zu viel wurde. In dem das Maß voll war, der Kelch, der so lange zum Brunnen gegangen war, er brach nicht, er explodierte. Wie hab ich dich gehasst. Nun konnte ich nicht mehr wegsehen. Es war hier, genau vor meinen Augen.

Ich war so voller Hass im Moment der Gewalt. Und da war auch eine stille Gewissheit? Man möchte glauben, dass es unbändige Wut war, aber das war es nicht. Es war das Erreichen eines Punkts. Ganz nüchtern. Ganz praktisch. An diesem Punkt gab es kein Zurück und auch keine Alternative.

Sein Tod war alternativlos. Absolut. Er musste sterben. Es musste ein Ende haben.

Es war meine Verantwortung. Ich musste es tun.

10.1.2022

„Ich habe etwas sehr Interessantes für dich." Janne Asikainen kicherte fast am Telefon.

„*Aye?*" Robert Campbell brummte nur.

„Nach der vorläufigen Obduktion waren noch ein paar Fragen offen."

Robert hatte das Gefühl, dass der Finne die Sache aus purer Freude am Ärgern in die Länge zog.

„Hmm." Robert ließ sich auf keine Spielchen ein.

„Der Deutsche war schwul."

„Was?"

Hamish und Wilma sahen erschrocken von ihren Schreibtischen auf. So laut hatten sie ihren DI noch nicht erlebt.

„Was hast du gesagt?", fragte er deutlich leiser nach und schickte seine beiden PCs mit einem Blick wieder an ihre Computer.

„Er war schwul, er hatte Sperma im Magen. Er muss kurz vor seinem Tod Sex gehabt haben."

„Das sollte die Sache doch vereinfachen, so viele dürfte es hier nicht geben, die mit ihm eine Beziehung gehabt haben könnten."

„Du meinst, außer mir gibt es in den schottischen Highlands kaum mehr Schwule?", erkundigte der Pathologe sich interessiert.

„Genau das meine ich. Im Schnitt sind es sechs Prozent der Bevölkerung und das beinhaltet Homosexuelle beiden Geschlechts."

„Da täusche dich mal nicht. Es gibt nicht viele, die sich geoutet haben, aber es gibt verdammt viele, die entweder bi sind oder sich ihre Homosexualität nicht eingestehen wollen. Ganz besonders ausgeprägte Machos, wie es sie hier immer noch gibt. Die sind nach außen hetero, aber nach innen sieht es ganz anders aus. Vielleicht ein erstes Mal, das schiefgelaufen ist?"

„Aber wo sollen die sich getroffen haben? In Glenelg gibt es nun wahrlich keine Schwulenbars. Da gibt es nur das Inn und dann ist Schicht."

„Nun", meinte der Finne," da wäre das Internet und da wäre Inverness. Was glaubst du, warum ich hier wohne? Hier sind alle ziemlich entspannt, wenn es um Schwule geht, auch in den Heterobars. Und es gibt Treffs, bei Nico zum Beispiel, in der Nähe der Burg. Vielleicht war er da mal?"

„Ich komme nach Inverness."

„Oh, wie schön, Robert. Du kommst und ich führe dich ein." Der Pathologe konnte vor lauter Lachen über diese Doppeldeutigkeit nicht weitersprechen.

„Bin gegen Abend da", brummte Robert und legte auf.

Der DI und der Pathologe in der Schwulenbar, mal was anderes, dachte Campbell. Als er sich umdrehte, blickte er in die erwartungsvollen Augen seines Teams.

„Unser Deutscher hatte Sperma im Magen, wir müssen davon ausgehen, dass der Schiedsrichter schwul war."

10.1.2022

Donna Marie pustete die Locken aus dem Gesicht. Sie war auf eine sehr attraktive Art mollig: großer Busen, ein Hauch von Bauch, volle Lippen, die Bewegungen langsam und selbstbewusst, wie ein Vorspiel für noch viel ausladendere Dinge als nur ihr Dekolleté.

Für eine Bar war sie die perfekte Frau, ihr Haar hatte die Farbe von lange gelagertem Hochlandwhisky und Donna Marie hatte auch dessen Feuer, eine vollkommene Diva der Fünfziger, aber alles andere als eine perfekte Ehefrau für einen aufstrebenden jungen Polizeibeamten.

Robert Campbell betrat die Bar und die Augen seiner Exfrau saugten ihn förmlich auf. Sie hatte diese besondere Art, Menschen anzusehen schon immer gehabt. Der Blick ließ ihn schwach in den Knien werden. Immer noch. Er nickte ihr kurz, sagte aber nichts, aus Sorge, sie könnte seiner Stimme anhören, welche Wirkung sie noch immer auf ihn hatte.

„Robert! Das ist aber eine Überraschung. Wie geht es dir? Und was bringt dich hierher?"

Sie beugte sich über den Tresen, um ihn rechts und links auf die Wange zu küssen, so, wie sie es auf dem Kontinent taten. Leicht irritiert von ihrer Nähe, seiner Reaktion auf seine Exfrau sowie das neue Parfum, das sie trug, brummte Robert ein kurzes Hallo und setzte sich an die Bar der Brasserie, die Donna Marie nun führte, statt zuhause auf ihn zu warten.

„G&T?"

„Ich bin im Dienst."

„Natürlich ist es dienstlich! Was auch sonst!"

Die beißende Bitterkeit, mit der Donna Marie das früher oft zu ihm gesagt hatte, war verschwunden. Jetzt war es eine neutrale Aussage. Der neue Ton traf Robert mehr, als er sich eingestehen wollte.

„Kaffee dann?"

Robert nickte und sah ihr zu, wie sie der großen italienischen Maschine einen Espresso entlockte. Er hätte sie am liebsten hier und jetzt auf dem Tresen genommen, eine Bewegung ihrer Hüften und sein Testosteron spielte verrückt.

Sie stellte den Espresso vor ihn und schaute ihn intensiv an. Die Brasserie war wie ausgestorben, um diese Jahreszeit nicht ungewöhnlich in Inverness.

„Ist …?"

„Nein, im Baumarkt einkaufen, wir bauen das Dach aus ..." Ihre Stimme verlor sich, als hätte sie ein Geheimnis preisgegeben.

Robert schob ein Foto über den Tresen, das er aus dem Internet hatte.

„Das ist ein Deutscher, Tom Uwe Thelenbach ist sein Name. Er ist tot, und wie ich gerade erfahren habe, war er wohl schwul. War der vielleicht mal hier?"

Sie sah sich das Foto des Schiedsrichters aufmerksam an. Sie war lange genug Frau eines Polizisten gewesen, um zu wissen, wie wichtig es war, dass sie sich konzentrierte und ihr Gedächtnis genau durchforschte.

„Das kann ich wirklich nicht sagen. Wir sind hier keine Schwulenbar, auch wenn die Inhaberin mit einer Frau zusammenlebt. Die sexuelle Präferenz ist privat, die Bar ist Business. Verstehst du? Ellen und ich machen kein Geheimnis aus unserer Beziehung, aber wir gehen damit auch nicht hausieren. Schließlich wolltest du es auch so haben."

Robert nickte schweigend. Irgendwann würden die Kollegen herausfinden, dass seine Frau ihn wegen einer anderen Frau verlassen hatte. Er war noch nicht bereit, sich der Häme zu stellen, wenn das die Runde machte.

Donna Marie fotografierte das Bild des Toten mit ihrem Telefon.

„Ich sehe es mir noch mal an und frage Ellen. Soll ich es herumzeigen?"

„Nein. Ich kann nicht sagen, ob es gefährlich sein könnte. Überlass das Herumfragen mir. Ich bin heute Abend mit Janne unterwegs."

Ihr Gesicht war ein einziges Fragezeichen.

„Ich mag nach wie vor Frauen, dass ich mit Janne um die Häuser ziehe, ist rein dienstlich."

„Natürlich ist es dienstlich! Was auch sonst!"

Robert verabschiedete sich. Wie so oft nach Gesprächen mit Donna Marie fragte er sich, an welchem Punkt es in eine falsche Richtung gelaufen war. Was war mit ihrem blinden Verständnis der Anfangsjahre geschehen? Wann hatten sie angefangen, alles misszuverstehen? Er wusste es nicht, aber er fragte sich das oft.

Die Nacht war nass und dunkel, Musikfetzen waberten aus der Bar über die Straße.

Was gab es Schöneres am Abend, als mal schnell in der Pathologie vorbeizuschauen …

Der DI stieg ins Auto und fuhr Richtung Raigmore Hospital.

10.1.2022

Dr. Janne Asikainen saß über ein Mikroskop gebeugt und kaute vorsichtig auf den Lippen, das neue Piercing war noch nicht vollständig verheilt. Von hinten hätte man ihn mit dem langen blonden, zu einem Zopf zusammengefassten Haar für eine Frau halten können. Er war eher schmal gebaut. Die tätowierten Unterarme waren ein erstes Zeichen, die überraschend tiefe Stimme, mit der er Robert Campbell begrüßte, ein weiteres, dass es sich hier mitnichten um eine Frau handelte, sondern vielmehr um einen Mann, der allen gängigen Klischees widersprach. Asikainen war tapfer der, der er sein wollte und nicht der, der er sein sollte. Heute trug er ein *Dream-Theate-* T-Shirt unter dem Pathologenkittel.

Der DI warf einen Blick darauf.

„In sanfter Stimmung heute Abend?"

„Man weiß ja nie, wen man trifft. Ich dachte, ich mache mal nicht zu viel Alarm zum Auftakt und trage keinen Hardcore."

Janne grinste Robert an. „Ich habe mir gerade das Sperma angesehen, das er im Magen hatte. Die DNA ist leider nicht brauchbar für eine Analyse, der Magensaft hat ihr zugesetzt. Wärme und Feuchtigkeit greifen biologische Spuren an. Aber eines kann ich sagen: Es sieht nach einvernehmlichem Sex aus."

Robert nickte nachdenklich.

Janne schnappte sich seine Lederjacke. „Wollen wir?"

„Ja. Ich fahre." Campbell war einmal beim Pathologen im Auto gesessen und hatte auf der Fahrt nach wo auch immer hin, er wusste nicht mehr wo, die Band von Janne auf die Ohren bekommen. Er bildete sich ein, noch Stunden danach ein leises Dauersummen im Kopf gehabt zu haben. Death Metal war nicht wirklich seine Musik. Aber Janne, ganz stolz auf seine Bose-Boxen, hatte musikalisch Vollgas gegeben. Der Bandname *Tod durch Ersticken* war Robert danach ziemlich passend vorgekommen, denn er hatte einen großen Drang nach Frischluft verspürt.

Im Nico's lief Hintergrundjazz, was der Bar und Brasserie etwas Großstädtisches gab. Der Laden war halb voll, zumeist Heteropaare und ein paar einzelne Männer standen an der Bar, an einem Tisch saßen zwei Männer, die mehr wie Geschäfts- denn Geschlechtspartner aussahen.

„Keine Schwulenbar, nur schwulenfreundlich, die Szene ist nicht groß genug hier", erklärte Janne und ging auf den Barmann zu.

„Hi, Miro. Alles frisch?"

Miro nickte, ohne zu lächeln, und schaut prüfend auf Robert: „Das Übliche?"

„Nein, heute nicht. Das ist DI Campbell. Er ist auf der Suche nach einem Mann."

Miro zog die Augenbrauen fragend nach oben, während DI Campbell ein Foto aus der Tasche zog und es dem Barkeeper hinlegte. Sein Blick war todernst, obwohl er innerlich lachen musste über die natürlich absichtliche Doppeldeutigkeit des Pathologen.

„Schon mal gesehen? Eventuell war er in Begleitung eines anderen Mannes."

Miros Augenbrauen wanderten erneut nach oben.

„Ja, als Paar", bestätigte der DI die unausgesprochene Frage des Barmanns.

Miro nahm das Bild und hielt es vor die beleuchtete Rückwand der Bar, im Glanz der Flaschen studierte er es ganz genau. Als Schiedsrichter war Thelenbach mit zahllosen Fotos in der Google-Suche erschienen. Campbell hatte mehrere ausgedruckt.

„Nein, den hab' ich noch nie gesehen."

„Vielleicht einen anderen Deutschen?"

„Naja, Deutsche kommen hier schon gelegentlich herein. Das fällt mir auf, ich spreche ein wenig Deutsch. Ich bin in Polen, nahe der deutschen Grenze, aufgewachsen. Aber das sind alles Touristen und nicht jetzt im Winter und wo die Grenzen so gut wie zu sind, da taucht hier kein Deutscher auf."

Der DI bedankte sich und Janne sah Miro zum Abschied tief in die Augen. Der Barmann lächelte schüchtern. Zufrieden mit seiner Wirkung auf Männer zog Janne den DI mit sich mit auf die Straße. Den Rest des Abends klapperten sie die verschiedenen Bars in Inverness ab. Niemand hatte Thelenbach gesehen. Vermutlich war er von Süden aus angereist oder nicht lange in der Gegend geblieben.

Mit dieser Erkenntnis fuhr Robert hinein in die Nacht und gen Süden. Jannes Angebot, bei ihm zu übernachten, hatte er ausgeschlagen. Er konnte sich vorstellen, wie schnell das Gerücht sich verbreiten würde, dass nicht nur seine Frau ihn wegen einer anderen Frau verlassen hatte, sondern dass er jetzt auch noch beim schwulen Pathologen eingezogen war.

Robert stöhnte laut auf bei dem Gedanken.

Im Radio lief Stevie Ray Vaughan. Robert machte lauter.

„*Superstition*!“

Der Rest waren Gitarre, die Nacht und seine Gedanken.

10.1.2022

Als Issy zurückkam, war Rab nicht mehr da. Obwohl er sie am Morgen genervt hatte und sie eigentlich froh war, dass sie sich mit niemandem auseinandersetzen musste, fühlte sich das Haus jetzt plötzlich leer an.

Issy machte sich ein Tee und ging durch die Räume, während der Beutel im heißen Wasser zog. Alles war wie immer und doch auch nicht. Der Toilettensitz war hochgeklappt. Eine Rücksichtslosigkeit in ihren Augen, die sie bei Männern mehr als ärgerlich fand. Im Wohnzimmer war die Decke zusammengefaltet und die Couchkissen ordentlich aufgestellt. Auf ihrem Laptop lag ein Zettel, die Rückseite eines alten Briefumschlags, den er aus ihrem Papierkorb gefischt hatte.

Ich habe dich heute Morgen vermisst. Wo warst du??? Musste los in die Redaktion. Heute Abend wird es ruhiger. Ich bringe Abendessen. Rab xxx

„Ich bringe Abendessen?" Das hieß, es war für ihn kein One-Night-Stand. Irgendwie war Issy erleichtert und geschmeichelt, ihr Ego war besänftigt und doch ärgerte sie sich, dass er ihre Wut am Morgen einfach ignoriert hatte. War sie es, die ihn lockte, mehr zu wollen als nur eine Nacht oder die Tatsache, dass er bei ihr eine Basis hatte, die nahe am Geschehen war? Wenn sie ehrlich zu sich selbst war, dann war es wohl beides. Natürlich wäre es ihr lieber gewesen, er wäre ganz und gar von ihr hingerissen, ungeachtet der Tatsache, dass sie kein wirkliches Interesse an ihm hatte.

Egoistin, schimpfte Issy sich selbst und machte sich mit ihrem Tee an ihre Übersetzung des Buchs. Dieses einfache Leben, das Gavin Maxwell unweit von hier in seiner Bucht gehabt hatte, faszinierte sie - die Abgeschiedenheit, die Schönheit der Natur, die Vertrautheit, mit der er mit den Tieren lebte, ein selbstbestimmtes und erfülltes Leben, weit weg von den Menschen und ihren Erwartungen. Erst seit sie sich hierher in die Einsamkeit zurückgezogen hatte, spürte sie, wie sie die Erwartungen ihres Umfelds belastet hatten und wie frei sie sich ohne diese Bindungen fühlte.

Sie hatte eigentlich keine Lust, Rab heute Abend zu sehen, sie wollte lieber allein sein. Doch in einer stürmischen Regennacht in den Highlands konnte die Stimmung schnell umschlagen und man fühlte sich plötzlich unsagbar einsam. Vorsichtshalber unternahm sie also nichts, um Rab davon abzuhalten. Er war ein akzeptabler Liebhaber, er brachte Essen und er konnte sehr unterhaltsam und aufmerksam sein. Darüber hinaus war Rab einfühlsam im Gespräch und belesen. Eine gute Mischung für lange Winterabende, an denen der Fernseher so gut wie nicht funktionierte, weil Wind und Regen an der Satelliten-Schüssel rüttelten und das Internet so schwach war, dass streamen auf dem iPad ein frommer Wunsch blieb.

Aber wenn sie ehrlich war, dann wäre sie lieber allein gewesen mit den Abenteuern von Gavin Maxwell und Richard Frere, der im Buch gerade eine Ruine in ein Haus verwandelte, das Gavin Maxwell vermieten wollte. Frere erzählte von Glasscheiben, Holzöfen und Wasserleitungen, alles sehr praktische und männliche Dinge und Gedanken. Was Issy dabei wirklich Interessierte, war, wie es ein Mann allein in der Einsamkeit aushalten konnte, nur mit dem

Nötigsten versorgt und nur mit den schlichtesten Mitteln, sein Leben einfacher zu machen. Diese Art der Einsamkeit machte ihr Angst. Ihr waren eine funktionierende Heizung, Strom und frische Bananen zum Frühstück wichtig. Beides zu haben, die Einsamkeit und die Annehmlichkeiten der Zivilisation, schien ihr mehr oder minder unmöglich

Was hatte den Deutschen wohl in die Einsamkeit getrieben? Und welche Sorte Einsamkeit hatte er gesucht? Die komfortable, die keine Menschen ertragen mochte, oder die harte, die eine Flucht vor ihnen war? Sie schätzte, es war Letzteres.

Es musste etwas geben, das den Mann dazu veranlasst hatte, hierherzukommen. Issy war sich sicher, dass er allein war mit seinem Mörder, und wahrscheinlich hatte er ihm vertraut. Aber dann hatte er irgendetwas getan, das den Mörder dazu brachte, ihn zu töten.

Das würde der Professor niemals fertigbringen. Niemals. Wie kam sie nur auf die Idee, dass er damit etwas zu tun haben könnte? Dafür war er nicht leidenschaftlich genug. Der Professor war Theoretiker, kein Täter. Das passte psychologisch gar nicht.

Sie dachte über Zufälle nach und darüber, ob der Zufall ihn letztlich getötet haben konnte. War er zur falschen Zeit am falschen Ort gewesen? Und der Mörder musste jemand sein, für den Gewalt nichts Ungewöhnliches war. Ein Jäger, Fischer oder Crofter, die töteten häufig. Und sie waren von hier und kannten sich aus. Die waren da draußen in der Wildnis und konnten zufällig auf den Deutschen getroffen sein. Bei diesem Zusammentreffen war dann etwas geschehen, das die Welt aus den Fugen warf und alles veränderte für die zwei Menschen, aus ihnen Täter und Opfer machte.

Issy konnte förmlich die Angst spüren. Und die Wut.

10.1.2022

„Einmal Hühnchen Tikka Masala, einmal Chow Mein vegetarisch, Frühlingsrollen und Krabbenchips und einmal gebratener Reis."

Issy lief das Wasser im Mund zusammen. Der Duft von exotischen Gewürzen füllte die Küche, ihr Magen meldete sich lautstark und Rab lachte ebenso laut darüber.

„Da bin ich ja gerade noch rechtzeitig gekommen mit meinem Essen auf Rädern."

Es war inzwischen schon acht Uhr am Abend und Issy hatte gerade beschlossen, sich ein Brot zu schmieren, statt noch länger auf Rab und sein Abendessen zu warten. Doch dann hatte er schwer bepackt vor der Tür gestanden.

„Wo hast du das denn alles her?"

Mit geübten Griffen stellte er zwei Teller in die Mirowelle, um sie schnell anzuwärmen, und begann, die Kartondeckel von den Aluschalen zu nehmen. Vor ihnen auf dem Tisch stand ein indisch-chinesisches Festmahl.

„Alles vom Chinesen in Kyle of Lochalsh, die waren die Einzigen, die geöffnet hatten."

„Aber das ist doch mindestens eine Dreiviertelstunde Fahrt bis hierher."

„Ja, ist es, aber ich habe ihnen einen der Auslieferungskisten abgeschwatzt. Die sind so gut isoliert, das hält eine Stunde. Zumindest lauwarm. Ich habe ihnen mein Ehrenwort geben müssen, dass ich sie ihnen wiederbringe."

Er hatte Issy zur Begrüßung mehr beiläufig denn leidenschaftlich geküsst und sich dann um das Essen gekümmert. Offensichtlich war er in Gedanken noch ganz woanders als in dem Cottage in Glenelg. Pluspunkte gab ihm Issy für den Weißwein, den er gekühlt gekauft hatte, die Temperatur war nicht perfekt, aber der Wein trinkbar. Issy liebte Theresas große geschwungenen leicht blaustichigen Weingläser aus dickem Recyclingglas. Die lagen wunderbar schwer in der Hand. Das war nun doch schöner, als allein ein Brot zu essen.

Zufrieden kauend hörte sie Rab zu. Er hatte jede Menge abgesetzt am heutigen Tag und mehr verdient als sonst in einer ganzen Woche. Diverse Artikel, ein Radiointerview und in der Redaktion war auch einiges los gewesen. Er fragt auch, was Issy gemacht habe, doch sie wollte ihm nicht zu viel von ihrem Tag erzählen, um nicht auf die letzte Nacht und den Morgen danach zu sprechen kommen. Er fühlte sich für sie viel zu fremd an hier in der Küche.

„Espresso?“

„Ja, bitte!“

„DI Campbell hat, soweit ich weiß, noch keine Ahnung, wer der Mörder ist.“ Der Spott in Rabs Stimme war schwer zu überhören.

Issy erzählte ihm von ihren Überlegungen.

„Ja, ich denke, dass du da recht hast, es muss jemand von hier sein. Eine Tat im Affekt oder so. Wäre eine riesige Geschichte, wenn das wahr wäre.“

„Was willst du tun?“

„Morgen nach Arnisdale fahren und mit den Fischern dort sprechen. Wie ich höre, ist keiner der Fischer in Glenelg im Winter aktiv. Ich bin mir sicher, dass der Deutsche auf einem Boot war, bevor er ins Meer geworfen wurde. Also gehe ich mal Boote schnüffeln."

„Nimmst du mich mit?"

Rab überlegte kurz.

„Klar!"

Es konnte nur von Vorteil für ihn sein, Issy dabeizuhaben. Die meisten Männer hier waren weniger zugeknöpft, wenn eine Frau zugegen war. Und es war vielleicht auch besser, nicht allein zu schnüffeln, man konnte ja nie wissen, wie gefährlich das werden konnte.

„Nachtisch?"

Rab bediente sich, direkt in der Küche.

Das ist meine Chance. Wenn es irgendetwas gibt, was man zu Geld machen kann, dann ist es ein Geheimnis. Das Geheimnis eines anderen, das nicht ans Tageslicht kommen darf. So was wie Mord zum Beispiel. So was wie Mord.

Aber ich muss vorsichtig sein, behutsam. Niemand darf mir etwas anmerken.

Und ja, natürlich ist es moralisch verwerflich, aber Moral kann ich mir nicht mehr leisten. Mit all den Schulden, was bleibt mir anderes übrig?

Es ist gefährlich, aber ich habe mich abgesichert. Laufe ich Gefahr, getötet zu werden? Ich glaube nicht.

Oder?

Nein!

Der Umschlag mit den Fotos liegt sicher in der Rechtsanwaltskanzlei in Edinburgh. Wenn ich tot bin, schicken sie ihn direkt an die Polizei mit den Fotos des Opfers. Mehr Beweise wird auch die Polizei nicht brauchen.

Wie gut, dass mich an dem Abend in Fort William keiner erkannt hat. Wie auch? Corona-Maske und Jacke mit Kapuze im Dunkeln, das hätte jeder sein können.

Ich habe sie gesehen, ein inniger Kuss. Sie hatten nur Augen für sich.

Klick.

Ein paar Tausend sollte das Foto schon wert sein. Was sind schon ein paar Tausend gegen Jahrzehnte im Gefängnis? Das Geld sollte ich bald haben.

11.1.2022

Issy stieg aus und hielt ihr Gesicht in die Wintersonne. Das Meer glitzerte ihr heiter entgegen. Schön war es in Arnisdale! Issy lächelte. Für einen Moment vergaß sie, warum sie hergekommen waren und war einfach nur froh, in den Highlands unterwegs zu sein. Mit Rab als Begleiter fühlte sie sich deutlich sicherer als allein.

Rab dagegen hatte die Aufgabe wohl im Blick, er arbeitete ja auch, im Gegensatz zu Issy. „Mein Gott, das ist nicht nur das Ende der Straße, das ist das Ende der Welt hier!“, meinte er und sah auf sein Handydisplay. „Kein Empfang. Na wunderbar!“

In der Ferne blökten die Schafe, ein Amselpaar zwitscherte der Sonne entgegen.

„Ich habe mir schon gedacht, dass es nicht lang dauern wird, bis du hier auftauchst.“ David MacManus hatte in seinem Garten gewerkelt und lehnte nun lässig am Zaun, um Rab zu begrüßen.

„Issy, darf ich vorstellen, mein alter Trainer, David MacManus. David, das ist Isabel Hartmann, sie wohnt für eine Weile in Theresas Cottage in Glenelg.“

Issy machte die Andeutung einer Ghettofaust. Sie hatte sich noch immer nicht daran gewöhnt, dass man sich in der Pandemie nicht mehr die Hand gab.

„Sind Sie Deutsche? Sie haben doch nicht etwa mit dem getöteten Touristen zu tun?“, fragte MacManus.

Issy zuckte mit den Schultern: „Ja und nein, ich kennen ihn nicht, aber ich habe ihn gefunden. Dass er auch Deutscher ist, war ein seltsamer Zufall."

„Das ist es wohl", murmelte MacManus und wendete sich an Rab: „Und, hast du immer noch keine Lust, wieder Shinty zu spielen? Wir könnten dich in der Altherrenmannschaft gut gebrauchen."

Rab lächelte die Anfrage freundlich beiseite. Es war offensichtlich nicht die erste.

„War das Opfer irgendwann mal hier?", wollte Rab stattdessen wissen.

„Hier sind seit Monaten keine Touristen mehr gewesen. Ein Deutscher wäre aufgefallen im Dorf. So viele sind wir nicht mehr."

„Ist dir an Neujahr oder am zweiten Januar etwas aufgefallen?", fragte Rab weiter.

„Ernsthaft? Du weißt so gut wie ich, dass am ersten und zweiten Januar alle ihren Rausch ausschlafen. Ich habe am zweiten meinen Neujahrsbesuch bei Alistair gemacht. Naja. Machen wollen. Er war wohl mit dem Boot draußen. Das ist das Boot da drüben. Kam dann am frühen Abend bei mir vorbei und wir haben einen kleinen Whisky gekippt. Nichts Außergewöhnliches also in Arnisdale."

Als ob ein Mord nichts Außergewöhnliches wäre, dachte Issy und schlenderte wieder Richtung Wasser, weil Rab und sein ehemaliger Trainer sich inzwischen über Shinty-Spiele der Vergangenheit austauschten. Da war sie raus. Sie hatte von Shinty gehört, so eine Art Feldhockey mit hartem Körpereinsatz, das in den Highlands einen höheren

Stellenwert hatte als Fußball. Sie blickte zu dem Boot, auf das MacManus gezeigt hatte.

Warum war er draußen gewesen? Um die Jahreswende herum gingen die Fischer an der Westküste nicht fischen. Was also hatte er gemacht? Konnte dieser Alistair etwas mit dem Toten zu tun gehabt haben? Issy blickte sich um. Und wo war er jetzt?

11.1.2022

Er sah die beiden rechtzeitig kommen und hatte genug Zeit. Schnell öffnete er die oberste Schublade seines Werkzeugschranks und ließ die kleine Ledertasche hineingleiten. Dann schloss er die Schublade vorsichtig und drehte den Schlüssel herum und steckte ihn in eine der rostigen Dosen auf dem Regal über dem Werkzeugschrank. Dann putzte er sich die Hände an den Hosen ab, und fuhr sich durch die Haare. Bereit!

„Hallo-o!“, rief es von draußen.

Alistair zögerte fast unmerklich, nur den Bruchteil einer Sekunde. Gerade lange genug für einen nicht zu Ende gedachten Gedanken.

„Was!“, brüllte Alistair. Es war keine Frage.

„Mr. MacRae?“ schallte es von draußen.

Alistair trat aus der Tür und setzte sich die löchrige Mütze auf. Issy konnte den Mann riechen, es war eine Mischung aus rostigem Eisen, Salz und ungewaschenen Hosen. Unwillkürlich machte sie einen Schritt zurück. Rab dagegen tat einen Schritt auf den Mann zu. In der Jackentasche hatte der Reporter sein Handy auf Aufnahme gestellt. Er wollte es dem Fischer nicht offen unter die Nase halten. So etwas irritierte die meisten Menschen und störte den Redefluss. Das war bei Profis wie Politikern, Künstlern oder Sportlern okay.

„Hallo Alistair, ich bin Rab, von der *West Highland Free Press*. Ich berichte über den Toten in Maxwells Bucht. Haben Sie Zeit für ein Interview?"

Natürlich hatte er. Wann wurde er schon mal zu irgendetwas gefragt. Und dann auch noch von der *West Highland Free Press*! Die lasen alle hier. Man würde darüber sprechen, wenn er dem Reporter etwas sagte. Er musste vorsichtig sein, aber die Gelegenheit durfte er sich nicht entgehen lassen.

„Darf ich kurz? Nur ein Foto für den Artikel. Wollen Sie sich vielleicht etwas drehen, dann ist ihr Boot im Hintergrund. Das ist doch Ihr Boot da hinten, oder?", wollte Rab von dem Fischer wissen.

Alistair brummte ein Nicken und drehte sich so, dass Rab ihn und die *Tarbert* gemeinsam ablichten konnte. Issy trat noch einen Schritt zurück. Irgendetwas kam ihr komisch vor an der Bereitschaft des Fischers, sich für die Zeitung fotografieren zu lassen.

Rab war wahrscheinlich klar, dass er ein Bild brauchen würde, um die Seite zu füllen weil inhaltlich aus dem Interview nicht viel zu holen war. Der Fischer hatte nichts Auffälliges bemerkt, er war zur besagten Zeit kurz draußen gewesen, um nach seinen Reusen zu sehen. Einen Deutschen oder gar dessen Leiche habe er nicht gesehen.

Alles nicht weiter aufregend und dennoch war sich Issy sicher: Der Mann verheimlichte etwas. Sie schlenderte Richtung Beiboot, konnte aber auch da auf die Entfernung nichts Ungewöhnliches entdecken.

Rab beendete das Interview und bat den Fischer noch um einen Blick in dessen Seekarten. Der hustete und ging zurück in seinen Schuppen, um nach der Karte zu suchen. Rab stand allein zwischen den Plastikkisten und Reusen, die zu Alistairs Boot gehörten. Im Beiboot lag unter anderem auch eine kleine schwarze Box mit metallenen Handgriffen. Rab warf einen näheren Blick darauf und sah sich blitzschnell um. Alistair war weit und breit nicht zu sehen. Er nahm die Box und verstaute sie zügig in seinem Auto. Dann legte er den Finger an die Lippen.

„Kein Wort davon!“, zischte er, seine Augen, seine Augen blickten Issy scharf an. Sie schüttelte nur den Kopf. Was um alles in der Welt war das für ein Ding, das Rab da genommen hatte?

Der hatte es nun eilig aufzubrechen. Nach einem kurzen Blick in die Seekarte verabschiedete er sich von Alistair so schnell es ging, ohne dass es auffiel.

„Ich muss mich beeilen, wenn das Interview noch in die morgige Ausgabe kommen soll. Ab dieser Woche sind wir wieder regelmäßig mittwochs draußen“, sagte er und stieg ins Auto. Issy folgte ihm unsicher. Sie hatte ihn bei einem Diebstahl beobachtet. Wenn sie nun mit ihm wegfuhr, ohne etwas zu sagen, machte sie sich zur Mittäterin. Vertraute sie ihm genug dafür?

Ein wenig verlegen winkte sie dem Fischer zu, als Rab wendete. Alistair schaute dem Auto lange nach. Issy sah es im Seitenspiegel und ihr schlechtes Gewissen wurde größer, je kleiner der Mann wurde, den sie gerade bestohlen hatten. Rab kicherte nervös hinterm Steuer.

„Oh Mann, Issy, das wird von Minute zu Minute besser!“

„Was ist das für ein Gerät, das du vom Boot genommen hast?“

„Ein Fischfinder. Fischer benutzen die, um Fischschwärme per Sonar zu lokalisieren. Die Dinger haben auch GPS. Mit ein wenig Glück hat dieses Gerät die Daten für das Wochenende, an dem der Deutsche ermordet wurde, gespeichert“, grinste Rab stolz. „Dann wissen wir, wo Alistair MacRae war und ob er uns die Wahrheit sagt, oder nicht.“

11.1.2022

Issy machte sich schnell ein Schinken-Käse-Sandwich und setzte sich an ihren Laptop. Rab hatte versprochen, zu kochen, sobald er mit seinen Artikeln fertig war. Dann wollten sie sich gemeinsam den Fischfinder vornehmen. Das Sandwich war kein Stillen ihres Hungers, vielmehr fiel es ihr schwer, sich auf die Arbeit zu konzentrieren. Essen war da eine gute Abwechslung. Rab tippte derweil lässig in die Tastatur seines Laptops, die drohende Deadline für die Abgabe seines Artikels schien ihn nicht im Mindesten zu beeindrucken.

Der Fischfinder stand auf der Kommode neben der Eingangstür. Issy musterte ihn aufmerksam und verdrückte das letzte Eckchen Brot. Sie konnte ihre Neugier kaum bändigen, bis Rab mit seiner Arbeit fertig war. Unwillig setzte sie sich wieder an ihren Laptop.

Rab hatte nicht einmal bemerkt, dass sie aufgestanden war und sich ein Sandwich gemacht hatte, so vertieft war er in seine Arbeit. Sie wünschte, sie könnte sich auch so fokussieren wie er.

Gerade als Issy endlich in ihren Workflow gekommen war, hatte Rab seinen beendet und begann, in der Küche zu hantieren. „Dein Kühlschrank gibt wenig her, aber wir haben Sahne, Zwiebeln, Eier und Speck. Wie wäre es mit Spaghetti Carbonara?“, wollte er wissen.

„Lecker, sehr gerne“, meinte Issy und machte sich auf die Suche nach dem Weißweinvorrat. Möglicherweise würde die Flasche im Kühlschrank nicht reichen.

„Und zum Nachtisch dann den Fischfinder", sagte sie und zwinkerte ihm zu. „Keine Ablenkungen heute."

Rab musste lachen. „An deine Ablenkungen habe ich ausnahmsweise mal nicht gedacht. Ich will auch wissen, was die GPS-Daten uns verraten können. Das Gerät habe ich inzwischen gegoogelt. Wenn Alistair die Daten nicht gelöscht hat, und das traue ich ihm nicht zu, dann wissen wir genau, wo er am Wochenende des Mordes unterwegs war."

Nach dem Abendessen verzichteten sie auf Espresso und nahmen sich direkt den Fischfinder vor.

„Aha. Hier. Sonntag, erster Januar, war er ganz tief unten im Loch Hourn. Fast schon im Loch Beag."

Issy hatte sich intensiv mit der Gegend beschäftigt, als sie wegen der Bucht von Maxwell recherchiert hatte.

„Loch Beag ist der Name des unteren Endes des Meeresarms Loch Hourn. Etwa eine Meile davor hat das Boot über eine Stunde gelegen. Da ist nichts weit und breit. Hat er da gefischt?"

„Da hat er sicher keine Reusen", Rab schüttelte den Kopf. „Das ist viel zu weit weg von seinem Revier."

„Also hätte er Zeit gehabt, mit dem kleinen Beiboot an Land zu rudern und einen Mord zu begehen. Danach hätte er die Leiche auf offenem Meer entsorgen können."

„Dumm nur, dass sie in Sandaig wieder angespült worden ist", meinte Rab. „Er hatte also die Gelegenheit. Und er hat gelogen, als wir ihn gefragt haben, ob er zum Tatzeitpunkt in der Nähe war. Das scheint mir alles sehr schlüssig bis auf eine signifikante Kleinigkeit: Alistair MacRae hat kein Motiv.

Warum sollte er einen wildfremden Deutschen umbringen? Und hat er überhaupt eine Waffe?“

„Genau das sind die Fragen, die wir nun beantworten müssen“, Issy schaute ihn triumphierend an. „Und die Frage, was zum Teufel ein deutscher Schiedsrichter am völlig abgelegenen Südufer des Loch Hourn zu suchen hatte. Dort führt nicht einmal eine Straße hin.“

Rabs Hand griff nach ihrem Nacken und er zog ihren Mund zu seinem. „Vielleicht wäre jetzt doch ein guter Moment für eine deiner ‚Ablenkungen‘, was denkst du?“

„Ja“, lachte sie. „Besser, wir gehen früh ins Bett. Schließlich müssen wir morgen bei Tagesanbruch los nach Kinlochhourn. Ich habe gehört, da soll es vor allem am Südufer besonders schön sein.“

11.1.2022

Seit den frühen Morgenstunden waren Wilma und Hamish dran an dem Fall. Wilma hielt Kontakt zu den deutschen Kollegen, die zum Glück alle gutes Englisch sowohl sprechen als auch schreiben konnten. In Deutschland war man der Ansicht, das Opfer habe einfach nur Urlaub in Schottland gemacht. Es gab in seiner Heimat keine Hinweise auf ein mögliches Mordmotiv. Der Schiedsrichter hatte wegen einer Verletzung zuletzt auch keine Spiele bestritten, an die Theorie eines hasserfüllten Fußballfans glaubte ohnehin keiner.

Thelenbach war mit dem eigenen Auto und nicht per Flieger angereist. Die *passenger locator form* des Innenministeriums hatte die Einreise am 27.12. über Dover bestätigt. Den obligatorischen *Corona-Day-2-Test* gab er am Tag darauf direkt in einer privaten Klinik in Manchester ab. Mit dem negativen Ergebnis war er dann weiter nach Schottland gereist, wo er am 28.12. übernachtete. In Fort William verlor sich seine Spur am 29. Dezember.

An diesem Morgen kam Wilma sich wie eine Telefonistin und nicht wie eine Polizistin vor. Wenigstens hatte vor ein paar Tagen die Schule wieder angefangen und die Kinder waren tagsüber versorgt. Sollten die Schulen wegen der rapide steigenden Covid-Fälle aber wieder schließen, dann hatte sie ein massives Problem. Bis dahin aber genoss sie die Ruhe ihrer kleinen Einsatzzentrale in Glenelg: kinderfrei und Zeit zu telefonieren. Traumjob!

Der Regen schlug an die Fenster des Gemeindezentrums, die Grundschule war gleich nebenan und man konnte die Kinder anderer Mütter in den Pausen rufen und schreien hören. Dieses Alter, in dem man nicht wusste, wohin mit all der Energie im eigenen Körper, schien Wilma schon so lange vorbei zu sein. Es wurde mit zunehmendem Alter immer schwieriger, jeden Tag genug Energie im Körper zu finden.

Hamish zog mit den Füßen den kleinen Heizlüfter näher an sich heran. Es war kalt in der Gemeindehalle, obwohl die Zentralheizung an war. Das Gebäude war zwischen den Jahren nicht genutzt worden und die Mauern noch eiskalt. Auch wegen der hohen Decken würde es eine Weile dauern, bis sie eine angenehme Arbeitstemperatur erreicht hatten. Bis dahin hatten sich sowohl Hamish als auch Wilma Heizlüfter von zuhause mitgebracht.

DI Robert Campbell brauchte keinen Heizlüfter. Sein Seemannspullover war aus echter Schafswolle und Sitzen nicht sein Ding. Ruhelos ging er entweder zwischen *crime board* und Wasserkocher hin und her oder er stand am Fenster, telefonierte oder sortierte seine Gedanken.

Hamish war nicht groß genug, um aus den Fenstern sehen zu können, die in der Gemeindehalle aus unerfindlichen Gründen viel zu hoch angebracht worden waren. Also konnte er auch nicht geheimnisumrankt in den trüben Januartag starren. Sein Chef dagegen schon.

Ein *Ping* lockte den DI schnell wieder zurück an Tisch und Laptop, eine neue E-Mail, der endgültige pathologische Befund war da.

Robert Campbell las und schaute dann in die Runde. „Asikainen bestätigt, dass es Mord war. Ein Schuss in den Hinterkopf aus etwa fünfunddreißig bis vierzig Metern. Mit hoher Wahrscheinlichkeit ein Gewehr, genauer lässt sich das ohne das Projektil nicht sagen. Das Opfer hatte Sperma und Alkohol im Magen und keine weiteren Verletzungen. Sieht nach einvernehmlichem Sex aus."

„Man muss als Homosexueller heutzutage doch nicht mehr in die Wildnis flüchten, wenn man Sex haben will", meinte Wilma mit einem Stirnrunzeln.

„Und wo will man ihn dort haben? Um diese Jahreszeit hat man doch keinen Sex im Freien", überlegte Hamish laut.

„Nun, ein Zelt wäre eine Möglichkeit oder ein *mountain bothy*, eine Berghütte. Da gibt es sicher mehrere. Vielleicht sind sich da draußen per Zufall zwei Männer begegnet, die sich attraktiv fanden, und dann ist irgendetwas schiefgelaufen."

Robert Campbell schaute Wilma und Hamish an: „Wandert von euch keiner?"

Kopfschütteln hinter beiden Schreibtischen.

„Dann wenden wir uns an das örtliche *Mountain Rescue Team*. Glenelg hat ein eigenes, wie ich sehe. Super, die haben sogar eine Drohne. Ruf da mal an, Hamish. Vielleicht können die uns eine Hütte nennen, die infrage kommt, irgendwo zwischen Knoydart und Lochaber, und falls ja, dann frage gleich, ob uns morgen jemand von ihnen hinbringen kann. Heute macht das keinen Sinn mehr", meinte Robert mit Blick auf sein Handy. „Sonnenuntergang ist um 15:47 Uhr."

„Hamish, hat deine Suche bei den Hotels und B&Bs der Gegend irgendwas ergeben? So viele Deutsche sind in der Pandemie nicht unterwegs. Unser Opfer sollte einfach zu finden sein.“

„Na, so einfach nun auch wieder nicht“, Wilma lächelte leise. „Denkt doch an Airbnb und die vielen Leute, die hier Zimmer, Campingpods oder Caravans unter der Hand vermieten. Das wird ein Telefonmarathon!“ Wilma widmete sich erneut ihrer eigenen Transport-Telefonliste. Sollte Hamish sich mal um die Unterkünfte kümmern.

Das Handy des DI klingelte und er zog sich wieder auf seine Empfangsposition am Fenster zurück. Draußen kämpfte sich die Sonne hinter den Wolken vor und warf einen kränklichen Lichtstrahl auf die Holzverkleidung des Gemeindesaals. Der Geruch nach alten Turnschuhen schien sich im Holz festgesetzt zu haben. Auf dem schmalen, hohen Fenstersims lagen die drei COVID-Selbsttests, die sie heute Morgen gemacht hatten. Robert schob sie hin und her, während er zuhörte und gelegentlich etwas brummte. Alle drei hatten den einen kleinen rote Strich bei dem C, der einen Negativtest anzeigte. Sollten einmal zwei Striche auftauchen, dann würde aus der Einsatzzentrale eine Quarantänestation.

Am anderen Ende der Leitung war ein Kollege aus Fort William. Sie hatten am frühen Morgen bereits miteinander gesprochen und DI Graham Gunn sich in Lochaber auf die Suche nach einer Spur des Deutschen gemacht.

„Wir haben einen Treffer“, sagte er mit einem Lächeln in der Stimme. Ein Deutscher, auf den die Beschreibung passt, war nach Weihnachten hier in Fort William, Robert.“

„Bin auf dem Weg!“ Robert Campbell beendete das Gespräch und griff nach seiner Jacke.

„Ich fahre nach Fort William. Thelenbach wurde dort gesehen.“

11.1.2022

Thelenbach war offensichtlich für eine Nacht in einem der *Guesthouses* in der Innenstadt abgestiegen. DI Gunn und DI Campbell hatten sich auf dem kleinen Parkplatz hinter der Fußgängerzone verabredet. Den Reflex, dem Kollegen die Hand zu schütteln, unterdrückte Robert und begrüßte ihn stattdessen mit einem tiefen Nicken.

„Wie war die Fahrt hierher?", wollte Gunn wissen.

„Entspannt", brummte Campbell. „Kaum ein Auto unterwegs."

Mehr Smalltalk hatte keiner der beiden Polizisten auf Lager. Man kannte sich, man musste nicht mehr reden. Gunn wies den Weg. Er hatte kein Problem damit, dass Campbell den Fall zugeteilt bekommen hatte, obwohl er in seinem Bereich lag. So machte das mehr Sinn, vor allem weil Campbell aus der Gegend kam und er selbst schon mehr Arbeit auf dem Tisch hatte, als ihm lieb war.

„Constantia House ist wenige Schritte entfernt, in der Fassifern Road. Sandra und Seamus haben nur ein Zimmer zu vermieten, deshalb konnte sich Sandra auch noch gut an den Deutschen erinnern", meinte Gunn.

Die zierliche Wirtin mit der blonden Kurzhaarfrisur öffnete die Haustür, noch bevor Gunn klingelte. Sie trug eine selbst genähte blaue Maske, die zu ihrer Bluse passte. Stark geschminkte, aber kluge blaue Augen blickten Robert Campbell an.

„Er kam am 29. am späteren Nachmittag an. Ich glaube, es war so gegen sechzehn Uhr. Gebucht und bezahlt hat er über die App. Er wollte kein warmes Frühstück. Wir haben ihm Cornflakes, Joghurt und Obst bereitgestellt. Und Orangensaft!", meinte sie, als könne das zusätzliche Vitamin C sie aus einer inneren Verpflichtung gegenüber einem Übernachtungsgast auslösen, ein warmes Frühstück mit Eiern, Würstchen und Speck zu servieren.

„Wann genau ist er wieder gegangen?", fragte DI Campbell.

„Das kann ich nicht sagen", antwortete die Wirtin. „Wir haben noch geschlafen und es war vereinbart, dass er den Schlüssel in den Briefkasten wirft. Das hat er auch getan. Als ich am Morgen aufgewacht bin, war sein Auto weg. Wir haben hier einen eigenen Stellplatz für unsere Gäste", erklärte sie stolz.

„Wann war das ungefähr?"

„So gegen acht."

„Ein 3er BMW. Blau-metallic mit einem deutschen Kennzeichen", erläuterte Sandra.

„Was hat er denn verbrochen?" wollte, die Wirtin wissen.

„Darüber kann ich Ihnen leider keine Auskunft geben", meinte Campbell und bedankte sich. „Sie haben uns sehr geholfen."

Zufrieden in dem Wissen um die eigene Nützlichkeit schloss Sandra die Tür. Sie wünschte, sie hätte sich mit dem Gast mehr unterhalten, aber sie und Seumas waren so beschäftigt gewesen. Vielleicht ging sie am besten gleich einkaufen. Sie hatte schließlich eine Menge zu erzählen.

Auf dem Weg zum Auto telefonierte Robert Campbell mit Wilma: „Ja, setz dich mal mit den deutschen Behörden in Verbindung, wir brauchen das Kennzeichen für die Fahndung. Und schnell, wenn es geht!"

„Ich bin dran, Sir", tönte es aus dem Handy, das der DI in seiner rechten Hand vor den Mund hielt. „Denen mache ich Beine. Sie können sich auf mich verlassen. Kommen sie gleich wieder zurück, Sir?"

„Nein, Gunn und ich machen einen *pub crawl.*"

„Okay, Sir." Wilma hatte sehr wohl verstanden, dass die beiden Polizisten nun die Bars und Kneipen in Fort William abgrasten, um herauszufinden wo der Tote in der Nacht gewesen war und mit wem er Kontakt gehabt hatte. „Na dann Prost und denken Sie daran: Nicht trinken und fahren!"

Campbell lächelte allenfalls mit den Augenbrauen. Sie hatten inzwischen den kleinen Parkplatz überquert und an dem schmalen, dunklen Durchgang zur *High Street* schlug ihm ein wunderbarer Essensduft entgegen, Abis Kebab war offen.

„Kebab?", fragte Campbell.

„Immer!", bestätigte Gunn.

Den Rest des Nachmittags und frühen Abends verbrachten die beiden Beamten damit, die Kneipen und Bars von Fort William zu durchkämmen. Der Deutsche war an mehreren Orten gesehen worden: im Alexandra, im Imperial und in der Ben Nevis Bar. Er war offensichtlich allein gewesen, hatte sich aber mit anderen Gästen unterhalten, Männern und Frauen.

„Scheint, als ist er allein in sein *Guesthouse* und am nächsten Morgen früh wieder gegangen“, meinte Gunn. „Das schließt einen *One-Night-Stand,* der schiefgegangen ist, aus, oder?“

„Hm“, zweifelte Campbell. „Scheint so, aber wo ist er dann hin?“

Als Robert nach dem Fort-William-Trip wieder in seinem Zimmer ankam und sein Telefon sich mit dem WLAN verbunden hatte, pingten ihm die Nachrichten nur so um die Ohren. Kein Wunder, das Telefonnetz war miserabel gewesen unterwegs, im Auto telefonieren, blieb meist nur ein großstädtischer Wunsch.

Hamish hatte das *Mountain Rescue Team* von Glenelg kontaktiert und sich mit ihnen und Campbell auf neun Uhr Abfahrt geeinigt. Davor war es noch zu dunkel, um eine Suche nach dem möglichen Tatort zu starten.

In Anbetracht des späten Kebabs in Fort William ließ Robert das Abendessen ausfallen und ging stattdessen laufen, mit Kopflampe entlang der Straße. Es war kalt und windig aber wenigstens trocken. Rechts von ihm schwappte das Meer in wilden Wellen an den Strand, links konnte man in die beleuchteten Fenster der Anwohner sehen: Eine Familie starrte auf einen riesigen Fernseher, ein Mann spielte Gitarre in der Küche, diese Isabel Hartmann und Rab saßen bei Kerzenlicht über einen Laptop gebeugt. Die Szene hatte etwas sehr privates und Robert fühlte sich wie ein Eindringling. Er zog das Tempo an und hielt das Gesicht in den Wind. Zeit, abzuschalten und nichts mehr zu denken. An absolut gar nichts mehr!

Der bleiche Mond trat hinter einer Wolkenwand hervor und schickte einen breiten Strahl Nachtlicht übers Meer. Von den Hängen rief ein Käuzchen. Dort, wo der Fluss ins Meer mündete, hatte sich eine Nebelbank gebildet, ein weißer Vorhang vor einer anderen Welt, die Robert verschluckte, sobald er sie erreicht hatte.

Sex mit ihm war immer eine Herausforderung, wenig Zuneigung, viel Spannung. Ziemlich erotisch, aber irgendwie unpersönlich, zweifellos befriedigend, wenn auch nicht erfüllend. Sie ist schwer zu beschreiben, die Vereinigung mit einem ewig Fremden.

Sein Körper, schlank, fast mager, er war groß, die Muskeln nicht sehr ausgebildet, aber hart. Alles an ihm eckig, kantig, nichts Weiches. Die personifizierte Disziplin, pünktlich. Die Performance war gut. Besser ging es nur unter Liebenden. Performance!

Ich darf mich nicht immer und immer wieder in der Vergangenheit suhlen! Das bringt doch nichts! Er kommt nicht mehr wieder. Er ist tot. Ermordet. Welch Verschwendung eines gesunden, leistungsfähigen Körpers. So würde er wahrscheinlich denken …

Ich frage mich, ob er eine Seele hatte.

Verwunderlich ist es wohl nicht, dass ihn jemand genug gehasst hat, um ihn zu ermorden. Ich habe ihn oft genug gehasst. Er war so ein Egoist.

Würde ich dem Täter die Hand schütteln? Vielleicht. Vielleicht sogar wahrscheinlich.

Meine kleine Dildo-Sammlung hatte es ihm besonders angetan, die verschiedenen Farben und Formen. Er hat sie alle an mir ausprobiert. Bis zur Erschöpfung. Meiner Erschöpfung. Er hat sie tief in seinen Mund genommen und sie dann in mich hineingleiten lassen, während er mit einem zweiten meinen Körper liebkoste. Dann hat er mir zugesehen, wie ich kam, als wäre ich eine Vorstellung im Sex-Kino.

Und was wollte er von mir? Nur, dass ich ihm einen blase. Mehr nicht. Er wollte in meinem Mund kommen und mir zusehen, wie ich seinen Samen hinunterschlucke.

Mir wird übel, wenn ich daran denke. Daran, wie er meinen Kopf an den Haaren festgehalten hat und ihn immer wieder zu sich zog. Seine Augen geschlossen.

Damit er mich nicht ansehen musste?

Sex war für ihn ein Erniedrigungsritual und endlich, endlich hat ihm jemand gegeben, was er verdient hat.

Ob er gelitten hat?

12.1.2022

Um sechs Uhr ich der Früh aufzustehen, hatte im Winter in den schottischen Highlands wenig Charme, es war stockdunkel, eiskalt und dann war da noch der Mann im Haus, der hustete, in der Küche mit dem Geschirr klapperte und im Schlafzimmer die Fenster aufriss, während Issy verzweifelt nach Wärme und Geborgenheit suchte. Zugegeben, im Winter das Bett zu verlassen, hatte auch zuhause in Deutschland wenig Charme, aber da funktionierte wenigstens die Zentralheizung und ihre Morgenroutine verlief ohne Zwischenfälle.

Außen an den Fensterscheiben hatten sich Eiskristalle gebildet. Die schmale Mondsichel schickte kalte Lichtstrahlen, die sich in ihnen brachen. Issy hielt kurz inne und blickte hinaus aufs Meer, so kalt, so gefährlich und doch so schön. Wie es hier wohl im Sommer war, wenn die Tage so lang wurden, dass die Nacht kaum noch ein Gastspiel hatte?

In der Küche kümmerte sich Rab um Proviant und Kaffee. Er war ein echter Versorgertyp und das passte eigentlich perfekt in Issys Leben, die zuhause oft vor einem leeren Kühlschrank stand, weil sie mal wieder nicht daran gedacht hatte, dass sie Lebensmittel brauchte. Planung war auch nötig, denn da, wo sie hinwollten, gab es nichts außer Natur und hoffentlich einer Spur zum Mörder.

Wenig später saßen sie in Issys A3, der im Gegensatz zu Rabs Auto Winterreifen hatte, was bei dieser Fahrt unbedingt von Vorteil war. Issy schätzte zwei Stunden Fahrt und die erste Gefahrenstelle wartete bereits kurz hinter Glenelg: *Mam Ratagan*. Der Bergpass wurde zwar regelmäßig geräumt, aber erst gegen sieben Uhr am Morgen. Davor war die Straße so, wie die Nacht sie hinterlassen hatte.

„Wenn wir da nicht aufpassen, liegen wir im Graben oder schlimmer noch, wir stürzen den Abhang hinunter, die Straße ist nur dürftig gesichert“, dozierte Rab.

„Na, vielen Dank auch“, murmelte Issy leise und auf Deutsch. „Da fühle ich mich doch gleich viel besser.“

Rab hörte ihr gar nicht zu, er spielte in Erwartung des Funkmasten und einiger Textnachrichten mit seinem Handy.

Der Fahrweg war frei von Eis und Schnee und auch die Abfahrt auf der steilen anderen Seite problemlos. Unterwegs tauchte immer wieder Rotwild in den Scheinwerferkegeln auf, schien aber kein besonderes Interesse zu haben, auf die Straße und vor ihr Auto zu rennen.

Wunderschöne Tiere, dachte Issy. So scheu und doch so stark. Irgendwie auch geheimnisvoll. Was sie wohl denken?

„Kaffee?“, meinte Rab nach etwa einer Stunde Fahrt. Die Außentemperaturanzeige verkündete minus drei Grad. Issy bog sehr vorsichtig ab.

„Ich dachte schon, du fragst nie.“

Der Kaffee rettete sie über die ersten müden Momente hinweg und sie war wach und fit, als die Straße wieder zu einer *Single Track Road wurde*, wo es für beide Richtungen nur eine Fahrspur gab. Wegen des entgegenkommenden

Verkehrs machte Issy sich um diese Jahres- und Uhrzeit jedoch keine Sorgen.

„Ich werde die Rückfahrt genießen, wenn wir endlich etwas sehen können“, sagte sie halblaut und merkte dann, dass Rab ihr nicht zuhörte. Er war eingeschlafen. Sie lächelte und nahm es als Kompliment für ihre Fähigkeiten als Fahrerin. Die Navigation sagte ihr, dass sie sich nun Loch Quoich näherten. Das war ein See. Nicht mehr lange, dann kam auch Loch Hourn und damit das Meer. Die schmale Straße vollführte irre Windungen. Issy fühlte sich im Flow und ihre Gedanken kreisten um die Frage, ob Alistair MacRae ihnen wichtige Informationen zum Mord vorenthalten hatte und ob er vielleicht sogar selbst an der Tat beteiligt gewesen war. Mit etwas Glück würden sie hier Antworten finden.

Als sie den Meeresarm Loch Hourn erreichten, tauchten die ersten Strahlen des Sonnenaufgangs auf. Sie gab Rab einen kleinen Stups.

„Ready to rumble?“

12.1.2022

Issy hatte das Auto vor der Wendebucht am Ende der Straße geparkt und sich und Rab aus der Thermoskanne eine weitere Tasse Kaffee eingeschenkt. Sie nahm sich ein Käsesandwich und biss mit Appetit in das weiche Brot. Das Fahren hatte sie hungrig gemacht. Rab verputzte ein Schinkensandwich und prüfte die Wanderkarte.

„Es wird ein bisschen *rough* werden, das ist wahrscheinlich ein sehr alter Pfad, der nicht oft benutzt wird. Aber bis zu diesem Punk sollten wir einigermaßen problemlos kommen." Rab zeigte mit dem Finger auf eine Stelle, die in der Karte einen Namen hatte: *Skiary*.

„Ich habe das nachgeschlagen. Du weißt ja, dass die gälischen Ortsnamen viel verraten können, weil sie in der Regel sehr deskriptiv sind. Der Name *Skiary* kommt aber wohl von den Wikingern und ist nicht Gälisch. Die Nordmänner und -frauen müssen sich damals an diesem Punkt niedergelassen haben. Der Name lässt vermuten, dass hier einst ein Gehöft oder eine winzige Siedlung war."

Wie praktisch, wenn man seinen eigenen Journalisten dabei hatte, der Hintergründe und Fakten für einen recherchierte. Man konnte sich den Reiseführer sparen.

Vor Issys innerem Auge erstreckte sich eine weit geschwungene, grüne Bucht, in der muskulöse Nordmänner ihre Drachenboote für die nächste Plünderung rüsteten, Frauen mit langen blonden Flechten Tierhäute gerbten, während die Kinder am Strand spielten. Eindeutig ein Fall von zu viel Netflix.

„Nichts wie los", meinte sie und zog die Wollmütze auf. Dann schnappte sie sich ihren Rucksack.

„*Ready?*"

„*Ready!*"

Der Pfad am linken Ufer entlang war deutlich zu erkennen, mal war er überwuchert, mal mussten sich die beiden nach größeren Felsabschnitten die Fortsetzung mühsam suchen, aber Issy hatte ein gutes Gespür dafür und ging deshalb auch voran. Sie wanderten direkt am Wasser entlang, manchmal war es so nah, dass der Seetang der letzten Flut auf den Felsen lag. Über so einen Seetang-Teppich zu gehen ist, als ob man über verwesende Leichen geht, dachte Issy. Weich und widerlich. Und es stank.

Da, wo die Klippen und Meer keine Herausforderung darstellten, tat es der Rhododendron, der hier wild wucherte. An einigen Stellen bildeten die riesigen Büsche Höhlenpfade, durch die man sich halb gebückt zwängen musste. Wenn im Frühjahr der Rhododendron blühte, musste dies ein fantastischer Weg sein.

Der Tag meinte es gut mit ihnen: Es war trocken und gelegentlich blitzte die Sonne zwischen den Wolken hervor. Beide hingen ihren Gedanken nach. War das Opfer auch hier entlanggegangen? Und sein Mörder? War der ihm vielleicht sogar hierher gefolgt?

Issy sah sich reflexartig um. Was, wenn der Mörder nun ihnen folgte? Sie waren zu zweit, aber Hilfe würde hier draußen erst mal keine kommen. Es wusste niemand, dass sie hier waren. Als passte sich das Wetter Issys Gedanken an, zogen Wolken vor die Sonne und ein unangenehmer Wind ließ sie frösteln. Wie ein Todesschauer, kalt den Rücken hinunter.

Und dann sahen sie es: Skiary. Eine weite Landzunge, gesäumt von grobem, grauem Kiesstrand. In Ufernähe ein paar Gebäude, Ruinen, nicht mehr als ein paar Mauerreste. Weiter hinten dann ein großes graues Steinhaus, das in akzeptablem Zustand schien. Daneben hatte jemand eine neue Holzhütte gebaut. Und dann war da noch ein Gewächshaus, das seltsam anmutete mitten in der Natur und weitab jeglicher Zivilisation. Drinnen stand ein großer Tisch, auf dem noch eine bunte Wachsdecke lag, Stühle, eine alte Mangel neben der Tür, Spültücher an einer Wäscheleine. Jemand hatte in einer rostigen Teekanne aus Emaille Petersilie angepflanzt. Skiary ist noch nicht lange verlassen, dachte Rab. Er zeigte auf den Windfang, in dem Schuhe und Rettungswesten lagen.

„Hier hat jemand bis vor Kurzem gelebt!“ Issy hörte das Staunen in Rabs Stimme. „Deshalb auch das Kabel, das am Rande des Weg hierher gelegen hat. Hier gibt es Strom.“

Ein Leben nicht am Ende der Straße, sondern weitab von jeglicher Straße. Was für eine traumhafte Kulisse. Ein vergessener Ort, von dem nur sehr wenige Menschen auf der Welt wussten, dass er überhaupt existierte.

„Es muss den Wikingern vorgekommen sein wie zuhause, die grünen Wiesen, die Berge, Felsen, das Meer!“

Rab zückte sein iPhone und machte Fotos für den nächsten Artikel. Sollte der Deutsche hier gewesen sein, würde das seinen Artikel international gefragt machen. Bei der Kulisse!

Issy öffnete die Tür zum Windfang und mit einem lauten Knarren dann die Haustür.

„Es ist nicht abgeschlossen!"

Bis auf eines waren die Fenster nicht mit Spanplatten gesichert. Deshalb kam genug Licht ins Haus. Rab griff dennoch seine Taschenlampe, bevor er Issy ins düstere Innere folgte. Im Wohnzimmer standen ein Sofa und ein Bücherregal. Die Küche hatte einen Raeburn-Ofen, der zum Kochen und als Heizung diente, in einer Ecke eine Waschmaschine und eine alte Gefriertruhe, auf den Regalen Geschirr, in den Schubladen Besteck, leere Weinflaschen in einem ausgeleierten Korb, ein Holztisch und vier einfache Holzstühle, halb abgebrannte Kerzen überall.

Da hat jemand genau wie Gavin Maxwell versucht, in und mit der Natur zu leben, dachte Issy. Nur nicht in Sandaig Bay, sondern hier in Skiary. Wie sehr sich aber beide Orte voneinander unterschieden. Sandaig war schön, heimelig und erhaben. Skiary dagegen grau, einsam und abweisend.

„Es kommt mir so vor, als wäre die Küche vor Kurzem benutzt worden!", rief sie Richtung Rab, der im Dunkel des Hauses verschwunden war. „Ich kann aber nicht genau sagen, warum."

„Ich weiß es!", tönte eine Stimme von oben. Lissy folgt ihr über die schmale Treppe in den ersten Stock, wobei man das eigentlich kein richtiges Stockwerk nennen konnte. Das war mehr ein halbhoher, ausgebauter Dachstuhl, in dem ein Erwachsener nicht aufrecht stehen konnte.

„Zwei Zimmer!“ Rabs Stimme hatte einen bedeutungsvollen Ton. „Jedes mit eigener Waschgelegenheit. Dieses Bett ist bezogen.“

„Und es ist benutzt“, stellte Issy fest, nachdem sie sich neben Rab in das kleine Schlafzimmer gezwängt hatte.

„Keine Spur von Kleidung“, stellte sie weiter fest. Es gab keinen Schrank im Zimmer. Nur eine kleine Kommode, aber die war vollkommen leer. Es war niemand mehr da.

„Jemand muss das Bettzeug mitgebracht haben.“ Rab schaute aus dem winzigen Giebelfenster. Von hier hatte man nur einen eingeschränkten Blick und konnte das Meer nicht sehen. Diese Seite des Hauses blickte auf den Pfad, auf dem sie gekommen waren.

Wer hier gewohnt oder auch nur übernachtet hat, der war wie sie zu Fuß gekommen. Diesen Pfad schafft kein Geländewagen. Rab durchsuchte das Schlafzimmer gründlich.

„Zerstören wir hier nicht mögliche Spuren?“ Issy meinte es mehr als Warnung denn als Frage.

„Das ist ja kein Tatort oder siehst du irgendwo Blut?“ Rabs journalistischer Spürsinn war geweckt, nur ein Polizist hätte ihn davon abhalten können, alles gründlich zu untersuchen.

„Nein. Aber ich werde das Gefühl nicht los, dass das Mordopfer hier war und sein Mörder ebenfalls. Unten war Asche im Kaminofen, und eine leere Whiskyflasche daneben. Ich glaube, da hat jemand ein Feuer gemacht. Noch liegt so gut wie kein Staub auf der Whiskyflasche. Es kann also erst ein paar Tage her sein."

Rab kratzte sich am Kinn. „Aber warum sollte ein deutscher Zahnarzt über Hogmanay in einem verlassenen Haus in der größten Einsamkeit von Loch Hourn übernachten? Wir käme er dazu? Das kennt doch hier keiner!"

„Und …", Issy hob den Zeigefinger in die kalte, staubige Luft des verlassenen Hauses. „Wer war die Frau, mit der er sich hier getroffen hat?"

Rab sah sich intensiv um. „Genau. Absolut richtige Frage. Wer war die Frau, mit der sich Thelenbach hier getroffen hat? Hatte er sie gerade kennengelernt? Oder war er nach Schottland gekommen, um sie zu treffen? Warum hier und nicht in einem Hotel oder Ferienhaus?"

„Wenn sie gemeinsam gekommen sind, dann muss irgendwo zumindest ein Auto stehen", sagte Issy und führte den Gedanken weiter aus: „Tut es das nicht, dann können sie nur mit einem Boot gekommen sein."

„Ziemlicher Aufwand", nickte Rab, „aber durchaus möglich. Sonderlich ungewöhnlich wäre es auch nicht. Hier an der Westküste können viele Frauen mit einem Boot umgehen und wer direkt am Meer wohnt, der hat in der Regel ein Boot."

„Und dann hat sie ihn umgebracht?", fragte Issy und der Zweifel in ihrer Stimme ist unüberhörbar. „Er war ein durchtrainierter, kräftiger Mann."

„Das Überraschungsmoment macht das möglich. Er soll erschossen worden sein. Vielleicht vom eifersüchtigen Ehemann der Frau?“ Rab überlegte laut.

„Das klingt mir ein bisschen zu einfach und nach Seifenoper. Heutzutage erschießen Ehemänner die Liebhaber ihrer Frauen nicht und die Frauen müssen sich nicht am Ende der Welt verstecken, wenn sie fremdgehen. Wenn diese Frau *tough* genug war, mit einem Boot übers Meer zu fahren, um ihren Liebhaber zu treffen, warum war sie dann bereit, diese Bruchbude in Kauf zu nehmen? Das ist hier nur mit viel Fantasie romantisch rustikal. Ich finde, es ist kalt, verlassen und unheimlich.“ Issy schauderte, weil draußen dunkle Schneewolken den Himmel verdunkelten und sich das kleine Cottage plötzlich sehr düster und bedrohlich anfühlte.

„Wir haben Alistair vergessen. Er hat mit seinem Boot hier vor Skiary über eine Stunde gelegen. Also entweder hat er eine Frau hierhergebracht und gewartet, bis ihr Treffen mit dem Deutschen beendet war, um sie wieder mit zurückzunehmen, oder es war Alistair selbst, der an Land gegangen ist, um sich mit dem Deutschen zu treffen.“

„Ernsthaft?“ Issy konnte es nicht glauben. „Du denkst, das war ein Schwulenreffen? In dieser Bruchbude? Ein deutscher Schiedsrichter und ein schottischer Fischer? Hast du letzteren mal gerochen, als wir in Arnisdale waren?“

„Stimmt. Er ist nicht gerade ein Sexgott. Da gebe ich dir recht. Vielleicht hat er nichts mit den beiden zu tun und war nur zufällig hier, hat vielleicht was gesehen“, Rab überlegte und sah Issy tief in die Augen.

„Apropos Sexgott …" Langsam zog er sie an sich und küsste sie. Seine Hände wanderten über ihren Rücken. Issy dachte an ein Treffen zwischen Thelenbach und einer starken, geheimnisvollen Frau, das tödlich endete. Vielleicht genau hier, wo sie stand. Ihr blieb die Luft weg und das lag nicht an Rabs Küssen.

„Ich muss hier raus!"

12.1.2022

Das *Mountain Rescue Team* und das Rettungsboot der *Royal National Lifeboat Institution* RNLI warteten bereits, als Robert und Hamish an der Anlegestelle der Fähre ankamen, die Glenelg und die Insel Skye in den Sommermonaten verband. Um diese Jahreszeit war sie nicht in Betrieb. An der Anlegestelle dümpelte das Rettungsboot mit zwei Mann Besatzung. Ein Mann und eine Frau von der Bergrettung standen an ihrem Auto wenige Meter oberhalb der Anlegestelle neben dem kleinen weißen Leuchtturm. Robert parkte den Wagen direkt daneben. Damit war der Fährparkplatz auch schon voll.

„Guten Morgen." Robert nickte allen kurz zu. „Ich bin DI Robert Campbell, PC Hamish McFarlane kennen Sie ja sicher."

Der Leiter der Bergrettung nickte und stellte sich als Donald vor, ihn begleitete seine Frau Stacy. Beide waren ehrenamtlich bei der Bergrettung und organisierten sich weitgehend selbst. Ihr Team war groß und hatte viele Spezialisten. Das war in den Bergen rund um Glenelg auch dringend notwendig, hier gerieten Menschen oft in Not und es waren bei Weitem nicht nur leichtsinnige Touristen, die die Berge unterschätzten. Plötzliche Wetterumschwünge und extreme Bedingungen machten oft auch erfahrenen Bergsteigern Probleme.

Die zwei Seeretter waren die Brüder Donald und Roderick MacDonald aus Kyle of Lochalsh, kurz Don und Roddy. Die Uniform unterstrich ihre unglaubliche Ähnlichkeit, beide waren mittelgroß, muskulös am Rande der Untersetztheit, mit Augen, so grau wie die Januarsee. Donald und Stacy dagegen wirkten wie Models aus einer Outdoor-Bekleidungswerbung: Funktionswesten, lange schmale Beine in klobigen Bergschuhen, durchtrainiert bis hin zum letzten Gesichtsmuskel.

„Das Gepäck ist schon auf dem Boot", sagte Stacy. „Die Drohne haben wir mitgenommen und im Auto wartet Rhu, unser Border Collie. Sie ist eine echte Spürnase."

„Und seetüchtig ist sie auch?" Robert schaute die beiden Bergretter zweifelnd an.

„Aber klar!", lachte Donald, als hätte der DI nun wirklich etwas Urkomisches gesagt.

Don reichte den beiden Polizisten wasserdichte Overalls und Rettungswesten und gab eine kurze Sicherheitseinweisung, während die Ordnungshüter sich seetüchtig machten. Roddy schmiss den Außenbordmotor an und das Rettungsboot machte sich mit der Strömung auf den Weg Richtung Loch Hourn. Rechts drohten dunkel die *Red Cuillins,* die roten Berge der *Isle of Skye*, links lag Glenelg. Bald erreichten sie die *Barrisdale Bay,* die Einfahrt in den Meeresarm, der Loch Hourn hieß.

Ein Loch konnte sowohl ein Meeresarm als auch ein Süßwassersee sein. Hier handelte es sich um einen langgezogenen Meeresarm, von schneeweißen Bergen gesäumt, kalt, steinig und wild. Nach dem unruhigen Seegang in der Meerenge von Sleat wurde es nun endlich ruhiger und Hamish sah bald nicht mehr ganz so grün aus wie noch am Anfang des Trips. Robert fühlte sich wach wie nie. Es war eiskalt auf dem Boot, der Wind biss sich förmlich in die Haut. Was hatte das Opfer über Hogmanay in diese eisige Einsamkeit geführt?

„Wir fahren so nahe es geht am Ufer entlang", rief Stacy den beiden RNLI-Brüdern zu.

Und zu Robert: „Ich hätte gerne die Drohne vom Boot aus geflogen, um den Küstenstreifen besser überprüfen zu können. Das ist da alles so überwuchert und felsig, da sieht man nur mit viel Glück etwas mit bloßem Auge, aber der Wind ist zu stark. Das packt unsere Drohne nicht."

Rhu hielt erwartungsvoll ihre Nase in den Wind, spürte, dass sie bald zum Einsatz kommen würde.

„Noch nicht", erklärte Stacy ihr ruhig. „Das Terrain ist viel zu unübersichtlich, Rhu. Du gehst erst an Land, wenn wir etwas gesehen haben. Donald geht mit dir."

Donald nickte und es kam Robert so vor, als nickte der Hund auch.

„*Oi*!", rief es von vorne. Don oder Roddy, Robert war sich nicht sicher, welcher, zeigte auf das Ufer. An einem Stück Treibholz hing etwas Gelbes fest. „Wir fahren ran!"

Stacy legte Rhu eine beruhigende Hand auf den Kopf und versuchte zu erkennen, auf was sie da zufuhren. „Sieht aus wie eine Jacke!" Ihr Mann nickte erneut.

Mit lautem Knirschen schob sich das Rettungsboot auf den Kiesstrand. Stacy, Donald und Rhu hatten es verlassen, noch bevor Robert begriffen hatte, dass sie nun an Land gehen würden. Hamish sprang ihnen hinterher.

„Wir sichern das Boot und warten. Rufen Sie uns, wenn Sie uns brauchen. Wir wollen keine Spuren zertrampeln, die Sie eventuell noch brauchen."

Es ist offensichtlich nicht der erste Einsatz der beiden Brüder rund um einen Todesfall, dachte Robert und nickte. Für einen kurzen Moment fragte er sich, ob Gefahr bestand, dass die MacDonalds ihn hier aussetzen und seinem Schicksal überlassen würden. Schließlich war er ein Campbell, was in der Zusammenarbeit mit einem (oder in diesem Falle sogar zwei) MacDonald Probleme verursachen konnte. Manche Wunden heilten nie, waren sie auch noch so alt. Die MacDonalds würden den Campbells das Massaker von Glencoe nie verzeihen. Auch nicht nach über dreihundert Jahren.

„Wir funken unsere Position an die Rettungsstation, die geben sie dann an ihre Einsatzzentrale weiter", rief einer der MacDonald-Brüder und Robert entledigte sich seiner unangenehmen Gedanken mit einem Kopfschütteln. Dann streckte er beide Daumen nach oben und machte sich über den kleinen Kiesstrand auf zu der gelben Jacke, die sich im Treibholz verfangen hatte.

Hamish hatte sie bereits fotografiert und vorsichtig aus den Ästen befreit. Trotz der Kälte hatte er seine warmen Handschuhe ausgezogen und die Vinyl-Handschuhe übergestreift.

„Die Taschen sind leer!", sagte er und zuckt mit den Schultern. „Es ist eine Helly-Hansen-Jacke. Wasserdicht, wird gerne von Fischern benutzt. Man kann sie überall kaufen, sicher auch in Deutschland. Die könnte vom Opfer stammen, aber genauso gut auch von einem Fischer."

Robert knurrte etwas Unverständliches. Rhu schnüffelte an der Jacke und suchte die Felsen ab, ohne eine Spur zu finden. Robert prüfte auf der Karte, wo sie waren. *Cnap an t-Sear* an der Nordseite von Loch Hourn.

„Da drüben!" Donald zeigte auf zwei Gestalten, zwei Schatten auf den Felsen am gegenüberliegenden Ufer. Da war jemand in Skiary.

Robert gab das Zeichen zum Aufbruch. Skiary!

12.1.2022

Robert gab Rab den strengen Polizeiblick, den sich viele seiner Kollegen für den Umgang mit der Presse angewöhnt hatten. Die Körperhaltung des Journalisten war eine irritierende Mischung aus Anklage und Verteidigung. Natürlich bestand er auf das Recht der Presse ungehindert zu recherchieren, aber es war ihm auch bewusst, dass er möglicherweise dadurch einen Tatort verunreinigt haben könnte.

Issy beobachtete leicht amüsiert das Kräftemessen zweier Alphamännchen.

Wenn sie jetzt noch anfangen, an die Bäume zu pinkeln, um ihr Revier zu markieren, dann gehe ich, dachte sie und musste laut kichern, was ihr einen befremdeten Blick von Polizei und Presse gleichermaßen einbrachte.

Neben Hamish lag im Boot, sorgsam verpackt in einer großen Plastiktüte mit offiziellem Aufdruck der Spurensicherung, ein gelbes Kleidungsstück, eine Jacke offensichtlich. Rab blickte dem DI in die Augen und wies mit einer Bewegung des Kopfs auf die Tüte: „Gehörte die dem Opfer?"

„Sehe ich aus wie die Auskunft?", brummte es vom DI zurück und Rab notierte sich ein JA mit Ausrufezeichen.

„Vermutlich angeschwemmt. Die kann jedem gehören", murmelte Hamish in dem hoffnungslos offensichtlichen Versuch, den Journalisten von der Fährte abzubringen. Dabei hatte er durchaus recht. Sie konnte jedem gehören.

Issy schloss derweil Freundschaft mit Fährtenleserin Rhu, die bisher nichts von Bedeutung hatte erschnüffeln können und in ihrer Enttäuschung darüber Streicheleinheiten nötig hatte.

„Wie kommt es, dass wir Sie beide ausgerechnet hier antreffen?“, fragte der DI streng und sah dabei Issy an. Wahrscheinlich in der Annahme, er würde von ihr weniger Lügen und Ausflüchte hören als von einem Journalisten.

„Wir wollten einen kleinen Ausflug machen. Nach Kinlochhourn wollte ich immer schon mal. Und am Ende der Straße haben wir uns ein wenig die Beine vertreten wollen.“ Issy lächelte. Sie hasste es, wenn man sie für ein Blondchen hielt. „Skiary haben wir nur ganz zufällig entdeckt.“

Stacy erklärte die Location: „Hier war früher mal eine kleine Siedlung namens Skiary. Das Cottage ist noch übrig, der Rest liegt in Ruinen. Vor ein paar Jahren wurde es verkauft oder verpachtet und von ein paar Engländern als Ferienhaus genutzt. Davor war es kurzzeitig sogar ein B&B. Schwer vorstellbar, wie das funktioniert hat hier draußen. Es gibt keine Straße, alles muss per Boot hergeschafft werden.“

„Das schauen wir uns näher an!“ Robert Campbells Ton klang entschlossen und erwartungsvoll. Er ging voraus Richtung Haus, das aus der Entfernung den Eindruck erweckte, es würde auf sie warten. Inzwischen hatte Schneefall eingesetzt, dichte schwere Flocken Weiß verschmolzen auf dem grauen Stein des Strands und puderten die Bergrücken rundum mit kaltem Schnee. Mit toten Augen sah ihnen das verlassene Haus entgegen.

12.1.2022

„Ich brauche hier mehr Licht!"

„Der Heli hat nur drei gebracht."

„Hey, pass auf da drüben. Es sind schon genug Leute durch den Tatort getrampelt!"

Routiniert hatten die Forensiker die Arbeit aufgenommen. Die Küstenwache hatte sie von Inverness eingeflogen, was eine ganze Weile gedauert hatte. Wegen COVID durften nur zwei Personen gleichzeitig im Heli transportiert werden. Nun aber pinselten sich drei Gestalten in weißen Schutzanzügen kreuz und quer durch Skiary, das DI Robert Campbell als möglichen Tatort ausgemacht hatte, nachdem er Blutspuren im Gewächshaus entdeckt hatte.

Aufmerksam beobachtete er, was vor sich ging. Die mobilen Lampen spendeten genug Licht. Inzwischen war es dunkel geworden, Schneewolken bedeckten den Nachmittagshimmel, sodass kein einziger Stern zu sehen war, geschweige denn der Mond. MRT und RNLI waren wieder zurück in Glenelg beziehungsweise Kyle of Lochalsh.

Der Versuch, den anwesenden Pressevertreter ebenfalls nach Hause zu schicken, konnte als gescheitert betrachtet werden. Rab MacAskill hatte hinter der blau-weißen Polizeiabsperrung Stellung bezogen. Hätte er Handyempfang gehabt, er hätte sicher Liveschalten gemacht. So aber fotografierte er unauffällig und machte sich Notizen. Er sah müde und durchgefroren aus, aber auch wild entschlossen, nichts zu verpassen.

Die Übersetzerin hatte Robert mit dem RNLI-Boot nach Glenelg geschickt. Stacy hatte versprochen, sie an ihrem Ferienhaus abzusetzen. Rab würde zurück zum Auto wandern, sobald es die Lichtverhältnisse und die Ereignisse in Skiary zuließen. Im Dunkeln war der Küstenpfad viel zu gefährlich.

Rab war bereit, die Nacht über auszuharren. Als einziger Journalist an einem vermutlichen Tatort, den er zudem noch vor der Polizei betreten, den er sogar vor der Polizei gefunden hatte. Routiniert sprach er mehrere Artikel in sein Handy. Die aktuelle Ausgabe der *West Highland Free Press* hatte er knapp verpasst, sie erschien mittwochs und es war bereits Donnerstagfrüh. Aber für Online, Podcasts und die nationalen Zeitungen war die Story pures Gold – *True Crime* exklusiv. Vielleicht war sogar ein Buch-Deal drin.

Rab macht ein paar Selfies für Instagram und Twitter. Der Hintergrund blieb weitgehend dunkel, aber die Lichter sorgten für spannende Akzente im Bild. Die Szenerie wirkte unheimlich, so als hätte sie ein amerikanischer Starregisseur für seinen Blockbuster-Thriller speziell bauen lassen.

Robert waren weder Kälte noch Müdigkeit anzumerken. Groß, bewegungslos und schweigend stand er im Halbschatten und beobachtete die Kollegen. Im Cottage waren ihm sofort die Spuren aufgefallen, die Besucher dort hinterlassen hatten: ein erloschenes Feuer im Kamin, benutzte Kerzen, ein gemachtes Bett, leere Flaschen und Essensreste. Ein Hinweis auf ein Verbrechen waren dann die Blutspuren im Gewächshaus gewesen.

Die Kollegen hatten im Schlafzimmer sowohl Kopf- als auch Schamhaare gefunden, man würde sie mit den Haaren des Opfers vergleichen. Von der Tatwaffe gab es allerdings keine Spur. Der Täter musste sie wieder mitgenommen oder entsorgt haben. Morgen würden Taucher den Uferbereich absuchen, Robert hatte aber wenig Hoffnung, dass sie dabei fündig werden würden.

Bald würde ihn der Heli nach Inverness bringen. Dort wollte er ein paar frische Sachen zum Anziehen einpacken und nach ein paar Stunden Schlaf in seinem eigenen Bett bei Janne Asikainen vorbeischauen. Der Finne war schnell und sollte die Ergebnisse des DNA-Vergleichs zügig haben. War das Blut aus dem Gewächshaus das Blut des Opfers, dann war Skiary höchstwahrscheinlich der Tatort. Allerdings war es nicht genug Blut für einen Kopfschuss. Der musste anderswo erfolgt sein. Sie hatten nichts gefunden, was darauf hindeutete.

Aber sie hatten das Blut und damit DNA. Gab es keine Übereinstimmung, konnte es sich um das Blut des Täters handeln. Gab es eine Übereinstimmung, dann war dies ein Indikator, dass es einen Streit oder ein Handgemenge gegeben hatte. Hier waren verschiedene Szenarien denkbar, festlegen würde sich Robert erst, wenn er mehr Fakten besaß.

Er war müde und sein Magen knurrte so laut, dass er den Heli erst wahrnahm, als der schon mitten in der Landung war.

Skiary, 30.12.2021

Die Sonne stand tief und blendete ihn. Er hatte den BMW abgestellt, seine große Sporttasche auf den Rücken gezogen und sich auf den schmalen Felsenpfad Richtung Skiary gemacht. Ein beschwerlicher Weg, der ihn über rutschige Felsblöcke, durch Matschlöcher und Rhododendronwälder führte. Es war anstrengend, aber es war die Schönheit dieser einsamen Berglandschaft, die Tom den Atem nahm, nicht die körperliche Anstrengung. Er war durchtrainiert.

Links von ihm ragte aus dem ewigen Winterschatten ein Berg empor, die Felswand kalt und erdrückend nah. Der Kies auf dem Weg knirschte unter seinen schweren Bergschuhen, die Tom in weiser Voraussicht für den Weg gewählt hatte, denn auch wenn es hier keine Steigungen zu bewältigen gab, erforderte der schmale Pfad die volle Konzentration eines jeden Wanderers. Ein falscher Schritt und man rutschte, stolperte oder endete gar im Meer, das auf seiner rechten Seite still auf jeden Fehler lauerte.

Die schwere Tasche auf seinem Rücken behinderte ihn nicht. Als Schiedsrichter war er fit, ernährte sich vernünftig, ging täglich laufen und drei Mal in der Woche zur Physiotherapie. Nur das Vorankommen war auf diesem einsamen Pfad entlang Loch Hourn bedeutend schwieriger als auf dem Spielfeld. David hat es da einfacher, er will mit dem Boot zum Treffpunkt kommen, dachte Tom, ohne wirklich eine Ahnung zu haben, was es bedeutete, ein kleines Boot im Winter nach Loch Hourn zu steuern.

Es war früh gewesen, als Tom in Fort William losgefahren war, und er hatte das Frühstück bei McDonald‘s genossen, weil es eine Ausnahme war in seinem ausgeklügelten

Ernährungsplan. Beim Fahren hatte er es gierig wie ein Teenager auf Fast-Food-Entzug heruntergeschlungen. Weiter im Westen war es langsam hell geworden.

Nun verlief der Pfad ein paar Meter weg vom Meer, der Berg zog sich zurück und nachdem Tom eine leichte Steigung hinaufgegangen war, lag Skiary vor ihm eine weite Wiesenfläche im felsigen Gestein, die Ruinen einiger Häuser und ein umzäuntes Anwesen direkt am Meer, das aus der Ferne nach schmucklosem, grauem Beton aussah. Skiary. Er war am Ziel. Endlich kam auch etwas Sonnenlicht hinter dem Berg hervor, bis hierher war er im Schatten gegangen.

Ein hoher Zaun schützte das Anwesen vor dem Rotwild, am Gatter hing eine rostige Kette mit einem Schloss, aber es war nicht verschlossen. Unterwegs war ihm das Stromkabel aufgefallen, das entlang des Felspfads Skiary mit der Zivilisation verband, und auf dem Weg hinunter zum Cottage die dicke, blaue Plastikröhre, die Trinkwasser aus dem Bergbach, den er gerade überquerte, zum Haus leitete. Wasser und Strom waren also da.

Tom näherte sich dem Haus von der dem Meer abgewandten Seite, die, wie er nun feststellte, nicht aus grauem Beton war, sondern aus Stein mit grauem Verputz. Es verlieh dem Cottage etwas Verlorenes, aber logischerweise würde man hier sein Haus nicht weiß kalken. Alles musste entweder über den Pfad oder per Boot nach Skiary transportiert werden. Wer hier lebte, hatte Sinn fürs Praktische, nicht fürs Dekorative.

Das Cottage war größer, als er dachte. Ein Anbau verlängerte es noch mal zur Seite hin, auch das Dachgeschoss war ausgebaut. Pressspanplatten schützten die Fenster, die Giebelseiten waren immer traditionell fensterlos, hier verliefen die Kamine, die meisten alten Cottages hatten zwei, an jeder schmalen Hausseite einen. Tom legte seine Sporttasche auf die rot gestrichene Gartenbank mit Tisch, die die Besitzer zusammengezimmert und neben einer zerfallenen Steinmauer aufgestellt hatten. Dann ging er zur Vorderseite des Hauses.

Dunkle, faustgroße Steine gaben dem Strand ein ernsthaftes Aussehen, das erst durch die fröhliche Ansammlung von Nebengebäuden etwas aufgelockert wurde. Eine langgezogene Holzhütte und ein Gewächshaus mit grünen Metallstreben, das offensichtlich nicht für Pflanzen, sondern für die Bewirtung von Gästen benutzt worden war, waren beide neueren Datums.

Hier mussten viele Menschen in den vergangenen Jahrhunderten gelebt haben. Nun war die Siedlung verlassen, doch das Cottage wurde gelegentlich noch benutzt. Alte Steinmauern zeugten von ehemaligen Gebäuden rund um das Cottage. Hier war einmal ein kleiner Weiler voller Leben gewesen. Jetzt schien es wie der einsamste Ort der Welt.

Tom lachte laut und der Wind trug sein Lachen über den Strand zur See. Er zog sein Handy aus der Jackentasche und begann Fotos zu machen, das würde er den Schiedsrichterkollegen beim nächsten Lehrgang alles zeigen. Dann konnten sie ihre Fotos von den Beach-Resorts in Dubai und den Seychellen vergessen. Das hier war das letzte Abenteuer Europas und er war mittendrin.

Von dem Mann, den er hier treffen wollte, würde er natürlich kein Sterbenswort sagen. Ein Mann brauchte seine Geheimnisse. Er breitete die Arme aus und schrie ein lautes „Ja“ hinein in die grandiose Szenerie der schneebedeckten Berge am tiefblauen Meer. Tom fühlte sich größer und mächtiger als jemals zuvor in seinem Leben. Aus der Ferne kündigte ein rhythmisches Knattern die Ankunft eines Boots an.

Skiary, 30.12.2021

Er war müde und aufgeregt zugleich. Seit er den Deutschen getroffen hatte, kreisten seine Gedanken um nichts anderes mehr. Ein Schiedsrichterkollege war er, wenn auch nicht im Rugby, sondern im Fußball. Was wollte man auch anderes erwarten von einem Deutschen. Jedenfalls sah er gut aus. Groß, schlank, dunkelblondes Haar, die Gesichtszüge mit ausgeprägten Kiefer- und Wangenknochen sehr männlich. Der Fremde hatte einen starken, ja dominanten Eindruck auf David gemacht. Genau der Typ Mann, der ihn schon immer fasziniert hatte. Tom! Schon der Name klang hart und männlich.

David stand nackt vor dem Spiegel im Schlafzimmer und betrachtete seinen Körper aufmerksam. Was er sah, war mehr als okay für Anfang fünfzig und offensichtlich gut genug für einen deutlich jüngeren Mann wie Tom. Ein sanftes Lächeln streifte seine Lippen und seine Hände strichen über die sauber rasierte Brust. Bald würden es Toms Hände sein.

In der Sporttasche neben ihm war genug frische Kleidung für fünf Tage und unten in der Küche standen drei Kisten vollgepackt mit Lebensmitteln: Milch, Kaffee, Müsli, Brot, Wein, Eier, Marmelade, Obst, Gemüse, Fleisch, Schokolade – Davids Vorräte für Skiary. Schon als Kind war er gerne campen gegangen und seine Vorbereitungen erinnerten ihn stark daran. Die Kiste mit dem Bettzeug und den Handtüchern hatte er schon ins Boot geschafft.

Skiary war zwar schon seit einigen Jahren verlassen, außer Bettzeug und Handtücher war aber noch alles da, was man als Übernachtungsgast brauchte. Stoff setzte Schimmel an in einem ungeheizten Haus am Meer.

David brauchte gut zwei Stunden, um alles aufs Boot zu bringen. Den Steg konnte er nicht nutzen, der gehörte der Fischfarm. Also musste er alles mit seinem kleinen Schlauchboot raus zum Boot bringen, um dann wieder zurückzurudern und die nächste Ladung zu holen. Er hatte ungeduldig auf die ersten Anzeichen von Tageslicht gewartet und dann mit Feuereifer losgelegt. Wenigstens war es windstill, was das Rudern einfacher machte. Er würde sich erst mal gründlich frischmachen müssen, wenn er in Skiary ankam.

Den Schlüssel hatte er vor Jahren von den Besitzern bekommen, die froh waren, wenn ab und zu jemand nach dem Rechten sah. Sie hatten auch kein Problem damit, wenn er im Cottage übernachtete, hatten sie gesagt. Ob sie allerdings genauso positiv darüber denken würden, dass David aus ihrem Cottage ein schwules Liebesnest machte, da hatte er seine Zweifel, obwohl sie ihm einigermaßen jung und progressiv erschienen waren.

Es war ihm egal und es war ihm auch egal, ob Alistair oder irgendjemand anders ihn dabei beobachtete, wie viele wasserdichte Kisten Kram er auf sein Boot schleppte. Ihm würde schon irgendeine Ausrede einfallen, wenn man ihn darauf ansprechen sollte. Bislang war ihm noch immer etwas eingefallen, das den Verdacht von ihm nahm, homosexuell zu sein.

Endlich war die letzte Kiste an Bord. David sicherte das Schlauchboot an der Boje und warf den Motor an. Er blickte sich um. Niemand zu sehen. Natürlich konnten ihn seine Nachbarn durch ihre Fenster beobachten, aber manchmal war der am unauffälligsten, der in aller Öffentlichkeit tat, was er geheim halten wollte. David gab Gas und mit jedem Meter, den sein Boot durch die eiskalte See schnitt, ließ er mehr Zweifel und Ängste hinter sich. Als er die Einfahrt ins Loch Hourn erreichte, war nur noch Vorfreude auf die Tage in Skiary da. Sein Abenteuer konnte beginnen.

Skiary 30.12.2021

Das Tannenholz knackte im Kamin und warf sprühende Funken, die Flammen loderten Schatten an weißgekalkte Wände. David lag in Toms Armen und war der glücklichste Mann der Welt und selbst Tom, der immer unzufriedene, überhebliche Tom, hatte ein stilles Lächeln auf den Lippen. Sex war gut mit Männern. Man war unter sich und musste sich nicht mit der komplizierten Erwartungshaltung einer Frau auseinandersetzen.

Mit einem eindringlichen Knurren unterbrach Toms Magen die Stimmung, worauf David aufsprang und barfuß rüber zur Küche huschte, die neben dem Wohnzimmer auf der anderen Seite des kleinen Flurs lag. Eine Sekunde später war er zurück, griff sich seine Wollsocken und eine Wolldecke. Wohlig warm war es nur direkt vor dem Feuer, der Rest war eiskalt, vor allem, wenn man nackt war. Das Haus hatte lange leer gestanden und Steinwände hielten die Kälte.

Mit einer neuen Flasche Rotwein, Käse, Brot und Schokolade kam David wieder zurück zu Tom, der sich träge und zufrieden vor dem Feuer räkelte. Der Raum roch nach Schweiß, Sperma und feuchten Wänden, doch das kümmerte keinen der beiden. Es gab zwar fließendes, aber kein warmes Wasser im Haus und sie hatten kurz überlegt, ob sie die Wanne mit dem Wasserkocher füllen sollten. Es schien beiden viel zu viel Aufwand zu sein, nur um sich zu waschen, und David hatte vorgeschlagen, doch einfach ins Meer zu gehen. Das hatten sie im letzten Licht des Tages getan nach dem ersten Mal. Mit viel Gelächter hatten sich beide bespritzt und die Lunge aus dem Leib gebrüllt, bevor sie im kalten Meer untertauchten. Der Zweite war der erste Verlierer.

Skiary schenkte ihnen eine Freiheit, die sie in ihrem Alltagsleben nicht hatten: Sie waren allein, keiner konnte sie hören oder sehen, niemand urteilte, die Welt war schlichtweg nur die ihre. Die Stimmung hatte etwas von Schullandheim: ausgelassen, unbeschwert, ungehemmt. Und dann hatten sie erneut ihre Körper erkundet. Auch das hatte was von Schullandheim, zumindest, was David betraf.

Tom nahm einen großen Schluck Rotwein direkt aus der Flasche und blickte ins Feuer. Morgen würden sie mehr Holz besorgen müssen, es war zwar ein Vorrat im Schuppen, aber der würde allenfalls noch einen Tag reichen. Er hatte ein Beil und eine Axt wahrgenommen. Mal sehen, aus welchem Holz David geschnitzt ist, dachte er, weil für ihn alles eine *Challenge* war. David dagegen war einfach glücklich. Ihm reichte es, Toms warmen Körper in seiner Nähe zu spüren und Zeit mit ihm zu verbringen, auch wenn für intensive Gespräche Toms Englisch nicht gut genug war. Sie verständigten sich auch ohne Worte, beide waren, unabhängig von der Sprachhürde, keine großen Redner.

Skiary, 31.12.2021

David schlug vier Eier in die schwere, gusseiserne Pfanne und goss heißes Wasser über den Instant-Kaffee. Der massive Holztisch in der Küche schien ihm selbst zusammengezimmert und passte perfekt zum rustikalen Schick des ganzen Hauses. So einfach es war, es war dennoch viel ansprechender eingerichtet als sein eigenes Haus. Im Cottage von Skiary gab es viel nackte Steinwände, geöltes Holz, Tartan Tweed und Hirschgeweihe - eine sehr rustikale Version von *Country Life* oder einem anderen Magazin dekorationswütiger Ehefrauen.

Den Raeburn in der Küche hatten sie gestern bei ihrer Ankunft angefangen zu heizen, nun gab er nicht nur genügend Wärme für die Küche und den Flur ab, man konnte auch auf ihm kochen. David stand in grauer Jogginghose und schwarzem Hoodie am Herd, der Tisch war gedeckt, das Frühstück fertig. Aber Tom hatte keine Lust aufzustehen, und so saß David allein am Tisch und schlang hungrig, Speck, Eier und zwei dicke Scheiben Brot hinunter. Aus dem Wohnzimmer war ein Schnarchen zu hören. Still schaute David aus dem kleinen Fenster hinaus aufs Meer, über dem langsam der Tag anbrach, der letzte Tag des Jahres.

Wie lange David so dagesessen hatte, konnte er nicht sagen. Auf jeden Fall war der Becher Kaffee in seiner Hand kalt, als Tom ihm eine Hand auf die Schulter legte und Davids linke Hand zu seinem Schritt führte. Das Frühstück, das der Deutsche im Sinn hatte, bestand nicht aus Eiern und Speck, und David ließ sich hineinziehen in den Strudel von Hunger und Lust, der im Gegensatz zu gestern deutlich fordernder war.

Danach ließ Tom David wortlos zurück und ging nackt hinaus. Langsam, aber ohne zu zögern, watete er hinein ins Meer, tauchte kurz unter, wusch sich und balancierte vorsichtig über die nassen Steine wieder zurück. So, als mache ihm die Kälte von Wasser und Luft überhaupt nichts aus. Zurück in der Küche setzte er sich vor Meerwasser triefend an den Tisch und aß schweigend den kalten Speck und die Eier auf seinem Teller, ohne Brot und ohne David auch nur einmal anzusehen.

Skiary, 31.12.2021

An der Ostseite des Hauses hatten die Eigentümer einen Holzverschlag angebaut. Da das Cottage keinen Schutz von anderen Gebäuden bekam und an der offenen Bucht auch keine Felsen oder Baumgruppen waren, die den Wind vom Meer her hätten abmildern können, war die vom Meer abgewandte Seite eines Hauses die am besten geschützte vor Wind und Regen. Es gab zwar eine kleine Gruppe hoch gewachsener Fichten, doch die standen gut hundert Meter am Hang oberhalb des Hauses. Hinter den Fichten stieg der Berg dann steil und felsig an.

Vor der westlichen Giebelseite war die rote Sitzbank auf moosigem Gras, daneben, in den zerfallenen Mauern eines einstigen Hauses, lagerten alte, rostige Boote, keines davon sah sonderlich seetauglich aus: der Bootsfriedhof von Skiary. Die Bank war nicht mehr als fünf Meter vom rot-schwarzen Seetang-Aufwurf am Strand entfernt, der die Flutgrenze markierte. Im Sommer musste es traumhaft sein, hier mit einer Tasse Kaffee zu sitzen und aufs Loch Hourn zu schauen, das es mit dem dramatischen Hintergrund der Berge von Lochalsh und Knoydart an Schönheit mit jedem norwegischen Fjord aufnehmen konnte.

David hatte sogar einen einbetonierten Eisenring gefunden, an dem er sein Boot festmachen konnte. Er war zwar sehr rostig, aber noch stabil. Dann hatte er sein Boot mit der Schlechtwetterplane zugedeckt. Es war leicht an Land zu ziehen gewesen. Die Besitzer hier hatten die Bucht weitgehend vom Seetang entfernt, um das Landen einfacher zu machen, und noch war die Bucht nicht wieder zugewachsen.

Nach der seltsamen Stimmung beim Frühstück suchte David Abstand, doch Tom blieb auf Nähe bedacht. Im Haus konnte man sich nicht aus dem Weg gehen, weil nur die Küche und das Wohnzimmer beheizt waren. Blieb also nur draußen, und als der Schneeregen endlich mal eine kurze Pause einlegte, zog David Jacke, feste Stiefel und Handschuhe an und machte sich auf die Suche nach Holz.

Tom hatte im Holzverschlag den kümmerlichen Rest Brennholz inspiziert und sofort nach der Axt gegriffen, um ein paar der großen Stücke, die hier lagerten, in Scheite zu hacken. Ins Kaminfeuer konnte man größere Stücke legen, aber in den Raeburn gingen nur kleinere. Der Raeburn war wichtig zum Kochen und gab deutlich mehr Wärme ab als das offene Feuer. In einer Ecke des Verschlags lagen noch ein paar Brocken trockener Torf und ein Eimer voll Kohle, die Tom ins Haus schaffte, bevor er weiter die Axt schwang.

Entlang der Wasserlinie hatte David ein wenig Treibholz gefunden, aber bei Weitem nicht genug, um sie für ein paar Tage mit Wärme zu versorgen. Was war zu tun? Es gab wenig Bäume rund um Skiary, was da gewesen war, hatten wohl die ehemaligen Bewohner verfeuert. David blickte hinauf zu den Fichten. Keiner der beiden hatte je einen Baum gefällt und diese waren gut und gerne dreißig Meter hoch. Darüber hinaus war abgelagertes Holz das bessere Brennholz, sie mussten also einen bereits toten Baum finden.

Nun war Tom in seinem Element. Er liebte Filme, in denen es Männer in die Wildnis verschlug und sie dann ums Überleben kämpften. Es schafften immer nur die Stärksten und Tom hielt sich für den Stärksten. Was gab es Schöneres, als das immer wieder unter Beweis zu stellen. Die Axt geschultert machte er sich auf Richtung Bäume, David folgte ihm mit dem Beil und weil er eher praktisch als heroisch dachte, auch mit einem großen Eimer für den Transport der Holzstücke.

Das Gelände war sehr uneben. Felsbrocken lagen überall, teils offen, teils mit Moos und Flechten überzogen in der Wiese, was das Gehen erschwerte. Man musste sich konzentrieren, darauf achten, wohin man trat, und konnte deshalb nicht im Blick behalten, wohin man ging. Auch zwischen dem Cottage und der Baumgruppe oberhalb fanden die beiden die Überreste weiterer Häuser. Skiary musste einst ein lebhaftes kleines Dorf gewesen sein. David nahm sich vor, das etwas genauer zu recherchieren, wenn er wieder zurück in die Zivilisation kam und Zugang zum Internet hatte.

Inzwischen war Tom bei den Bäumen angekommen, die guten Schutz vor den schweren nassen Flocken boten, die gerade vom Himmel schneiten. Hundert Meter unter ihm lag das Haus im gleißenden Sonnenschein. Schottisches Wetter! David fand den Holzstapel zuerst. Die meterlangen Stücke waren sorgsam unter zwei dichten Fichten aufgestapelt. Das Holz saß hier schon länger, die unteren Stücke waren bereits von Moos überwachsen, aber die oberen waren brauchbar. Den Rest des kurzen Nachmittags verbrachten sie damit, die Holzstücke zu zweit nach unten in den Verschlag zu tragen. Als es gegen 15 Uhr dunkel wurde, hatten sie ausreichend Vorrat ans Haus geschafft und Tom hackte im Licht einer Kopflampe, die David vorausdenkend mitgebracht hatte, noch weitere kleine Scheite für den Raeburn und größere für den Kamin.

Dann ließ sich Tom von David einen blasen. Davids Knie schmerzten auf dem kalten Steinboden der Küche. Er hätte Tom lieber im gemütlichen Wohnzimmer befriedigt als auf dem Stuhl in der Küche, aber der drückte Davids Kopf immer wieder hinunter in seinen Schoß und ließ ihn nicht los, bevor er gekommen war. David unterdrückte die Übelkeit, die der Geschmack von Meersalz und Sperma in ihm hervorrief, und blickte Tom hoffnungsvoll an. Doch sein gegenüber dachte nicht im Entferntesten daran, sich zu revanchieren. Stattdessen zog er lässig seine Hosen hoch, blickte David erwartungsvoll an und erkundigte sich, was es zum Abendessen gab.

Skiary, 31.12.2021

Wie für viele Schotten war *Hogmanay* auch für David ein wichtiger Feiertag, vielleicht sogar noch wichtiger als Weihnachten, das für einen alleinstehenden Atheisten ohne Familie ohnehin wenig Charme besaß.

Für Tom war Weihnachten nur deshalb wichtig, weil es für alle in seinem Umfeld wichtig war und er nicht vorhatte, sich durch sein Desinteresse als Außenseiter zu outen. Im ewigen Streit mit seiner Exfrau, wer nun an Weihnachten die Kinder bekam, unterlag er gerne. Weihnachten allein war weitaus weniger anstrengend und die Tage zwischen den Jahren bei einem Fußballschiedsrichter die Zeit, um in Urlaub zu fliegen. In der Regel war er am Morgen nach dem letzten Spieltag vor der Winterpause auf dem Weg nach Dubai oder sonst wohin, wo es warm und luxuriös war.

Dieses Jahr hatte er sich für Schottland entschieden, weil das Fliegen in der Pandemie anstrengend geworden war und er Gesundheitssystemen in Ländern wie der Vereinigten Arabischen Emirate nicht traute. Sein Körper war sein Kapital als Schiedsrichter, im professionellen Fußball konnte man viel Geld verdienen. Sexreisen nach Thailand hatten für ihn keinen Reiz, er sah nicht ein, für etwas zu bezahlen, was er genauso gut kostenlos haben konnte. Seine Silvester waren edle Angelegenheiten mit Champagnercocktails und Viergänge-Menüs in angesagten Sternerestaurants. Alternativ hatte er für dieses Silvester-Abenteuer wenigstens einen teuren Single Malt erstanden, der im Wohnzimmer darauf wartete, geöffnet zu werden.

Nach dem Vorfall in der Küche brodelte es in David, doch es kam für ihn nicht infrage, sich deshalb *Hogmanay* ruinieren zu lassen. Also machte er sich daran, das traditionelle schottische Silvestergericht vorzubereiten: *Haggis Neeps and Tatties,* mit Graupen angereicherte Innereien mit Kartoffel- und Rübenbrei, alles fertig zum in den Ofen Schieben. Die Packung für zwei hatte er ohnehin im Haus gehabt, für Singles hatte es keine mehr gegeben. Und weil Fertiggerichte für zwei Personen meist nicht wirklich ausreichend waren für zwei Personen, machte er zur Vorspeise noch eine Dose *Scotch Broth* auf, die klassische Suppe mit Lammstückchen, Gemüse und Getreide. David wünschte, er hätte eine Mikrowelle, aber mit dem Raeburn hatte er sich inzwischen ganz gut angefreundet.

Das Abendessen vor dem Kaminfeuer war harmonisch und Tom überrascht, wie gut ihm diese Hausmannskost aus der Fertigpackung schmeckte. Es kam wieder etwas von der Harmonie des ersten Abends auf, was auch an dem *Caol Isla* lag, dem Single Malt, den Tom großzügig nachschenkte. Immer wieder stand einer von ihnen von dem warmen Matratzenlager am Kaminfeuer auf und öffnete die Haustür, um hinauszusehen. Langsam ging der Schneeregen in dicke weiße Flocken über. Ob sie das neue Jahr mit Neuschnee begrüßen würden?

Es waren noch gut zwei Stunden bis Mitternacht, als Tom ein schmales Ledersäckchen aus seiner Jackentasche nahm und öffnete. Ein kleiner grün-brauner Klumpen und ein durchsichtiges Tütchen mit weißem Pulver kamen zum Vorschein. Der Deutsche war in Fort William zufällig einem Dealer über den Weg gelaufen, der ihn mit einem Kunden verwechselt hatte. Tom war spontan zum Kunden geworden und heiß darauf, sowohl das Cannabis als auch das Kokain auszuprobieren. Einen Joint geraucht oder eine Line gezogen hatte er noch nie und das wollte er unbedingt ändern. Nichts machte ihn mehr an, als Neues auszuprobieren, je abartiger und verbotener, desto besser.

David dagegen war einer gelegentlichen Tüte nicht abgeneigt. Das nahm an den Wochenenden den Stress aus dem Lehreralltag. Er hatte aber immer darauf geachtet, dass ihm montags in der Schule nichts anzusehen war. Es gab Kollegen, die nicht so vorsichtig waren, und er wusste, dass die Schulleiterin nicht gut darauf zu sprechen war, obwohl es hier in den Highlands fast schon zum guten Ton gehörte, Cannabis zu konsumieren. Und überhaupt! Alkohol war schlimmer.

Sie einigten sich auf Gras und Tom fischte nach dem kleinen Päckchen Tabak, Feuerzeug und Blättchen, die er anschließend erstanden hatte. David nahm drei Blättchen heraus, leckte die Falz und klebte sie zusammen. Dann legte er das Papier vorsichtig auf sein nacktes Knie. Das andere Bein hatte er abgewinkelt und saß so bequem, die Haut ein Lichtspiegel der Flammen in Kamin. Tom beobachtete ihn intensiv und begann darüber langsam und eher beiläufig zu masturbieren, was Tom erst auffiel, als er ihm nach den ersten zwei intensiven Zügen den Joint weiterreichte.

Als Tom aufhörte sich zu befriedigen, während er tiefe Züge am Joint nahm, begann David damit, seinen Schwanz hart zu machen. Sie machten den Wechsel zur Regel: Wer den Joint hatte, durfte dem anderen beim Masturbieren zusehen, musste aber selbst damit aufhören. Es war das köstlichste Sexspiel, das David je erlebt hatte und der Genuss war unbeschreiblich, bis die Orgasmus-Welle seinen Körper überflutete und anschließend alles Reale mit dem sanften Schein des Feuers verschmolz.

Skiary, 1.1.2022

Das Feuer war aus und die Raumtemperatur im Cottage entsprach exakt der eines Kühlschranks: sieben, maximal acht Grad Celsius. Keiner der beiden Männer wollte unter der gemeinsamen Bettdecke hervorkriechen, um das Feuer wieder in Gang zu bringen. Den Jahreswechsel hatten sie nach Whisky und Joint total verpennt und nun startete das neue Jahr alles andere als entspannt oder angenehm. Es war arktisch! Ein Einsehen hatte schließlich David, der sich in rekordverdächtiger Zeit in die Jogginghose stürzte, Wollpullover und Wollmütze überstreifte und eingemummelt in die wasserdichte Jacke draußen im Verschlag Brennholz holte. Als er wieder zurückkam, lag Tom noch immer unter der Decke und hatte keinen Finger gerührt, den Kamin von der kalten Asche zu säubern.

David war sauer, aber es ging gegen seine Natur, sich das anmerken zu lassen. Er hatte hier großartigen Sex, ein sehr seltenes Ereignis in seinem Leben. Das würde er nicht gefährden durch Rumgejammer über die ungerechte Arbeitsverteilung wie die frustrierte Ehefrau eines Heteromanns. Unter Davids geübten Händen dauerte es nicht lange und das Feuer im Kamin brannte wieder. Als er auch den Raeburn zum Laufen gebracht hatte, verbreitete sich bald wohlige Wärme im Erdgeschoss des Cottage. Das Dachgeschoss war gemütlich, aber unmöglich zu heizen, und so blieben sie unten.

Während Tom endlich unter der Bettdecke hervorkroch, um sich erneut heldenhaft ins Loch Hourn zu stürzen, machte David Frühstück. Leider war der Schnee über Nacht nicht liegengeblieben und der erste Januar grau und verregnet.

Aufzutauchen aus den kalten Fluten vor dem großartigen Bergpanorama, flashte Tom immer wieder aufs Neue. Als er zurück ins Haus gerannt kam, war das Frühstück fertig und er setzte sich nass vor den Raeburn und schaufelte Eier und Speck in sich hinein. Das neue Jahr hatte ihm Hunger gemacht.

Nach dem Frühstück wusch David das Geschirr und anschließend sich im warmen Wasser am Waschbecken. Jetzt fühlte er sich wieder wie ein Mensch.

Skiary, 1.1.2022

Das Gewächshaus vor dem Cottage war ein seltsames Ding: Der Betonboden schon wenig einladend, ließen die grünen Metallstreben es dazu künstlich und deplatziert aussehen. Für ein Leben so weit entfernt von der Zivilisation war es aber notwendig, um Gemüse und Kräuter anpflanzen zu können. Im Moment stand ein großer Gartentisch darin, darauf eine bunte Wachstuchdecke mit Blumenmuster. Tom durchstöberte den Krempel, der an der Seite gestapelt war, und fand einen Schatz: einen modernen Heizlüfter und ein Verlängerungskabel! Wenn das Ding funktionierte und der Himmel aufklarte, hätten sie geradezu einen Sternendom, in dem sie essen und trinken konnten.

Kurze Zeit später präsentierte er David, was er entdeckt hatte. Der Heizlüfter funktionierte und der Blick aus dem Gewächshaus war phänomenal. David küsste ihn vor Freude, was Tom mehr zu irritieren als zu gefallen schien. Um den unangenehmen Moment zu überspielen, schlug David vor, den Berg hinter dem Cottage zu erklimmen. Tom war nicht abgeneigt, jede sportliche Herausforderung war etwas Gutes für ihn. Doch es fehlte der Kick, das Neue, die Challenge. Er wäre am liebsten auf die Jagd gegangen und war überzeugt davon, dass irgendwo im Haus eine Waffe versteckt sein müsste. Ganz besonders hier draußen, wo einem weit und breit keiner zu Hilfe kommen würde, brauchte man doch etwas zur Selbstverteidigung. Nicht, dass er sich Sorgen machte, angegriffen zu werden. Es ging Tom mehr um eine innere Bereitschaft vorbereitet zu sein auf alles Böse, das auf ihn zukommen könnte, eventuell schwierige Szenarien vorherzusehen und sich dagegen zu wappnen. Das eben, was ein Schiedsrichter auf dem Feld tat. Aber so sehr Tom auch suchte, er konnte keine Waffe finden.

Eine halbe Stunde später waren die beiden mitten im steilen Anstieg hinter dem Haus. Man hatte vom Hang einen fantastischen Blick auf Skiary, Loch Hourn, und die beiden atemberaubenden Berge Ladhar Bheinn auf der Knoydart-Seite und Beinn Sgritheall drüben auf der anderen.

Auf einem Felsvorsprung machten sie Rast, müde vom Aufstieg und der gegenseitigen Nähe. Weiter oben am Hang schauten zwei Hirsche misstrauisch zu ihnen hinunter. Um diese Jahreszeit waren die Tiere hungrig und kamen den Menschen näher als sonst. Was für eine Gelegenheit wäre es gewesen, hätte Tom eine Waffe im Haus gefunden. So aber konnte er ihnen nur zusehen, wie sie ihn vorsichtig beäugten und dann hinter einem Felsen verschwanden.

David war froh, dass er nicht mitansehen musste, wie Tom einen Hirsch erlegte. Er mochte Fleisch, aber Tiere zu töten lag weit außerhalb dessen, was ihm möglich war oder gar Freude bereitete. Er mochte Barbecues, marinierte Steaks, Würstchen, Folienkartoffeln, Brot und dazu viel Ketchup und Bier. Für ihn gehörte Rotwild aber in die Natur, nicht auf seinen Teller.

Sie saßen eine Weile, sprachlos vor dem gewaltigen Panorama der Berge und des Meers, bis Tom auf die Schneefront wies, die sich Skiary näherte. Es war Zeit für den Abstieg, selbst wenn die Wolken beidrehten und Skiary nicht erreichten, es würde bald wieder dunkel werden. Am ersten Tag des Jahres sahen die schottischen Highlands das Licht nur wenige Stunden.

Der Abstieg war mühsam und ihre Knie schmerzten. Im Cottage angekommen machte David Kaffee, Tom zündete in der Steinumfassung neben dem Gewächshaus das Feuer an. Wie gut, dass im Verschlag neben dem Haus jetzt genügend Brennholz lagerte. Dann saßen sie mit ihren Aluminiumtassen am Feuer und fühlten sich wie Cowboys. Sie dachten es beide im selben Moment: *Brokeback Mountain*! Tom begann als Erster zu lachen und David stimmte lauthals ein. Es war ihr unbeschwertester und ehrlichster Moment in Skiary.

Lächelnd ging David in die Küche, um das Fleisch und die Würste für den Grill zu holen. Tom blieb zurück und starrte in die Flammen. Es war an der Zeit, wieder in die Zivilisation zurückzukehren, aber in dieser letzten Nacht in Skiary würde er es mit David noch einmal richtig krachen lassen. Kurz darauf mischte sich der Rauch des Holzfeuers mit dem köstlichen Duft nach Würstchen und Steak.

Während David im Gewächshaus den Tisch deckte, zog sich Tom das Kokain in die Nase. David schüttelte nur den Kopf, er wollte nichts davon. Mit dem Cannabis hatte er seinem Körper schon mehr geschadet, als er eigentlich mochte. Kokain war für ihn definitiv ein Schritt zu weit.

In der Baumgruppe hinter dem Haus bewegte sich ein Schatten. Die Hirsche waren so nah, man hätte sie vom Feuer aus erlegen können, hätte man eine Waffe gehabt. Stattdessen nahm sich Tom ein Rindersteak, das nicht länger als zwei Minuten auf dem Rost gelegen hatte. Es war praktisch noch roh, aber er verschlang es mit Genuss, während David ihm fassungslos dabei zusah. Er mochte sein Fleisch durchgebraten.

Kokain, Alkohol und halbrohes Fleisch waren ein gefährlicher Cocktail. Toms Augen blitzten kalt und sein harter Griff umschloss Davids Hand. Der hatte nun aber auch genug. Was bildete sich dieser verdammte Typ eigentlich ein? Er schubste Tom bestimmt von sich. Der Deutsche stolperte und fiel über den Tisch. Wütend wirbelte er herum und drehte sich mit blutiger Nase wie bei einem Rugby-Tackle in den anderen Mann hinein. Das Eisengerüst des Gewächshauses wackelte bedenklich und es fehlte nicht viel, es hätte Glas geregnet auf die beiden Männer, die sich in einer wütenden Umarmung auf dem Boden vor dem Tisch wälzten.

In einer Orgie von Blut, Lust und Gewalt fand die Affäre von David und Tom ihr Ende. Schwer atmend lag David auf dem kalten Boden. Tom stand auf und zog sich die Hosen hoch. Wortlos drehte David sich um und ging vom Gewächshaus hinüber zum Cottage. Er war voller Blut, es war Toms, nicht seins und er war innerlich leerer, als er sich je gefühlt hatte. Über ihm funkelten die Sterne einer klaren Winternacht. Draußen rief ein Käuzchen und Wellen murmelten in fremden Stimmen über den Steinstrand. Seine Wut war so kalt wie die Nacht über Skiary.

Skiary, 2.1.2022

Wortlos hatten sie die letzte gemeinsame Nacht in Skiary verbracht und waren immer noch stumm mit den ersten Sonnenstrahlen aufgestanden. Die brutale Auseinandersetzung, das Blut und der aggressive Übergriff wogen zu schwer. Systematisch packte David seine Sachen und verstaute sie im Boot. Er würde Hilfe brauchen, um die *Seabreeze* wieder ins Wasser zu ziehen, auch wenn das Boot bei Weitem nicht mehr so schwer war wie an dem Tag, als er gelandet war. Sie hatten so gut wie alle Vorräte aufgebraucht.

Tom packte seine Sporttasche zusammen. Als David anfing, das Haus zu putzen, machte er sich von dannen, schnell und grußlos. Wohin er ging und was er machte, blieb sein Geheimnis. Ihre Pfade kreuzten sich nicht mehr und so mühte sich David allein damit ab, das Boot wieder ins Wasser zu bekommen. Wenigstens war Flut, so konnte er los und musste nicht warten.

David sprang ins Boot und stieß sich mit einem Ruder von Strand ab. Dann ließ er den Motor ins Wasser und warf einen letzten Blick zurück, bevor er ihn startete. Tom kam langsam hinter dem Haus vor und machte ein paar Schritte zum Strand. David hob den rechten Arm zum Gruß, aber Tom blieb unbeweglich stehen und sah regungslos dem Boot zu, wie es sich immer weiter von ihm entfernte. Grau und einsam blieb Skiary zurück wie ein Gedanke, den man nicht zu Ende denken wollte. Erst als die *Seabreeze* aus Loch Hourn herausfuhr, hatte David das Gefühl, wieder atmen zu können.

13.1.2022, vormittags

Issy war allein und sie fühlte sich auch so. Rab, der während der Morduntersuchung mehr oder weniger bei ihr eingezogen war, lauerte immer noch in Skiary auf Informationen zu den Ermittlungen. Sie sah die Fotos durch, die sie mit dem Handy gemacht hatte. Verrückt, dass sie sowohl den Tatort als auch die Leiche entdeckt hatte. Dieser Mord war inzwischen zu etwas sehr Persönlichem geworden. Sie wollte wissen, wer den Mann ermordet hatte und warum, und eigentlich wollte sie auch wissen, wer dieser Tom Uwe Thelenbach gewesen war, der sein schreckliches Ende an einem der schönsten Orte der Welt gefunden hatte.

Natürlich hätte sie auch mit der Übersetzung weitermachen können, aber das war keine ernsthafte Alternative. Als ob sie sich jetzt an die feine Ausarbeitung der lebendigen Prosa von Freres Buch hätte machen können. Maxwells Geist musste warten. Sie hatte andere Geister, die sie riefen.

Nachdem Stacy und Donald sie am Ferienhaus abgesetzt hatten, war sie mehr oder weniger direkt eingeschlafen. Sie hatte sich aus den nassen Klamotten geschält, dicke Wollsocken über die Füße gezogen und war mit einer Wärmflasche bewaffnet unter der kalten Bettdecke verschwunden. Es war ein Uhr in der Früh und sie war bis auf die Knochen durchgefroren gewesen.

Nun saß sie am Holztisch in der Küche und hielt sich an einer Tasse Kaffee fest. Gedankenverloren knabberte sie an ihrem Frühstück, während sie durchs Internet surfte. Google bot ihr viele Treffer an, aber nur wenige waren aussagekräftig. Der Mann war schließlich Fußball-Schiedsrichter gewesen. Allein die Suchergebnisse aus den diversen Fußball-Datenbanken füllten zahllose Seiten. Sie fand auch porträthafte Zeitungsartikel, zwei Podcast-Folgen, Facebook Seiten und Jahresberichte des Schiedsrichterverbands. Nun begann Issy Quellen zu sammeln und in einem Dokument zusammenzustellen. Am Ende schrieb sie eine Synopsis, die, wie sie hoffte, für Rab eine große Hilfe bei seinen hintergründigeren Artikeln sein würde.

Dr. Tom Uwe Thelenbach war erfolgreich und hatte als Zahnarzt und Schiedsrichter in der 2. Fußball-Bundesliga so viel verdient, dass er sich ein schmuckes Haus mit Garten in Stuttgart leisten konnte. Beachtlich, bei den Hauspreisen in der schwäbischen Metropole. Er hatte bereits jung angefangen zu pfeifen, weil er es als Fußballer wohl nicht weit gebracht hätte. In der Praxis hatte er Partner, im Leben schien es keine Partnerin zu geben, zumindest nicht aktuell. Thelenbach war geschieden und hinterlässt zwei Töchter im Alter von fünf und sieben Jahren, beide leben bei der Mutter. Er sah sie selten, weil er regelmäßig an den Wochenenden im Einsatz war. Zu seiner Exfrau schien er ein schlechtes Verhältnis zu haben. Er mochte Katzen, Autos und italienische Küche. Nichts deutete in den Quellen auf einen Grund hin, warum ihn jemand hätte ermorden wollen. Und dennoch ist er tot.

„Mit ein bisschen Glück nennt er mich als Co-Autorin", dachte sie laut, nachdem sie die Zusammenfassung noch einmal durchgelesen hatte. Vielleicht wäre es gut, diese Informationen auch dem bärtigen DI zu übergeben. Schließlich konnte der kein Deutsch und Google Translate? Als Fachfrau hatte sie für die Präzision des kostenloses Onlinedienstes allenfalls ein müdes Lächeln übrig.

Rab war direkt nach Inverness gefahren, um bei der BBC im Studio mehrere Interviews zu geben und sich anschließend seinen Artikeln zu widmen. Er hatte eine WhatsApp geschickt:

Hier stürzen sich alle auf mich. Ich bleibe in Sneckie über Nacht. Bis morgen.

Ein Kuss-Emoticon schloss die kurze Nachricht ab.

Issy schwankte zwischen Ärger über Rabs nachrichtliche Belanglosigkeit und Erleichterung, über einen Tag und Abend ganz für sich allein. Sie entschied sich für Letzteres. Rab hatte die Nacht über nicht geschlafen und musste absolut durchgefroren sein. Für launige Nachrichten wäre sie an seiner Stelle auch nicht in Stimmung gewesen. Sneckie musste sie recherchieren. Es war der liebevolle Kosename der Einheimischen für die Hauptstadt der Highlands: Inverness.

13.1.2022, mittags

Als es klopfte, vermutete Issy den Postboten, der in Glenelg um die Mittagszeit seine Runden machte, doch dann blickte sie in die braunen Augen von DI Robert Campbell. Seine Gestalt füllte den Türrahmen aus, sodass Issy reflexartig zurücktrat und ihn hereinbat, ohne zu fragen, was er wolle.

„Tee? Kaffee?“

„Tee, bitte. Milch, ein Zucker“, erwiderte Campbell und setzte sich unaufgefordert an den Küchentisch. Seinen Tee trank er nicht so süß wie seinen Kaffee.

Komisch, dass man immer nervös wird, wenn man einem Polizisten gegenübersteht, auch wenn man überhaupt nichts verbrochen hat, dachte Issy und machte eine Kanne Tee für sich und den Inspector. Campbell sah ihr aufmerksam dabei zu, als könnten ihre Bewegungen und die Art, wie sie Tee machte, etwas über ihren Charakter oder ihre Glaubwürdigkeit aussagen.

„Ich habe gerade etwas Leerlauf, während ich auf Ergebnisse aus dem Labor in Inverness warte, und dachte mir, Sie könnten mir eventuell behilflich sein, etwas mehr über das Opfer herauszufinden. Es scheint im Netz mehr als genug zu ihm zu geben, nur leider ist alles auf Deutsch.“ Roberts braunen Augen blickten Issy erwartungsvoll und bestimmt an.

Sie strich sich durchs lange Haar, sie hätte es waschen sollen, dachte Issy unwillkürlich unter dem Blick des Polizisten. „Ich habe schon einiges zu ihm recherchiert und zusammengefasst. Das kann ich Ihnen schnell übersetzen, wenn Sie möchten."

„Großartig!" Campbell rührte konzentriert in seinem Tee. „Haben Sie auch diese beiden Seiten gesehen, die interessieren mich besonders."

Er zeigte ihr auf seinem Telefon eine Seite bei *Spiegel online* und eine im *Kicker*. Issy nickte.

„Die Infos habe ich auch, aber wir können die beiden Artikel auch gerne ausführlich gemeinsam durchgehen."

Robert machte es sich mit Keksen und Tee gemütlich, die Übersetzerin, starrte konzentriert auf ihren Laptop und schien sich nicht daran zu stören, dass er sie beobachtete. Klugheit und Nerven waren beides Qualitäten, die Robert an einer Frau zu schätzen wusste. Und einen guten Instinkt hat sie auch, fügte er in seinen Gedanken hinzu. Schließlich war Issy noch vor der Polizei am Tatort gewesen.

Nach ausführlicher Lektüre der Quellen, die Issy für ihn übersetzt hatte, war das Bild, das sich der DI von dem Opfer machen konnte, deutlich komplexer. Eine Verbindung zu Glenelg oder gar Skiary und Kinlochhourn war nirgendwo erkennbar. Selbst eine Verbindung nach Schottland schien er nicht gehabt zu haben. In den frühen Jahren seiner Ehe war Thelenbach wohl einmal mit seiner Frau in Edinburgh gewesen. Wenn man in seinem öffentlichen Facebook-Account lange genug zurückging, dann fanden sich die üblichen Urlaubsbilder: das Paar im Edinburgh Castle, in einem Pub, St Mary's Close und bei Greyfriar's Bobby.

Robert ertappte sich dabei, wie er die Erkenntnisse mit der Übersetzerin diskutierte. Wieso war Thelenbach verheiratet gewesen, wenn er doch schwul war? War er bisexuell? Oder war die fatale homoerotische Begegnung ein einmaliges Experimentieren gewesen. Hatte er seine sexuellen Präferenzen verborgen, weil er als Fußball-Schiedsrichter inmitten einer homophoben kleinen Blase unterwegs war? Oder war es wegen seiner Kinder? Er hatte zwei Töchter, lebte aber getrennt von seiner Frau und den Kindern. Weil er schwul war und sich das irgendwann eingestanden hatte?

„Ich sollte mit Ihnen gar nicht darüber sprechen", sagte Robert und kratzte sich am Kinn.

Issy lächelte still in sich hinein. Das Opfer war also schwul!

„Ich weiß." Mehr sagte sie nicht. Warum auch. Sie und Rab hatten immer nach einer Frau gesucht, nicht ahnend, dass das Opfer schwul gewesen war. Damit rückte Alistair in Arnisdale auf Platz eins ihrer Verdächtigen-Liste, die sie nicht mit dem DI zu teilen gedachte.

Sie sah Robert intensiv an und lächelte erneut.

„Ich glaube, er hat lange gegen sein Schwulsein angekämpft, und dann hat sich plötzlich und zufällig eine Gelegenheit ergeben. Die hat er ergriffen und die ist dann irgendwie aus dem Ruder gelaufen. Vielleicht gerade, weil alles noch neu war und die Gefühle sich lange angestaut haben", mutmaßte sie.

Robert erwiderte ihren Blick mindestens genauso intensiv. Mit der Hand strich er seinen Bart glatt.

„Das scheint mir eine plausible Variante des Geschehens. Nur leider beantwortet diese Erkenntnis nicht, wer der Täter ist. Hier auf dem Land können die Homosexuellen sich noch immer nicht problemlos outen. *Woke* ist hier noch ein Fremdwort. Das ist in Inverness kein Problem, aber hier in Glenelg? Das halte ich für undenkbar.“ Robert nahm nachdenklich einen Schluck Tee.

„Dann gibt es eigentlich nur zwei Möglichkeiten: Entweder es handelt sich beim Täter ebenfalls um einen Fremden und das Treffen hier war ein Zufall oder ein Mann von hier hat ihn getötet.“

Der DI nickte. „Welcher der Männer hier könnte also heimlich schwul sein?“

„Genau das ist hier die Frage“, bestätigte Issy und blickte aus dem Fenster.

13.1.2022, nachmittags

Aus dem mobilen Lautsprecher tönte *Ten Thousand Fists* von Disturbed. Dr. Janne Asikainens Kopf ruckte in einer verhaltenen Andeutung von Headbanging. Innerlich spielte er auch noch E-Gitarre, aber das sah man ihm nicht an. Die langen Finger mit den schwarz lackierten Fingernägeln flogen über die Tastatur. Das waren die letzten Daten, dann war er so weit, dem DI alles zu präsentieren.

„*Ten thousand fists in the air!*"

Tatort war vermutlich das verlassene Cottage am Loch Hourn, aber ohne das Projektil war das nicht sicher zu sagen. Er hatte Spuren von zwei verschiedenen Personen gefunden, zwei DNA-Nachweise, wovon eine DNA definitiv dem Opfer zuzuordnen war. Die Anwesenheit im Cottage machte die zweite Person nicht notwendigerweise zum Mörder, aber in Anbetracht der Abgeschiedenheit war die Wahrscheinlichkeit sehr hoch, dass es sich um die DNA des mutmaßlichen Täters handelte. Nur leider war die gesuchte Person nicht in der polizeilichen Datenbank. Die Bereiche, die von den beiden Zivilisten kontaminiert worden waren, hatte Janne aus der Analyse herausgenommen.

Das Opfer hatte homosexuellen Geschlechtsverkehr gehabt, kurz bevor es getötet wurde. Mit wem, war nicht nachzuweisen, weil die DNA aus dem Magen nicht mehr brauchbar gewesen war. War der Geschlechtspartner der Mörder? Oder der Täter hatte das schwule Pärchen beobachtet und Thelenbach erschossen, aber wo war dann der Liebhaber von Thelenbach abgeblieben? Und wo genau war der Tatort? Blutspuren, die auf die Tötung zurückzuführen waren, waren keine gefunden worden. Das Blut aus dem Gewächshaus, war auf eine Schlägerei zurückzuführen. War Skiary doch nicht der Tatort? Der Pathologe beneidete DI Campbell nicht um den Fall. Hier gab es viel zu viele Fragezeichen.

Asikainen war sich ziemlich sicher, dass es sich um eine Tat im Affekt handelte. So was plante keiner an einer Location wie dieser. Der Täter hatte wohl nicht damit gerechnet, dass man den Tatort oder die Leiche finden würde.

Disturbed spielte inzwischen *Guarded,* die Ansätze von Headbanging wurden ausgeprägter beim Finnen.

Janne schaute auf die Uhr. Noch etwas mehr als dreißig Minuten bis zum Teams-Call mit Robert und seinem Team in Glenelg. Zeit für einen Schokoriegel, Kaffee und Musik bis zum Anschlag laut. Ein glückliches Lächeln umspielte die gepiercten Lippen des Finnen. Definiere Glück!

13.1.2022, nachmittags

Es fiel ihr schwer, sich auf ihre Arbeit zu konzentrieren. Tausend Fragen schwirrten durch ihren Kopf, das Rätsel um den Mord und die Frage nach dem Täter ließen Issy einfach nicht los. Die Übersetzungsarbeit konnte damit nicht konkurrieren.

„Der Schlüssel muss in seiner sexuellen Orientierung liegen“, murmelte sie halblaut, aber bestimmt.

Sie beschloss, das Problem pragmatisch anzugehen: Wenn Thelenbach sich hier mit einem anderen Mann getroffen hatte, dann war der andere Mann ebenfalls homo- oder zumindest bisexuell. Welcher Mann konnte das sein?

Keiner der Männer hier in Glenelg schien dafür infrage zu kommen. Statistisch war die Wahrscheinlichkeit hoch, dass einer schwul war. Schließlich waren sechs Prozent der Bevölkerung im Vereinigten Königreich schwul. Die Zahl hatte Issy schnell noch gegoogelt. Natürlich konnte der Täter auch aus einer der nächsten Ortschaften kommen, vielleicht war er sogar ein Fremder.

Issy hatte das Gefühl, sich im Kreis zu drehen. Draußen machte der Dauerregen eine kurze Pause. In knapp zwei Stunden würde es langsam dunkel werden. Das reichte gerade noch für einen Spaziergang zu den Brochs und wieder zurück. Nichts wie raus und den Kopf freilaufen von all den unschönen Gedanken.

Sie mümmelte sich in ihren dicken Parka und setzte die gemusterte Wollmütze auf. Als sie die Haustür öffnete, riss der Wind sie ihr fast aus den Händen. Das Wetter war wild an der Westküste.

Erst als Issy von der Hauptverkehrsstraße zu den Brochs abbog und im kleinen Seitental Glen Beag den Schutz der umliegenden Berge hatte, ließ der Wind etwas nach. In Gedanken ging sie die Männer durch, die sie hier bisher getroffen hatte: Von den Hippies in der Straße kam niemand infrage, der Frauenanteil war hoch und sie hatten weder ein Boot noch ein Auto. Zu Fuß war Skiary zu weit weg. Blieben Martin MacDougall, Ladenbesitzer und Messner, Forstamtsleiter Brian Williamson, der Professor Donald Ingalls und Alistair MacRae, der Fischer in Arnisdale.

Alistair MacRae war zum wahrscheinlichen Zeitpunkt der Tat in der Nähe des Tatorts gewesen. Damit wäre er eigentlich Verdächtiger Nummer eins. Aber Issy war sich in dem Punkt alles andere als sicher. Der Fischer aus Arnisdale hatte etwas Ungelenkes an sich, etwas Verschlossenes. Aber homosexuell? Dafür war er so gar nicht der Typ.

Sie beschleunigt ihre Schritte. Beim Laufen oder Gehen konnte Issy am besten denken. Die Monotonie der körperlichen Bewegung schaffte ihrem Geist Freiräume, die er am Schreibtisch nicht hatte.

Wenn er keinen Sex mit dem Opfer gehabt hatte, was zum Teufel hat er dann da gemacht am Neujahrstag mit seinem Boot im Loch Hourn?

Issy machte ein paar Fotos vom Wasserfall und checkte das Signal. Hier im Tal war der Empfang miserabel. Ein paar

Meter weiter hatte sie zwei Balken. Schnell sprach sie eine Nachricht und whatsappte sie Rab.

Sie wollte nicht nur wissen, wer den Deutschen ermordet hatte, sie wollte auch Diejenige sein, die es herausfand. Irgendwie fühlte es sich an wie ihr Fall. Sie wollte ihn lösen und bei Rab liefen die Informationen zusammen, gemeinsam sollten sie fähig sein, den Mörder zu finden.

Rabs Antwort pingt auf, als sie die Handyhülle gerade zuklappen wollte

Noch in Inverness. Wir nehmen gerade für einen True-Crime-Podcast auf. Lass uns Alistair morgen gemeinsam grillen. Bin zum Frühstück zurück.

Dazu drei Smileys: Daumen hoch, ein Mikrofon und ein Kussgesicht.

Issy schickte einen Kuss-Smiley zurück und machte sich wieder auf den Weg nach Glenelg. Es wurde bald dunkel und sie wollte wieder im Haus sein, bevor die Sonne sich verabschiedete. Solange hier ein Mörder frei herumlief, mochte Issy im Dunkeln nicht allein unterwegs sein.

Kaum war sie zuhause, schickte sie eine weitere Nachricht:

Bring bitte auch Milch, Brot und Käse mit und vielleicht noch eine Flasche Wein.

Die Antwort ließ keine Minute auf sich warten:

Genügt die Auswahl im Dorfladen etwa nicht deinen Ansprüchen? Lach-Smileys

Issy kicherte.

Nein! Und Brownies bitte. Ich liebe Brownies!

Die Antwort bestand schlicht aus einem Kuss-Emoticon.

Vielleicht ist es doch nicht so schlecht, einen Mann im Leben zu haben, dachte Issy und machte es sich in Jogginghose und Schlabberpulli auf der Couch bequem.

Im Kamin rumorte der Wind und trieb den Regen in Schwaden an die Fenster. Nichts war gemütlicher oder geruhsamer als das Leben in Glenelg. Issy schenkte sich ein großes Glas Malbec ein und kuschelte sich tiefer in die Fernsehdecke. Für eine kurze Zeit gelang es ihr zu vergessen, dass da draußen in der Kälte ein Mörder frei herumlief.

13.1.2022, früher Abend

„Es gab Spuren von möglicherweise einer weiteren Person am Tatort?“

Das hatte Detective Inspector Robert Campbell nicht erwartet. Dr. Janne Asikainen lächelte in die Kamera: „Definitiv!“

Seine Piercings reflektieren das grelle Deckenlicht in seinem kahlen Büro, seine Haut schimmerte blutleerer als die seiner „Kundschaft“. Der Pathologe in Inverness und die Sondereinheit in Glenelg waren per Videocall miteinander verbunden.

„Hatten sie Sex zu dritt oder war da noch jemand in einem der anderen Zimmer?“, wollte Wilma wissen.

Asikainen lächelte das stille Lächeln der Finnen.

„Die Person war in keinem der Zimmer. Sie war draußen am Fenster. Es gab Spuren eines Handkantenabdrucks auf dem Glas. So, als hätte jemand hineingesehen und die Augen mit der Hand abgedunkelt, um mehr erkennen zu können. Leider hat der Regen dem Abdruck ziemlich zugesetzt, eine DNA bekommen wir hier nicht mehr. Der Abdruck ist definitiv nicht vom Opfer, ich kann aber nicht sagen, ob sie von dem Mann stammen, mit dem das Opfer Sex hatte. Das ist möglich. Es ist aber auch möglich, dass eine dritte Person anwesend war und den beiden zugesehen hat. “

„Das kann ein neugieriger Wanderer gewesen sein oder jemand, der den Mord beobachtet hat“, warf Wilma ein.

„Obwohl, das Cottage scheint ja nicht der Tatort gewesen zu sein, es gab keine Blutspuren."

„Oder es war gar keine dritte Person, sondern der Täter oder das Opfer, der zunächst ins Cottage gesehen hat, bevor er reinging", vermutete Hamish.

„Das bringt uns doch nicht weiter", brummte der DI. „Wenn wir die DNA nicht bestimmen und zuweisen können, kann das ein Unbeteiligter oder einer der Beteiligten gewesen sein. War es ein Spanner, kann er den Sex und/oder den Mord beobachtet haben. Doch warum macht er dann keine Aussage. Und wenn es der Mörder war, was ist dann mit der Person geschehen, die mit dem Opfer Sex hatte? Vielleicht waren es der Journalist oder die Übersetzerin. Die haben den Tatort kompromittiert. Die Spur kann definitiv von ihnen stammen." Robert Campbell runzelte die Stirn.

Janne Asikainen zuckte mit den mageren Schultern. „Scheint, ich habe mehr Fragen aufgeworfen als beantwortet."

„Und was ist mit der Tatwaffe?", wollte Robert wissen. „Und das Projektil?"

„Die hat die Forensik nicht gefunden. Anscheinend gehen sie morgen nochmals raus und suchen den Uferbereich mit Tauchern ab. Das ging heute nicht wegen des Wetters." Der Finne zupfte sich an der Oberlippe und dachte nach. „Vieleicht weiß ich morgen mehr."

„Sie sollen auch noch mal nach dem Auto sehen. Nicht in Skiary natürlich, aber da, wo die Zufahrtsstraße endet.

Vielleicht wurde es im Meer versenkt“, sagte Robert und nickte Asikainen zum Abschied zu.

„*Kitos*!“ rief die Runde in Glenelg und Campbell beendete den Call.

„Ich will eine Liste aller Männer zwischen siebzehn und siebenundvierzig, die im Umkreis von fünfzig Kilometern Luftlinie von Skiary leben. Ich will wissen, wer von diesen Männern bekennend homosexuell ist. Ich will die entsprechenden Dating-Sites durchkämmt und mit der Liste abgeglichen haben. Wenn das ein Sexdate war, das schiefgelaufen ist, dann finden wir so vielleicht Anhaltspunkte.“

Wilma blickte ihren Chef an. „Und was machen wir dann?“

Robert lächelte. „Dann gehen wir da ganz altmodisch ran und sprechen mit jedem Einzelnen.“

„Na dann Prost!“, rief Hamish, meinte es allerdings im übertragenen Sinn.

Robert dachte an den gemütlichen Kneipenraum im Glenelg Inn und sah nicht nur ein köstliches Abendessen, sondern auch ein eiskaltes, bernsteinfarbenes Pint vor seinem inneren Auge auftauchen.

„Machen wir für heute Schluss, sobald wir die Liste haben. Die teilen wir beim Frühmeeting auf und gehen gleich anschließend von Haustür zu Haustür. Hat einer von euch die Ausbildung für diese Art der Befragung gemacht?“

Beide bestätigten, diese Zusatzqualifikation im Laufe ihrer Ausbildung erworben zu haben.

„Hier, Chef!“ Hamish war schon dabei, die Liste auszudrucken. „Die hatte ich vorhin schon zusammengestellt.“

„Guter Mann!“, Robert nahm sich ein Exemplar aus dem Drucker.

„Und jetzt los! Der Letzte macht das Licht aus!“

Du hast mich allein gelassen. Auf einmal war ich ganz allein. Niemand war mehr da! Niemand!

Deine Tat hat mir alles genommen, meine Heimat, meine Familie, mein ganzes verdammtes Leben. Nichts war mehr wie vorher. Hast du nicht daran gedacht, was das mit mir machen würde?

Manchmal hasse ich dich dafür. Aber ich verstehe dich auch. Und manchmal bin ich dir dankbar. Weil es damit aufgehört hat.

Aber der Preis! Der Preis! Hast du nie darüber nachgedacht, welchen Preis ich zahlen würde? Und welchen du? Verdammt noch mal!

Welchen Preis hast du gezahlt für seinen Tod?

13.1.2022, abends

„Guten Abend, was gibt's zum Essen?" Robert hatte inzwischen Übung, dem Personal an der Bar die abendliche Frage zu stellen. Er war sehr dankbar dafür, dass das Tagesgericht täglich wechselte.

„*Cullen Skink* als Vor- oder Hauptspeise mit hausgemachtem Knoblauchbrot. Als Nachtisch haben wir *Cranachan*."

„Definitiv *Cullen Skink* als Hauptspeise und so sehr ich die Mischung aus Sahne, Whisky und Himbeeren auch mag, belassen wir es bei einem Gang. Und ein Tennents Ember."

Robert ging zu seinem Tisch. Im Kamin knackten die Holzscheite, die restlichen Tische waren recht gut besetzt. Es war Donnerstag und die Einheimischen stimmten sich aufs Wochenende ein. Nach dem Lockdown und den Einschränkungen während der Pandemie schien es sie nun, wo vieles wieder erlaubt war, mit Vehemenz zurück in die Kneipen zu ziehen. Die meisten Menschen waren nicht dafür gemacht, sich abzukapseln. Robert schon. Ihm waren ein paar wenige ausgesuchte Freunde, Familie und Kollegen genug im Leben. Das brachte auch der Beruf mit sich, dass es schwer war, einen Freundeskreis aufrechtzuerhalten. Doch das machte ihm wenig aus. Er war gerne allein mit sich und seine Gedanken.

Ins Pub aber ging man nicht, um sich zurückzuziehen. Ins Pub ging man, um sich lebendig zu fühlen, als Teil einer Gemeinschaft. Als er sich mit seinem Bier in der Hand zurück zu seinem Tisch aufmachte, streifte er in der etwas dunkleren Ecke des Schankraums versehentlich eine Jacke von einem Stuhl. Robert beugte sich hinunter, um sie aufzuheben, und stieß dabei mit dem Kopf ihres Eigentümers zusammen.

„Entschuldigung“, murmelten beide gleichzeitig. Er hing die Jacke wieder über den Stuhl, nickte dem anderen Mann zu und wollte sich gerade Richtung seines Tischs aufmachen, als der Jackenbesitzer das Gespräch begann:

„Sie sind der Polizist, nicht wahr?“

Robert nickte nur. Viele Unterhaltungen mit Fremden fingen so an und viele dieser Gespräche enthielten Informationen, die ein Polizist für seine Arbeit gebrauchen konnte. Wer die Polizei ansprach, hatte ein Mitteilungsbedürfnis. Oft erschöpfte sich das in Beschwerden, manchmal aber sammelte die Polizei wichtige Erkenntnisse aus diesen informellen Unterhaltungen mit der Bevölkerung.

In der jetzigen Situation, wo die Polizei einen Mörder suchte und es nicht ausschloss, ihn in der einheimischen Bevölkerung zu finden, waren nur wenige bereit, den Kontakt zum starken Arm des Gesetzes herzustellen. Die Grundhaltung der meisten Menschen gegenüber Polizisten war ohnehin von Misstrauen und Abstandsbedürfnis geprägt.

„Ich bin Brian Williamson. Ich manage den Forst und die Abholzungen hier“, sein Kopf zuckte zur Seite in Richtung Mam Ratagan, wo die Waldflächen in großem Stil und mit schwerem Gerät gerodet wurden.

Der örtlichen Akzent klang klar aus den Sätzen des Forstvorstehers, der leichte Singsang der Highlander mit dem harten „R“ der meisten Schotten.

„Kann man davon gut leben?“, erkundigte sich Robert interessiert. Er wusste um die hohen Preise bei Benzin, Nahrungsmitteln und auf dem Wohnungsmarkt. Da die meisten Gehälter nicht zum Leben ausreichten, hatten viele mehr als nur einen Job in den Highlands.

„Ich komme klar“, antwortete Brian und zum ersten Mal sah Robert so etwas wie eine leichte Unsicherheit im Blick seines Gegenübers. Aha! Da war was im Busch. Nun war Roberts Neugier geweckt.

„Darf ich mich setzen?“ Die Jahre bei der Polizei hatten sein Gefühl für menschliche Beweggründe geschärft, was sich dabei immer als Vorteil erwiesen hatte, war seine natürliche Empathie. Bei Brian fühlte er die widersprüchliche Mischung aus Mitteilungsbedürfnis und Verschwiegenheit, die er über die Jahre bei vielen Kleinkriminellen beobachtet hatte.

Die Hand seines Gegenübers wies auf den freien Stuhl. „Gerne.“

„Wie war die Suppe?“, fragte Robert mit einem Blick auf Brians leeren Teller.

„Hervorragend. Wie immer. Obwohl ich glaube, dass sie um diese Jahreszeit Merlan statt Schellfisch nehmen.“

In diesem Moment kam Roberts cremige Fischsuppe und es war ihm völlig egal, ob da Schellfisch oder Merlan drin war, sie schmeckte köstlich und das duftende Knoblauchbrot tat ein Übriges, um aus dem hungrigen DI einen glücklichen und zufriedenen Menschen zu machen.

„Schreckliche Sache mit dem toten Touristen.“ Brian kam zur Sache, jetzt, da der DI die Suppe löffelte und schweigsamer geworden war. „Nicht gut für das Geschäft, hier leben doch so gut wie alle vom Tourismus."

„War denn viel Presse da heute?", erkundigte sich Robert und nahm einen tiefen Schluck von seinem Bier.

„Zwei Zeitungsjournalisten, eine Frau vom Radio und ein Kamerateam. Nicht die BBC. Keine Ahnung, woher die kamen. Sind aber alle wieder abgereist. MacAskill ist ja da und verdient sich mit seinen Storys dumm und dämlich."

„Kannte man den Deutschen im Dorf?", wollte Robert wissen.

„Nein, niemand hat ihn gesehen. Um diese Jahreszeit und nach zwei Jahren ohne Touristen aus dem Ausland wäre ein Deutscher hier aufgefallen. In der Pandemie haben fast ausschließlich Engländer und Schotten hier Urlaub gemacht."

Robert löffelte mit Genuss den Rest der Fischsuppe.

„Stimmt es, dass er schwul war? Dass man ihn umgebracht hat, weil er schwul war?"

Nun hörte der DI mit dem Löffeln auf und blickte seinem Gegenüber aufmerksam ins Gesicht. Er spürte die Sorge in der Frage des Forstvorstehers. Er sah ihn genauer an. Brian war groß und schlank und trug das rotbraune Haar in weichen Wellen, die sein schmales Gesicht umrahmten. In dem enganliegenden Hoodie zeichneten sich durchtrainierte Oberarme ab. Ein Tattoo zog sich über den rechten Hals, ein anderes lugte unter dem linken Ärmel hervor. Ob er Teil der LGBTQ-Community war?

Statt die Frage zu beantworten, stellte Robert die Gegenfrage: „Machen Sie sich Sorgen um Ihre Sicherheit?"

Geschockt senkte Brian den Blick. Diese Geste sagte mehr als alle Worte und Robert hatte sie verstanden.

„Ob die sexuelle Orientierung des Opfers im Fall eine Rolle spielt, kann ich zu diesem Zeitpunkt der Ermittlungen nicht sagen. Wir werden morgen mit allen Anwohnern hier sprechen und kommen auch bei Ihnen vorbei. Wir gehen von Haustür zu Haustür."

Brians Blick ging von Schock in Panik über. „Bei mir zuhause?"

„Zuhause oder bei der Arbeit, je nachdem, wo wir Sie gerade antreffen."

Die Erleichterung strömte sichtbar aus Brians Körper.

Ich frage mich, was er zuhause versteckt hat. Robert musterte Brian eindringlich.

„Ich bin den ganzen Tag im Wald oberhalb von Moyle. Kommen Sie einfach vorbei."

Robert schob den leeren Suppenteller von sich und stand auf: „War nett, Sie kennenzulernen. Wir sehen uns morgen." Erkenntnisse, die aus einem Gespräch im Pub stammten, waren Hörensagen und wären vor Gericht nicht verwendbar. Aber sie waren oft ein sehr guter Hinweis, wo man nachhaken musste.

„Bis morgen", erwiderte Brian und sah alles andere als erfreut aus. Er hatte Arbeit vor sich. Ein Teil der Drogen, die er vertickte, lagerte im Haus und dieser Vorrat musste verschwinden, bevor die Bullen auftauchten. Nun musste er in einer Nacht-und-Nebel-Aktion den Stoff vergraben.

Natürlich außerhalb seines Grundstücks, dann konnte ihn keiner belangen, wenn das Paket gefunden wurde.

Eine Stunde später stand er am Rand seines Gartens und grub. Im Haus waren alle Lichter aus damit man ihn nicht sah. Der Boden war matschig, aber wenigstens hatte es aufgehört zu regnen. Um den Stoff machte er sich keine Sorgen, der war wasserdicht verpackt, wohl aber um seine eigene Sicherheit. Immer wieder sah er sich um, jedes noch so kleine Geräusch ließ ihn zusammenzucken.

Was, wenn der Schwulenmörder auch ihn holte? Der Inspector hatte ihn sofort durchschaut, aber hier in Glenelg hatte Brian seine sexuellen Vorlieben bisher souverän verheimlichen können. Schließlich - und da war er sich sehr sicher - war er hier der einzige Nicht-Hetero.

„Ob der DI hetero ist", fragte Brian sich halblaut und trat die Erde flach, um die Grabung so gut es ging zu verbergen. „Ich würde ihn jedenfalls nicht von der Bettkante schubsen."

Es ist nicht richtig. Es ist gegen die Natur. Wie können sie nur! Sie widern mich an. Der Ekel kriecht mir sauer die Speiseröhre hinauf. Wut liegt kalt in meinem Magen.

Nur draußen geht es mit besser. Je härter ich arbeite, desto kleiner wird der Klumpen Wut in meinem Bauch. Harte Arbeit bis zur Erschöpfung hilft, als ob Schweiß den Kopf von Gedanken befreien könnte.

Ich darf nicht mehr so viel trinken. Wenn ich trinke, dann will ich verletzen, zuschlagen, brennen, zerstören. Ich habe die Macht, denn sie fürchten mich. Alle fürchten mich. Die, die mir am nächsten stehen, fürchten mich am meisten. Sie haben auch am meisten Grund dazu.

Fürchtet mich, denn ihr werdet nicht davonkommen. Keiner von euch!

Auf die aufgefüllte Grube habe ich einen großen flachen Stein gelegt, damit der Dachs ihn nicht ausgräbt, weil ihm der Verwesungsgeruch Appetit macht. Ich habe ihnen gesagt, dass ich ihn nicht töten wollte, aber das stimmt nicht. Ich wollte diesen verdammten Hund töten. Er war respektlos.

Ich bestrafe Respektlosigkeit.

Es ist klüger, mich zu fürchten, denn euer Schmerz kümmert mich nicht und eure Angst … Nun, eure Angst genieße ich wie eine Tasse heißen Kaffee in einer kalten Winternacht.

Ihr seid gegen die Natur! Ihr seid es nicht wert.

14.1.2022, vormittags

Rab hatte Leckereien zum Frühstück mitgebracht: Croissants und Orangenmarmelade. Issy goss heißes Wohlbefinden aus der Cafetière.

„Besser als ein Sonntagmorgen-Frühstück." Rab küsste ihr die Marmelade von der Oberlippe und erzählte von all den Auftritten und Schalten, die er seit gestern in Inverness absolviert hatte. Nun würde er für mehrere Zeitungen als freier Reporter vor Ort von der Untersuchung berichten. So sparten es sich die Verlage und andere Medien, extra jemanden in die journalistische Einöde zu schicken. Wäre der Tatort in Glasgow oder Edinburgh gewesen, eine ganze Horde von Kollegen wäre eingefallen. Hier war das anders und so konnte Rab nicht nur in Ruhe recherchieren, er verdiente auch gutes Geld mit exklusiven Storys und Berichten.

„Waren dir meine Recherchen eine Hilfe?", wollte Issy wissen. Sie hatte das Bedürfnis, Teil des großen investigativen Ganzen zu sein. Und sie wollte hören, dass sie es gut gemacht hatte.

„Das war super. Vielen Dank."

Issy war happy und hätte ewig so sitzen und frühstücken können. Aber sie hatten ja noch einiges vor und Rab konnte es nicht erwarten, noch mal nach Arnisdale zu fahren und Alistair ein wenig in die Mangel zu nehmen.

„Ich hoffe, die Polizei kommt uns nicht in die Quere!" meinte Rab.

„Keine Sorge", erwiderte Issy. „Die wollen heute die Bewohner von Glenelg befragen. Sie gehen von Haustür zu Haustür."

„Na dann iss schnell auf und lass uns gehen. Nicht, dass sie uns aufhalten oder wissen wollen, wohin wir unterwegs sind", drängte Rab und griff nach dem Fischfinder. „Den müssen wir wieder zurückbringen."

„Zehn Minuten!" Issy schälte sich aus den warmen Haussocken. „Schluss mit Hygge, jetzt wird ermittelt."

Sie beschloss, sich dementsprechend anzuziehen. Weibliche Ermittlerinnen trugen im deutschen Fernsehen immer enge Jeans und Boots, dazu einen Blouson oder eine Lederjacke und ein enges T-Shirt, das die Brust betonte. Aufgrund der Temperaturen beschloss sie, es bei den engen Jeans und Boots zu belassen und einen Strickpulli samt Fellparka drüberzuziehen. So wie DI Mared Rhys aus *Inspector Mathias – Mord in Wales,* eine Serie, die hier unter dem Titel *Hinterland* lief. So einen roten Parka wollte Issy schon immer.

Eine große Rolle würde das nicht spielen, schließlich wusste hier keiner, wie deutsche Ermittlerinnen aussahen.

„Fertig?"

„Fertig!"

Den Weg nach Arnisdale legten sie überwiegend schweigend zurück. Jeder hing seinen Gedanken nach.

„Meinst du, es ist gefährlich?", wollte Issy unvermittelt wissen. Sie passierten gerade den Parkplatz, von dem aus man zu Maxwells Strand kam. Der Ort, an dem sie die Leiche gefunden hatte. „Wenn er einmal getötet hat, dann tötet er vielleicht wieder und wenn er uns als Bedrohung empfindet …"

„Mitten am Tag, mitten im Dorf?", erwiderte Rab. „Das halte ich für relativ ausgeschlossen. Aber lass uns auf jeden Fall so parken, dass jeder sehen kann, wo wir sind. Sicher ist sicher!"

Kurz darauf parkte Issy direkt an der Hauptstraße vor Alistair MacRaes Haus. Der Fischer war gerade dabei, die Regenrinne am Haus zu reparieren, und blickte den beiden misstrauisch entgegen.

Issy versuchte, taffer auszusehen, als sie sich fühlte. Rab stellte den Fischfinder auf der Gartenmauer ab und blickte Alistair an.

„Alistair, Sie erinnern sich sicher an mich? Ich bin Rab MacAskill und habe die GPS-Daten aus Ihrem Fischfinder ausgelesen. Sie lagen am ersten Januar mit Ihrem Boot am vermutlichen Tatort vor Anker und uns würde brennend interessieren, was zum Teufel Sie da eine Stunde lang gemacht haben." Er sagte es laut und er sagte es in sicherem Abstand von der Gartenmauer aus, sodass man ihn auch in den benachbarten Häusern hören konnte.

Wäre Alistair MacRae ein kleiner schmächtiger Mann gewesen, es wäre keine Bedrohung von ihm ausgegangen, so wie er nun auf Issy und Rab zuging. Doch der Fischer war über einen Meter neunzig groß und kräftig gebaut. Sein verwahrlostes Aussehen und die struppigen Haare, die sich unter der zerschlissenen Wollmütze hervorkämpften, ließen

Issy und Rab unwillkürlich einen Schritt zurückweichen, als er sich ihnen näherte. Er hielt einen großen Hammer in der rechten und ein Stück rostige Dachrinne in der linken Hand.

Wie ein Türsteher, der es gewohnt war, andere durch seine körperliche Präsenz einzuschüchtern, ging er immer näher auf Rab zu, bis er ihm so nahe war, dass der seinen Mundgeruch riechen konnte. Rab stand mit beiden Beinen so fest, als hätte jemand seine Füße in den Boden zementiert. Er würde nicht einen Schritt zurückweichen. Er war nicht hier, um sich einschüchtern zu lassen. Er war hier, um Antworten zu bekommen.

„Was haben Sie am Sonntag vor einer Woche im Loch Hourn gemacht?“, rief Issy in den *Staredown* der beiden Männer.

Wütend drehte sich der Fischer um. „Ich war einfach mit dem Boot draußen. Das ist kein Verbrechen.“

„Nein, das ist es nicht“, sagte Issy mit einem verlegenen Lächeln, das Alistairs Wut verpuffen ließ. „Aber Sie hatten doch gesagt, dass Sie nicht draußen waren und jetzt finden wir heraus, dass Sie es doch gewesen sind.“

„Indem ihr meinen Fischfinder stehlt! Das ist illegal, das dürft ihr nicht verwenden.“ Alistair grinste höhnisch Richtung Rab.

„Vielleicht nicht vor Gericht, aber in der Zeitung schon“, lächelte Rab triumphierend zurück.

Issy beschloss, diesem männlichen Imponiergehabe ein Ende zu bereiten:

„Fakt ist, Sie waren da, und wir möchten wissen, was sie dort gemacht haben. Sie werden wohl kaum eine Stunde im Boot gesessen und auf das Cottage gestarrt haben.“

Als sie eine leichte Röte von Alistairs Hals hinauf zu seinem Gesicht steigen sah, wurde ihr alles klar.

„Sie haben eine Stunde im Boot gesessen und auf das Cottage gestarrt!“

Das war genau, was passiert war. Für einen kurzen Moment sahen sie sich in die Augen, dann drehte sich Alistair von ihr weg, lehnte Werkzeug und Dachrinnenstück an die Mauer und blickte hinaus aufs Wasser. Gedanklich war er meilenweit entfernt von Issy und Rab und die waren klug genug, die Gedankengänge des Fischers nicht zu unterbrechen, bevor er an dem Punkt angelangt war, an dem er gesprächsbereit war.

Rab hatte diesen Moment oft erlebt in seiner Karriere als Journalist. Viele Menschen hatten das Bedürfnis, sich mitzuteilen. Ganz besonders, wenn sie über Jahre ein Geheimnis mit sich herumgetragen hatten. Geheimnisse zerfraßen Menschen von innen. Man hatte den Drang, sie loszuwerden. Das hieß nicht umsonst „sich Luft machen“. Nach einem Geständnis konnte man freier atmen.

Rab drückte die beiden Tasten auf seinem kleinen Reportage-Gerät, das in Stereo und in sehr guter Qualität auch ohne externes Mikrofon aufnehmen konnte. Die Datei war Podcast tauglich. Issy warf derweil einen aufmunternden Blick Richtung Alistair, der ganz offensichtlich mit sich und seinem Geheimnis rang. Er nahm seine Wollmütze ab und knetete sie in den Händen wie ein Gläubiger in der Kirche.

„Ich war da. Das stimmt. Ich war in Skiary. Ist nicht leicht, da hinzunavigieren. Das Ende von Loch Hourn ist flach und felsig. Bin aber nicht an Land gegangen." Alistair schwieg und sortierte seine Gedanken.

„Was haben Sie gesehen?", wollte Rab in der fordernden Tonlage eines gestählten Journalisten wissen. „Waren Sie Zeuge des Mords?"

Verwirrt schaute Alistair auf. „Mord? Nein. Ich habe keinen Mord gesehen."

„Was", wiederholte Issy behutsam, „haben Sie gesehen?"

„Den Mann, den Deutschen. Er war nackt. Und er war kurz schwimmen. Und er war nicht allein. Es war Licht in der Küche, ich konnte mit dem Fernglas durch das Fenster sehen. Das hab ich immer dabei. Schöne kleine Ledertasche. Extra nur für das Fernglas. Da war noch ein Mann, auch nackt. Sie, sie …", Alistair suchte aber fand die Worte nicht, um die Bilder in seinem Kopf zu beschreiben.

„Die beiden hatten Sex", sagte Issy. Es war keine Frage.

Alistair nickte.

„Und Sie haben zugesehen", ergänzte sie, und als Alistair erneut nickte und voller Unbehagen die Wollmütze in seinen groben Händen walkte, fragte sie nun doch:

„Was genau konnten Sie erkennen?"

Der Fischer zuckte mit den Schultern. „Nicht viel. Die Fenster sind sehr klein und das Haus war weit weg."

Rab und Issy sahen sich an.

„Sie haben ein Fernglas. Haben Sie den Mord gesehen, Alistair?", fragte Issy eindringlich.

Rab hielt sich zurück. Er spürte, dass Issy einen besseren Zugang zu dem nervösen Mann vor ihnen hatte als er.

Alistair schüttelte den Kopf. Dann setzte er sich die Mütze wieder auf. Die Zeit der Geständnisse war vorbei.

„Ich bin wieder los. Ich habe mich geschämt." Er hustete und es klang fast wie ein unterdrücktes Schluchzen. „Ich bin doch kein Spanner!"

Doch, das bist du, dachte Rab, aber war klug genug, es nicht auszusprechen.

„Konnten Sie erkennen, wer der andere Mann war?"

Alistair blickte zu Boden, doch seine Schuhe konnten die Frage auch nicht beantworten. Er schüttelte den Kopf.

„Ich weiß nicht, wer es war, aber er war mit einem Boot da. Es lag am Strand und die Regenplane war drübergezogen. Deshalb konnte man nicht erkennen, wessen Boot es ist. Hier kennen wir alle unsere Boote. Deshalb denke ich, es war einer von hier."

Nun blickte Alistair Rab direkt in die Augen. Erleichterung zog sich über das ganze Gesicht. Er war froh, dass er das endlich losgeworden war.

„Können Sie schreiben, ich hatte einen Motorschaden oder so und konnte deshalb nicht weg?“

Rab lächelte und nickte. „Keine Sorge, ich schütze meine Quellen, Alistair. Ihr Name wird mit keinem Wort erwähnt werden. Sie können sich auf mich verlassen.“

Alistair nahm seinen Hammer und den Fischfinder und ging wieder zurück zum Haus. Ein Krieger, der die Schlacht, aber nicht seine Würde verloren hatte. Schneefall setzte ein und der Wind trieb kalt-weiße Böen vor sich her.

„Lass uns wieder zurück nach Glenelg. Ich habe genug Stoff für den nächsten Artikel.“

„Sollten wir uns nicht noch ein bisschen umsehen?“, wollte Issy wissen. „Alistair hat gesagt, es ist wahrscheinlich einer von hier gewesen. Wer hat ein Boot und ist schwul oder zumindest bisexuell?“

„Issy-Schatz, das wird dir hier keiner sagen. Sich in diesem Umfeld offen zu seiner Homosexualität zu bekennen, ist deutlich schwerer als in den Städten. Die Menschen leben seit Generationen mit denselben Moralvorstellungen und die sind andere als deine.“

„Du meinst, das Frauenwahlrecht haben sie inzwischen akzeptiert?“, fragte Issy mit einem halben Lachen.

„Ganz so schlimm ist es auch nicht, aber viele Einheimische würden nicht beantworten können, was LGBTQ überhaupt ist“, antwortete Rab und stieg ins Auto ein. „Außer die Jüngeren natürlich.“

„Zwei Minuten!“, rief Issy ihm zu und ging Richtung Wasser. Neben Alistairs Boot lag noch ein weiteres, das allerdings nicht sonderlich seetüchtig aussah. Draußen an der Boje aber war eins vertäut, das sehr wohl benutzt zu werden schien. Sie machte Handyfotos von beiden. In der ganzen Zeit, in der Rab und sie hier gewesen waren, hatte sich nicht ein Mensch im Ort blicken lassen.

„Wir müssen nur rausfinden, wem das andere Boot da draußen gehört“, sagte sie zu Rab, als sie ins Auto einstieg.

„Ich kann mir nicht vorstellen, dass er das nicht auch unter einer Plane erkannt hätte, wenn dies das Boot in Skiary gewesen wäre“, merkte Rab zu Recht an.

„Und ich kann mir nicht vorstellen, dass er es nicht bemerkt hätte, wenn es nicht vor Anker gelegen hätte, als er zurückkam“, fügte Issy hinzu und startete den Wagen. „Aber vielleicht hat er ja nicht die ganze Wahrheit gesagt.“

„Lass uns rausfinden, wem die *Seabreeze* gehört. Über ihren Namen sollten wir an den Besitzer kommen, oder?“

„Gar kein Problem. Ich kläre das, wenn wir bei dir sind. Hier haben wir keinen Empfang.“

Im einsetzenden Schneegestöber entfernte sich Issy Wagen langsam von Arnisdale. Die dunklen Schneewolken ließen die Mittagszeit wie Abendstunden wirken. Unschuldig tanzte die *Seabreeze* auf stahlgrauen Wellen.

Mit einem kurzen Blick auf das Boot ging Alistair ins Haus. Seine Gummistiefel hinterließen kleine Dreckwasserperlen auf dem Linoleumboden der Küche. Er schaltete den Wasserkocher an und blickte die Dorfstraße hinunter. Die

Bilder aus Skiary krochen immer wieder zurück in sein Bewusstsein, der nackte Fremde im Meer, die ineinander verschlungenen Körper in der verlassenen Küche. Auch jetzt konnte er in eine Küche sehen. Seine Nachbarin spülte Geschirr, das Spülbecken war unter dem Fenster. Mit der linken Hand winkte er ihr einen Gruß, während er mit der rechten sein steifes Glied umfasste. Sie winkte lächelnd zurück und arbeitete sich durch das dreckige Geschirr. Als sie fertig war, kam Alistair gerade in sein Geschirrtuch.

14.1.2022, mittags

Issys Finger flogen über die Tastatur ihres MacBooks, sie hatte einiges aufzuholen. Ihre Arbeit machte sie immer nach demselben Schema, es sei denn, es handelte sich nicht um Prosa, sondern um technische Texte. Letztere übersetzte sie selten. Zunächst schleuste sie ein Kapitel des englischen Originals durch eine professionelles Übersetzungssoftware und dann ging sie Satz für Satz durch, was das Computerprogramm vorschlug. Meist lag es richtig, doch sobald es um gewisse Eigenheiten, regionale Besonderheiten oder Namen ging, war es verloren. Sie mochte das strukturierte Arbeiten und das Bewusstsein, dass es für eine gute Übersetzung eben doch die Fähigkeiten einer Übersetzerin brauchte, die denen der ausgeklügelten Software überlegen war.

Neben Issys Laptop stand wie immer eine dampfende Tasse Tee. Am Küchentisch saß Rab und tippte ebenfalls in seinen Rechner. Im Gegensatz zu Issys, war sein Anschlag hart und bestimmt, so, als wollte er jedem Leser die Buchstaben seines Textes einhämmern. Sie lächelte und nahm einen Schluck Tee, goldene Wärme an grauen Tagen. Rab war total in seine Arbeit vertieft. Nichts, was um ihn herum geschah, bekam er mit. Issy hätte einen Kopfstand machen können, es wäre ihm nicht aufgefallen.

Es hatte Rab einen Anruf gekostet, um herauszufinden, wem die *Seabreeze* gehörte: David MacManus, Shinty und Rugby Trainer sowie Sportlehrer an der Highschool in Plockton und ebenfalls seit Generationen wohnhaft in Arnisdale. Den hatten sie getroffen, als sie in Arnisdale gewesen waren.

Issy checkte ihn auf Facebook und entdeckte, dass demnächst das Rugbytraining der Junioren in Glenelg stattfand. Das Sportgelände der Schule war keine zehn Minuten Fußweg von ihrem Feriencottage entfernt. Es schien sich um offiziellen Unterricht zu handeln, denn er hat um dreizehn Uhr begonnen, um die Uhrzeit waren schottische Kinder noch immer in der Schule.

„Wollen wir hingehen und ihm auf den Zahn fühlen?“, wollte Issy von Rab wissen.

„Das ist ganz unten auf meiner To-do-Liste, Issy-Darling.“

Rabs gönnerhafter Ton ärgerte Issy gewaltig.

Issy-Darling!

„Okay. Alles klar. Dann erledige du doch die Dinge, die weiter oben auf deiner To-do-Liste stehen, und ich mache derweil einen kleinen Spaziergang. Ich brauche frische Luft, damit ich mich wieder besser auf meine Übersetzung konzentrieren kann“, sagte Issy trocken und war sich ziemlich sicher, dass Rab nur die Hälfte verstanden, weil er ihr gar nicht richtig zugehört hatte.

Er saß in die Arbeit vertieft hinter seinem Laptop. Die Tastaturbeleuchtung glitzerte in der dunklen Küche wie ein kostbarer Juwelenschatz. Auf der hellen Kieferplatte des Tischs lagen in wildem Durcheinander Essensreste, Papier, Kabel und das Reportage-Gerät.

Fünf Minuten brauchte sie für den Weg Richtung Grundschule. Ihr Bauchgefühl sagte ihr, dass es möglicherweise eine Verbindung gab zwischen dem Mord und der *Seabreeze*. Jetzt wollte „Darling" herausfinden, welche das war.

Und so stand Issy bald am Rand des Schulsportplatzes und schaute dem Rugbynachwuchs beim Training zu. David MacManus gestikulierte an der Seitenauslinie, die Trillerpfeife an einem schmalen Lederband um das rechte Handgelenk gebunden. Vor ihm ein bunt durcheinandergewürfelter Haufen, Mädchen und Jungs im Alter zwischen acht und zehn Jahren, schätzte Issy. Sie konnte auch falsch liegen, sie war keine Mutter und fand es oft schwer, Kinder richtig einzuordnen. Beim Coach fiel ihr das leichter. Er war durchtrainiert, fast schon hager, mehr wie ein Langstreckenläufer als ein Rugbyspieler. Sie schätzte, er war zehn, fünfzehn Jahre älter als sie.

Gedankenverloren schaute sie dem Treiben auf dem Feld zu und bemerkte nicht, wie der Coach seinen Platz an der Seitenlinie verlassen hatte und auf sie zukam.

„Kann ich Ihnen helfen?", fragte plötzlich eine markante Stimme direkt neben ihr.

Issy machte vor Schreck einen Satz zurück. Der Mann lächelte nicht, er sah ihr nur tief und misstrauisch in die Augen.

„Sind Sie eine Mutter? Es ist hier nicht üblich, dass Erwachsene beim Schulsport anwesend sind, und wegen COVID darf ich Sie nicht in die Nähe der Kinder lassen."

MacManus klang wie ein Mann, der es gewohnt war, dass man ihm nicht widersprach.

„Oh, Entschuldigung“, murmelte Issy und vergaß ganz, dass sie ja eigentlich einen Verdächtigen verhören wollte. „Das wusste ich nicht. Ich bin keine Mutter. Mein Name ist Isabel Hartmann. Erinnern Sie sich nicht? Rab MacAskill hat uns vorgestellt. In Arnisdale.“

MacManus schien sich nicht zu erinnern. „Sie müssen trotzdem gehen,“ sagte er bestimmt und brüllte ein Kommando Richtung Platz, das Issy nicht verstand.

Sie drehte sich um, doch dann wurde ihr klar, dass sie nicht einfach so wieder gehen konnte, ohne mit ihrer Recherche auch nur einen Schritt weitergekommen zu sein.

„Gehört Ihnen die *Seabreeze*?“

MacManus, der sich zwischenzeitlich wieder in Richtung der Stelle bewegte, an der er ursprünglich gestanden hatte, blieb abrupt stehen. Langsam drehte er sich zu Issy um. Die Irritation in seiner Stimme war nicht zu überhören.

„Spionieren Sie mir hinterher? Sind Sie Presse oder sowas?“

„Nein“, stotterte Issy verlegen und erfand in ihrer Not spontan eine Ausrede: „Ich habe gehört, Sie bieten Bootstouren für Touristen an.“

MacManus sah sie intensiv und lange an.

„Morgen lässt der Wind nach. Am Nachmittag kann ich Sie mitnehmen. Zwölf Uhr in Arnisdale am Pier. Pünktlich.“ Dann drehte er sich um und ließ sie stehen.

Unsicher machte sich Issy wieder auf den Heimweg. Sie hatte sich gerade mit einem potenziellen Mörder auf eine Bootstour in die Einsamkeit der schottischen Westküste verabredet.

Mann, Issy. Weißt du eigentlich, was du da machst?

Sie wusste es. Es war gefährlich, natürlich war es gefährlich, allein mit ihm im Boot rauszufahren. Aber vielleicht war das die perfekte Gelegenheit, mehr über ihn zu erfahren, als er zu zeigen bereit war. Und was sollte ihr schon passieren, wenn sie sicher ging, dass jede Menge Menschen hier wussten, dass sie den Nachmittag mit David MacManus auf der *Seabreeze* verbringen würde …

Was ist passiert? Wieso ist er tot? Wann ist er gestorben?

Sie werden denken ich war es. Sie werden mir nicht glauben. Meine Spuren sprechen gegen meine Worte.

Nicht mehr lange, dann finden sie mich. Und dann werden sie mich da nicht mehr rauslassen. Sie brauchen schließlich einen Schuldigen. Und der bin ich, der Schwule in ihrer Mitte, von dem sie keine Ahnung hatten.

Die Männer hier werden mich nie mehr so behandeln wie früher. Sie werden mir aus dem Weg gehen und mir nicht mehr in die Augen sehen. Ihr Lachen wird einen gekünstelten Klang haben und sie werden zu viel reden, wenn sie mir begegnen. Reden, damit sie die Fragen in der Stille des Schweigens nicht ertragen müssen

Aber wer ist der Mörder? Wer hat ihn getötet?

Warum ist er tot? Für welche Sünde wurde er bestraft?

Ich habe ihn nicht getötet. Ich hätte ihn nie getötet. Warum hätte ich das tun sollen? Ich hatte keinen Grund dazu.

Oder doch?

Da ist dieser graue Schleier, die Zeit, an die ich mich nicht mehr richtig erinnern kann.

Die Drogen.

Was habe ich getan, an das ich mich nicht erinnere?

Habe ich …?

14.1.2022, vormittags

Die kleine investigative Unit im Glenelg Community Center nahm um neun Uhr die Arbeit auf. Es war eine demokratische Entscheidung, darauf legte Robert wert, denn es hielt den Teamspirit hoch in einem Beruf, der von schwierigen Arbeitszeiten geprägt war. So hatte Robert Zeit, in Ruhe zu frühstücken, Hamish konnte länger schlafen und Wilma die Kinder am Schulbus abgeben und sich anschließend fertig machen, bevor sie nach Glenelg fuhr. DI Robert Campbell gehörte zu den wenigen Vertretern seines Rangs, die davon überzeugt waren, dass Mitarbeiterzufriedenheit sich positiv auf die Arbeitseinstellung auswirkte.

„Lasst es uns kurz machen und schnell loslegen." Campbell war bekannt für klare Ansagen.

„Ihr geht von Haustür zu Haustür und fangt gleich hier in der Hauptstraße an, geht bis raus an die Seefront und ans Ende des Dorfs. Damit seid ihr eine Weile beschäftigt. Die Liste mit den Fragen ist gut so."

„Ich habe die Liste der Einwohner ausgedruckt und sie überprüft. Keiner hat Vorstrafen oder ist sonst irgendwie auffällig geworden." Hamish hielt ein Blatt in die Höhe und Wilma dafür den Daumen hoch.

Robert nickte.

„Gut. Haltet die Augen und Ohren offen. Seid besonders sensibel, was sexuelle Orientierungen angeht. Unser Opfer mochte Männer. Ein Homosexueller könnte uns wichtige Hinweise zum Täter geben oder sogar selbst der Täter sein."

Nun nickten Wilma und Hamish.

„Die Kollegen in Glasgow haben sich gemeldet. Anscheinend wurde ein BMW, auf den die Beschreibung passt, in Easterhouse gefunden“, ergänzte Wilma.

„Und was war noch übrig?“, wollte Hamish wissen.

„Nicht mehr viel. Keine Nummernschilder, keine Räder, keine Sitze. Man hatte ihn wohl mit Schlüssel dort abgestellt. Ein paar Spaßvögel haben den Tank leer gefahren und ihn dann ausgenommen und angezündet.“ Wilma zuckte mit den Schultern.

„Easterhouse hat seinen Ruf als soziales Ghetto nicht umsonst, ich würde mein Auto auch dort abstellen, wenn ich es loswerden wollte, in Easterhouse oder in Drumchapel.“

„Und natürlich hat niemand gesehen, wer den Wagen dort entsorgt hat, oder? Überwachungskameras?“ Campbell fragte ohne viel Hoffnung.

Wilma schüttelte den Kopf. „Nada!“

„Zumindest eines ist klar: Der Täter hat sich Hilfe besorgt. Wie ist er sonst von Glasgow wieder zurückgekommen?“ Hamish hielt fragend beide Handflächen nach oben.

„Vielleicht ist er ja aus Glasgow und gar nicht von hier.“ Wilma wollte ihn offensichtlich aufziehen.

„Und wie ist er dann von Glasgow hergekommen?“ Hamish gab nicht so schnell auf.

Zeit, das Team wieder in die Spur zu holen.

„Okay, macht euch an die Arbeit. Ich fahre hoch zum Mam Ratagan und treffe mich mit Brian Williamson. Wir haben gestern Abend im Pub kurz gesprochen und ich bin mir sicher, dass er auf Männer steht."

Hamish verkniff sich einen anzüglichen Kommentar, als er Campbells Blick sah, schnappte sich seine Jacke, die schwarze FFP2-Maske und eine Packung Maltesers für unterwegs.

„Okay, Boss. Wir sind dann mal weg."

14.1.2022, vormittags

Wilmas Füße fühlten sich an wie Eisklumpen und ihre Finger waren steif vor Kälte. So eine Befragung von Haustür zu Haustür war nicht nur furchtbar ermüdend, sondern um diese Jahreszeit auch furchtbar frostig. Die meisten Anwohner hatten mehr Fragen als Antworten und die beiden Polizisten an der Tür waren eine willkommene Abwechslung in ihrem sonst gleichförmigen Alltag.

Wilma hatte bei den Müttern einen Vertrauensvorteil, ihre Älteste ging in Plockton auf die High School, man kannte sich von Elternabenden und Schulfesten.

Hamish kannte einige der Männer aus dem Pub und weil sie schon für ihn gearbeitet hatten als Elektriker oder Installateur. Die Zahl der Handwerker war groß in der Gegend.

Und dann waren noch die Häuser, in denen niemand wohnte, weil sie als Feriendomizil oder Wochenendbleibe genutzt wurden. Weder Touristen noch Wochenendbewohner waren derzeit anwesend, viele der Anwesen standen leer. Bis auf das Haus, in dem die Deutsche wohnte, die Leiche und vermutlichen Tatort gefunden hatte.

„Sollen wir da auch fragen?" Hamish hatte seine Zweifel.

Wilma schüttelte den Kopf und zwinkerte dem jungen Kollegen zu. „Die ist Chefsache."

Die beiden hatten am hinteren Ende des Dorfs angefangen und arbeiteten sich nun langsam wieder zurück Richtung Gemeindehalle. Bislang allerdings ohne jegliche

Erkenntnisse, außer, dass viele Menschen noch immer von zuhause aus arbeiteten und es in den meisten Häusern unaufgeräumt aussah. Abgesehen von den Ferienhäusern natürlich. Da war es ordentlich und sauber und es war meist sehr schön eingerichtet, soweit man das mit einem Blick durchs Fenster beurteilen konnte.

Sämtlichen Tee und Kaffee, den man ihnen angeboten hatte, hatten sie abgelehnt. Nicht aus dienstlichen Gründen. Sie wollten nicht alle halbe Stunde wieder zurück in die Gemeindehalle müssen, um die Toiletten zu benutzen.

„Wie viele haben wir noch?"

„Wir sind fast durch", meinte Wilma. „Zu den drei Häusern, die bewohnt sind, aber bei denen keiner da war, gehen wir später noch einmal. Jetzt nur noch der Dorfladen, dann können wir Mittagspause machen."

„Wir wäre es, wenn ich schon mal vorgehe und die Heizlüfter und den Wasserkocher anwerfe? Dann ist es warm und der Tee ist gekocht, bis du mit Mr MacDougall fertig bist." Hamish war der miesepetrige Messner unangenehm und langsam hatte er keine Lust mehr auf diese langweilige Haus-zu-Haus-Befragung. Außerdem knurrte sein Magen und sein *Scotch Egg*, das gekochte Ei im Mett-Semmelbrösel-Mantel, lag auf dem Schreibtisch und wartete darauf, verspeist zu werden.

„Ich finde diesen Typen auch echt schräg." Wilma wusste natürlich, warum Hamish sich drücken wollte. „Aber kein Problem, geh du vor, ich komme dann nach."

Entschlossen betrat sie den Laden von Martin MacDougall, der wenig Einkaufslust in ihr weckte, mehr das dumpfe Gefühl von Zahnschmerzen. Vielleicht fühlte sich dieser

Laden deshalb an wie eine Zahnarztpraxis und MacDougall wie ein Mann, der gerne Wurzelbehandlungen durchführte. Ihr freundliches „Guten Morgen“ erwiderte er mit einem ausdruckslosen Blick aus blassblauen Augen.

„Martin“, Wilma nickte ihm zu. „Wie geht es der Mutter?“

„Unverändert, aber danke. Ich werde ihr sagen, dass Sie sich nach ihr erkundigt haben, PC Farquarson.“

Sein herablassender Ton machte Wilma ärgerlich. Was glaubte dieser blasse Möchtegernmessner eigentlich, wer er war?

„Danke Martin.“ Sie wählte die Anrede über den Vornamen bewusst. Schließlich waren sie zusammen auf der Schule gewesen. Förmlichkeiten waren kaum angebracht.

„Wir befragen gerade alle Einwohner von Glenelg. Es handelt sich um eine Routinemaßnahme. Kannst du mir sagen, wo und wie du den Neujahrstag und den darauffolgenden Tag verbracht hast? Warst du hier?“

Misstrauisch beäugte er Wilma, dann nahm er seine Brille ab und putzte sie mit dem Einstecktuch aus seiner Weste.

„Ich habe am Ersten länger geschlafen, bis ungefähr sieben Uhr. Dann habe ich mich um Mutter gekümmert und bin dann in die Kirche, um alles für den Gottesdienst vorzubereiten. Um elf Uhr kam die Gemeinde und danach sind wir alle in die Gemeindehalle. Es gab Kaffee und Kuchen und natürlich auch Tee. Ich habe Mutter Kuchen gebracht und dann im Laden die Regale aufgestockt mit der Lieferung, die am 31. gekommen war. Am Abend habe ich ferngesehen und bin früh ins Bett. Mutter kann das bestätigen. Wo soll ich hier auch hin, es hat ja nichts auf wegen der Pandemie und ich habe kein Auto. Auch keinen Führerschein. Das brauchen wir nicht, Mutter und ich. Wir sind zufrieden, wo wir sind. Am Tag darauf habe ich Inventur gemacht."

„Hast du denn ein Boot?", wollte Wilma wissen.

Martin MacDougall schüttelte den Kopf, die dünnen Haare wehten entrüstet. „Wir nehmen den Bus, wenn es nötig ist, und die Krankenschwester kommt regelmäßig vorbei."

„Ich würde deine Mutter gerne sprechen."

Das war ihm offensichtlich unangenehm. Er wand sich hinter seiner Kasse auf der Suche nach einer Ausrede. „Sie liegt im Bett. Wir sind Besuch nicht gewohnt."

„Ein Grund mehr, ihr kurz hallo zu sagen. Sie freut sich bestimmt, mal ein anderes Gesicht zu sehen als nur deines." Wilma ging an MacDougall vorbei zur Verbindungstür zwischen Laden und Haus.

„Oben?"

Er nickte und hütete sich, noch mehr zu sagen, denn im selben Moment ging die Ladentür auf. Kundschaft.

„Mrs MacDougall?" Wilma öffnete die Tür zum Haus und sah sich im düsteren Flur um. Es roch nach Staub und Rechtschaffenheit, Männerschuhe standen wie mit dem Lineal ausgemessen akkurat nebeneinander unter dem Heizkörper, der keine Wärme verströmte. Es war kein einziger Frauenschuh darunter.

„Mrs MacDougall!" Wilma versuchte es lauter, auch um die eigene Unsicherheit zu überspielen. Ein komisches Gefühl beschlich sie. So wie man es aus den Horrorfilmen kannte, in denen junge Frauen im dunklen Wald der Bestie genau entgegenliefen. Immer mit demselben Satz: „Ist da wer?“

Langsam stiegt sie die schmale, knarrende Holztreppe hinauf.

„Mrs MacDougall? Sind Sie da?“

14.1.2022, mittags

Wilma hörte nichts. Nur das Ticken der alten Standuhr im Flur. Wer hatte heute noch eine Standuhr? Aus dem Laden drang Gemurmel herauf. Wo war Mrs MacDougall?

Der ausgetretene Hochflorläufer mit dem rosa Blumenmuster schluckte Wilmas Schritte. Vorsichtig öffnete sie die Tür, das Holz um den Knauf war ganz abgegriffen von den Händen, die sie über viele Jahre geöffnet hatten. Nichts. Nur eine Kammer.

Im Halbdunkel erkannte sie rechts eine weitere cremefarbene Tür inmitten der verblichenen grün-blauen Karotapete. Sie griff nach dem Messingknopf und öffnete langsam die Holztür.

„Mrs MacDougall? Sind Sie da?"

Im ersten Moment glaubte Wilma, einer Leiche gegenüberzustehen. Blass und abgemagert lag Mrs MacDougall in dem großen Krankenhausbett, das das Zimmer fast gänzlich ausfüllte. Wobei der Ausdruck Zimmer völlig übertrieben war. Dies war nicht mehr als eine Abstellkammer und Martin MacDougall hatte seine Mutter hier abgestellt. Mit angstvollen Augen blickte die alte Frau der Polizistin entgegen.

Über dem Kopfteil hing ein gesticktes Zitat: *Thy kingdom come*, dein Reich komme. Das Grün der Stiche hob sich grell vom Braun der Wandfarbe ab. Medikamentenfläschchen und Salben schmückten den Plastiknachttisch und eine kalte Tasse Tee dümpelte neben der Medizin vor sich hin. Ein kleines Buch mit Gebeten, die Hoffnung spenden sollten. Nichts hätte trostloser wirken können als diese Szenerie.

„Mrs MacDougall? Wie geht es Ihnen? Kennen Sie mich noch? Ich bin Wilma Farquarson, früher Wilma Kirk. Martin und ich waren in einer Klasse in der High School. Sie erinnern sich sicher noch an meine Mutter …"

Wilmas Stimme wurde immer leiser und erstarb dann völlig. Die Frau vor ihr, die aussah wie ein alter Leichnam, war in ihrem Dämmerschatten offensichtlich nicht mehr ansprechbar. Irgendjemand hatte ihr Lippenstift, Rouge und Lidschatten aufgetragen. Jetzt sah sie aus wie ein toter Clown, dessen aufgesprungenen Lippen versuchten, einen Satz zu formen. Aus trockenen Lungen rasselte heiserer Atem.

„Lauf, bevor er dich sieht! Lauf"

Und während Wilma noch überlegte, ob sie richtig gehört hatte, verkündete die Ladenklingel die Verabschiedung der Kundschaft. Nur einen Sekundenbruchteil später stand der Sohn der sterbenden Mrs MacDougall in der Kammertür.

„Sie ist nicht mehr bei sich. Dement schon seit Jahren. Möge der Herr ihr Schutz und Hilfe sein."

Zum Bett gewandt fügte er hinzu: „Zeit für deine Medikamente, Mutter."

Und zu seinem ungebetenen Gast: „PC Farquarson."

Wilma bereute, sich allein in diese Situation manövriert zu haben, und sie wollte einfach nur raus aus diesem Verschlag, der ein Krankenzimmer sein sollte. Es gab nicht einmal einen Fernseher und das winzige Fenster ging nach hinten raus, man sah einen schmalen Gang, eine Schuppentür, Mülleimer, keinen Himmel, keine Pflanze.

Eines war jedenfalls klar: Die Mutter wusste nichts, sie konnte ihr Bett nicht mehr verlassen und für den rechtschaffenen Sohn war Homosexualität Sodomie und damit des Teufels. Von allen Einwohnern in Glenelg war Martin MacDougall der allerletzte Kandidat für die Rolle des leidenschaftlichen Liebhabers von Tom Uwe Thelenbach.

Sie nickte der alten Frau zu. Eine Spur von Erleichterung glomm in deren Augen. Besser, Wilma kontaktierte die entsprechenden Sozialdienststellen, die sollten ein Auge auf die Pflegesituation werfen. Doch die Situation war nicht einfach, bei Demenz mussten die Angehörigen die Pflege selbst bezahlen. Viele mussten deshalb das Haus der Eltern verkaufen. Das war sicher der Grund, warum Mrs MacDougall nun in der Kammer statt im teuren Heim war.

Der Sohn öffnete die Haustür und trat zurück, damit sie das Haus verlassen konnte.

„Es ist bestimmt nicht einfach, sich um eine bettlägerige Mutter und den Laden zu kümmern", sagte Wilma und nickte Martin zum Abschied zu.

Der blickte über ihren Kopf hinweg in die Ferne. „Ein Mann muss tun, was ein Mann tun muss."

Erst als Wilma Hamish mit einer Tasse Tee in der Hand im Gemeindezentrum gegenübersaß, fiel ihr wieder ein, wo sie genau diesen Spruch schon einmal gehört beziehungsweise gelesen hatte: auf der Uhr des toten Deutschen.

14.1.2022, mittags

Der Lärm mehrerer Kettensägen schallte ihm entgegen, als Robert Campbell seinen Wagen an der Zufahrt abstellte. Es klang wie ein Schwarm überdimensionaler Wespen auf einem Adrenalintrip. Die Männer im Wald trugen Schutzanzüge und Helme in leuchtendem Orange. Sie waren für den Kleinkram zuständig und bedienten die Maschinen. Die großen, um die zwanzig Tonnen schwer, fällten die Nadelbäume, die vor Jahrzehnten in engen Reihen angepflanzt worden waren und nun in atemberaubendem Tempo wieder abgeholzt wurden. Der „Ernter" schnitt und schälte sie frei von Ästen, bis zu zweihundert Bäume am Tag. Dann wurden die Stämme gestapelt und auf Holztransporter verladen, die sie nach Fort William brachten. Von dort wurden sie nach Norwegen verschifft, wo Papier oder Pellets aus ihnen gemacht wurden.

Da, wo die Erntekolonne wieder abzog, breiteten sich die Überreste eines Nutzwalds aus: Totholz und ausgelaugte Böden. Vereinzelte Birken, Buchen und Eschen, die es geschafft hatten, sich hier durchzusetzen, nährten die Hoffnung, dass daraus ein natürlicher Wald entstehen würde. Doch die meisten überlebten nicht einmal den ersten Sturm. Ihr zu klein gewachsenes Wurzelwerk hielt ohne den Schutz des Restwalds dem Wind nicht mehr stand.

Robert hatte sich vorbereitet auf den Besuch bei den Holzfällern.

Nur bei starkem Wind oder Eis waren die Männer nicht bei der Arbeit. Regen und Kälte schienen ihnen wenig auszumachen. Die meisten kamen nicht von hier und wohnten deshalb in Caravans mitten auf dem Arbeitsplatz.

Nur der Chef, Brian Williamson, kam von vor Ort. Er war schon hier, als der Wald oberhalb der Bucht von Sandaig abgeholzt worden war. Da, wo die Leiche von Tom Uwe Thelenbach angespült wurde.

Robert fand Brian vor einem der Container, die am Rande des Waldes standen. Einer diente den Männern zum Aufwärmen und Essen, der andere als Büro. Eine Chemietoilette rundete das rustikale Arrangement ab. Es war eine Männer-unter-sich-Welt. Robert konnte sich nicht erinnern, je eine Frau unter den Forstarbeitern gesehen zu haben. Körperlich wäre das sicher eine Herausforderung und was den sonstigen Umgang untereinander anging, wohl eine der größten emanzipatorischen Aufgaben, der sich eine Frau hier stellen konnte.

Wer in so einer Welt arbeitete und als Mann Männer liebte, der überlegte es sich zehnmal, ob er das zugab. Brian signalisierte Robert, dass er ihn gesehen hatte, aber noch etwas abschließen wollte, bevor er Zeit für ihn hatte. Das gab Robert Zeit, den Forstvorsteher ausgiebig zu beobachten.

Nichts an Verhalten, Habitus oder Sprache deutete darauf hin, dass Williamson homo- oder bisexuell war, gar nichts. Gerade als Robert sich fragte, ob er sich vielleicht doch getäuscht hatte in dem, was er im Pub zu erkennen geglaubt hatte, warf ihm Brian einen Blick zu – prüfend, herausfordernd und offensichtlich interessiert. Robert kannte diesen Blick. Er hatte ihn schon vielen Frauen zugeworfen.

Jetzt, wo er Gegenstand dieses Blicks war, fühlte er sich verunsichert und er fragte sich, wie sich in der Vergangenheit die Frauen gefühlt hatten, denen er diese begehrlichen Blicke zugeworfen hatte.

„DI Campbell, was kann ich für Sie tun?" Es klang freundlich und businesslike. Robert hörte die feinen Untertöne, die nicht für jene gedacht waren, die der Konversation akustisch folgen konnten.

„Können wir irgendwo ungestört reden?", brüllte Campbell gegen den Lärm der Kettesägen an.

Brian nickte und wies den Weg in den Container, wo es deutlich stiller war als draußen. Er musterte den ermittelnden Beamten ausführlich und aufmerksam, fast schon provokativ.

„Was also kann ich für Sie tun, Detective Inspector?"

Ich will wissen, wo und wie Sie Ihre Sexpartner treffen, wie Sie sie kennenlernen, wie offen man hier mit seiner Homosexualität umgehen kann."

Brian lachte trocken. „Interesse?"

„Rein beruflich", entgegnete Robert und ertappte sich dabei, dass er grinste. Er fand fast schon Gefallen an diesem Geplänkel mit Untertönen.

„Und ich will wissen, wo sie am ersten Januar und in der Nacht auf den zweiten waren."

„Brauche ich ein Alibi?"

„Reine Routine. Wir fragen alle hier, in diesem Moment gehen meine beiden Constables im Dorf von Haustür zu Haustür."

„Verstehe. Nun, ich war *Hogmanay* im Glenelg Inn, Party im kleinen Kreis. Da sind Fotos auf deren Facebook-Seite, da bin ich drauf. In den frühen Morgenstunden bin ich nach Hause und um zwölf Uhr mittags kamen ein paar von den Jungs vorbei und wir haben bei mir eine Flasche Whisky geleert. Die können Sie gerne fragen. Als sie weg waren, bin ich ins Bett. Das war früh, so gegen acht Uhr am Abend."

„Und kann das jemand bestätigen?"

„Nein, ich war allein. Alles andere ist in Glenelg unmöglich."

Robert nickte. „Verstehe. Das bedeutet aber, dass Sie kein Alibi haben."

„Naja, nicht ganz", erwidert Brian Williamson. Die Jungs waren so knülle, die fanden es total lustig, mir in der Silvesternacht am L200 das rechte Vorderrad abzumontieren und mitzunehmen. Sie haben es erst an dem Montag, das war dann der dritte Januar, glaube ich, zurückgebracht und ich habe es wieder montiert. Ohne Rad kein Auto und ohne Auto keine Fortbewegung."

„Haben Sie ein Boot?"

„Sehe ich aus wie *Seaman Sam*?", konterte Brian frech. Als er Campbells Blick sah, ergänzte er schnell: "Nein, ich habe kein Boot. Ich werde seekrank."

„Okay, ich überprüfe das natürlich. Bleibt nur noch die Frage, wie man sich hier trifft und verabredet. Nutzen Sie Tinder?"

Brian schüttelte den Kopf. „Nein, auf Tinder sind zu viele Heteros und außerdem ist der Radius ja durch die Geografie hier oben etwas eingeschränkt. Es gibt eine Facebook-Gruppe, die ist privat und man kommt nur über Einladung rein. Der Pool an Mitgliedern ist klein, aber fein und alle sind sehr diskret."

„Haben Sie eine Liste der Mitglieder?“ wollte der DI wissen.

„Wie gesagt, alle sind sehr diskret“, antwortete Brian. „Wenn Sie alle Namen wollen, müssen Sie mit einem Gerichtsbeschluss wiederkommen. Aber eines kann ich Ihnen verraten. Der Deutsche war nicht Teil der Gruppe. Schade eigentlich, wie ich den Fotos im Internet entnehme, hatte er einen guten Körper.“

14.1.2022, nachmittags

„MacDougall? Der ist doch nie im Leben schwul!“ Hamish war sich sicher.

„Na, er wäre nicht der erste Kirchenmann, der sich für das eigene Geschlecht interessiert.“ Campbell hätte spontan mehrere aufzählen können, die ihm im Laufe seiner Karriere bei Ermittlungen über den Weg gelaufen waren.

„Stimmt, aber der ist so erzkonservativ. Das kann ich mir nicht vorstellen“, erwiderte Hamish.

„Aber dass er Schwule für ihre Sünden bestraft, das kann ich mir vorstellen“, gab Wilma zu bedenken.

„Das sind doch Vorurteile und nichts, was er gesagt hat, deutet darauf hin, dass er ein Problem mit LGBTQ-Themen hat oder haben könnte“, meinte Robert.

„Stimmt!“ Hamish nickte.

„Aber er lebt mit der halbtoten Mutter zusammen, das ist echt total gruselig.“ Wilma dachte an ihre eigene Mutter.

„Deine Generation ist eben noch von Hitchcock geprägt, *Psycho* und so.“ Hamish wiederholte eine Handbewegung, als wolle er mit einem großen Messer eine nackte Frau hinter dem Duschvorhang erstechen.

„Entschuldige mal, für wie alt hältst du mich eigentlich?“, entrüstete sich Wilma. „Das war noch zu schwarz-weiß-Zeiten!“

Robert versuchte die Professonalität zurück ins Gespräch zu bringen: „Jetzt mal ernsthaft. Martin MacDougall hat weder ein Auto noch ein Boot. Zu Fuß nach Skiary? Da wäre er einen ganzen Tag unterwegs gewesen, eine Strecke, die ein ungeübter Wanderer wie er nie geschafft hätte. Und dann noch im Winter, wo es nur wenige Stunden am Tag hell ist. Unmöglich!"

„Vielleicht kann er ja übers Wasser gehen ..."

„Sehr witzig, Hamish!"

„Was ist mit dem Holzfäller?" Wilma schaute ihren Boss erwartungsvoll an.

„Er steht auf mich", sagte der trocken.

Wer tut das nicht, dachte Wilma. Wer tut das nicht ...

14.1.2022, abends

Den Ladenbesitzer und den Forstvorsteher können wir ausschließen. Das sind schon einmal zwei Verdächtige weniger. Aber vielleicht ist der Täter auch gar nicht aus Glenelg. Schließlich ist die Leiche nur hier angespült worden. Nichts deutet darauf hin, dass der Deutsche jemals hier war. Tief in derart dienstliche Gedanken versunken, nahm Robert Campbell einen genüsslichen Schluck von seinem Bier.

Die Küche im Glenelg Inn bot heute *Steak & Ale Pie* mit Pommes und einem Beilagen-Salat. Diese Pastete mit in Bier gekochten Zwiebeln, Karotten und Rindfleisch zählte zu seinen Lieblingsgerichten und sein Magen verlangte lautstark danach.

Er würde morgen früh laufen gehen, egal, wie das Wetter sein würde. Das nahm er sich fest vor. Joggen war gut für den Kopf und gut für den Bauchumfang. Nicht, dass er sich um seinen Bauch Gedanken hätte machen müssen, aber auch nur deshalb, weil er auf sich und seinen Körper achtete. Viele Kollegen waren richtig in die Breite gegangen, weil sie Ernährung und Bewegung nicht so wichtig nahmen. Robert konnte beim Joggen klarer denken und mit der Aussicht auf körperliche Betätigung entspannter genießen. Die Argumente im Kopf ausgetauscht, schnitt er in die Blätterteigdecke und der Duft des würzigen Bierfleischs strömte ihm in die Nase. Pures Glück!

Die Facebook-Gruppe für homosexuelle Dates ging ihm nicht aus dem Kopf. Man könnte eine offizielle Anfrage bei Facebook platzieren, aber das war kompliziert und er brauchte schnell Informationen. Also drehte er sein iPhone, das umgedreht neben seinem Teller gelegen hatte, damit er ungestört essen konnte und tippte eine WhatsApp an Janne Asikainen.

Hey Janne. Weißt du etwas von einer Facebook Dating Gruppe für Schwule in der Gegend?

Ein Schluck Bier später ploppte die Antwort auf. Der DI hatte den Ton abgestellt.

Wenn du ein Date mit mir willst, können wir das auch per WhatsApp arrangieren.

Campbells Lachen glich dem tiefen Grollen eines kanadischen Braunbären.

Dienstliche Frage, Janne! Ich will wissen, ob einer der Einwohner hier ein Lover des Opfers gewesen sein könnte.

Die nächste Antwort ließ auf sich warten. Campbells Bier neigt sich dem Ende zu und er signalisierte Richtung Bar, dass ihm ein weiteres durchaus gelegen käme.

Ich hab' von dieser Gruppe gehört. Wird vor allem von Männern, die auf dem Land leben genutzt. Für die ist es um einiges schwieriger. In Inverness gehst du einfach in die richtige Bar und schwupps …

Ja, dachte Campbell. Das war bei Heteros auch nicht anders. Und dann dachte er an seine Exfrau und den Moment, in dem sie beschlossen hatte, die Bar zu wechseln und fortan Frauen zu lieben.

Kannst du der Gruppe beitreten und rausfinden, ob bestimmte Personen Mitglieder sind? Ich schick dir eine kurze Liste.

So viele kommen nicht infrage, dachte Campbell. Alle Männer ohne Alibi für die Tatzeit. Das war überschaubar.

Asia selvä!

Campbell übersetzte problemlos aus dem Finnischen, dank Google-Translate:

Klar!

Robert schickte einen erhobenen Daumen zurück und drehte das iPhone wieder mit dem Display nach unten. Genug gearbeitet!

Es herrschte reger Betrieb im Pub, nicht weiter verwunderlich an einem Freitagabend. Robert lehnte sich satt und zufrieden zurück und schob seinen Teller von sich. Das Essen war hervorragend hier, er hätte es wirklich schlechter treffen können als eine Mordermittlung in Glenelg!

Draußen prasselte Hagel an die Fenster, das Kaminfeuer verströmte wohlige Wärme.

Hier weiß doch jeder, was der andere tut, dachte der Polizist in ihm. Es konnte nicht sein, dass hier einer eine Affäre mit einem Deutschen hat, von der keiner etwas mitbekam. Dass Schwulsein unbemerkt blieb, das konnte er sich schon eher vorstellen. Als Donna Marie ihm gesagt hatte, dass sie eine Frau liebte, war das auch ein Schock gewesen. Er hatte es nicht kommen sehen. Ein Armutszeugnis für einen Polizisten!

Robert leerte sein Pint mit einem entschlossenen Schluck.

Vielleicht sehen wir auch nur das, was wir sehen wollen.

15.1.2022, 6 Uhr

Es war sechs Uhr am Morgen und die Sonne machte noch nicht die leisesten Anstalten, hinter den Bergen aufzugehen. In drei Tagen war Vollmond und der Himmel klar, man konnte im bleichen Mondlicht fast ohne Kopflampe laufen gehen. Robert zog sie trotzdem auf. Eine einzige Wolke konnte der Sicht ein Ende bereiten und er wollte wieder zurück im Hotel sein, noch bevor die Sonne aufging.

Über Nacht hatte es geregnet und die Temperaturen waren auf angenehme fünf Grad gestiegen, fast schon tropisch für die Gegend um diese Jahreszeit. Mit einem dezenten Schnappen fiel die Hoteltür hinter DI Campbell ins Schloss. Nach der Kurve um die Kirche und den Friedhof führte die Straße am Meer entlang und der salzige Wind trug den Geruch von Fisch, Tang und Bootsrost in seine Nase. Rhythmisch schwappten die Wellen an den Steinstrand. Wegen der Flut reichten sie recht nah an die Straße.

Nach dem Kriegsdenkmal lief er die Seefront entlang. Um diese Uhrzeit waren die wenigsten Menschen schon wach oder dachten gar an Sport.

In diesem Moment öffnete sich eine Tür und Issy trat in engen Lauftights, dunkler Daunenjacke und Wollmütze samt Kopflampe heraus. Sie sah sein Licht, erkannte ihn aber erst, als ihre Kopflampe auf sein Gesicht fiel.

„Zwei Frühaufsteher, ein Gedanke. Guten Morgen Detective Inspector Robert Campbell.“

„Guten Morgen, Frau Hartman. Allein unterwegs in der Dunkelheit? Solange wir den Mörder nicht gefasst haben, sollten sie um diese Tageszeit besser nicht ohne Begleitung durch die Gegend rennen."

„Was bleibt mir anderes übrig?" lächelte sie. „Rab war nicht wach zu kriegen und ich muss mich ein bisschen bewegen, bevor ich wegen der vielen Scones Fett ansetze. Außerdem denke ich gerne beim Laufen und im Moment passiert so viel, da komme ich mit dem Denken gar nicht nach."

„Darf ich Ihnen in diesem Fall persönlichen Polizeischutz anbieten? Sie müssen sich wegen der Ruhe keine Gedanken machen, ich denke auch lieber, als dass ich rede."

Und im Stillen fügt er hinzu: Und es gibt keinerlei Anzeichen dafür, dass die Scones auf die Hüften schlagen. Das habe ich im Blick.

Sie nickte. „Zwei Lampen leuchten mehr als eine. Danke."

Bis zum Dorfausgang liefen sie schweigend nebeneinander her, Robert auf der See-, Isabel auf der Landseite. Dann knickte die Straße ab und bald darauf kamen sie an eine Gabelung. Rechts ging es über eine kleine Bücke und diverse Hügel Richtung Arnisdale und Sandaig, links am Fluss entlang tiefer in das kleine Seitental hinein.

Mit Blick auf den Boden, um Isabel Hartmann mit seiner Kopflampe nicht zu blenden, fragte er: „Rechts oder links?"

„Links, bitte. Der Weg ist weitgehend eben und steigt nur leicht an. Ich bin keine Bergläuferin."

„Bin ich zu schnell?", erkundigte sich Robert umsichtig.

Die Deutsche lachte. „Ich fürchte, ich bin zu langsam für Sie."

Robert verneinte das mit einem Schnauben. Er lief tatsächlich nicht seinen normalen Rhythmus, aber stellte fest, dass es sich etwas langsamer besser atmen ließ und er so auch entspannter denken konnte. Die Beine und der Kopf arbeiteten getrennt voneinander und doch bedingten sich beide und schienen sich auch zu ergänzen.

Allein wäre es ihr doch mulmig geworden im Dunkeln. Isabel wurde langsam etwas unsicher mit dem großen Schweiger an ihrer Seite, aber sie war froh, dass er da war. Sie hatte definitiv nicht genug Luft für Smalltalk, aber eine Unterhaltung wäre nicht schlecht, zumal sie einige Fragen zur Ermittlung hatte.

„Wollen wir hier ein wenig dehnen?“, schlug sie also vor, als sie eine hüfthohe Mauer erreichten.

Dehnen war der Teil des Joggens, den Robert meist vergaß. Nun aber dehnte und stretchte er mit Hingabe.

„Wie läuft es mit der Arbeit?“ wollte er wissen.

„Zäh“, erwiderte die Übersetzerin. „Ich bin zu abgelenkt mit all dem, was hier und mir passiert ist. Und jetzt noch der Gedanke, dass da immer noch ein Mörder frei herumläuft, dass es vielleicht jemand ist, den ich kenne, jemand aus meinem persönlichen Umfeld. Das macht mir schon zu schaffen.“

Für den Bruchteil einer Sekunde überlegte sie. Dann fügte sie hinzu: „Und bei Ihnen?“

„Auch zäh!“ Robert lachte ehrlich amüsiert.

Sie sahen sich an, aber schnell wieder weg. Mit Kopflampen sah man sich nur unter Schmerzen in die Augen.

„Wir konnten einige Verdächtige ausschließen. Der Rest ist klassische Ermittlungsarbeit. Da kann Ihr Freund Ihnen sicher alles darüber erzählen."

Isabel hielt abrupt in der Dehnung des Beinbeugers inne. Sie hatte den linken Fuß auf ein Schafgatter gelegt und bekam ihn nicht gleich zwischen den Sprossen heraus.

„Ich weiß nicht, ob man Rab als meinen Freund bezeichnen kann. Eigentlich kenne ich ihn nicht wirklich. Was da zwischen uns ist, hat sich so ergeben." Kaum hatte sie es ausgesprochen, wollte sie es wieder zurücknehmen. Warum zum Teufel erzählte sie ihm das? Das ging ihn doch gar nichts an. Wieso hatte sie das Gefühl, sich rechtfertigen zu müssen?

„Der Schock, eine Leiche gefunden zu haben, hat Sie verletzlich gemacht und Sie sind froh über jeden Halt, den Sie finden können. Vor allem in einer Ihnen völlig fremden Umgebung."

Hatte er das gerade wirklich gesagt? Wieso zum Teufel dilettierte er auf einmal als Polizeipsychologe? Unsicher dehnte er die Nackenmuskulatur und schwieg.

Langsam, ganz langsam dämmerte es ihr, dass Robert Campbell Interesse an ihr haben könnte und dass es ihm selbst noch gar nicht aufgefallen war. Still lächelte sie im Dunkeln der bald aufgehenden Sonne entgegen.

„Lassen Sie uns wieder zurücklaufen. Ich habe heute Vormittag noch viel aufzuholen und am Nachmittag mache ich einen kleinen Bootsausflug mit Mr MacManus in Arnisdale."

Robert war immer noch zu verwirrt über sich selbst, um zu antworten. Erst als sie wieder bei ihrem Ferienhaus ankamen, fand er die Sprache wieder.

„Rab weiß von der Pressekonferenz um zehn Uhr?"

Isabel nickt. „Er hat eine Einladung für eine Videokonferenz bekommen, hat er mir gesagt. Er war angefressen, weil ihn nun die großen Zeitungen nicht mehr brauchen, wenn sie alles bequem per Zoom bekommen können."

Alles? Robert schmunzelte still in sich hinein. Wie viele Kollegen bei der Polizei beherrschte er die Kunst, bei Pressekonferenzen in vielen Worten wenig zu sagen. Wann hatte man bei einer PK denn schon mal wirklich wichtige Dinge an die Öffentlichkeit weitergegeben?

Er sah sie die ausgetretenen Steinstufen zum Cottage hinaufgehen. In keinem der Fenster war Licht. Ihr Lover schlief wohl noch.

Robert hob die Hand zum Abschied und realisierte erst, als sie im Haus war, dass sie das in der Dunkelheit gar nicht hatte sehen können. Er zuckte mit den Schultern. Das war nicht gerade einer seiner glanzvollsten Auftritte gewesen!

15.1.2022, 10 Uhr

„Herzlich willkommen bei der Pressekonferenz zum Mordfall des deutschen Staatsbürgers Tom Uwe Thelenbach. Ich bin Chief Inspector Pankaj McGill. Zugeschaltet auf deutscher Seite ist uns Oberstaatsanwalt Claus-Peter Peters, der ein kurzes Statement vorbereitet hat. Ein Simultan-Dolmetscher wird alles für Sie übersetzen. Bitte stellen Sie sicher, dass alle Ihre Mikrofone auf lautlos gestellt sind. Ihre Fragen beantwortet DI Robert Campbell später. Betreffen die Fragen die deutschen Ermittlungen, dann wenden Sie sich bitte mit Ihrem Anliegen direkt an die dortigen Behörden. Eine Kontaktadresse finden Sie hier im Chat."

Während nun der Oberstaatsanwalt über die „wunderbare Zusammenarbeit mit den schottischen Behörden" und seine Ansichten zum Fall referierte, hatte Robert Zeit genug, in die Gesichter der versammelten Pressevertreter zu sehen. In dem Video-Call waren neben den üblichen „Verdächtigen" auch einige deutsche Journalisten.

Sein Boss trug Uniform und die Haare kürzer als sonst. Er war beim Friseur, dachte Robert und zwang sich, nicht durchs eigene Haar zu fahren. Es war ihm überhaupt nicht in den Sinn gekommen, sich für die PK besonders anzuziehen oder zu stylen.

Sein CI dagegen verströmte sowohl die Aura eines stilsicheren Leaders als auch den virtuellen Geruch teuren Parfums. Robert tippte auf Tom Ford, weil das zu Pankajs Brille passte. Dann war er an der Reihe.

„Ich bin Detective Inspector Robert Campbell vom *Major Investigation Team* MIT. Unsere Unit in Glenelg ist klein. Ich habe zwei örtliche Police Constables in den Fall eingebunden, die gehen derzeit weiteren Spuren nach. Bisher kann ich Ihnen Folgendes berichten: Wir haben ein Opfer, einen deutschen Zahnarzt und Fußball-Schiedsrichter namens Tom Uwe Thelenbach. Er wurde erschossen. Der mutmaßliche Tatort ist uns bekannt. Vom Täter fehlt bislang jede Spur. Das Auto des Opfers, ein BMW 314i blau-metallic mit deutschem Kennzeichen, wurde ausgebrannt in Easterhouse in Glasgow aufgefunden. Falls jemand Angaben zum Fahrzeug machen kann, soll er sich bitte an die Nummer wenden, die ich Ihnen hier in den Chat gestellt habe. Hat jemand den Wagen gesehen? Hat jemand gesehen, wer ihn abgestellt hat? Hat jemand die Nummernschilder gefunden? Es ist ein recht auffälliges Fahrzeug und mit einem ausländischen Kennzeichen sicher außergewöhnlich zu einer Zeit, zu der kaum Touristen in Schottland unterwegs sind. Durch Ihre Veröffentlichung erhoffen wir uns weitere Hinweise."

Di Robert Campbell machte eine kurze Pause und blickte in die Kamera: „Fragen?"

„Sie gehen davon aus, dass der Täter den Wagen in Glasgow abgestellt hat und nicht das Opfer selbst?", wollte eine Journalistin von *Herald* wissen.

„Da Easterhouse nicht gerade zu Glasgows touristischen Highlights gehört, ja", erwiderte Campbell sarkastisch.

„Wurde er in der Bucht von Sandaig ermordet? Dort, wo man ihn gefunden hat?"

„Nein, das können wir ausschließen."

„Wo wurde er ermordet?“

„Diese Information kann ich aus ermittlungstaktischen Gründen nicht mit Ihnen teilen.“ Robert setzte seinen strengen Gesichtsausdruck auf.

„Wie sieht Ihre Zusammenarbeit mit den deutschen Behörden aus?“

„Wir sind in Kontakt. Sie konnten wegen der Einreisebestimmungen und notwendigen COVID-Quarantäne niemanden entsenden, aber sie unterstützen uns, wo immer es möglich ist“, erklärte er dem Journalisten vom *National*.

„Rab MacAskill führt in seinem Podcast aus, dass der Ermordete möglicherweise schwul war und dass seine sexuelle Orientierung Grund für seine Ermordung war. Können Sie das bestätigen?“ wollte der Reporter von *STV* wissen.

„Das kann ich weder bestätigen noch verneinen!“

Es dauerte noch weitere fünf Minuten, in denen Campbell sämtlichen Fragen der Journalisten auswich, bis er die PK schließlich beendete. Er brauchte die Öffentlichkeit für Hinweise zum abgestellten Auto. Für alles andere brauchte er sie so dringend wie einen Schuss in den Fuß.

Als er den Call beendete, brandete amüsierter Applaus im Gemeindezentrum von Glenelg auf. Wilma und Hamish hatten alles genau verfolgt.

Robert grinste und hob den Zeigefinger.

„Noch habt ihr gut lachen, aber in ein paar Stunden hängt ihr am Telefon und nehmt die Anrufe von Verrückten entgegen, die jeden von Adele bis Zach MacGowan in diesem BMW in Easterhouse gesehen haben wollen."

Campbell schnappte sich seine Packung Marlboro für besondere Momente und ging nach draußen, um vor der Tür zu rauchen.

„Wer ist Zach MacGowan?", fragte Hamish

Wilma schüttelte mit einem gespielten Seufzer und rollenden Augen den Kopf. Noch bevor sie antworten konnte, klingelte das Telefon.

„*Here we go!*" sagte sie und schnappt sich ihren Notizblock. „Es geht los, es geht schon los!"

15.1.2022, 11 Uhr

Geschützt vor dem Regen stand Robert Campbell im überdachten Eingangsbereich der Gemeindehalle von Glenelg und zog den Zigarettenrauch tief in die Lunge. Er rauchte nie mehr als ein, zwei Zigaretten am Tag, an manchen auch überhaupt keine, aber im Anschluss an eine Pressekonferenz brauchte er einfach eine für die Nerven.

Dieses Ein- und wieder Ausatmen hatte etwas von den Yogaübungen seiner Ex, die sie immer im Wohnzimmer absolviert hatte. Robert überlegte, ob er auf einem Bein stehen und die Arme in Gebetshaltung bringen sollte, ließ es aber lieber, falls die Dorfbewohner seinen Sinn für Humor nicht verstanden, und drückte stattdessen sicherheitsbewusst die Zigarette in der nächsten Pfütze aus, um den ertränkten Stummel anschließend pflichtbewusst in den Mülleimer zu werfen.

In diesem Moment klingelte sein iPhone. Ein WhatsApp-Videoanruf von Janne Asikainen. Genau der Mann, den ich brauche, dachte der DI und drückt auf Annehmen.

„*Hello Darling*!“

Robert wollte eigentlich strafend in die Kamera schauen, musste aber lachen, als er Asikainens gespielt unschuldigen Gesichtsausdruck sah.

„Ehrlich jetzt?“

„*Sorry*. Ist mir so rausgerutscht“, raunte Asikainen zerknirscht, wobei Robert sich nicht sicher war, wie viel dieser Reue echt und wieviel vorgetäuscht war.

Gleich darauf setzte der Finne ein Pokerface auf, das Mika Häkkinen nicht überzeugender hinbekommen hätte.

„Robert, ich hab‘ ihn!“

„Wen?“

„Den Mörder!“

„Nun mal langsam mit den jungen Pferden“, sagte Robert, weil er gedanklich ohnehin gerade bei PS war. „Langsam und von vorne und warte, ich nehme dich mit rein, dann können Wilma und Hamish mithören und ich muss mich hier draußen nicht zu Tode frieren.“

„Also, ihr drei“, begann der Pathologe als endlich alle beisammen vor Roberts Telefon saßen. „Ich habe mich auf Facebook umgesehen. Ist eigentlich nicht meine Altersgruppe, ich bin auf Insta unterwegs, aber hey, war durchaus spannend.“

„Und?“, wollte Wilma wissen.

„Ich habe eine private Gruppe gefunden mit dem Namen *StudUlike.*“

Hamish schüttelte sich vor Lachen. „Ernsthaft? Wie die Fastfood-Kette *SpudUlike*?“

Die verkaufen gebackene Kartoffeln, *spuds*. Ein *stud* war ein Hengst und damit war sowohl das Tier als auch der virile Mann gemeint.

„Ernsthaft“, bestätigte der Finne trocken. „Kann ich weitermachen?“

„Sorry“, murmelte Hamish zerknirscht.

„Also, diese Gruppe ist privat und man muss sich beim Admin vorstellen, sonst kommt man nicht rein und kann auch keine Mitglieder sehen. Mein Insta-Profil war wohl aussagekräftig genug. Sie haben mich ziemlich schnell aufgenommen und ja, dort treffen sich Schwule aus den Highlands diskret und ohne den extra Weg in eine Bar in Glasgow oder Edinburgh machen zu müssen. Ganz praktisch eigentlich. Ich denke, ich werde der Gruppe eine Weile treu bleiben ..."

„Und hast du jemanden von hier unter den Mitgliedern gefunden?" Wilma unterbrach ihn ungeduldig.

„Das habe ich in der Tat." Man hörte förmlich die imaginäre Sonnenbrille, die sich der Pathologe bei diesem Satz gerade aufsetzte.

„Und? Jetzt lass dir doch nicht alles aus der Nase ziehen!", nörgelte Hamish.

„David MacManus! Und ich werde nicht sagen, wie er seinen Nachnamen zu einem expliziten Usernamen umgestaltet hat."

„*OMG*!" Wilma musste sich auf die Zunge beißen, um nicht zu kichern. Hamish grinste breit. Nur Robert fühlte sich, als habe man ihm mit einem harten Tackling an der Seitenlinie die Luft genommen. David MacManus war sein Lehrer gewesen, ein Mann, zu dem er aufgesehen hatte, ein Sportlehrer noch dazu. Einer, der in Umkleidekabinen ein und aus ging. Natürlich konnte der niemals öffentlich zugeben, schwul zu sein. Nicht hier. Das verstand Robert und dennoch fühlt er sich persönlich von ihm verschaukelt.

Erst langsam wurde aus der persönlichen Enttäuschung eine berufliche Erkenntnis. MacManus hatte nicht nur ihn belogen, sondern jede Menge andere Menschen auch. Nichts sagen ist lügen. Man konnte ihm nicht trauen. Jetzt nicht mehr.

„Hast du auch eine Spur zu Thelenbach gefunden?“

„Nein. Der ist kein Mitglied. Einen Touristen hätten sie nicht aufgenommen. Die Gruppe ist nur für Menschen, die hier leben. Was aber auffällt, ist, dass MacManus zwischen Weihnachten und dem sechsten Januar nichts in der Gruppe gepostet hat, nicht mal Weihnachts- oder Neujahrsgrüße. Das haben sie eigentlich alle gemacht. Wieso er nicht? Er scheint offline gewesen zu sein und das ist doch ein starkes Indiz, dass er es war, der sich mit Thelenbach in Skiary amüsiert hat“, schlussfolgerte Asikainen.

„Die Vermutung liegt nahe“, meinte Robert. „Aber wo haben die beiden sich dann kennengelernt, wenn nicht auf Facebook? Kannten sie sich von früher? Haben sie sich zufällig getroffen? Was ist schiefgelaufen zwischen den beiden? War es eine geplante Tat oder Mord im Affekt?“

„Na, eine geladene Waffe wird er nicht zufällig in der Jackentasche gehabt haben“, vermutete Hamish.

Wir müssen die Kollegen in Deutschland nochmals um Mithilfe bitten, um herauszufinden, ob die beiden sich schon länger kannten. Kannst du sie kontaktieren, Wilma? Und wir müssen MacManus zum Verhör holen“, sagte Robert.

„Soll ich gleich bei ihm vorbeifahren, Chef?“, wollte Hamish wissen.

„Nein“, murmelte der DI und schaute geistesabwesend auf sein Telefon. „Der ist jetzt mit dem Boot draußen mit ... *FUCK*!“

Er schnappte Jacke und Autoschlüssel und sprintete zur Tür.

„Die Deutsche ist unterwegs zu ihm, um mit ihm einen Bootsausflug zu machen, und so, wie ich sie kenne, macht sie den nicht zum Spaß, sondern weil sie MacManus grillen will, ob er den Mord begangen hat. Wenn sie ihn in die Enge treibt …"

„*FUCK!*" rief nun auch Hamish. „Ich besorge mir beide Telefonnummern und versuche anzurufen."

FUCK!" seufzte Wilma ebenso, weil ihr Telefon klingelte und sie sich nun um die Anrufe zum BMW in Easterhouse kümmern musste, statt an der aktuellen Krise teilzuhaben.

Zurück blieb ein finnischer Pathologe auf dem Screen eines Handys, das sein Besitzer in der Eile vergessen hatte mitzunehmen.

„Hallo? Ist da jemand?"

15.1.2022, 12 Uhr

Die Sonne streute Glitzerperlen auf die halbherzigen Wellen. In einer geraden Linie von Arnisdale nach Eilean a` Phìobaire, der Insel des Dudelsackspielers, die der Knoydart-Halbinsel vorgelagert war, zog die *Seabreeze* Schaumstreifen durch die ruhige See. Schweigsam ragten die schneebedeckten Gipfel Lochabers in den Mittagshimmel. Die Szenerie war atemberaubend schön und ließ Issy die innere Unruhe vergessen, die sie nicht hatte ablegen können, seit sie in das Boot von David MacManus gestiegen war dem Mann, den sie für den Mörder von Tom Thelenbach hielt.

Es war kalt, obwohl sie sich klug angezogen hatte: mehrere Schichten, Wollpullover, Windbreaker, Daune und Rettungsweste. Die Finger in den Handschuhen konnte sie kaum noch bewegen. Und dennoch genoss Issy die Fahrt. So wunderschön die schottischen Highlands vom Land aus waren, so überwältigend waren sie, wenn man sie vom Meer aus erlebte. Aber es war der Fahrtwind und nicht die innere Ergriffenheit, der ihr Tränen über die Wangen trieb.

David MacManus schwieg. Es war ohnehin schwierig, sich über den Lärm des Außenbordmotors hinweg zu unterhalten. Der Fahrtwind tat ein Übriges. Also blieben beide stumm und beäugten sich vorsichtig, wohl wissend, dass es sich hier keineswegs um eine touristische Chartertour nach Kinlochhourn handelte. Eine Tour, die David schon mehrfach mit Touristen gemacht hatte, aber er spürte, dass Issy noch etwas anderes wollte. Er wusste nur nicht, was es war.

Bis zum großen Strand der Barrisdale Bay war Loch Hourn ein weiter Meeresarm, dann rückten die Berge von Lochaber enger an Knoydart heran und schroffe Felsnasen ragten in die Fahrtrinne, die Navigation wurde schwieriger. Nicht mehr weit bis Skiary.

Issy versuchte, sich im Boot so klein wie möglich zu machen, um dem Wind wenig Widerstand zu bieten. MacManus beobachtete sie unentwegt und alles andere als unauffällig. Einmal rief er ihr etwas zu, was sie nicht verstand. Sein Arm zeigte nach oben.

„Seeadler!“, brüllte MacManus gegen den Wind.

Issy nickte. Der Verdächtige hat ornithologische Kenntnisse. Sie musste lachen über diesen Gedanken. MacManus sah das Lächeln und entspannte sich etwas, aber er blieb auf alles gefasst. Er wusste inzwischen einiges über sie, unter anderem, dass sie Toms Leiche gefunden hatte und mit dem Journalisten schlief, der über den Fall berichtete. Rab, ein guter Shinty-Spieler, rücksichtslos und aggressiv auf dem Feld.

Sie passierten Eilean Mhogh-sgeir, die Felseninsel des Einsiedlers. Hier war die engste Stelle des Lochs. Er hob gerade an, ihr das zu erklären, da rief sie ihm etwas entgegen.

„Was?“

„Können wir da drüben an Land gehen? Es sieht so schön aus da.“

Skiary! Sie wollte verdammt noch mal, dass er sie in Skiary an Land ließ. Wo er und Tom … Woher wusste sie? Das war kein Zufall. Er schaute sie mit harten Augen an.

„Denken Sie ich bin der Mörder?“

In diesem Moment lief das Boot auf dem Steinstrand von Skiary auf Grund.

MacManus stellte den Motor aus und sprang über die Reling. Dann streckte er die Hand nach ihr aus.

„Endstation, Isabel Hartmann!“

15.1.2022, 13 Uhr

DI Robert Campbell stand am Pier in Arnisdale und starrte auf den leeren Anlegeplatz der *Seabreeze*. Er war zu spät, Issy und MacManus waren schon mit dem Boot draußen und allem Anschein nach war sein ehemaliger Lehrer keine Vertrauensperson, sondern Verdächtiger Nummer eins in diesen Ermittlungen.

Und was für eine blödsinnige Aktion war das denn gewesen, hierherzufahren! Robert schüttelte den Kopf über sich selbst. So, wie er von Glenelg nach Arnisdale gebrettert war, um Issy noch zu erreichen, bevor sie an Bord ging. Zu spät. Und nun musste er auch noch feststellen, dass er in der Eile sein Handy vergessen hatte. Kommunikation ging also nur über den offiziellen Funk im Auto. Da musste man sich ganz genau überlegen, welche Informationen man teilen wollte.

Robert überlegte kurz und rief die Zentrale mit der Bitte um Kontaktaufnahme zur *Seabreeze*. Sie solle unverzüglich zurück zum Pier. DI Robert Campbell erwarte den Skipper und seinen Fahrgast dort. So wusste MacManus, dass Campbell wusste, wo und mit wem er unterwegs war. Dann würde er ihr nichts antun, dachte Campbell und starrte auf die Einfahrt zum Loch Horn in der Hoffnung, das Boot bald zu sehen.

In diesem Moment tauchte ein Mann am Pier auf. Er trug wasserfeste Hosen mit vernähten Gummistiefeln, wie sie die Fischer hier gerne hatten, darüber einen dicken Wollpullover in unbestimmbarer Farbe und eine löchrige Strickmütze auf dem Kopf. Er lächelte verhalten aus einem Mund mit wenig Zähnen und nickte Robert zu. Alistair MacRae.

„Alistair“, grüßte Robert in dessen Richtung.

MacRae kratzte sich lange durch die Löcher der schäbigen Mütze und überlegte offenbar eine Antwort.

„Robert.“

Ein Dialog zweier Schweiger kam mit wenigen Worten aus.

„Ich suche David“, ergänzte der DI.

„Mit dem Boot draußen, diese Blondine ist bei ihm, die Freundin von MacAskill.“

„Sie ist nicht seine Freundin!“ Robert hatte keine Ahnung, warum er das Gefühl hatte, das richtigstellen zu müssen. „Ich muss ihn sprechen. Hat er gesagt, wann er zurückkommt?“

Alistair schüttelte den Kopf und zog den Tabak aus der Hosentasche: „In zwei Stunden wird es dunkel, bis dahin ist er zurück. Die *Seabreeze* ist nicht ausgestattet für eine Fahrt bei Nacht.“

Eine kurze Tonfolge signalisierte einen Funkspruch in Roberts Wagen. Er winkte Alistair, zu bleiben und eilte zum Auto.

„Ja!“ schnauzte er ins Funkgerät.

„Wir können die *Seabreeze* nicht erreichen, DI Campbell. Der Skipper hat wohl keinen Funk an Bord.“

„Verstehe“, sagte er, meinte aber: verdammt.

Alistair stand inzwischen neben Campbells Wagen: „Mach dir keine Sorgen um die Kleine. Er wird sie nicht anrühren.“

„Wie meinst du das, er wird sie nicht anrühren?“

Alistair zuckte mit den Schultern. Er konnte es nicht fassen, dass ihm das rausgerutscht war. Robert war ein Bulle, verdammt noch mal, und bloß, weil sie als Kinder miteinander gespielt hatten, hieß es nicht, dass er einer von ihnen war. Nicht mehr. Jetzt war Robert das Gesetz!

Das Gesetz sah Alistair intensiv an: „Du meinst, sie ist sicher, weil David MacManus nicht auf Frauen steht?“

Das Gesicht des Fischers nahm die Farbe von frisch gekochtem Hummer an. Verlegen blickte er aufs Wasser, im erfolglosen Versuch, den forschenden Augen von DI Campbell zu entgehen.

„Warst du draußen im Loch Hourn über *Hogmanay*? Was hast du gesehen?“

Alistair nahm die Mütze ab und knetete sie mit seinen großen Händen. Es waren Arbeiterhände mit Dreck unter den Fingernägeln und trockener, aufgeplatzter Haut. An der linken Hand fehlt ein Stück vom kleinen Finger. Robert erinnerte sich. Alistair hatte ihn zwischen Boot und Anleger bekommen, als er zehn Jahre alt gewesen war, und er hatte nicht eine Träne vergossen. Schmerzen machten ihm keine Angst. Menschen und deren Urteile über andere aber wohl.

„Das ist eine ernste Angelegenheit, Alistair, und die Polizei zu belügen, hat Konsequenzen. Hier geht es nicht darum, einen Nachbarn nicht zu verpfeifen. Hier geht es darum, in einer Mordermittlung die Wahrheit zu sagen und wenn du das nicht tust, dann kann ich dich auch gleich mitnehmen. Wer die Ermittlungen behindert, bekommt Riesenprobleme. Falls du mir aber sagst, was du weißt, dann kann ich dich schützen. Von mir erfährt keiner, das du geredet hast.“

Eindringlich blickte DI Robert Campbell Alistair MacRae in die Augen.

„Okay, okay, ich rede.“ Alistair sah sich um, als ob es Zuhörer gäbe, die nicht Zeugen der Unterhaltung werden sollten. Es gab nichts mehr zu verbergen. Der Journalist und seine Freundin hatten ihn ja schon ertappt. Wahrscheinlich stand heute Abend ohnehin alles im Internet.

„Ich habe MacManus und diesen Deutschen gesehen. Am Neujahrsmorgen. Sie haben es miteinander getrieben und dann ist der Deutsche nackt schwimmen gegangen im Meer. Ich habe sie von meinem Boot aus gesehen. Das Boot war ein paar Tage nicht hier. Er hat gesagt, es wird repariert, aber das habe ich ihm nicht geglaubt. Nicht um diese Zeit und kurz nach Weihnachten. Ich dachte, der schmuggelt was, aber das hat er nicht. Ich glaube, der war ein paar Tage mit dem Deutschen im Cottage in Skiary. Da gibt es Wasser und Strom und ich glaube, MacManus schaut für die Besitzer immer mal wieder nach dem Rechten.“

„Hast du sie über längere Zeit hinweg beobachtet?“

„Nein, ich bin gleich weiter zu meinen Reusen.“ Robert hörte, dass er log, aber hielt es nicht für wichtig. Alistair war schon als kleiner Junge ein Spanner gewesen. Daran hatte sich wohl nichts geändert.

Nun hatte er einen Zeugen, der MacManus mit dem Opfer rund um den Todeszeitpunkt gesehen hatte, und den Nachweis, dass beide eine Art Liebesbeziehung unterhielten. Mehr brauchte er nicht, um seinen ehemaligen Lehrer formal vorzuladen und ihn zu verhören.

„Ich danke dir. Wir müssen deine Aussage noch formal aufnehmen. Das machen wir im Gemeindezentrum in

Glenelg. Ich streue das Gerücht, dass wir deine Expertise als Fischer brauchen für den Fall. Dann hast du Ruhe, okay?“

„Wann soll ich vorbeikommen?“

„Heute Nachmittag am besten.“

Alistair nickte und zeigte hinaus aufs Meer.

„Da kommt er. Das ist die *Seabreeze*. Das höre ich am Klang.“

Robert stellte den Jackenkragen hoch und schaute dem Boot entgegen, unruhig und angespannt, bis er im Licht der tiefen Wintersonne die Schatten zweier Gestalten darauf ausmachen konnte. Eine war ein Mann, die andere Gestalt war eindeutig weiblich. Isabel Hartmann war noch an Bord. Erleichterung durchflutete seinen Körper. Wäre er nicht der Mann gewesen, der er war, er hätte weiche Knie bekommen.

15.1.2022, 14 Uhr

Das Cottage sah noch genauso aus wie bei ihrem letzten Besuch. Nur das blau-weiße Absperrband mit dem Schriftzug *police – do not cross*, das an Haustür und Fenstern flatterte, war neu. Was für ein einsamer Ort, um zu sterben. Sie sah zu David MacManus hinüber, der sich keinen Millimeter von der *Seabreeze* wegbewegt hatte. Sie hatte versucht, ihn zum Mitkommen zu bewegen, aber er hatte nur den Kopf geschüttelt. Welchen Erinnerungen wollte er sich nicht stellen?

Issy musterte die Haustür. Ob sie hineingehen sollte?

MacManus schaute nicht zu ihr herüber, vielmehr starrte er tief in Gedanken versunken aufs Meer hinaus.

War das die Reaktion eines Mörders? War er der Mann, mit dem Thelenbach hier gewesen war? Der Mann, den Alistair nackt im Meer gesehen hatte? War ihr Skipper schwul oder bisexuell?

Sie sah keine Schuld in seinem Blick, doch was konnte man hinter seiner demonstrativen Verschlossenheit schon erkennen.

Die Tür war abgeschlossen und von den Fenstern keines offen, im Gegenteil, man hatte zusätzlich Spanholzplatten davorgesetzt, einen Hintereingang gab es nicht, nur vier Fenster, die alle verschlossen worden waren, und ein Fensterband im Dachgeschoss. Die Polizei hatte alles verriegelt. Es gab nichts zu sehen. Der Schuppen nebenan stand offen, war aber vollkommen leer. Nur eine alte Schubkarre lehnte rostig an der Wand.

Sie setzte sich auf die kleine Mauer im Garten und starrte das Haus an. Was hatte sich hier abgespielt? Ein Verbrechen aus Leidenschaft? MacManus schien ihr mit diesem Gedanken nur schwer in Einklang zu bringen. Einen ausgesprochen leidenschaftlichen Eindruck machte er nicht gerade und schwul wirkte er auch nicht auf sie. Aber Issy merkte, dass sie keine Anziehungskraft auf ihn ausübte.

Verdammt, ich bin keinen Schritt weitergekommen hier!

MacManus rief etwas und winkte sie zum Boot zurück.

„Wir müssen uns auf den Rückweg machen. Gegen drei wird es dunkel. Es ist Zeit zu gehen."

Wortlos stieg Issy zurück ins Boot und die *Seabreeze* machte sich wieder auf den Weg nach Arnisdale, während die tiefstehende Sonne den Himmel rosa färbte. Die Stille kehrte nach Skiary zurück, als sich der Lärm des Außenbordmotors in der Ferne mit dem Flüstern der Wellen vermischte.

In der Ferne verschmolz die *Seabreeze* mit dem Horizont und der frühe Winterabend senkte sich über das Cottage, ein Rascheln im Gras das einizge Lebenszeichen. Ein Schatten schlich ums Haus. Ein Geräusch. Vielleicht war es das Glucksen der Wellen, vielleicht ein leises Murmeln. Wer konnte das schon genau sagen im Dunkel von Skiary.

15.1.2022, 15 Uhr

„David MacManus, Sie müssen nichts sagen, aber es kann Ihrer Verteidigung schaden, wenn Sie bei einer Befragung etwas nicht erwähnen, worauf Sie sich später vor Gericht berufen. Alles, was Sie sagen, kann vor Gericht gegen Sie verwendet werden."

Issy konnte nicht glauben, dass sie tatsächlich bei der Festnahme des Verdächtigen dabei war. Im Geiste hörte sie Rab ‚Warum filmst du denn nicht?' rufen. Natürlich filmte sie nicht, sie wollte keinen Ärger mit dem DI.

Alistair stand in seiner Haustür und schaute gebannt hinüber zu der kleinen Gruppe am Wasser, wohl wissend, dass seine Aussage die Festnahme seines Nachbarn überhaupt erst möglich gemacht hatte. Er sah, wie David Robert beide Hände entgegenstreckte und der ihm Handschellen anlegte, um ihn dann ins Auto zu dirigieren.

Die Deutsche stand daneben und sah fassungslos aus. Ihr blondes Haar wehte im Wind, sie hatte die Strickmütze abgenommen, die sie auf dem Boot noch getragen hatte, und knetete sie mit ihren Händen, so, wie es Alistair selbst oft machte. Ihre engen schwarzen Jeans, Boots und die rote Daunenjacke waren allerdings meilenweit entfernt von dem, was man hier gemeinhin auf einem Boot trug.

Robert Campbell sprach eindringlich mit ihr, bevor er sich in den Dienstwagen setzte und Richtung Glenelg aus dem Dorf herausfuhr. Er hatte Alistair mit keinem Blick gewürdigt, um dessen Beteiligung an der Festnahme nicht offensichtlich zu machen.

Langsam ging die Deutsche zu ihrem Auto. Dort zog sie das Handy aus der Jackentasche und begann zu telefonieren. Sicher informierte sie gerade ihren Journalistenfreund. Alistair atmete wieder ruhiger. Die Schlagzeilen würden sich auf die Festnahme von David MacManus konzentrieren, nicht auf ihn. Er konnte sich entspannen, denn er war runter von der Verdächtigenliste und sein kleines Geheimnis war immer noch eins. Es sprach also nichts dagegen, heute Abend nach Glenelg zu fahren, um zu sehen, was die Einwohner dort so trieben. Im Schutz der Dunkelheit würde er ihnen dabei zusehen, ihnen und ihr, dieser Isabel Hartmann. Das klang so verlockend, dass Alistair schnell den Rückzug ins Haus antreten musste, damit niemand seine Erektion unter der Bootsmontur bemerkte.

Issy war froh, die Häuser von Arnisdale in ihrem Rückspiegel verschwinden zu sehen. Sie hatte Rab die wichtigsten Fakten durchgegeben und der machte sich in diesem Moment auf zur Gemeindehalle, um Fotos zu machen, wenn der DI mit dem Tatverdächtigen ankam. Ob er sie in der Zeitung würde verwenden dürfen, war allerdings wieder eine andere Frage.

„*I love you, baby*", hatte er gesagt und aufgelegt. Sie wusste natürlich, wie oberflächlich das gemeint war, und dennoch ließ sie der Satz lächeln. Unterwegs nach Glenelg hielt sie an und stieg kurz aus. Sie war nicht nur mit einem Mörder allein auf seinem Boot gewesen, sie hatte mit ihm auch den vermutlichen Tatort besucht. Issy holte tief Luft und atmete ganz langsam wieder aus.

Das war gefährlich, Isabel Hartman! Mach das nicht noch mal, rügte sie sich selbst, froh, dass es gut gegangen war. Dann fuhr sie die letzten Meilen bis nach Hause. Jetzt wollte sie nur noch ein warmes Bad, ein großes Glas Rotwein und einen attraktiven Mann, der ihr gebannt zuhörte, was sie von ihrem Tag zu berichten hatte.

Aber als Issy das Feriencottage aufschloss, war alles dunkel und kalt. Die Zeitschaltuhr der Heizung war ausgestellt, es war niemand da. Natürlich! Rab lauerte auf Fotos von der Festnahme. Nachdem sie die Heizung wieder eingeschaltet und das Badewasser einlaufen lassen hatte, goss sie sich ein großes, bauchiges Glas Malbec ein und ließ die Hüllen fallen, ohne zu ahnen, dass Alistair MacRae draußen in der Kälte stand und sie durchs Fenster intensiv dabei beobachtete.

15.1.2022, 17 Uhr

David MacManus starrte dem DI ins Gesicht. Über seinem linken Auge zuckte ein nervöser Muskel. Seine Hände hatte er fest ineinander verschränkt auf die Tischplatte gelegt, um seine Anspannung zu verbergen, doch seine Finger blieben unruhig und verrieten, was in ihm vorging.

DI Campbell und PC Farquarson saßen ihm gegenüber. Sie hatten ihn gefragt, ob er einen Rechtsbeistand wünschte. Nichts wollte David weniger als einen Selbstdarsteller mit Anzug und Krawatte neben sich, der ihn zwang, Dinge zu sagen und zu tun, die er nicht sagen oder tun wollte. Schweigen konnte er auch allein.

Das Verhör fand nicht im großen Gemeindesaal statt, den die MIT als Basis nutzte, sondern in einem kleinen Nebenraum ohne Fenster, in dem ein Tisch und drei Stühle standen und eine blanke Deckenröhre giftiges Licht auf graue Wände warf.

David kannte Wilma Farquarson. Ihr Sohn war bei ihm in der Nachwuchsmannschafft und Robert Campbell war ja ebenfalls einer seiner Schüler gewesen. In diesem Moment hätte er lieber zwei Fremden gegenübergesessen.

Wilma zog ein paar Blätter aus einem Faltordner.

„David MacManus, wir haben hier Ihre mobilen Telefondaten. Sie waren vom neunundzwanzigsten Dezember bis zweiten Januar unweit von Kinlochhourn eingeloggt. Wahrscheinlich haben Sie gedacht, Sie haben kein Netz. Es ist dort sehr schwach und sehr von der Wetterlage abhängig. Das reicht in der Regel nicht, um eine stabile Verbindung herzustellen, sagt uns der Provider, aber es reicht, um zu sehen, ob jemand eingeloggt war. Das waren Sie für mehrere Tage mit Ihrem Handy, und zwar genau da, wo Tom Uwe Thelenbach am zweiten Januar ermordet wurde."

Wilma Farquarson schaute ihn triumphierend an. Er erwiderte ihren Blick - ruhig, gelassen und schweigend. Hätte der Raum ein Fenster gehabt, er hätte regungslos hinausgestarrt.

Mit einem Blick signalisierte DI Campbell ihr weiterzumachen.

Nun lehnte sich Wilma in ihrem Stuhl zurück und fixierte den Sportlehrer ihres Sohnes mit kalten Augen.

„Wir haben außerdem einen Zeugen, der Sie mit dem Opfer zum fraglichen Zeitpunkt gesehen hat. Nach Aussage des Zeugen hatten Sie Sex mit dem Deutschen."

Wilma machte eine Pause und holte dann gekonnt zum verbalen Schlag aus: „Haben Sie ihn anschließend getötet, David MacManus? Haben Sie Ihren Liebhaber getötet und ins Meer geworfen?"

MacManus erwiderte ihren Blick mit harten Augen.

„Und ihr glaubt also, was euch irgendein Spanner so erzählt?"

„Wir glauben an Telefondaten, an nachweisbare Fakten", warf Robert mit einem kleinen Lächeln ein. Er hatte sich bisher bewusst zurückgehalten. „Deshalb wissen wir, dass Sie und das Opfer über Tage hinweg allein in der Wildnis waren. Wer sonst sollte ihn getötet haben? Ein Wanderer? Im Januar? Zufällig mit einer Waffe im Rucksack?"

MacManus zuckte mit den Schultern. Fakten hatte er nicht erwartet. Schweigen würde seine Lage nicht besser machen, wurde ihm langsam klar. Sie konnten beweisen, wo er gewesen war, und es gab einen Zeugen.

„Ich war es aber nicht!"

Robert Campbells Augen waren das Wärmste im kalten Verhörzimmer: „Haben Sie ihn geliebt?"

David MacManus überlegte kurz. „Nein, er war nicht sehr liebenswert, aber er hatte einen fantastischen Körper und er war ein erfahrener Mann, der in einigen Betten rumgekommen war. Es war aufregend mit ihm und es fühlte sich so frei an da draußen in Skiary. Endlich konnte ich der sein, der ich bin, verstehst du? Hier bin ich nie ich selbst. Wieso sollte ich ausgerechnet den Mann töten, der mir diese Freiheit gab? Er war noch da, als ich am zweiten Januar ins Boot gestiegen bin."

„Und Sie sind direkt zurück nach Arnisdale?"

MacManus nickte. „Ich dachte, er geht zurück zu seinem Auto. Das hat er in Kinlochhourn am Parkplatz stehen lassen. Er wollte noch am Zweiten den Küstenpfad zurücklaufen. In Skiary haben wir uns am Neunundzwanzigsten getroffen. Das Auto muss doch noch da stehen. Ein blauer BMW. Er hat mir ein Foto gezeigt."

Robert warf Wilma einen fragenden Blick zu. Sie legte die Hand auf die Telefonnachweise und schüttelte den Kopf. Kein Hinweis darauf, dass MacManus das Auto in Glasgow entsorgt hatte. Wenn, dann hatte er sein Telefon in Glenelg gelassen. Logistisch wäre das aber ein Alptraum gewesen. Er hätte entweder sein Boot in Kinlochhourn lassen müssen oder sein Auto, um das andere nehmen zu können. Und wie wäre er dann aus Glasgow wieder nach Kinlochhourn gekommen?

„Wieso hätte ich ihn töten sollen?" David MacManus fragte das mit erhobenen Händen.

„In der Liebe und beim Sex ist vieles denkbar." Robert sah aus wie ein Mann, der wusste, wovon er sprach.

„Es war keine Liebe!", wiederholte MacManus trotzig. „Ich habe ihn zufällig im Pub in Fort William kennengelernt. Es war Sex, Abenteuer, aber nicht mehr."

„Aber es war die Art von Sex, die Sie unbedingt geheim halten mussten und alles, was dieses Geheimnis gefährden könnte, haben Sie eliminiert."

„Von wegen", erwiderte MacManus. Von diesem Moment an schwieg er und ließ sich durch nichts mehr aus der Reserve locken.

15.1.2022, 19 Uhr

Robert, Hamish und Wilma saßen ratlos im großen Gemeindesaal, denn im kleinen Nebenzimmer wartete ein Verdächtiger, der nach der Vernehmung keinem von ihnen mehr verdächtig erschien.

„Er hat nach dem zweiten Januar nicht einmal mehr versucht, den Deutschen zu erreichen", sagte Wilma mit Verweis auf die Telefonliste.

„Das muss nichts heißen. Es war eine Affäre und die haben sie beendet. Sie waren, wie er sagt, nicht verliebt. Warum sollte er also? Vorbei ist vorbei", meinte Hamish mit der ganzen Leichtigkeit seiner scheinbar sorglosen Generation.

„Haben wir etwas von den Verkehrskameras? Ist der blaue BMW auf dem Weg nach Glasgow aufgetaucht?" Campbell blickte die beiden PCs an.

„Leider sind die *Traffic Scotland*-Kameras auf der A87 reine Live-Kameras, die zeichnen nicht auf. Das war eine Sackgasse, Boss." Hamish unterstützte Wilmas Erkenntnisse mit nachdrücklichem Kopfnicken.

„Sind die Kollegen von der Spurensicherung inzwischen in seinem Haus?", fragte Campbell weiter.

„Die müssten gerade angekommen sein. Wenn die Tatwaffe im Haus ist, dann finden sie sie. Wenn der Täter allerdings auch nur halbwegs ein Hirn hat, dann hat er sie ins Meer geworfen. MacManus sieht für mich nicht aus wie jemand, der dumm genug ist, eine Tatwaffe zu behalten", sagte Hamish.

„Offiziell hat er jedenfalls keine und nie eine besessen. Das habe ich nachgeprüft“, ergänzte Wilma. „Ich würde gerne noch etwas mehr Zeit mit den Telefonnachweisen verbringen.“

Robert wies Wilma an, das morgen zu machen. Es war schon spät und sein Kopf brummte. Er bekam häufig Kopfschmerzen von einem leeren Magen. Außerdem mussten sie den Verdächtigen mit nach Kyle nehmen, in Glenelg konnte er nicht über Nacht bleiben. Eigentlich glaubte keiner der drei mehr daran, dass MacManus tatsächlich der Täter war, aber solange die Spurensicherung mit dem Haus nicht durch war und sie keine weiteren Hinweise über das Telefon bekamen, war er ihr einziger Verdächtiger. Deshalb würden sie ihn für vierundzwanzig Stunden festhalten und dann neu prüfen.

„Macht den Transport nach Kyle zu zweit. Das ist mir lieber und ihr seid beide zuhause in Kyle. Den Rest könnt ihr Morgen Früh machen. Sobald die Techniker im Haus fertig sind, fahre ich rüber nach Arnisdale. Wer weiß, wie lange das dauert. Das wird zu spät für euch.“

Wilma und Hamish nickten dankbar. Robert war froh, nicht mit seinem früheren Lehrer in dem Auto sitzen zu müssen, das ihn zu dessen Zelle brachte. Als Schüler mochte man davon träumen, seinen Lehrer zu verhaften. Als Erwachsener war das eine andere Geschichte.

15.1.2022, 20 Uhr

Issy hatte einen Seebären-Hunger. Nach dem Bad war die innere Anspannung gemeinsam mit der körperlichen verschwunden und jetzt war nur noch Leere im Magen übrig. Sie war im Relax-Modus, weshalb sie den Morgenmantel anließ und sich mit nassen Haaren und einem großen Glas Rotwein auf die Couch setzte. Im Ofen duftete eine große Pizza.

„Hast du Hunger? Es ist noch eine Pizza im Gefrierfach."

„Nein, danke. Ich war zuhause und hab noch bei meiner Mutter vorbeigeschaut. Jetzt bin ich satt für die nächsten drei Tage."

Rab drückte ihr einen beiläufigen Kuss auf die Lippen und holte sich in der Küche ein Bier aus dem Kühlschrank. Dann setzte er sich in den Sessel und legte die Füße auf den Couchtisch.

„Danke für deinen Tipp mit der Festnahme. Mit dem Foto hat das richtig gut Kohle gebracht und all den Background-Infos, die ich dank dir vom Tag hatte! Super! Ich muss dich öfter mit Mördern auf Bootstour schicken", sagte Rab mit einem Zwinkern, aber irgendwie auch ernst gemeint. Dann tippte er mit der Fernbedienung auf *BBC News*.

Issy ging in die Küche und kochte, innerlich. *WTF!* Die Mama hat er besucht, während sie in Gefahr war! Die Füße auf dem Tisch, keine Frage nach ihrem Tag, oder wie es ihr ging mit alledem. Die Degradierung zur Assistentin. Was für ein Ego-Shooter!

Verärgert nahm sie ihre Pizza aus dem Ofen und verbrannte sich prompt die Finger. Eigentlich wollte sie gerade „Grand Designs" auf Channel 4 sehen und nicht die BBC-Nachrichten. Aber hatte er gefragt? Ihre Nasenflügel bebten vor Wut, so hatte die Pizza jeglichen Geschmack verloren. Er hatte alle Informationen von ihr bekommen und ihr nicht mal ein Glas Wein eingeschenkt. Stattdessen hing er hier rum mit den Füßen auf dem Tisch wie ein Pascha. Der Ärger trieb sie ins Wohnzimmer, der musste raus, sie konnte ihn nicht runterschlucken.

Rab lag schlafend im Sessel, die Bierdose noch in der Hand. Bei der BBC verlas man derweil das Wetter. Issy war so aufgebracht, sie hätte ihn schütteln können. Stattdessen machte sie den Fernseher und das Licht aus, schnappte sich ihr Glas und die restliche Rotweinflasche und ging ins Bett.

Der soll sich unterstehen und nachkommen, dann werfe ich ihn in hohem Bogen aus dem Schlafzimmer, dachte sie. All die Dinge, die sie ihm hatte erzählen wollen und nun nicht losgeworden war: von der Angst, die sie in Skiary gehabt hatte, aber auch von dem Mut, den sie in sich spürte. Von dem Gefühl, mit einem Mörder allein gewesen zu sein und von der Festnahme.

Dann schaue ich eben morgen beim Professor vorbei. Der hört mir wenigstens zu und verständnisvoll ist er auch, dachte sie und schlief kurz darauf ein. Dass Rab gegen später zu ihr ins Bett kam, merkte sie nur unbewusst. Er nahm sie in den Arm, schlafend kuschelte sie sich an ihn. Dinge, die wir in der Nacht tun und am nächsten Tag bereuen!

15.1.2022, 20:30 Uhr

Spaghetti mit Shrimps und geröstetem Zucchini-Tomaten-Gemüse, darüber ein Berg duftender Parmesan, konnte man einen Tag köstlicher abschließen? Nun, Robert Campbell war ehrlich zu sich selbst: Ein paar Gläser Weißwein hätten dem Abendessen gut getan, aber er musste ja noch nach Arnisdale, sobald die Spurensicherung mit dem Haus und Grundstück von David MacManus durch war. Seine Arbeitszeiten waren schon übel, aber die Kollegen von der Spurensicherung waren noch schlimmer dran. Immerhin konnte er jetzt in Pasta schwelgen, während die in Schutzanzügen durch fremde Unterwäsche wühlten. Augen auf bei der Berufswahl, dachte Robert und lächelte beglückt in seinen Teller.

Es war Samstagabend und alle Einwohner von Glenelg schienen sich im Schankraum versammelt zu haben. Man hatte ihm einen kleinen Extratisch in die Ecke gestellt, damit er in Ruhe essen konnte. Alle anderen Tische waren mit Gästen von außerhalb oder Einheimischen belegt. Essen gab es nur nach Voranmeldung und man musste lange darauf warten. Die Hotels hatten nach dem Brexit ihr osteuropäisches Personal verloren und in der immer länger andauernden Pandemie hatte sich der noch verbliebene Rest nach anderen Jobs umgesehen. Jetzt wieder auf das alte Niveau heraufzufahren, war für viele Restaurantbetreiber eine echte Herausforderung.

Die Spaghetti waren köstlich. Langsam stellte sich bei Robert eine gewisse Entspannung ein, für die Restspannung sorgte ein knackiger Espresso, gezähmt durch ein paar Stück schottisches Tablet, cremebraune Würfel aus Zucker und

Dosenmilch. Es war alles perfekt und in der Perfektion auch ein wenig traurig, dass er niemanden hatte, mit dem er sie teilen konnte. Wie wohl ein Abendessen mit Isabel Hartmann war? Sie war eine sehr attraktive Frau, die ihr deutscher Akzent wahrscheinlich ernsthafter erscheinen ließ, als sie es vermutlich war.

Schnell wischte Robert den Gedanken beiseite. Sie war eine Zeugin und damit tabu. Dass sie mit einem anderen Mann liiert war, störte ihn weniger. Auf dieses Duell würde er es jederzeit ankommen lassen.

Sein Telefon pingte leise. Die Spurensicherung hatte ihm eine Textnachricht geschickt:

Sind soweit fertig, keine Waffe, aber viel Bargeld.

Robert antwortete:

Bin in 30 Minuten da.

Er griff nach Jacke und Autoschlüssel und verließ die wohlige Wärme des Glenelg Inn. Draußen auf dem Parkplatz stellte er fest, dass er Eis von den Autoscheiben kratzen musste. Tief in Gedanken versunken machte er sich auf Richtung Arnisdale. Dort, wo er praktisch neben David MacManus aufgewachsen war. War dieser Mann ein Mörder? Wenn der Job Robert irgendetwas gelehrt hatte, dann, dass man es einem Menschen nicht ansah, ob er ein Mörder war oder nicht. Unter gewissen Umständen konnte jeder zum Mörder werden. MacManus war gut darin, Dinge zu verbergen. Es war dem Mann schließlich über Jahrzehnte hinweg gelungen, seine Homosexualität vor allen zu verheimlichen. Anders als Alistair, von dem jeder wusste, dass er ein Spanner war. Was hatte MacManus noch vor ihm verborgen?

16.1.2022, 10 Uhr

„Die wichtigste Nachricht zuerst: Die Spurensicherung hat nichts im Haus von David MacManus gefunden, was ihn mit der Tat in Verbindung bringen könnte."

DI Robert Campbell referierte kurz und knackig, während sich Wilma und Hamish an ihren Kaffeetassen festhielten. Beide hatten versucht, am Samstag zu arbeiten und dennoch ihren Familien und Freunden gerecht zu werden, und waren nun entsprechend platt.

„Aber sie haben zwanzigtausend Pfund in bar gefunden. Offensichtlich gerade erst vom Konto abgehoben."

„Das bringt uns nicht weiter. Die Waffe würde jeder vernünftige Mensch nach einem Mord entsorgen und das Geld kann auch zum Kauf eines Autos gedacht gewesen sein", argumentierte Hamish.

„Absolut", stimmte ihm sein Chef zu. „Was haben wir zur Waffe?"

„Im Umkreis von zweihundert Meilen gibt es fünfzig Personen, auf die eine Waffe gemeldet ist, die zu der Munition passen könnte. Waffenlizenzen für Gewehre gibt es zuhauf. Wilma und ich werden die Besitzer abklappern und uns die Gewehre zeigen lassen. Sind auf den ersten Blick alles achtbare Bürger ohne Vorstrafen, ich weiß also nicht, ob das eine vielversprechende Route der Ermittlung sein wird, aber wenn wir eine verdächtige Waffe finden, nehmen wir sie mit. Die Forensik wird allerdings Schwierigkeiten haben, ohne ein Projektil nachzuweisen, dass es sich um die Mordwaffe handelt."

„Wenn es um Waffenkontrolle geht, geht ihr zu zweit. Denkt an die Vorschriften. Für mich riecht das Geld verdächtig nach Erpressung. Die Kollegen von der Forensik in Aberdeen arbeiten sich gerade durch sein Handy und den Computer sowie seine Social-Media-Accounts. Dann wissen wir vielleicht mehr."

„Wir wissen, dass unser Verdächtiger Sex mit dem Opfer am vermeintlichen Tatort hatte, aber können wir auch belegen, dass er der Täter ist? Er bleibt dabei, dass er am Morgen des zweiten Januar Skiary verlassen und Thelenbach da noch gelebt hat. Ob der Deutsche da schon tot war oder erst kurz darauf starb, können wir nicht beweisen", ergänzte Wilma.

„Und womit wurde MacManus erpresst? Hat jemand den Mord beobachtet oder nur eine homosexuelle Zusammenkunft? Ist es Ersteres, dann hätten wir einen Zeugen", sagte Hamish und schaute Wilma und Robert bedeutungsschwanger an. „Wenn die Zwanzigtausend tatsächlich Geld für einen Erpresser sind, dann geht es dabei wohl eher nicht um Mord. Das wäre ein billiges Schweigen."

„Eine Erkenntnis habe ich", führte der DI aus. „Alistair MacRae war am ersten Januar mit dem Boot draußen und hat vom Wasser aus die beiden Männer beobachtet. Mit dem Fernglas. Das hat er zugegeben."

„Jeder weiß, das er ein Spanner ist", meinte Hamish. „Aber er ist harmlos."

„Es gibt in der Tat keinen Grund, anzunehmen, dass er den Deutschen erschossen hat. Zumal das wahrscheinlich erst in der Nacht oder am zweiten Januar passierte und ein Schuss vom Wasser aus oder in der Dunkelheit ziemlich unmöglich sein dürfte." Robert blickte die beiden PCs an und beide nickten Zustimmung.

„Heute morgen wurde ich im Hotel von einer weiteren Deutschen angesprochen. Es war die Uhrmacherin, die wir am Anfang der Ermittlungen kontaktiert hatten wegen Uhr und Inschrift. Scheint, als hätte sie eine Beziehung mit dem Opfer gehabt. Sie ist hier, um sich um die Modalitäten für die Überführung zu kümmern, weil sich die Exfrau wohl geweigert hat. Gabriele Freitag heißt sie und sie sagt, Thelenbach habe keine Feinde gehabt. Abgesehen von den üblichen Anfeindungen, denen ein Fußball-Schiedsrichter in den sozialen Medien ausgesetzt ist. Das ist manchmal nicht nur hart an der Grenze zur Legalität, sondern auch drüber, aber wir haben keinen Grund zu der Annahme, dass es für einen wahnsinnigen Fan Anlass zu einem Mord gegeben haben könnte. Schon gar nicht im Ausland und in der Abgeschiedenheit von Skiary. Die Kollegen in Deutschland prüfen das gerade und analysieren die Spiele, die er im letzten Jahr geleitet hat, ob eines dabei war, das ihn in den Fokus eines Irren hätte rücken können. Anscheinend sind auch die Zeitungen in Deutschland voll von unserem Fall. Da leistet Rab MacAskill wohl ganze Arbeit. Bislang ist nichts aufgetaucht, was dafür spricht."

Robert erinnerte sich an Fußballspiele, bei denen er selbst nahe dran gewesen war, dem Schiedsrichter an die Gurgel zu gehen. Zumindest vom Fernsehsessel aus.

Hamish hatte seinen Kaffee ausgetrunken und überlegte, den Wasserkocher ein weiteres Mal anzuwerfen, bevor er und Wilma auf Tour zu den Waffenbesitzern gingen.

„Und was ist mit der DNA?", fragte Wilma Robert.

„Ich habe heute am frühen Morgen lange mit Janne Asikainen gesprochen. Sein endgültiger Bericht müsste demnächst eintreffen. Die DNA, die er über das Sperma im Magen des Opfers bekam, ist vom Magensaft zu sehr angegriffen und als Referenz leider unbrauchbar. Damit können wir also den Geschlechtsverkehr der beiden nicht nachweisen, wohl aber die Anwesenheit im Cottage. Man hat MacManus eine DNA-Probe abgenommen, sie wird gerade mit den Spuren am Tatort verglichen. Das Ergebnis müsste bald da sein“, erwiderte der DI, um anzufügen: „Da wir keine größere Menge Blut im Cottage gefunden haben, müssen wir davon ausgehen, dass das Opfer draußen erschossen wurde. Dann wurde er ins Wasser gezogen und die Flut hat den Körper mitgenommen. Was auch immer an Spuren dagewesen sein mag, Regen und Gezeiten haben die längst beseitigt. Da finden wir nichts mehr.“

Die drei schauten sich an. Ohne das Projektil oder gar die Waffe hatten sie keinen gesicherten Tatort.

„Dann müssen wir noch die Frage klären, ob der Täter sein Liebhaber, David MacManus, war oder ob noch eine dritte Person in Skiary anwesend war, von der das Pärchen nichts wusste“, sagte Robert abschließend. „Ihr erinnert euch an den Handkantenabdruck am Fenster. Allein die Anwesenheit von entweder MacManus oder einem Dritten wäre allerdings kein Beweis einer Schuld. Lediglich ein Indiz.“

Wilma verzog das Gesicht zu einem unglücklichen Grinsen. „Ist doch eine gruselige Vorstellung, oder nicht? Dass einer die beiden beobachtet hat, vielleicht sogar über mehrere Tage hinweg, um dann zuzuschlagen, als MacManus Skiary verlassen hat und der Deutsche ganz allein dort war.

Vielleicht sogar bei Nacht, wie ein Monster aus der Dunkelheit.“

„Huhuu!!“ Hamish imitierte ein Geistergeheul und zwinkerte Wilma zu. „Das Monster von Skiary!“

16.1.2022, 10 Uhr

Sonntagmorgen in Glenelg. Die „guten“ Menschen gingen in die Kirche, die gewöhnlichen schliefen lang und Menschen wie Donald Ingalls taten das, was sie an Wochentagen sonst auch taten. Wenn man in Rente und nicht gläubig war, verloren Sonntage ihre Bedeutung.

„Tee oder Kaffee?“

Er freute sich über Issys Besuch und kramte in der Küche zusammen, was er an kleinen Leckereien finden konnte. Was er fand, arrangiert er mit viel Hingabe auf einem geblümten Porzellan-Teller.

„Um diese Zeit gerne Kaffee“, lächelte Issy. „Es ist schon zehn Uhr und ich werde einfach nicht wach. Mit Milch, ohne Zucker.“

„Kommt sofort!“ Der Professor erwiderte ihr Lächeln. „Gehen Sie nur schon vor ins Wohnzimmer. Sie kennen den Weg. Und hier, den Teller können Sie gleich mitnehmen.“

Beglückt trug Issy den Teller voller Köstlichkeiten ins gemütliche Wohnzimmer. Sie hatte nicht gefrühstückt und schokoladengetränkte Brownies hatten eine unwiderstehliche Anziehungskraft auf sie.

Nein! rief sie sich still zur Ordnung und zog die Hand zurück. Erst wenn der Kaffee und der Professor da waren.

Sie stöberte durch die Bibliothek. Hier sollte man Urlaub machen, drei Wochen eingeschlossen mit all den wunderbaren Büchern, die die massiven Eichenregale füllten. Auf einer der oberen Buchreihen lag ein Mobiltelefon, ein älteres Modell, das in dem Moment gerade aufleuchtete, als Issy die Titel studierte. Es machte keinen Laut, der Professor hatte es wohl auf stumm gestellt. Unfreiwillig sah Issy ein Popup seiner Bank-App. Darunter waren zahllose Nachrichten auf dem Homescreen zu sehen, alles verpasste Anrufe von David MacManus. Was hatte das zu bedeuten?

Schnell setzte sie sich in den Sessel, als sie den Professor die Küche verlassen hörte. Sie wollte nicht beim Spionieren erwischt werden.

Dann schnappte sie sich Gebäck und Kaffee und erzählte dem Professor alles, was sie tags zuvor erlebt hatte: vom Joggen mit dem Detective Inspector, der Bootstour nach Skiary und der Festnahme von David MacManus. Den Part mit Rab ließ sie weg. Sie hatte sich inzwischen wieder abgeregt.

Dass der Professor ein guter Zuhörer war, wusste sie, seit sie ihn das erste Mal getroffen hatte. Nun aber steigerte er sich ins Perfektionistische und saugte jedes ihrer Worte auf, als hinge sein Leben davon ab. Er schien ein ausgeprägtes Interesse an der Festnahme von MacManus zu haben, weit über eine distanzierte Sicht hinaus. Vielmehr verhielt er sich, als hinge sein persönliches Glück von Verhaftung oder Freilassung des Verdächtigen ab. Was verband dic zwei? Sex? Issy bezweifelte das stark. Und wie passten die versäumten Anrufe ins Bild?

„Jedenfalls", schloss sie ihre Geschichte ab, „jedenfalls weiß jetzt jeder, dass MacManus und der Deutsche eine Affäre hatten und sich in Skiary ein kleines Liebesnest gebaut haben. Sein ganzes Leben lang hat er wider seinen Neigungen gelebt. Nun kennen alle die Wahrheit."

Kreidebleich stand der Professor aus seinem Sessel auf. „Schwul und jeder weiß es?“, wiederholte er. Sein Satz hatte mehr als nur ein Fragezeichen.

Plötzlich war Issy alles klar.

„Sie haben ihn erpresst!“, brach es aus ihr heraus. „Sie haben rausgefunden, dass er schwul ist, und Geld verlangt, damit Sie schweigen, nicht wahr?“

Der Professor blickte zu Boden und reagierte nicht.

„Wie haben Sie es herausgefunden? Sind Sie auch schwul?“

„Herrgott, nein! Ich habe die beiden gesehen.“, platzte es nun aus Ingalls heraus. „Zufällig. Sie waren in Fort William und haben sich geküsst. Ich habe ein Foto gemacht und dann …“

„Und dann haben sie David MacManus damit erpresst.“

Der Professor nickte bedächtig. „Mein Ziel war der Deutsche aufgrund der Tatsache, dass er ein gewisses Vermögen sein Eigen nennt. Das ist recherchierbar. Ich hingegen werde die Forderungen meiner Bank nicht erfüllen können, wenn ich keine zusätzliche Einkommensquelle eröffnen kann. Und wenn ich mit meinen Kreditzahlungen nicht hinterherkomme, verliere ich mein Wohneigentum und damit mein Auskommen, meinen Unterhalt. Die Hauspreise sind derart gestiegen, da finde ich nichts mehr zu einem Preis, den ich mir leisten kann. Außer vielleicht ein Zimmer zur Untermiete irgendwo. Das ist doch kein Leben in der Rente!“

Issy schaute den alten Mann entgeistert an. Er durfte über siebzig sein und sie war sich ziemlich sicher, dass er den Deutschen nicht getötet hatte. Wieso hätte er auch sollen?

Vom Deutschen und dessen schottischem Liebhaber wollte er Geld und nicht das Leben und sein Druckmittel, die Geheimhaltung ihrer Homosexualität, hatte sich gestern in Luft aufgelöst. Rab und die restliche Presse hatten berichtet. In Deutschland dürfte ein schwuler Schiedsrichter im Profifußball einige Beachtung finden, noch dazu, wenn er tot war, aber Geld, das konnte man nicht mehr von ihm erpressen.

„Bitte, Issy, verraten Sie mich nicht! Ich habe einen Fehler gemacht, aber ich habe niemandem geschadet. David hat mich nicht bezahlt. Er wollte, hat es aber nicht. Bitte!"

Issy nahm sich noch einen Brownie. Was waren schon Zucker und Kalorien im Vergleich mit Altersarmut und Gelegenheitskriminalität?

Donald Ingalls tat ihr leid.

„Keine Sorge. Ich werde Sie nicht verraten", versicherte sie ihm. Er hatte Tränen in den Augen, als er ihr dankte. Dieser Erpresser brauchte Sozialhilfe, keine Polizei.

16.1.2022, 11:30 Uhr

Es gab mehrere Textnachrichten von David MacManus an eine unbekannte Nummer und von dieser zurück an ihn. Wem diese Nummer gehörte, war nicht feststellbar, die SIM-Karte war ohne Namen registriert. Ein *Burner-Phone*. Was die Techniker aber mit Sicherheit sagen konnten, war, dass die Nachrichten an eine Person gingen, die im Umkreis von 10 Meilen von Glenelg ins Netz eingeloggt gewesen war. Aus den Inhalten ließ sich schließen, dass MacManus erpresst wurde. Zwanzigtausend Pfund forderte der Erpresser für sein Schweigen über die Homosexualität von MacManus und der war wohl darauf eingegangen.

Es machte nicht den Anschein, als wisse MacManus, um wen es sich bei dem Erpresser handelte, auch wenn es ihm bewusst war, dass es jemand von hier war, einer, mit dem er ganz normal umging, ohne zu wissen, was ihm der Erpresser im Hintergrund antat. Jemand, der verstand, wie toxisch das allgemeine Wissen um seine sexuelle Präferenz für den alleinstehenden Sportlehrer in seinem Alter wäre. Eine Generation jünger oder an einem anderen Ort als Arnisdale wäre die Lage eine andere. Als Lehrer wäre er am Ende und einen anderen Job würde er hier so schnell nicht finden. Der Erpresser hatte erkannt, dass MacManus ein existenzielles Problem hatte, wenn die Wahrheit ans Licht kam.

Vermutlich handelte es sich bei dem Erpresser um einen Mann über fünfzig, einer aus derselben Generation wie MacManus oder älter, jünger war dagegen eher unwahrscheinlich. Die Motivation konnten Habgier und Schwulenhass sein, denkbar waren auch Gier oder Geldnot. Letzteres traf hier wahrscheinlich auf ziemlich jeden Mann über fünfzig zu. Die Löhne waren niedrig, die Preise für Häuser, Nahrungsmittel und Kraftstoff vergleichsweise hoch. Das Leben in den Highlands war oft ein Leben am Minimum.

Robert beschloss, ein paar Kandidaten auf den Zahn zu fühlen und dann noch einmal zu versuchen, mehr aus seinem ehemaligen Sportlehrer herauszubekommen als bisher. Die Beweislage war dünn und er würde ihn nicht mehr lange in Untersuchungshaft lassen können, ohne neue Beweise zu bringen. Die Polizei konnte Verdächtige bis zu vierundzwanzig Stunden festhalten, bevor sie sie einer Straftat anklagte oder sie gehen lassen musste. Sie konnten beantragen, den Verdächtigen bis zu sechsunddreißig oder sogar sechsundneunzig Stunden festzuhalten, wenn er oder sie einer schweren Straftat, etwa des Mordes, verdächtigt wurde. Aber verdächtigte er MacManus wirklich noch als Mörder?

Was war, wenn MacManus tatsächlich nicht der Mörder war? Dann war noch jemand drittes in Skiary gewesen. Wie war er da hingekommen. Von den Kameras bekamen sie leider keine Informationen. Mit dem Auto? Taxis und Busse waren keine Option, eine Mitfahrgelegenheit zu einem derart abgelegenen Ziel war ebenfalls auszuschließen. Es blieben noch die Optionen *boat or boots,* per Boot oder zu Fuß, was beides um diese Jahreszeit möglich, aber unbequem war. Dass MacManus mit dem Boot in Skiary gewesen war, war unbestritten. War außer ihm noch jemand mit dem Boot dorthin unterwegs gewesen? Aber wie hätte er von den beiden Männern unbemerkt landen können? In einiger Entfernung?

Robert Campbell nickte bedächtig, weil er das untrügliche Gefühl hatte, dass er der Wahrheit auf der Spur war. Sollte es einen Dritten vor Ort gegeben haben, der den Mord verübt hatte, dann war der zu Fuß nach Skiary gelangt. Davon war Robert plötzlich überzeugt. Von Arnisdale waren das gut und gerne zehn bis fünfzehn Meilen, je nachdem, ob man entlang der Küste oder durch die Bergtäler wanderte. Und das Anfang Januar, wo nicht mehr als sieben Stunden Tageslicht zur Verfügung standen. Robert kannte den Weg noch aus seiner Jugend. Im Sommer war er ihn öfter gelaufen.

„Unwahrscheinlich, aber nicht unmöglich", brummte er in seinen Bart und nahm sich eine Zigarette. Hass war ein starker Antrieb, aber die Natur war hier vor allem im Winter ein unerbittlicher Gegner. Draußen vor der Tür genoss er die Zigarette in tiefen Zügen. Wenn einer nach Skiary gewandert war, dann war die Chance groß, dass irgendjemand ihn gesehen hatte.

Möglicher Erpresser, möglicher Täter, möglicher Zeuge – so sah sein Plan für den Tag aus, den er dank des Nikotins eben schnell und effizient entwickelt hatte, also Martin MacDougall, David MacManus und John MacRae, was einfach klang, aber ziemlich aufwändig wurde, denn geografisch waren die drei weit auseinander.

16.1.2022, Sonntag, 12 Uhr

Issy brauchte Zeit und Luft um die Nase. Was sie über den Professor herausgefunden hatte, machte sie sehr nachdenklich. Es war schlimm, wenn man im Alter so verzweifelt war, dass man kriminell wurde, um einigermaßen über die Runden zu kommen. Dass sie Robert Campbell nichts davon sagen würde, war klar. Deswegen musste sie keine inneren Kämpfe ausfechten. Für Issy stand eine übergeordnete Moral über dem Gesetz und als Mörder kam der alte Mann nicht infrage. Aber was war mit Rab? Was war mit der Presse? Durften die wissen, dass der Verdächtige Opfer einer Erpressung war?

Sie beschloss, sich die Brownies wieder von den Hüften zu laufen, und schnappte sich ihr Auto, ohne zuerst ins Haus zu gehen oder Rab guten Morgen zu sagen. Stattdessen fuhr sie nach Sandaig. Sie wollte den Ort, wo sie die Leiche gefunden hatte, erneut in Augenschein nehmen. Vielleicht würde ihr dann klarer, welche Rolle David MacManus in der ganzen Sache spielte und ob er wirklich der Mörder sein konnte.

Als sie an dem kleinen Parkstreifen oberhalb von Maxwells Bucht ankam, stand da bereits ein Auto, ein weißer Audi Q3 mit einem deutschen Kennzeichen. RW-XX 77.

RW?, überlegte Issy. Dann fiel es ihr ein: Rottweil. Klar. Rottweil im Schwarzwald. Was machte denn ein Schwarzwälder hier? Es war Januar und die Saison hatte noch nicht begonnen, schon gar nicht die internationale. Schottland hatte ja in der Pandemie kaum Besucher gehabt und noch waren sie nicht wieder so zahlreich zurück. Wer also war der Fremde?

Es gingen mehrere Wege von der kleinen Parkbucht ab, aber Issy war sich ziemlich sicher, dass der Schwarzwälder dasselbe Ziel hatte wie sie. Das hatten alle, die hier laufen gingen: Maxwells Bucht.

Frierend ging Issy im Nieselregen schnellen Schritts hinunter zur Bucht. Als sie das alte Holzgatter erreicht hatte, sah sie eine Gestalt am Gedenkstein von Gavin Maxwell stehen.

Eine Frau! Issy schüttelte den Kopf über sich selbst. Wieso hatte sie automatisch angenommen, dass es sich beim Fahrer eines Q3 um einen Mann handelte? Die Person war eleganter angezogen als üblich in der Gegend, die schicke schwarze Handtasche wirkte hoffnungslos deplatziert. Fellstiefel und -mütze ließen sie wie eine Polarforscherin aussehen, ein Eindruck, der durch Handtasche und Filzmantel Einbußen hinnehmen musste. Diese Frau war ein Hybrid zwischen Expedition ins ewige Eis und Modenschau in St. Moritz.

Eindeutig Schwarzwälder Establishment, dachte Issy und sagte laut: „Noch eine Deutsche! Hallo."

Ihr elegantes Gegenüber zuckte zusammen. Gedankenverloren hatte sie nicht bemerkt, wie Issy näher kam. Rote Ränder um die Augen zeugten von ein paar Tränen am Grab des Schriftstellers. Vielleicht ein eingefleischter Maxwell-Fan.

„Machen Sie hier Urlaub? Ich bin Isabel Hartmann. Issy."

Die Andeutung einer Ghettofaust schien ihr angesichts der Eleganz der Fremden nicht recht angebracht, deshalb beließ sie es bei einem japanisch angehauchten Nicken mit begleitend gefalteten Händen.

„Oh mein Gott. Sie sind das. Sie haben ihn gefunden, nicht wahr?“

Die Fremde sprach astreines Hochdeutsch, das perfekt zur Handtasche passte. Issy kam sich in ihren zusammengewürfelten Wanderklamotten ziemlich schäbig daneben vor.

„Ich bin Gabriele Freitag. Wir haben telefoniert. Sie waren es doch, die der Polizei geholfen hat, die Übersetzerin, oder?“

Issy gingen tausend Gedanken gleichzeitig durch den Kopf. Den wichtigsten formulierte sie laut als Frage.

„Und wieso kommt eine Uhrmacherin aus Schramberg den weiten Weg in die schottischen Highlands?“

Ein Anflug von Trotz wehte um Frau Freitags Nasenflügel. Dann überwog die Trauer, das enge Gefühl im Hals, das aus dem Bauch zu kommen schien, und dann folgte der Schmerz.

Issy beobachtete das alles mit großer Empathie.

„Sie hatten eine Beziehung mit ihm.“ Es war keine Frage.

Tränen wellten in den Augen der Uhrmacherin. Sie nickte verhalten.

„Soll ich Ihnen die Stelle zeigen …?“ Sie führte den Satz nicht zu Ende, weil sie nicht wusste, was sie sagen sollte. Sie wollte weder von Leiche noch von Opfer reden und den Toten beim Namen zu nennen, klang zu vertraulich. Sie hatte ihn ja nicht gekannt.

„Ja bitte", sagte die schmale Person vor ihr leise und Issy wies mit der Hand den Weg.

„Hier entlang, den Pfad zum Strand, es war gleich dort drüben."

16.1.2022, 16 Uhr

„Tee oder Kaffee?"

„Tee bitte", antwortete Gabriele Freitag und lächelte Issy dankbar an.

Nach einem sehr emotionalen Aufenthalt am Strand, in dem Issy das Erlebte anschaulich wiedergegeben und der Fremden Zeit und Raum eingeräumt hatte, das alles auch zu verarbeiten, hatten sich die beiden Frauen auf dem Weg zurück zu ihren Autos intensiv ausgetauscht. Zumindest soweit es ihre Atmung in Anbetracht der konstanten Steigung zugelassen hatte. Sie waren sich über dieses offene Gespräch über den Tod von Tom Uwe Thelenbach nähergekommen und saßen nun gemeinsam in Issys Küche und tranken Tee. Draußen hatte Regen eingesetzt. Das Geräusch an den Fensterscheiben machte die Teestunde umso gemütlicher.

„Du bist ganz allein hier?" Sie waren zum vertrauteren Du übergegangen.

„Ja und nein. Ich habe an dem Tag, an dem ich Tom gefunden habe, einen Mann kennengelernt. Er übernachtet gelegentlich hier. Ich würde nicht so weit gehen zu sagen, wir sind zusammen, aber wir haben eine Art Beziehung. Wahrscheinlich habe ich etwas Halt gebraucht, es war schon alles ein ziemlicher Schock."

Erst als Issy Gaby von Rab erzählte, wurde ihr die Natur ihres Verhältnisses erst so richtig klar. Manchmal musste man Dinge aussprechen, um sie zu sehen.

„Wohnt er auch hier in Glenelg?"

„Nein.“ Issy schüttelte den Kopf und schaute tief in die Teetasse. „Er wohnt auf der Isle of Skye, aber die letzten Tage war er ständig hier.“

Nun schaute Gaby tief in ihre Teetasse. „Wir wollen sie nah bei uns haben und wenn sie nah bei uns sind, dann brauchen wir wieder Abstand. Ich frage mich oft, warum das so ist. Vielleicht sind Männer und Frauen einfach nicht füreinander gemacht. Ich glaube, das ist auch der Grund, warum sich Tom nach Männern umgesehen hat. Weil er es einfach zunehmend schwierig fand, sich mit Frauen auseinanderzusetzen. Männerbeziehungen schienen ihm einfacher zu handhaben.“ Gaby sprach mit leiser Stimme.

„Du meinst, er wurde bisexuell, weil Frauen ihm zu anstrengend waren?“, fragte Issy erstaunt nach.

„Ja und nein. Dass er mit Männern ins Bett gegangen ist, war, glaube ich, hauptsächlich seiner sexuellen Neugier zuzuschreiben. Er wollte immer was Anderes, was Neues, er brauchte immer den Kick. Ich würde nicht sagen, dass er schwul war. Ich glaube noch nicht einmal, dass er richtig bi war. Mir schien es mehr eine Phase zu sein, denn obwohl er mit Männern schlief, hat er auch weiterhin mit mir geschlafen.“

Gabriele Freitag war froh, unter diesen außergewöhnlichen Umständen an diesem einsamen Ort eine Frau gefunden zu haben, die in all das verwickelt war und sie verstand. Eine, der sie nichts erklären musste und mit der sie ihre widersprüchlichen Emotionen teilen konnte. Weil Issy sich ihr gegenüber absolut geöffnet hatte, fiel es Gaby leicht, die Schranken niederzureißen, die sie anderen gegenüber hochzog. Die beiden Frauen fühlten eine Nähe, weil die andere die eigenen Gefühle kannte und teilte. Vertrauen wuchs mit ähnlichen Erfahrungen.

Für Issy war das Gespräch eine innere Reise, die Antworten auf viele Fragen brachte. Sie lernte den Mann kennen, dessen toten Körper sie in der Bucht gefunden hatte und der dennoch ambivalent und schwer einzuschätzen geblieben war, einfach, weil er so war. Gaby jedenfalls hatte ihn geliebt und gehasst zugleich.

Das war meilenweit entfernt von dem, was Issy für Rab empfand, der sie mal interessierte, mal nervte. Beides deutlich schwächere Gefühle als Liebe und Hass. Liebe und Hass gebaren Tod, ihre Gefühle nur lauwarmes Miteinander. Rab hatte ihr eine Nachricht dagelassen, eine Einladung zum Abendessen im Glenelg Inn für übermorgen Abend. Heute und morgen habe er andere Pläne, hieß es auf dem Zettel auf dem Küchentisch.

„Hast du Lust, zum Essen zu bleiben?"

„Wahnsinnig gerne. Danke. Ich bin froh, wenn ich nicht allein im Restaurant sitzen muss und angestarrt werde."

„Das habe ich mir gedacht", sagte Issy. „Hast du Lust auf Quiche mit Chorizo und roter Paprika? Ich habe gerade meine Quiche-Phase und kreiere immer neue Varianten."

„Das klingt fantastisch."

„Dann mach am besten schon mal den Grauburgunder auf. Damit machen wir es uns im Wohnzimmer gemütlich, während der Mürbeteig im Kühlschrank ruht."

Die erste Flasche war geleert, bevor die Quiche wunderbar duftend aus dem Ofen kam. Die zweite entkorkte Issy umgehend.

„Besser du lässt das Auto stehen und gehst später die paar Meter zum Hotel."

Gabriele lachte. „Fahren kann ich jetzt jedenfalls nicht mehr. Ich danke dir, Issy, für das Essen und deine Offenheit. Es tut gut, mit jemandem über Tom reden zu können."

„Vermisst du ihn sehr?"

„Ich weiß es nicht. Ich weiß es wirklich nicht. Er fehlt mir, aber er hat mich so oft schlecht behandelt. Manchmal war eine unfassbare Wut in mir, es gab Momente, da habe ich mir vorgestellt, wie es wäre, ihn umzubringen. Ganz ehrlich. Ich habe darüber nachgedacht. Nicht nur einmal."

„In diesen Gedanken, wie hättest du ihn getötet?"

„Ich hätte jemanden bezahlt, der das für mich erledigt", Gabys Stimme zitterte, als sie das sagt.

Ein Auftragskiller. Der Einfall war Issy bislang noch gar nicht gekommen. Unter diesem Gesichtspunkt waren alle Alibis null und nichtig. Auch wenn Gabriele nach Silvester in Deutschland gewesen war, wer sagte denn, dass sie niemanden bezahlt hatte, ihren Lover in Schottland zu erschießen?

Mit einem Ruck stellte sie ihr Glas auf den Tisch.

„Ich glaube, ich hab genug für heute."

Gaby exte ihres und stand auf. „Ich auch. Und keine Angst, ich habe keinen Killer beauftragt. Hätte ich das getan, dann wäre ich sicher nicht anschließend hierhergekommen."

Sie lächelte Issy zu und ging leicht schwankend zur Tür.

„Bis morgen?"

„Bis morgen!"

Mit diesem Versprechen umarmten sich die beiden Frauen und Gaby verschwand in die schottische Winternacht.

„Danke für die Taschenlampe."

Issy schloss die Tür und drehte den Schlüssel zweimal um. Sicher war sicher. Obwohl, was war hier schon sicher?

„Nicht viel, Isabel Hartmann, nicht viel."

Mit diesen weisen Worten zum Abschluss schlüpfte sie in ihren Pyjama und fiel wie ein Stein ins Bett, um in einen ebenso tiefen wie traumlosen Schlaf zu versinken, während draußen filmreif ein Käuzchen rief. Issy hörte nichts mehr.

16.1.2022, 12:30 Uhr

Selbst die Türglocke klang trostlos. DI Robert Campbell betrat den Laden. Keiner da. Dann, aus dem Hintergrund, eine dünne Stimme:

„Ich komme sofort!"

Robert war es nicht gewohnt, dass man ihn warten ließ, und antwortete mit befehlsgewohntem Bass:

„Polizei!"

Drei Sekunden später stand ein ebenso blasser wie aufgeregter Martin MacDougall vor ihm. Robert konnte sich des Eindrucks nicht erwehren, dass der ängstliche Mann vor ihm am liebsten die Handkante an die Stirn gelegt hätte, um zu salutieren. Stramm stand er schon. Der DI musste sich ein Lächeln verkneifen. Zum Mörder taugte der Ladenbesitzer nicht, aber als feigen Erpresser konnte er ihn sich durchaus vorstellen, zumal der Laden ganz offensichtlich nicht sonderlich gewinnträchtig lief.

„Ich bin DI Robert Campbell und ermittle im Mordfall des Deutschen Tom Uwe Thelenbach."

Campbell schaute sein Gegenüber mit aller Strenge an.

„Ihr Mobiltelefon!"

Der starke Arm des Gesetzes hielt die rechte Hand erwartungsvoll auf und MacDougall legte reflexhaft sein Telefon in die Hand des vor ihm stehenden Beamten, so als sei das völlig normal und bedürfe keiner weiteren Erklärung oder rechtlichen Grundlage.

Robert bewegte seine Hand nicht. Er starrte dem Ladenbesitzer streng in die Augen. Die Hand mit dem Telefon blieb weiterhin ausgestreckt.

„Entsperren!“

Martin MacDougall nahm sein Telefon vorsichtig wieder aus der Hand des Polizisten, tippte seinen PIN-Code ein und legte es zaghaft wieder zurück in die Handfläche des Beamten. Ohne ein Wort ging DI Robert Campbell sämtliche Nachrichten der letzten vier Wochen durch. Er fand ganze zehn Textnachrichten: vier Überweisungsbestätigungen an den Stromversorger, vier Überweisungsbestätigungen an den Großhändler und zwei Anfragen von Tante Mary zum Gesundheitszustand ihrer Schwester. Was für ein Leben. Nicht mal ein Weihnachts- oder Neujahrswunsch von irgendjemandem und definitiv keine Kommunikation mit David MacManus.

„Danke!“

Campbell verkniff sich ein Lächeln und ging so abrupt, wie er gekommen war. Draußen vor der Tür brach dann doch ein Grinsen frei.

„Geschmeidiger Auftritt, Campbell!“ sagte er halblaut zu sich selbst und lächelte zufrieden. „Geschmeidiger Auftritt.“

16.1.2022, 13:30 Uhr

Informationen aus David MacManus herauszubekommen, würde deutlich schwieriger werden. Die Bad-Cop-Nummer konnte DI Campbell bei seinem ehemaligen Sportlehrer nicht abziehen. Tief in Gedanken versunken machte er sich auf den Weg zur Polizeistation nach Kyle of Lochalsh. Die Sonne gab ein beeindruckendes Gastspiel, der Blick auf Meer und Berge am Aussichtspunkt war einzigartig. Robert gönnte sich die Zeit, kurz anzuhalten und einfach nur zu schauen. Sein Telefon schickte seine Blues-Playlist an das Entertainment System im Auto.

Big George and the Business spielten *Home of the Wolf*. Die E-Gitarre trug ihn bis hinunter nach Shiel Bridge. Robert dachte über eine Textzeile des Refrains nach: „*Innosence is never lost, just hiding out*“, die Unschuld verliert man niemals ganz, manchmal versteckt sie sich nur. David MacManus hatte protestiert und seine Unschuld beteuert. Hatte er sie verloren? Der Mann hatte es schwer genug, in einer Generation und Gegend aufzuwachsen, die *woke* zu sein erst noch ihren Jungen lernen musste. Nun stand er auch noch unter Mordverdacht und saß in Untersuchungshaft. MacManus‘ Ruf und wahrscheinlich auch seine berufliche Zukunft waren damit am Ende und er, Robert Campbell, trug Mitschuld daran.

Sollte sich herausstellen, dass sein ehemaliger Sportlehrer unschuldig war, dann würde er alle Energie aufwenden, ihn von jeglichem Verdachtsrest vollständig und nachhaltig reinzuwaschen. Die Enthüllung von MacManus’ sexueller Präferenz konnte Campbell natürlich nicht mehr rückgängig machen, aber wer weiß, vielleicht stellte es sich im schulischen Kontext und dem *Mindset* der jungen Generation sogar als ein Vorteil für einen Lehrer heraus, nicht angepasst zu sein.

Robert dachte an seine Exfrau. Ihr war es völlig egal, was andere über ihr neues Sexleben dachten. Lesbisch zu sein, war für Donna Marie eher eine Auszeichnung als ein Stigma und in dem Freundeskreis, in dem sie sich bewegte, war hetero eher die Ausnahme als die Regel. So prägt uns das Umfeld, in dem wir leben. Die Menschen machen uns mit ihren Erwartungen zu dem, was wir sind oder zu dem, was wir glauben, sein zu wollen. Je näher Robert seinem Ziel kam, desto philosophischer wurden seine Gedankengänge.

An der Haltebucht kurz vor Kyle of Lochalsh stoppte er den Wagen. Von hier hatte man einen weiten Blick auf die Insel Skye, die Brücke, die das schottische Festland mit ihr verband, und auf das Meer, das Insel und Festland trennte. Trennendes und Verbindendes lagen oft nah beieinander.

„Robert? Ist was passiert?“, fragte Donna Marie besorgt durchs Telefon.

„Nein, ich wollte nur deine Stimme hören und fragen, wie es dir geht.“

Robert hörte die Pause seiner Exfrau und all die Fragen, die in ihr mitschwangen.

„Mir geht es gut. Und dir? Alles okay bei dir?“

„Ja. Nein. Ich weiß nicht.“

Donna Marie kannte Robert zu gut, um seine Gedanken nach dieser wenig aussagekräftigen Antwort mit leichtfertigen Anmerkungen zu unterbrechen.

„Ich denke gerade über Gerechtigkeit nach und über Lebensentwürfe und warum unser Umfeld es uns so schwer macht, frei zu entscheiden, wen wir lieben wollen."

„Liebe ist keine Frage des Willens, Robert. Sie passiert und man kann sie nicht steuern, so gerne man das auch täte."

„Donna Marie, ich wollte dir eigentlich nur sagen, dass ich verstehe, warum du gegangen bist. Es ist okay für mich. Und es ist okay für mich, dass du jetzt mit einer Frau zusammenlebst. Wir zwei, wir haben als Paar nicht funktioniert, oder nur für eine Weile. Jetzt ist ein neuer Abschnitt und ich wünsche dir, dass du glücklich wirst. Ich war enttäuscht und ich war wütend, aber das ist vorbei. Verstehst du, was ich sagen will?"

„Ja, ich verstehe dich ganz genau, Robert Campbell. Und ich liebe dich immer noch, weißt du? Nur eben anders."

„Okay, Don, ich muss los."

„Pass auf dich auf, Robert!", lächelte Donna Marie am anderen Ende und beendete das Gespräch. „Pass auf dich auf!"

16.1.2022, 16:30 Uhr

Die Überprüfung der offiziell gemeldeten Waffenhalter, die als Täter infrage kamen, hatte nichts erbracht. Die Personen hatten entweder ein Alibi oder die Waffe war in einem viel zu schlechten Zustand, als dass sie noch ordentlich hätte abgefeuert werden können. Wilmas und Hamishs langwierige Suche brachte die Erkenntnis, dass es keine Erkenntnisse gab. Oder dass der Täter entweder weiter entfernt lebte oder keine legale Waffe besaß. Sie waren der Antwort noch nicht einen Schritt näher gekommen. Polizeiarbeit konnte manchmal sehr unbefriedigend sein.

„Wir müssen uns David MacManus noch einmal vorknöpfen. Mal sehen, was er zu der Waffe zu sagen hat. Ewig können wir ihn hier nicht mehr halten." Robert Campbell gab Wilma ein Zeichen, ihn zu begleiten. Als sie den Verhörraum betraten, blickte David MacManus ihnen gleichmütig entgegen. Er hatte den Habitus eines unschuldig Verfolgten, der ebenso geduldig wie leicht genervt darauf wartete, dass die anderen endlich ihren doch so offensichtlichen Irrtum bemerkten.

Wie abgesprochen übernahm auch dieses Mal Wilma die Gesprächsführung.

„Mr MacManus, haben Sie Ihrer letzten Aussage noch etwas hinzuzufügen? Sie haben ausgesagt, am Tatort gewesen zu sein und mit dem Opfer eine sexuelle Beziehung unterhalten zu haben. Sie wollen ihn am Tatort lebend zurückgelassen haben."

„Das ist korrekt."

„Sie besitzen keine Waffe und haben niemals eine besessen?“

„Auch das ist korrekt.“

„Wie erklären Sie sich den Tod von Herrn Thelenbach?“

Bei Wilmas Frage lehnte sich DI Campbell unwillkürlich weiter nach vorne und beobachtete jegliche Regung seines ehemaligen Sportlehrers. MacManus saß entspannt, die Gesichtsmuskeln locker, die Augen direkt auf Wilma gerichtet. Nichts deutete darauf hin, dass er log, als er sprach.

„Da war noch jemand. Inzwischen bin ich mir sicher. In Skiary hatte ich so ein Gefühl, beobachtet zu werden. Nicht immer, nur ein, zwei Mal. Ich habe aber niemanden gesehen. Vielleicht war es ein Schwulenhasser, der es nicht mit uns beiden aufnehmen wollte und dann gewartet hat, bis ich mit dem Boot weg war, bevor er Tom erschossen hat. Ich habe wohl Glück gehabt.“

Wilma lehnte sich in ihrem Stuhl zurück und schaute den Verdächtigen intensiv an. Sie war in ihrem Element, es war ihr Polizeirevier, ihr Verhörraum, ihr Verhör.

„Sie wollen allen Ernstes, dass wir glauben, dass ein Schwulenhasser zufällig in Skiary, am, Entschuldigung, Arsch der Welt vorbeigewandert ist, dort wohlgemerkt in Regen und Kälte tagelang rumgesessen und sie beobachtet hat, um dann schlussendlich einen von Ihnen zu erschießen? Ach ja, mit einer illegalen Waffe, die der Typ auch zufällig in seinen Rucksack gepackt hat, bevor er wandern ging?“

Wilma lachte trocken und höhnisch. Trotzig schaute MacManus zuerst die verhörende Polizistin und dann DI Campbell an.

„Ja, Robert. Das ist es genau, was ich sagen will, und du weißt ganz genau, dass das, so schräg es auch klingt, die plausibelste Lösung ist. Oder?“

Der Angesprochene stand auf, ohne die Frage zu beantworten.

„Wir lassen ihn fürs Erste gehen, Wilma. Es besteht weder Flucht- noch Verdunklungsgefahr.“

Wilma war sich da nicht so sicher, aber Robert war der Boss und sie hatte keine Lust, dieses Verhör unnötig in die Länge zu ziehen. Zuhause warten eine Familie und mit Glück ein warmes Abendessen. Aber wie wollte der Boss von hier aus weitermachen?

Robert räusperte sich: „Ich fahre nochmals nach Kinlochhourn und wenn ich auch nur den Hauch eines Beweises finde, dass Sie doch nicht so unschuldig sind, wie sie hier tun, werde ich mit meiner ganzen Härte über Sie hereinbrechen. Glauben Sie mir MacManus. Das wollen Sie nicht erleben.“

MacManus glaubte es ihm und schluckte. „Ich bin sauber, Robert. Wirklich. Ich war es nicht! Ich habe ihn nicht getötet!“

Robert war geneigt, ihm zu glauben, und so schräg die Theorie mit dem Wanderer auch war, unwahrscheinlich und unwahr waren zwei unterschiedliche Dinge. Er sah auf seine Uhr: 18:30 Uhr, für heute war es zu spät, die Fahrt nach Kinlochhourn noch anzutreten. Die Straßen sollten frei sein und er brauchte Tageslicht, um nach Skiary zu laufen. Er spürte sehr wohl den Druck, der inzwischen auf ihm lastete, den Fall so schnell es ging aufzuklären. Der Chief Inspector hatte das nach der Pressekonferenz unmissverständlich klar gemacht. So gern Pankaj auch öffentlich auftrat, so ungern sah er dabei schlecht aus und Robert ließ ihn derzeit nicht sonderlich gut aussehen. Trotz der in London maßgeschneiderten Anzüge.

Wenigstens hatten die Medien mit dem Druck etwas nachgelassen. Nur in Deutschland wurde über den Mord an dem Schiedsrichter breiter berichtet. Zumindest sagte das die Pressestelle, die alle Anfragen so professionell und nichtssagend wie möglich bearbeitete und genau wie sein Boss schnelle Ergebnisse wollte.

Die Erwartungshaltung anderer war nicht, was Robert je in Unruhe versetzt hätte. Dazu ruhte er zu sehr in sich selbst. In Glenelg warteten ein kühles Bier und ein warmes Speck-Hühnchen-Avocado-*Flatbread* mit Pommes auf ihn. Robert lächelte und steckte sich im Dienstwagen eine Zigarette an. Das Telefon spielte leise Joe Bonamassa und die Nacht nahm ihn auf wie einen lange vermissten Freund.

17.1.2022

Am Morgen fand sich Robert auf dem Weg nach Aberdeen statt nach Kinlochhourn. Beinah wäre er an der Tomdoun-Kreuzung in Richtung Tatort abgebogen, als ob der Ort eine unwiderstehliche Anziehungskraft auf ihn ausübte.

Die Forensiker hatten die gelbe Jacke untersucht, die sie in der Nähe von Skiary aus dem Wasser gefischt hatten. Auch andere Gegenstände, die bei der Suche aufgetaucht waren, waren nach Aberdeen zur Analyse gebracht worden. Robert wollte sie sich persönlich ansehen, vor Ort war das nicht möglich gewesen und sich nur per Mail informieren zu lassen, war ihm nicht genug. Die Ermittlung brauchte einen neuen Impuls, er kam gerade nicht weiter.

Als er den *Caledonian Canal* überquerte, tauchte die Morgensonne die Hauptstadt der Highlands in magisches Winterlicht. Inverness hatte im Vergleich zur Westküste deutlich mehr Sonnenstunden und vor allem eine geringere Regenmenge. Nichts in DI Campbells Gesichtszügen ließ darauf schließen, dass das Licht und die Wärme des klaren Morgens ihn glücklicher machten. Zu sehr kreisten seine Gedanken um die ungelösten Fragen des Falls. Was ihn glücklich gemacht hatte, waren ein Kaffee und eine warme *sausage roll*, eine heiße Blätterteigrolle mit Wurst darin, die es im Supermarkt in Drumnadrochit schon früh gab. Seine Rettung, denn er hatte das Hotel noch vor dem Frühstück verlassen.

Als Polizist war er nicht der Einzige, der früh unterwegs war, und als er um acht Uhr den kleinen Supermarkt betreten hatte, war der voller Bauarbeiter in orangefarbenen Sicherheitswesten, Handwerkern und anderen Männern gewesen, die auf dem Weg zur Arbeit waren. Gegen zehn würden dann die älteren Damen mit ihren handgezogenen Einkaufswägelchen den Laden füllen. Warum es wohl so wenig weibliche Handwerker und einkaufende männliche Senioren gab?

Nach Inverness waren die Straßen gut ausgebaut. Gelegenheit, seinen Gedanken Raum zu geben. Es würde den Ermittlungen enorm weiterhelfen, wenn die Spurensuche die Waffe oder das Projektil finden würde. Man hätte weitere Indizien oder könnte zumindest Rückschlüsse auf den Besitzer ziehen. So leicht war es schließlich nicht, in Schottland anonym an eine Waffe zu kommen.

MacManus hielt der DI nicht für den Täter. Auf den ersten Blick sah alles nach einer Tat im Affekt aus und MacManus war ein zurückhaltender, wohlüberlegter Mann. Obwohl jeder Mensch zu einer emotionalen Affekthandlung imstande war, sein ehemaliger Sportlehrer war kein wahrscheinlicher Kandidat.

Was gegen eine Tat im Affekt und für Vorsatz sprach, war die Waffe, die der Mörder mit nach Skiary genommen hatte. Im Affekt tötete man eher mit einem herumliegenden Messer oder einem Beil. Eine Schusswaffe wählte man gezielt aus. Man packte Munition ein. Man lud die Waffe. Auch da schien MacManus ein unwahrscheinlicher Kandidat. Er war zudem nicht als Waffenbesitzer gemeldet.

Würde jemand eine Waffe samt Munition mit ins Liebesnest nehmen? Zur Selbstverteidigung? Aus Misstrauen, auf wen man sich da einlassen würde? Unwahrscheinlich, denn in einem Szenario wie Skiary konnte eine Waffe auch immer gegen einen selbst verwendet werden. Man konnte sie nicht wegschließen, nur verbergen.

David MacManus hatte den Schiedsrichter per Zufall kennengelernt, sich mit ihm in Skiary verabredet und dort ein paar gemeinsame Tage mit ihm verbracht. Hätte er ihn ermordet, er hätte im Cottage alle Spuren beseitigt und die Fotos auf seinem Handy gelöscht. Er hätte nichts übriggelassen, was ihn im Zweifelsfall verraten könnte. So dumm war David MacManus nicht.

So schräg es klang, die Theorie des Fremden mit der Waffe, der willkürlich tötete, war tatsächlich die wahrscheinlichste. Diesen Fremden zu finden, ging nur über forensische Spuren. Vielleicht machte Robert in Aberdeen einen wichtigen Schritt in die entscheidende Richtung. Das hing ganz von den Kollegen ab.

Viereinhalb Stunden brauchte er von Glenelg nach Aberdeen ins Labor. Dort sah er sich eine wasserdichte gelbe Jacke, die Überreste einer Wollmütze, einen abgelaufenen linken Turnschuh und einen Berg Müll an.

Die Kollegen hatten den Strand von Skiary methodisch durchkämmt und alles mitgenommen, was ihnen verdächtig erschienen war. Leider wurden weder ein Projektil noch eine Waffe gefunden. Wenn der Mörder die entsorgt hatte, dann weiter draußen auf dem Wasser. Im Meer war sie unauffindbar. Robert war gekommen, um eine wichtige Frage zu lösen: Was war Müll und was Beweisstücke in dem Sammelsurium von Funden?

Nach einer Stunde war DI Robert Campbell vor allem eines klar: Es musste mehr für den Schutz der Meere und die der Sauberkeit der Strände getan werden. Er nahm sich vor, noch intensiver als ohnehin schon darauf zu achten was er kaufte, ob er es wirklich brauchte und wie er es sinnvoll wieder entsorgte.

Leider hatte ihn der weite Trip nach Aberdeen nicht weitergebracht. Die gelbe Jacke war weder dem Toten noch einem möglichen Täter zuzuordnen. Sie hatte nicht allzu lange im Wasser gelegen, es waren keine DNA-Spuren darauf zu finden gewesen und auch sonst keine Hinweise in den Taschen. Dasgleiche Bild auch bei dem Turnschuh. Sollten sie einen Mann ohne Jacke und mit nur einem Turnschuh festnehmen, dann sähe die Beweislage allerdings wieder anders aus.

Der Gedanke entlockte Campbell ein Lächeln. Sein Magen knurrte und er war hungrig. Er bedankte sich, bat um die schriftliche Zusendung der Untersuchungsergebnisse und verabschiedete sich. Um die Ecke war die Bluebird Fishbar, erinnerte er sich. Es war kurz nach vierzehn Uhr, die perfekte Zeit für *Fish & Chips*. Leider gab es weit und breit keine Bank, Mauer oder sonst was, auf das man sich hätte setzen und essen könnte. Aberdeen war grau, laut und abweisend. Also ging er das kleine Stück zurück zum Auto und aß dort. Der Geruch nach Panade, Frittenfett und Essig begleitete ihn den Rest des Tages und war auch durch mehrfaches Schocklüften während der Fahrt nicht zu beseitigen.

Der Schiedsrichter war mit einer Tasche nach Skiary gekommen. Man hatte vor Ort nichts gefunden. Also musste der Täter die Sachen entsorgt haben. Vermutlich im Meer. War er dann auch übers Wasser gekommen? Hätte das Opfer das nicht bemerkt und wäre vorsichtig gewesen? Einem Fremden, der in der Einsamkeit auftaucht, drehte man doch nicht den Rücken zu. Es sei denn, der Fremde zwang einen mit vorgehaltener Waffe.

Dieses Bild ließ Robert nicht mehr los. Hatte der Täter das Opfer gezwungen, sich auszuziehen und ins Meer zu laufen, um ihn dann von hinten zu erschießen? Schlau. So hinterließ man so gut wie keine Spuren, weder an der Leiche noch am Tatort, das Meer übernahm die Arbeit. Wäre Tom Uwe Thelenbachs Körper nicht am Strand von Sandaig angespült worden, das Verbrechen wäre wohl lange unentdeckt geblieben.

Robert hatte auf dem Rückweg noch in seiner Wohnung in Inverness nach dem Rechten gesehen und etwas frische Wäsche mitgenommen. Im Kühlschrank waren Lebensmittel, die er entweder essen oder entsorgen musste. Allerdings hatte die Wohnung auch Kühlschranktemperatur und war wenig einladend, dort Zeit zu verbringen.

Wenig später saß er dennoch in der Küche und aß Spiegeleier, Speck, Tomaten und zum Nachtisch drei Scheiben Früchtekuchen mit Butter. Neben ihm feuerte der Heizlüfter einen Schwall heiße Luft über ihn. Dann wusch er das Geschirr ordentlich ab, vergewisserte sich, das Herd und Heizlüfter ausgeschaltet waren und machte sich wieder auf den Weg nach Glenelg.

Dort angekommen nahm er sich ein Bier mit aufs Zimmer, legte sich ins Bett und schaltete für eine Weile den Fernseher an. Robert starrte zum Fenster in die kalte und klare Winternacht hinaus. Ein Marder schlich mit schnellen Schritten übers Dach. Campbell fühlte sich wie ein Fremder in der alten Heimat. Langsam überkam ihn die Müdigkeit. Er drehte sich zur Seite und hoffte auf einen traumlosen Schlaf.

18.1.2022, 8:30 Uhr

DI Robert Campbell trat genau in dem Moment aus der Tür, als der erste Hauch der Morgensonne die Berge im Osten in ein unwirkliches Pink tauchte. Robert mochte kein Pink und war auch nicht sonderlich romantisch veranlagt, weshalb er weniger über Schönheit als darüber nachdachte, ob die Straßen frei sein würden. Es wehte ein eiskalter Wind und der Bordcomputer im Dienstwagen zeigt minus ein Grad Celsius Außentemperatur an. Das frostige Gras glitzerte weiß im Lichtkegel der Scheinwerfer.

Bis der Wagen warm war, dauerte es eine Weile, wenigstens roch es nicht mehr nach Essig. Die Straße war gestreut, aber Robert traute dem Frieden nicht. Er kannte die Landstraßen der Gegend gut, vereiste Flächen und Rotwild tauchten dort im Winter aus dem Nichts auf und so hatte die Fahrt wenig Entspannendes. Streckenweise, dort wo es Radioempfang gab, hörte er *BBC Radio Scotland.* Sein Fall war Thema im Morgenprogramm und wurde intensiv diskutiert. Die zugeschaltete Expertin war eine Kollegin der Presseabteilung. Ihr professionelles Ausweichen der zahlreichen Fragen der Moderatorin nötigt Robert Respekt ab. Er zog den imaginären Hut und fuhr mit einem Lächeln im Gesicht der Sonne entgegen. Wenigstens hatte er diesen Morgen Zeit für ein Frühstück gehabt.

Auch wenn ihn dieser Mord nervte, weil die Aufklärung nicht voranging, er brachte ihn doch zurück in die Heimat und die schönsten Ecken Schottlands. Sonst passierten Morde in Drumchapel in Glasgow oder Muirhouse in Edinburgh. Gegenden, die man in einer politisch korrekten Welt nicht mehr als Ghettos bezeichnete. Das Elend aber zeichnete sie nach wie vor aus: Stadtteile voller Drogen, Jugendkriminalität und Gewalt. Wer würde nicht lieber hier in den Highlands arbeiten als in diesen Elendsvierteln der schottischen Großstädte? Selbst das Sterben schien ihm hier weniger jämmerlich zu sein als in den vollgepissten Unterführungen der Sozialwohnungswüsten des schottischen Südens.

Der Gedanke an den eigenen Tod kam unweigerlich. Was wäre, wenn jeder von uns wüsste, wo er sterben wird? Die meisten werden wohl medizinische Geräte und eine schäbig weiße Krankenhausdecke sehen. Wie viel besser waren da Meer, Himmel und Berge – ein Tod in den Highlands.

DI Robert Campbell hatte die letzten Meilen vor Kinlochhourn vor sich und die Straße glich einer Achterbahnfahrt. Mehrfach hatte er das Gefühl, vom Heck des eigenen Wagens überholt zu werden. Er rutschte die steile und enge Abfahrt mehr, als dass er sie fuhr. Die Konzentration, die er aufwenden musste, um heil an der Croft von John MacRae anzukommen, vertrieb die trüben Gedanken und als er unten angekommen war, hätte er am liebsten drei Kreuzzeichen gemacht. Das hatte seine katholische Mutter oft getan. Robert aber war überzeugter Atheist und machte seine Kreuzzeichen ausschließlich innerlich.

18.1.2022, 10:30 Uhr

Die Croft sah noch genauso heruntergekommen und dreckig aus wie bei seinem ersten Besuch. Der Border Collie bellte sich wieder die Kehle wund, als er den Polizisten kommen sah. John MacRae fütterte gerade die Schweine und trug exakt dieselben Kleidungsstücke wie vor einer Woche. Robert glaubte zu riechen, dass er sie zwischenzeitlich nicht gewechselt hatte.

„Sie schon wieder! Was wollen Sie?“, motzte der Crofter.

„Guten Morgen, John. Wie geht es Ihnen heute? Ist Ihre Frau wieder zurück, oder sind sie immer noch allein mit all der Arbeit?“

MacRaes Blick machte klar, wie erbärmlich er Roberts Versuch fand, Smalltalk zu bestreiten.

Er brummte etwas Unverständliches und kratzte sich im Schritt. Im Hintergrund kläffte der Collie in irrem Stakkato seine Wut in die Welt.

„Halt‘s Maul!“, brüllte MacRae den Hund an und der verlegte sich auf ein Knurren, das deutlich gefährlicher klang als sein Bellen. Läge der Collie nicht an der Kette, Robert hätte sich spätestens jetzt Sorgen gemacht.

„Was wollen Sie schon wieder?“

Schon wieder? Ich war vor einer Woche hier, dachte Robert. Der Typ sieht tagein, tagaus nichts anderes als seine Hunde, Schweine und restlichen Viecher, dann kommt endlich mal jemand vorbei und schon fühlt er sich von Fremden umzingelt. Dabei bin ich kein Fremder. Ich bin schließlich in Arnisdale aufgewachsen. Um die Ecke. Der Crofter dürfte ungefähr mein Alter haben, aber wenn er hier in Kinlochhourn groß geworden ist, dann ist er in eine andere Schule gegangen als ich.

Kinlochhourn gehörte zu Lochaber, nicht Lochalsh, man tendierte in eine andere Richtung, nach Invergarry und nicht nach Kyle. Er konnte sich jedenfalls nicht entsinnen, MacRae je getroffen zu haben.

Robert wurde das dumpfe Gefühl nicht los, dass die Crofter hier am Ende der Straße nie in irgendeine andere Richtung geschaut hatten als auf die eigene Croft und das Land, das zu ihr gehörte.

„Ich schon wieder", wiederholte Robert mit mehr Sarkasmus, als er beabsichtigt hatte.

Im Stall brüllte eine Kuh, vielleicht war es auch der Stier. Mehrere Hühner gackerten um den DI herum. Er war froh über seine Gummistiefel in all dem Dreck hier.

„Auf Sie sind zwei Waffen registriert, John. Darf ich die bitte mal sehen?"

John MacRaes Augen verengten sich zu herzlosen Schlitzen. Mit einer Kopfbewegung forderte er Robert auf, ihm zu folgen. Ihre Gummistiefel schmatzen im Matsch, als sie durch nasse Erde und Exkremente Richtung Stall wateten. Robert versuchte vergeblich, beim Gehen nichts auf seine Kleidung zu spritzen. Er würde elendig stinken im Auto auf dem Weg zurück.

Der Crofter führte ihn zwischen Skeletten ehemaliger Landmaschinen hindurch zu einem rostigen grauen Spind neben der Stalltür, fischte einen Schlüssel aus der Hosentasche und schloss auf. Dann trat er zurück, um dem

Polizisten Einblick in seinen Waffenschrank zu gewähren: zwei Schrotflinten und ein Bolzenschussgerät, Munition, alles sauber und ordentlich verstaut und ganz offensichtlich gut gepflegt. Im Gegensatz zum Rest der Croft hielt John MacRae seinen Waffenschrank mehr als nur in Ordnung. Dass er für die Waffen die nötigen Papiere hatte, hatte Hamish bereits anhand der Datenbank überprüft. Von einem Gewehr, wie ein solches, mit dem der Deutsche umgebracht worden war, keine Spur.

„Kein Gewehr?"

„Wozu brauche ich ein Gewehr, wenn ich zwei Schrotflinten habe?", blaffte MacRae. Eine Frage, auf die auch Robert keine Antwort hatte. Munition für ein Gewehr konnte er auch nicht entdecken. Er musterte den Crofter intensiv. Natürlich hätte der ein illegales Gewehr haben und es nach der Tat entsorgt haben können. Für eine illegale Waffe aber musste man in die größeren Städte, also nach Glasgow, Edinburgh oder Aberdeen.

„Beschäftigen Sie auch Croftarbeiter?"

„Nicht um diese Jahreszeit. Wenn die Lämmer kommen, im Frühjahr, kommen ein paar Polen. Kamen. Seit dem Brexit sind die weg."

Robert konnte sich nicht vorstellen, dass diese heruntergekommene Croft genug abwarf, um Arbeitern auch nur annähernd den Mindestlohn zu zahlen. Überall lagen oder standen alte Maschinen herum, zum Teil abenteuerlich geflickt. Selbst das Vieh sah elend aus, was aber auch am Wetter liegen konnte. Nieselregen, Kälte und wenig Licht waren eine Kombination, die nur bedingt Lebensfreude aufkommen ließ.

Robert zündete sich eine Zigarette an. Das war im Dienst im Gespräch mit Zeugen eigentlich nicht gestattet, aber er hatte die Erfahrung gemacht, dass die meisten Menschen darauf mit Entspannung und Vertrauen reagierten. Ein rauchender Polizeibeamter vermittelte einen gemütlichen und harmlosen Eindruck. Man wähnte sich sicher. Man plauderte ja nur.

„Haben Sie rund um Weihnachten und *Hogmanay* Fremde gesehen? Wanderer vielleicht? Tagesausflügler? Irgendjemand. Wenn hier ein Auto die Straße runterkommt und anhält, dann sehen Sie das doch. Vielleicht nicht während der Touristensaison, aber im Dezember und Januar doch ganz sicher."

John MacRae überlegte: „Außer dem BMW?"

„Was wissen Sie über den BMW?"

„Der kam am Tag vor *Hogmanay* und ein Mann ist ausgestiegen mit einem Rucksack und einer großen Sporttasche. Hier ist noch nie einer mit einer Sporttasche wandern gegangen. Das war so um die Mittagszeit. Das war das einzige Mal, dass ich ihn gesehen habe. War das der Tote? Der BMW stand ein paar Tage da, da bin ich mir sicher. Wann er genau verschwunden ist, kann ich nicht mehr sagen, vielleicht am dritten oder vierten Januar."

„Haben Sie jemanden mit dem BMW wegfahren sehen?"

Der Crofter schüttelte den Kopf. „Nein, der war eines Morgens einfach weg. Ich habe nichts gesehen und nichts gehört."

Robert nickte. Sollte seine Theorie stimmen, dass es sich bei dem Mord um eine Tat im Affekt und um eine zufällige

Täter-Opfer-Konstellation handelte, dann hätte der Täter das Auto finden und entsorgen müssen. Es war der einzige Weg nach Skiary und der einzige Ort, einen Wagen abzustellen. Und war er dann in Glasgow geblieben? War er gar von dort gekommen? Und wenn ja, wie?

MacRae hatte die Möglichkeit und die Mittel, Waffen gab es offenbar genug im Besitz, aber kein Motiv. Und ehrlich gesagt hielt Robert den Crofter weder für schlau genug, den BMW in Glasgow zu entsorgen, noch für verschlagen genug, ihm ins Gesicht zu lügen.

Sonst gab es niemanden hier, die Frau war abwesend und die Eigentümer von Skiary in England. Sie hatten ein Alibi. Das hatten die Kollegen überprüft. Das Motiv konnte also nicht in Skiary liegen. Es musste im Leben des Deutschen, zum Beispiel seiner sexuellen Orientierung, oder in der Motivation des Täters liegen.

Welche Rolle spielte Skiary?

Ob er nochmals zum Cottage gehen und sich umsehen sollte? Der Eisregen wurde stärker und die Aussicht auf eine Wanderung entlang des felsigen Küstenpfads schien ihm nicht nur wenig attraktiv, sondern eindeutig zu gefährlich.

„Wir müssen Ihre Aussage zu Protokoll nehmen, MacRae. Ich kann Sie jetzt gleich mitnehmen oder Sie kommen spätestens morgen früh selbst nach Glenelg."

Der Crofter dachte kurz nach.

„Und wie komme ich dann wieder zurück?"

„Da finden wir jemanden. Zur Not bekommen Sie ein Taxi." Robert schaute auf sein Handy.

„Es ist elf Uhr. Mit ein bisschen Glück sind Sie vor Sonnenuntergang wieder zurück."

„Ich muss die Tiere füttern und kann nicht ewig wegbleiben, aber meinetwegen", sagt John MacRae. „Meinetwegen!"

17.1.2022, 5 Uhr

Als Issys Wecker um fünf Uhr in der Früh klingelte, verfluchte sie die Idee, die sie tags zuvor gemeinsam mit Gaby geboren hatte. Gaby würde sie auf dem Weg zurück nach Deutschland in Kinlochhourn absetzen und Issy würde von dort zurück nach Glenelg wandern. Wenn sie bei Sonnenaufgang losging, wäre sie vor Sonnenuntergang längst wieder zurück in der Zivilisation. Issy erlief sich gerne Dinge und erhoffte sich von der Tour einen weiteren Schritt Richtung Lösung des Rätsels.

Sie hätte den Rucksack gestern fertig packen sollen. Jetzt musste sie, müde wie sie war, die Sandwiches schmieren. Unter heftigem Gähnen gab sie den Kaffee in die Thermoskanne. Ein Apfel, zwei Müsliriegel und etwas Schokolade komplettierten die Grundversorgung. Spontan steckte sie auch noch das übrig gebliebene Viertel Quiche von gestern ein, das verloren im Kühlschrank lag. Sie mochte Quiche kalt fast noch lieber als warm.

Mit einer großen Tasse Kaffee in der Hand ging Issy zurück ins Schlafzimmer, um sich anzuziehen. Der Boden fühlte sich kalt an unter ihren dicken Wollsocken. Den Gürtel des Plüsch-Bademantels hatte sie so fest zugezogen gegen die Kälte, dass sie ihn beinahe nicht wieder gelöst bekam. Das Haus war schlecht isoliert und sie hätte die ganze Nacht durchheizen müssen, um das Zimmer warm genug zu haben, sich zu dieser frühen Stunde gerne auszuziehen. Am liebsten wäre sie wieder zurück ins warme Bett gekrochen.

Stattdessen nahm sie einen großen Schluck heißen Kaffee und ließ die Hüllen fallen, um sich so schnell es ging mit warmer Funktionsunterwäsche, einer Lage Fleece und dann einer wasserfesten Außenschicht auszustatten. Langsam wurde es ihr wärmer. Issy streifte ein weiteres Paar Socken über und schlüpfte in die klobigen Bergschuhe, die sie ein kleines Vermögen gekostet hatten, dafür aber wasserdicht und relativ leicht waren.

In Gedanken ging sie die Notausrüstung durch, die sie in den Rucksack gepackt hatte, obwohl sie keinen Berg erklimmen wollte. Vielmehr würde sie einige Täler durchwandern, bis sie wieder Glenelg erreichte. Elf Meilen durch die Einsamkeit der schottischen Highlands.

Notausrüstung machte dennoch Sinn, ging sie verloren, konnte sie nicht damit rechnen, innerhalb weniger Stunden gefunden zu werden. Dazu war diese Gegend viel zu einsam und unzugänglich. Mit Taschenmesser, Taschenlampe, Kältedecke, Regenschutz und Feuerzeug konnte man eine Winternacht allein da draußen überleben. Ohne? Ohne sah das schon ganz anders aus. Issy jedenfalls nahm die Warnungen der Bergwacht und der *Scottish Rights of Way Society*, der Gesellschaft für schottisches Wegerecht, die für die Wanderschilder sorgte, sehr ernst.

Zum Schluss packte sie noch eine Karte in das durchsichtige Fach ihres Rucksacks. Die Gefahr, ohne Handy auskommen zu müssen, weil in der Kälte der Akku aufgab, war groß. Sie würde es am Körper tragen und ausgeschaltet lassen. Viel nützen würde es ihr ohnehin nicht. Auf der gesamten Strecke durfte es so gut wie kein Netz geben. Fertig waren die Vorbereitungen.

Es war noch immer stockdunkle Nacht, als Issy aus er Tür trat. Die Luft roch intensiv nach Salz und Seetang. Es musste Ebbe sein, zu sehen war davon jedoch nichts. Kein Mond erhellte den Nachthimmel, die Wolkendecke dicht wie

Watte. Bald sollte es aufklaren und den ganzen Tag trocken bleiben. Perfekte Bedingungen für eine Winterwanderung. Für die kurze Strecke zum Hotel brauchte sie keine fünf Minuten. Als sie ankam, wuchtete Gaby auf dem Parkplatz gerade ihr Gepäck in den Kofferraum des Q3.

„Guten Morgen. Hast du gut geschlafen?", wollte Issy wissen.

„Danke. Bestens. Du auch?"

Issy nickte nur und legte ihren Rucksack neben Gabys Koffer. Sie schälte sich aus Jacke, Mütze und Handschuhen und warf alles obendrauf. Der Kofferraum war geräumig.

„*Ready*?"

„*Ready*", bestätigte Gaby und stieg ein. „Ich habe gestern bereits ausgecheckt. Wir können gleich fahren."

„Hattest du kein Frühstück?" Issy hatte noch schnell ein paar *Bran Flakes* verdrückt, bevor sie aus dem Haus gegangen war.

„Nein, das ist viel zu früh für mich. Ich hole mir unterwegs etwas. In Fort William wahrscheinlich."

Issy tat sich spontan beinahe selbst leid. Aber der Gedanke an Sandwiches in der grandiosen Natur rund um Loch Hourn tröstete sie über den Latte bei Costa Coffee hinweg, dem Gaby entgegenfuhr. Um die Fahrt nach Deutschland beneidete sie Gaby allerdings nicht. Im Moment zog sie nichts zurück in die Heimat.

Issy war so tief in ihre Gedanken versunken, dass sie es gar nicht bemerkte, wie sie langsam auf dem Beifahrersitz einschlief. Gaby weckte sie erst auf, als sie wenige Kilometer von der Croft der MacRaes am Ende des Meeresarms entfernt waren. Der Himmel kündigte mit einem schmalen rosa Band den bevorstehenden Sonnenaufgang an.

Mit einer herzlichen Umarmung und dem Versprechen, sich in Deutschland auf mindestens einen Kaffee zu treffen, verabschiedete sich Gaby von Issy und machte sich auf den Weg gen Süden. Issy schüttelte die Müdigkeit aus den Gliedern und hielt kurz inne. Hinter ihr lag die Croft der MacRaes im Halbdunkel, nichts rührte sich. Ein Schild wies den Weg nach Glenelg. Spontan entschied sich Issy für einen Abstecher nach Skiary. Vielleicht, wenn sie sich noch einmal umsah, vielleicht fand sie einen Hinweis auf den Mörder des deutschen Schiedsrichters. Vielleicht gab es irgendwas, das sie und die Polizei übersehen hatten, irgendein winziges Detail.

Statt sich rechts zu halten, ging sie geradeaus weiter in Richtung Küstenpfad. Die Sonne schickte die ersten Strahlen des Tages über das Wasser, um die Schatten der Nacht endgültig zu vertreiben. Issys schmale Gestalt wirkte verloren in der wilden Weite der Knoydart Berge.

17.1.2022, 9 Uhr

Ein paar vereinzelte Wolkenfetzen schoben sich am klaren Himmel vor die Wintersonne. Es war still in Skiary, nur ein einsamer Kuckuck rief aus den Bäumen. Der Pfad glich einer Schlammpackung und der kalte Wind trug den satten Geruch feuchter Erde. Issy musste sich so sehr darauf konzentrieren, wohin sie ihre Schritte setzte, dass sie die Gestalt neben dem Cottage in Skiary erst entdeckte, als sie ihr fast gegenüberstand. Die Frau sah ihr mit dem Anflug eines Lächelns entgegen.

„Guten Morgen. Was treibt Sie zu dieser frühen Stunde hierher?“

Die Stimme der Fremden war überraschend tief. Sie trug Funktionskleidung wie Issy, aber im Gegensatz zu ihrem farbenfrohen Ensemble aus Gelb, Blau und Orange war die Frau im Camouflage-Look unterwegs und wirkte wie ein Soldat, der sich von der Truppe entfernt hatte. Ihre Haare steckten unter einer dicken Strickmütze, nur eine dünne braune Strähne lugt hinter ihrem rechten Ohr hervor. Sie strich sie irritiert zurück und blickte Issy direkt in die Augen.

„Eine Freundin hat mich abgesetzt. Ich wollte von Kinlochhourn zurück nach Glenelg laufen.“

„Da sind Sie falsch abgebogen“, sagte die tiefe Stimme, die ein Hauch von Heiserkeit umspielte.

„Keine Sorge, ich weiß. Ich wollte nur noch mal in Skiary vorbeischauen, bevor ich mich auf den Weg mache“, erwiderte Issy.

„Ah, Sie sind die Deutsche, die die Leiche gefunden hat.“

„Ja", bestätigte Issy. „Und wer sind Sie?"

„Ich bin Fanny MacRae. Die Croft hier am Ende der Straße."

Die Frau mit der dunklen Stimme sah nicht so aus, wie sich Issy eine schottische Bauersfrau vorgestellt hatte. Sie wirkte durchtrainiert und muskulös und ihre Haltung war sehr gerade, grau-blaue Augen, denen nichts zu entgehen schien, spiegelten die Farben der Umgebung.

Landwirtschaft scheint ein perfektes Workout zu sein, dachte Issy und zog unwillkürlich die Schultern straff, um mehr Haltung anzunehmen.

„Und was treibt Sie zu dieser frühen Stunde hierher?" wollte sie von der fremden Frau wissen. Ihre Frage war ein bewusstes Echo der Einstiegsfrage Fanny MacRaes.

Ein kühler Blick und ein leichtes Schulterzucken. „Skiary hat seit Generationen meiner Familie gehört."

„Oh, ich dachte es gehört einem englischen Ehepaar. Zumindest war das so in der Zeitung zu lesen."

Fanny MacRae nickte nur, statt zu antworten.

„Sind Sie hier aufgewachsen?"

Mrs MacRae blickte aufs Meer hinaus. „Ja. In diesem Haus. Mit diesen Bergen. Hier am Meer. Skiary ist meine Heimat."

„Sind sie allein?" Unsicher blickte Issy sich um. Erst jetzt fiel ihr auf, dass die Frau ein Gewehr umgehängt hatte. Offensichtlich machte sie keinen Spaziergang in die Vergangenheit, Fanny MacRae war auf der Jagd und machte keine Anstalten, ihre Frage zu beantworten.

Eine leise Angst kroch Issy kalt den Nacken hinauf. Sie war allein mit dieser Frau, die daherkam wie ein Soldat, mit einem Gewehr und Augen, die nichts zu rühren schien.

„Und Ihre Familie?“, fragte Issy leise, nicht, weil sie an der Antwort interessiert war, sondern weil sie spürte, wie die Situation ihr immer mehr entglitt und ihre Angst größer und größer wurde.

„Meine Familie ist schon lange tot.“

17.1.2022, 11 Uhr

Ihr linkes Handgelenk schmerzte und die Schulter brannte. Es schien so einfach, die Hand aus den Handschellen zu ziehen, mit denen sie ans Bett gefesselt war, und doch war es unmöglich. Die Knochen ihrer Hand waren zu breit. Sie hatte von Tieren gelesen, die sich Gliedmaßen abbissen, um sich aus Fallen zu befreien. Issy starrte ihre Hand an und versuchte sich vorzustellen, wie es wohl war, wenn man sich die Hand abbiss. Was war schlimmer, der erste oder der zweite Biss? Sie schüttelte sich und würgte.

Es war furchtbar kalt in der kleinen Kammer unter dem Dach. Durch das winzige Fenster drangen blasse Sonnenstrahlen. Sie konnte den Staub in der kalten Luft tanzen sehen.

Fanny MacRae hatte sie gefangen genommen. So unvermittelt wie unerbittlich. Was hätte sie schon machen können? Die Frau hatte ein Gewehr.

Jetzt war sie an ein Bett aus Metall gefesselt, das stabil und sehr schwer war. An den Ecken hatte es diese altmodischen Knäufe, wie man sie aus Mary-Poppins-Verfilmungen kannte. Auf dem Bett lagen eine Quilt-Decke und ein Armeeschlafsack, daneben stand ein alter rostiger Eimer, eine Rolle Toilettenpapier und ein Krug mit Wasser. Wenigstens hatte Issy ihren Rucksack und damit auch die Taschenlampe und die Vorräte. Taschenmesser und Telefon hatte Fanny MacRae ihr abgenommen, bevor sie Issy in dieser winzigen Kammer eingeschlossen hatte. Nicht, dass ihr das Telefon irgendetwas genutzt hätte, hier ohne Empfang. Vielleicht hätte der Notruf funktioniert.

„Warum haben Sie sich nicht gewehrt?", hörte sie den Richter bei ihrer imaginären Verhandlung vor Gericht fragen. Er trug Perücke und eine weite rote Robe, so wie man es aus den britischen Krimis kannte. Seine Brillengläser funkelten misstrauisch.

„Sie hat mich mit einer Waffe bedroht, Euer Ehren." Sie hatte den Satz laut ausgesprochen und ihre Stimme klang dünn zwischen den gekalkten Steinwänden. Außer dem Bett und einem Tisch mit Stuhl gab es keine Möbelstücke. Die Temperatur schätzte sie auf etwa sieben Grad. Das einzige Fenster blickte nach Westen, zum Meer hin. Hier hing kein Bild, kein Kissen sorgte für Atmosphäre, kein Teppich für Wärme. Die Kammer hatte so viel Charme wie eine Gefängniszelle und genau das war sie ja auch. Issy war gefangen und allein. Völlig allein.

Fanny MacRae hatte sie vor sich hergetrieben, das Gewehr im Anschlag. Issy hatte keinen Zweifel daran gehabt, dass sie abdrücken würde, wenn sie nicht tat, was man von ihr verlangte. Sie hatte sich die Handschellen selbst anlegen müssen, dann hatte Fanny die Kammer wortlos verlassen und abgeschlossen.

Warum hatte die Farmersfrau sie gefangen genommen? Und warum nannte Issy sie überhaupt Farmersfrau? Sie konnte genauso gut die Farmerin oder besser Crofterin im Schottischen sein und ihr Ehemann der Farmerinnenmann. Crofterinnenmann, verbessert Issy sich. Die Analyse der eigenen sprachlichen Unzulänglichkeiten lenkte sie von dem Gedanken ab, den sie nicht denken wollte: Was passierte als Nächstes?

Nie in ihrem ganzen Leben hatte sich Issy so allein gefühlt wie in dem Moment, als Fanny den Raum verlassen hatte.

Aber auch nie so erleichtert. Es war ihr bewusst, dass sie keineswegs gerettet war, aber sie hatte Zeit gewonnen.

Ob Fanny gegangen war, um ihren Mann zu holen? War er der Mörder? Oder sie? Und warum hatte sie Issy gefangen genommen? Weil Issy die Polizei auf die Spur von Fanny MacRae bringen konnte? Weil Issy sie hier am Tatort überrascht hatte? Fanny war eine Frau, sie flog aufgrund ihres Geschlechts unter dem Polizeiradar, wenn es um Mord ging. Aber nur, solange sie niemand anderem auffiel. Was hätte Issy schon erzählen können? „Ich habe Fanny MacRae getroffen. Sie hatte ein Gewehr und ist in Skiary aufgewachsen.“ Welche dieser Informationen hätte bei Robert Campbell etwas getriggert?

Der DI war ein Mann und er suchte nach einem Mann. Eine Frau wie Issy konnte ihn in eine andere Ermittlungsrichtung weisen. Das wollte Fanny MacRae vermutlich vermeiden. Aber die Polizei hatte doch David MacManus festgenommen, der mit Thelenbach hier ein paar heiße Nächte verbracht hatte. Issy zitterte in der Kälte. Der Gedanke an heiße Nächte ließ sie die Temperaturen nur noch intensiver empfinden.

Oder hätte ihre Geiselnehmerin gar nicht hier sein dürfen und Issy hatte sie hier in ihrem Versteck entdeckt? Offensichtlich durfte die Polizei nicht wissen, dass die Frau hier war. Aus welchem Grund auch immer. Und Issy hätte das erzählen können.

Was wäre dann passiert? Und wie ging es jetzt weiter?

Ich muss mich warm halten und darf nicht verzweifeln. Man wird merken, dass ich nicht mehr da bin. Leute werden mich vermissen. Man wird nach mir suchen!

„Hier? In Skiary? Warum sollte man dich hier suchen?“, höhnte ihr der Teufel ins Ohr. „Und wer genau soll dich vermissen? Die Polizei, Rab, Gaby?“

Draußen rief der Kuckuck der frühen Nacht entgegen. Bald wurde es wieder dunkel. Issy spürte, wie Angst ihren ganzen Körper durchströmte, und zwang sich, tief und ruhig zu atmen. Panik lauerte hinter jedem Herzschlag.

Sie hat schon einmal getötet. Tötet sie jetzt mich?

17.1.2022, 13:30 Uhr

Da! Da war jemand! Das Geräusch von Schritten, direkt unter ihrem Fenster. Issy hielt den Atem an.

„Hallo? Ist da jemand? Können Sie mich hören?“ Gebannt lauschte Issy in die Stille. Sie konnte nichts sehen, das Fenster war zu weit vom Bett entfernt, an das sie gefesselt war. Es kam keine Antwort.

Dann ein Scharren, Schritte, die sich entfernten, eine Holztür öffnete sich knarrend. Hammerschläge klangen zum Fenster herauf.

„Fanny, sind Sie das?“ Es kam Issy so vor, als hätte Fanny MacRae mit einem leisen Schnauben geantwortet.

Issy versuchte, sich nur auf die Geräusche zu konzentrieren, und langsam gelang es ihr, Bilder zu den Lauten zu sehen: Die Frau, die sie gefangen hielt, hatte im Schuppen Werkzeug geholt. Sie brachte Holzverschalungen an die Fenster an und sicherte die Eisenspangen, die die Bretter hielten. Eisenketten wurden durch Ringe gezogen, Schlösser schnappten ein. Issy hörte die Frau draußen schwer atmen, die Arbeit schien anstrengend zu sein.

„Wenn ich dir sage, dass ich dich nicht verraten werde, wenn du mich freilässt, dann wirst du mir das nicht glauben, oder? Es ist egal, was ich sage, du wirst mir nicht glauben.“ Issy machte eine Pause und rief weiter der unsichtbaren Gefängniswärterin draußen entgegen.

„Du hast viel zu verlieren. Das weiß ich. Natürlich traust du mir nicht. Das verstehe ich sogar. Aber wer versteht dich? Wer versteht Fanny MacRae?“

Issy wartete. Draußen hatten die Geräusche aufgehört. Sie hätte gerne weitergeredet, auch, um die Angst in Grenzen zu halten. Aber jetzt zu schweigen, war taktisch viel klüger. Sie musste Fanny Zeit zum Nachdenken geben.

Issy zitterte vor Kälte und Aufregung. Dann hörte sie Fanny ins Haus kommen und in der Küche werkeln. Kurz darauf hallten Schritte die Treppe hinauf, ein Schlüssel drehte sich im rostigen Schloss und die Tür öffnete sich langsam. Fanny musterte Issy schweigend. Dann warf sie den Schlüssel für die Handschellen aufs Bett und richtete das Gewehr auf Issy.

„Mach dich vom Bett los und leg dir die Handschellen an beiden Händen an. Ich hab Tee gemacht und was zu essen gebracht. Hast du Hunger?"

Bei der Erwähnung von Essen war Issys Magen aufgewacht und machte sich sofort lautstark bemerkbar. Wie konnte man in so einer Situation Hunger haben? Sie nickte ungläubig und ging durch die offene Tür. Den Gewehrlauf, der da auf sie gerichtet war, spürte sie fast schon körperlich.

Noch einmal blinzeln, dann könnte ich tot sein, dachte sie. So winzig ist der Schritt von alles zu nichts.

In der Küche angekommen, drehte sie sich fragend um. Mit einem Kopfnicken deutete Fanny an, wo Issy sich hinsetzen sollte.

„Soll ich mich mit den Handschellen irgendwo festmachen?"

„Nicht nötig", brummte Fanny. „Du kommst mit den Händen vor dem Körper gefesselt niemals bis zur Straße und falls du das doch schaffen würdest, ist da nur unsere Croft und danach viele einsame Kilometer bis zum nächsten Haus. Es wird bald dunkel. Du kannst nicht fliehen."

Sie drehte sich wieder zum Herd und nahm den Topf mit kochendem Wasser vom Feuer, um den Tee aufzugießen. Das Gewehr lehnte daneben an der Wand.

Issys Hände umschlossen den Becher mit heißem Tee, die Wärme zog durch ihren ganzen Körper. Fanny hatte einige Stücke Holz nachgelegt. Langsam löste sich Issys Kältestarre und sie konnte wieder zusammenhängend denken.

Hier saß sie auf einem harten Holzstuhl in einer rustikalen Küche und trank Tee mit einer Mörderin. So viel war ihr in der kalten Kammer oben klar geworden. Es war Fanny MacRae, die den Deutschen erschossen hatte. Aber warum zum Teufel hatte sie das gemacht? War die Frau, die ihr da so ruhig gegenübersaß, wahnsinnig? Wieso erschoss sie mitten im Nirgendwo einen Fremden und was hatte sie mit ihr vor? Warum hielt Fanny sie gefangen? Sie war schließlich auch eine Fremde für Fanny MacRae.

Würde sie hier sterben?

18.1.2022, 16:30 Uhr

Robert las erneut die Zeugenaussage von John MacRae. Da war kein Hinweis, den er übersehen hatte, keine neue Inspiration entsprang aus einem Detail, der Fall blieb ein Rätsel. Die einzig logische Erklärung für den Tathergang war, dass es sich um eine willkürliche und zufällige Tat handelte. Willkürlich und zufällig aber bedeutete, dass es sowohl ein Einheimischer als auch ein Fremder gewesen sein konnte. Gegen einen Fremden sprach, dass er um diese Jahreszeit außerhalb der Saison aufgefallen wäre.

PC Hamish MacFarlane hatte den Crofter in den Dienstwagen gepackt und war mit ihm unterwegs nach Kinlochhourn oder vielleicht schon wieder auf dem Rückweg von dort. PC Wilma Farquarson war nach einem positiven COVID-Selbst-Test gar nicht erst zur Arbeit erschienen. Sie war zum PCR-Test gegangen und wartete nun auf das Ergebnis. Und so war Robert ganz allein und sein Magen knurrte. Er stellte den Wasserkocher an und nahm ein paar Stückchen *Millionaire Shortbread* aus der Packung im Schreibtisch. Diese Köstlichkeit aus Gebäck, Karamell und Schokolade war die bestmögliche Begleitung zu einem heißen Kaffee.

Beglückt schloss er die Augen, um plötzlich jäh aus seinen süßen Träumen gerissen zu werden. Das Telefon kündete den Anruf von DI Graham Gunn aus Fort William an.

„Um diese Tageszeit nehme ich nur gute Nachrichten an“, knurrte Robert ins Telefon, ohne auch nur hallo zu sagen.

„Keine Sorge“, lachte es am anderen Ende, „die habe ich.“

Robert Campbells Finger klopften ungeduldig auf den Tisch, während es Gunn am anderen Ende der Leitung ganz offensichtlich genoss, den Spannungsbogen hoch zu halten.

Dann ließ er die Bombe hochgehen.

„Es gab schon einmal einen Mord in Skiary.“

Es war einer dieser Westernmomente, in denen Tumbleweed durchs Bild wehte und alles still war, bis der Wind sich legte und der Cowboy langsam den Colt zog.

Roberts Gedanken waren für einen Wimpernschlag blank. Dann schossen die Fragen nur so durch seinen Kopf.

„Es gab schon einmal einen Mord in Skiary?“

Jetzt donnerte es aus DI Campbell heraus.

„Warum zum Teufel wusste ich davon nichts?“ Die Anklage galt nicht DI Gunn, sondern vor allem den PCs Farquarson und MacFarlane. In Abwesenheit. Gunn beantwortete sie dennoch.

„Es hat wohl einen Übertragungsfehler beim Einpflegen in die nationale Datenbank gegeben. Loch Hourn ist Lochaber und damit bei uns. Glenelg gehört zu Lochalsh und da sind Hamish und Wilma. Die beiden Distrikte arbeiteten damals gänzlich getrennt voneinander. Außerdem sind die beiden noch nicht lange genug dabei, um sich an den Fall zu erinnern. Der Mord geschah 1980. Das war weit vor der Digitalisierung.“

Gunn gab Robert die Identifikationsnummer, sofort hatte der alle Daten und Fakten zur Hand.

„Warte!“ Er stellte auf Lautsprecher und legte den Hörer beiseite, während er sich halblaut durch die Akte las.

„Eine Frau ermordet ihren Ehemann, weil der die neunjährige Tochter missbraucht hat. Die Mörderin stirbt bald darauf im Gefängnis und die Tochter erbt nicht nur Skiary, sondern auch Land und Haus am Ende des Meeresarms Kinlochhourn. Den Namen Armstrong legt sie sieben Jahre später ab, als sie John MacRae heiratet. Die Mutter hat den Vater mit einem einzigen Kopfschuss von hinten am Strand von Skiary niedergestreckt. Die Flut hat den Körper davongetragen. Man hat ihn erst viel später gefunden."

„Verdammt!", Campbell konnte es nicht fassen.

„Die missbrauchte Tochter der Mörderin ist die Ehefrau des Mannes, der hier gerade eine Zeugenaussage gemacht und behauptet hat, seine Frau sei zu Besuch bei der kranken Mutter. Sie hat den Deutschen getötet. Genau so wie ihre Mutter den übergriffigen Vater. Derselbe MO, derselbe Ort. Das kann kein Zufall sein."

Robert hatte nach einem Mörder gesucht. Und damit der Mörderin alle Zeit der Welt gegeben, ihre Tat zu vertuschen und zu verschwinden.

18.1.2022, 14 Uhr

Zwei WhatsApp-Nachrichten hatte er Issy schon geschickt, wo auch immer sie war, sie hatte wohl keinen Empfang. Rab konnte an dem einen Häkchen erkennen, dass seine Nachricht nicht zugestellt, geschweige denn gelesen worden war. Zuletzt hatte er Issy vor zwei Tagen gesehen und eine Einladung zum Abendessen im Glenelg Inn für heute ausgesprochen. Eine Einladung, auf die sie nicht geantwortet hatte.

Wahrscheinlich ist sie noch immer sauer. Es war ihm wohl bewusst, dass sie genervt war und er irgendetwas getan hatte, was sie störte.

„Was, wissen nur die Götter", murmelte er halblaut vor sich hin. Um schnell vorbeizuschauen und die Lage einzuschätzen, war Glenelg zu weit entfernt. Er würde also warten, bis sie seine Nachrichten las und beantwortete. Er hatte gar nichts dagegen, es sich statt auszugehen mit ein zwei Bier und einem Mikrowellen-Curry auf der Couch gemütlich zu machen, die den größten Teil seines Wohnzimmers einnahm und auf der er viel zu selten entspannte. Außerdem hatte er noch jede Menge Mails zu beantworten. Er setzte sich an den Schrcibtisch im winzigen Schlafzimmer und arbeitete sich durch seine Inbox.

Die *West Highland Free Press* war eine kleine Zeitung und nicht immer auf Höhe der Zeit. So war das Archiv erst ab dem Jahr 1999 digitalisiert, weshalb Rab die Praktikantin gebeten hatte, sich in den Mikrofiche-Dateien der alten Ausgaben umzusehen, ob es in der Vergangenheit vielleicht einen Fall gab, der Licht auf den Mord in Skiary werfen konnte. Ihre Nachricht fand er erst nach einigem Suchen, weil sie den

Betreff mit sieben Ausrufezeichen garniert hatte, was wiederum sein Mailsystem dazu veranlasste, die Mail als Spam einzustufen. Ungläubig las er, was da stand: *„Es hat schon einmal einen Mord in Skiary gegeben!!!!!!!“*

Die Mail beinhaltete sämtliche Informationen, die ein Reporter brauchte. Er konnte sich nicht an den Namen der Praktikantin erinnern, aber sie machte offensichtlich einen guten Job.

Die Geschichte ereignete sich im Jahr 1980. In Skiary wohnten damals das Ehepaar Murdo und Heather Armstrong. Sie hatten eine neun Jahre alte Tochter, deren Namen in der Zeitung nicht genannt werden durfte, weil sie minderjährig war. Murdo kam ursprünglich aus den Borders, Heather war in Skiary aufgewachsen. Eines Tages fand man den Vater nackt und tot im Meer. Die Leiche wies einen Kopfschuss auf. Wenig später wurde die Ehefrau verhaftet. Sie legte ein vollständiges Geständnis ab. Murdo Armstrong hatte seine Tochter sexuell missbraucht. Die Mutter hatte dem ein gewalttätiges Ende gesetzt.

Angesichts der Schwere der Tat war die Gefängnisstrafe milde und dennoch kam die Mörderin nie wieder frei. Kaum saß sie in *Cornton Vale,* dem Frauengefängnis in Stirlingshire, starb sie an Krebs, ihre Tochter war zu dem Zeitpunkt bereits in einem Heim.

BÄM!

Rab konnte sein Glück nicht fassen. Ort und Modus Operandi waren derselbe. Damit war das Mädchen der Armstrongs seine Verdächtige Nummer eins. Jetzt musste er sie nur noch finden.

Die Praktikantin hatte ihm soeben einen weiteren Presse-Coup serviert. Mit Schlagsahne und Zuckerkirsche. Ein kurzer Blick auf die Uhr – er hatte noch genug Zeit, den Artikel vor Redaktionsschluss fertig zu schreiben und ihn sämtlichen nationalen Zeitungen anzubieten. Aber zuvor musste er noch eine wichtige Sache klären: Wo und vor allem wer war die Tochter von Helen und Murdo Armstrong?

17.1.2022, 15 Uhr

Fanny MacRae hatte eine Dose cremige Hühnchen-Suppe aufgewärmt und servierte Issy die dampfende Schale Wohlbefinden. Als mehrere Versuche, mit den Handschellen einen Löffel zu halten scheiterten, legte sie ihr den Schlüssel hin und bezog in etwas Entfernung mit dem Gewehr Stellung.

„Mach dir die Handschellen ab und iss. Und keine Fluchtversuche oder anderen Blödsinn. Ich möchte dich nicht erschießen müssen."

Ungelenk schloss Issy die Handschellen auf und machte sich über die Suppe her.

„In meinem Rucksack sind Sandwiches und Schokolade. Möchtest du auch?"

Issy blickte ihre „Wärterin" fragend an. Man tötete schließlich niemanden, mit dem man das Brot teilte, hoffte Issy. Die Frau gegenüber schien ihr inzwischen eher vertraut als bedrohlich. Sie musste ihr Vertrauen gewinnen.

„Gerne."

„Warum hältst du mich gefangen?"

Fanny überlegte kurz und antwortete präzise.

„Du kannst die Verbindung zwischen Skiary und mir herstellen. Die Polizei glaubt, dass ich bei meiner kranken Mutter bin, dort auch zum Tatzeitpunkt war. Du hast mich aber jetzt am Tatort mit einer Waffe gesehen. Das ist genug, um die Polizei misstrauisch zu machen. Sie werden nachforschen und rausfinden, dass ich die ganze Zeit da war und dass meine Mutter schon lange nicht mehr lebt."

Issy verstand. „Du musstest Zeit kaufen, bis dir klar war, was du machen willst."

Fanny sah auf ihre Hände und nickte. Sie musste weg, wenn sie nicht im Gefängnis landen wollte. Aber Skiary hielt sie fest und ließ sie nicht gehen. Es war ein Ort des Todes, aber auch ihre Heimat. Sie war über die Jahre ihrer Ehe hinweg immer wieder hierhergekommen. Skiary war ihr Rückzugsort.

„Du willst nicht weg?"

Fanny schüttelte den Kopf. „Ich gehöre hierher. Meine Seele lebt hier."

„Das verstehe ich", sagte Issy mit einem warmen Lächeln und sie meinte es auch so.

Stille senkte sich über die Küche, während die beiden Frauen aßen. Dann warf Fanny noch ein paar dicke Birkenholzscheite ins Raeburn-Feuer und nahm eine Flasche Whisky aus dem Schrank.

„Heute kommt keine von uns mehr weg. Es ist schon dunkel."

„Dann lass uns das Beste draus machen, sagte Fanny, nahm die Patronen aus dem Gewehr und stellte die Waffe in die Ecke."

Issy kam es so vor, als wäre das ein Mädels-Abend und keine Geiselnahme. Genau genommen war es noch nicht einmal Abend, aber es fühlte sich so an, weil die Fenster verbarrikadiert waren und kein Licht ins Haus drang. Nicht, dass draußen noch viel Licht gewesen wäre.

Die zwei Gläser, die Fanny auf den Tisch stellte, waren schwer und klobig. Männergläser. Issy musste bei dem Gedanken unwillkürlich lächeln.

„Rauchst du?"

Issy schüttelte den Kopf.

Fanny fischte ein schmales Täschchen Tabak aus der Jacke. Darin waren ein Stück Dope und eine Packung Blättchen. Langsam und bedächtig begann sie, einen Joint zu bauen.

„Ich rauche keine Zigaretten", räumte Issy mit einem verschmitzten Lächeln auf den Lippen ein. „Joints schon."

Fanny nickte, während sie das Dope über den Tabak bröselte, den sie auf den zusammengeklebten Blättchen aufgehäuft hatte. Es war wenig Tabak und viel Dope.

Issy musterte ihre Geiselnehmerin aufmerksam und schenkte einen guten Schluck Whisky in beide Gläser.

„Ich glaub, ich hab' schon das Stockholm-Syndrom", sagte sie und schmunzelte. Sie fühlte plötzlich ein großes Vertrauen zu Fanny und hatte keine Angst mehr.

Nun lächelte auch Fanny und hob das Glas zum Anstoßen.

„*Slàinte!*"

„Prost."

„Was sagt dein Mann dazu, wenn du den ganzen Tag weg bist? Fragt er sich nicht, wo du steckst? Macht er sich keine Sorgen?"

„Der würde nicht mal merken, wenn ich tot in der Küche läge. Er denkt, ich bin in Familienangelegenheiten unterwegs."

Fanny leckte den Falz der Blättchen und rollte den Joint zusammen. Sie zündete ihn an und nahm einen tiefen Zug, den sie lange in der Lunge hielt.

„Warum bleibst du dann bei ihm?“, wollte Issy wissen.

Fanny zuckte die muskulösen Schultern.

„Dies ist meine Heimat. Skiary und Kinlochhourn haben meiner Familie über Generationen gehört. Jetzt gehört es mir. Natürlich könnte ich ihn rauswerfen. Und dann? Allein mit dem ganzen Land und den Tieren? Das ist nicht zu schaffen. Ich müsste verkaufen und wegziehen, aber das will ich nicht. Ich gehöre hierher. Heimat ist das Einzige, was immer bei dir ist, das Einzige, was mir wichtig ist.“

Issy beneidete sie um dieses Gefühl des Gehörens und um den starken Glauben an Heimat. Sie konnte an vielen Orten der Welt heimisch sein, sie brauchte keine derartigen Wurzeln.

17.1.2022, 19 Uhr

Langsam fühlte Issy die Wirkung des Joints. Körper und Geist entspannten sich merklich, was natürlich auch am Whisky lag. Inzwischen waren beide Gläser leer und Fanny schenkte einen weiteren Fingerbreit flüssiges Gold in jedes. Frauenabend.

Eine seltsame Nähe und Vertrautheit verband die beiden. Issy konnte nicht glauben, dass sie tatsächlich mit einer Mörderin einen Joint rauchte und mit ihr über die Tat und das Motiv redete.

„Warum hast du Tom Uwe Thelenbach getötet?"

„Ich weiß nicht. Es ist einfach so passiert."

Fanny nahm einen tiefen Zug. Die Glut des Joints leuchtete in der Dunkelheit. Issy schwieg und ließ Fanny die Worte finden.

„Es war nichts Persönliches. In dem Moment habe ich den Mann gehasst. Ich habe sie beobachtet. Über Tage. Sie haben mich nicht bemerkt. Waren viel zu sehr mit sich selbst beschäftigt. Er hat den Mann, mit dem er hier war, schlecht behandelt. Sie haben sich im Gewächshaus geprügelt. Er war brutal. Sexbesessen. Der andere hat sich nicht gewehrt. Er hat ihn genommen. Am Küchentisch. Es war … Es war wie ... Wie damals."

Issy war längst nicht so überrascht, wie sie erwartet hatte. Sie konnte Fanny sogar in gewissem Maß verstehen. Die Person, die ihr da gegenübersaß, war eine Mörderin und Geiselnehmerin und doch auch eine ganz normale Frau, eine Frau wie sie. Nur dass die Frau, mit der sie gerade Joint und

Whisky teilte, im Gegensatz zu ihr an den Männern in ihrem Leben kaputtgegangen war.

Was war wohl Fannys Geschichte? Issy konnte ihren Schmerz spüren. Als sie aufstand, um ein paar weitere Scheite ins Feuer zu werfen, ließ sie kurz ihre Hand auf Fannys Schulter ruhen, ein Zeichen von Sympathie, Solidarität und Verständnis.

Fanny begann zu erzählen, wie ihr Vater sie als junges Mädchen missbraucht hatte, wie er ihr erklärte, dass das was er tat, normal sei und ein Zeichen seiner Liebe. Sie hatte ihm geglaubt. Er war schließlich ihr Vater. Bis die Mutter ihn dann eines Tages dabei überrascht hatte, als er Fanny am Küchentisch von hinten nahm. Er hatte nur gefragt, wann das Essen fertig sei, ohne sich im Geringsten dafür zu interessieren, in welchen Abgrund er seine Frau stürzte. Kurz darauf erschoss die Mutter den Vater mit dessen eigener Waffe, als er raus zum Boot ging.

Fanny hatte alles vom Fenster aus gesehen. Damals hatten viele Waffen gehabt in den Highlands, die nirgends registriert waren. Die Mutter vergrub das Gewehr und die Polizei fand die Waffe nie. Fanny hatte es gesehen. Auch, wie die Mutter die Leiche des Vaters tiefer ins Wasser zog, damit die Flut seinen blutigen Körper mitnahm.

Heather Armstrong war zurück ins Haus gekommen, hatte sich die Hände gewaschen und das Abendessen zubereitet. Mit Fanny hatte sie kein Wort gesprochen. Auch später nicht mehr. Die Tat hatte ihr die Worte genommen. Das Geständnis bei der Polizei machte sie stumm und nur schriftlich.

„Sie kam in den Vollzug statt in die Psychiatrie. Ein Jahr später war sie tot. Lungenkrebs." Fanny nahm den letzten Zug und drückte den Joint im Spülbecken aus.

„Und du?", fragte Issy sichtlich geschockt von der Geschichte.

„Mich haben sie in ein Heim in Fort Augustus gesteckt. Es war furchtbar, wir wurden eingesperrt und gequält, manchmal sogar geschlagen. Auch daran war mein Vater schuld. Wegen ihm war ich in dem Heim. Er hat mich leiden lassen, auch nach seinem Tod. Ich wollte nur raus, so schnell wie möglich raus, und als John auf der Bildfläche auftauchte, wusste ich, er ist mein Ticket aus dem ganzen Elend. Ich habe ihn geheiratet, kaum dass ich sechzehn Jahre alt war."

„Aber wie kann denn das gehen? Du warst doch noch gar nicht volljährig", merkte Issy an.

„Das spielte keine Rolle, in Schottland darf man mit sechzehn heiraten", erwiderte Fanny. „Das ist völlig legal."

„Hast du Kinder?", wollte Issy wissen.

Fanny schüttelte den Kopf und sah die Deutsche lange an, so, als müsse sie mühsam und von Hand ihre Gedanken erst sortieren.

„Was, wenn es eine Tochter geworden wäre? Was, wenn ihr Vater sie missbraucht hätte? Ich hätte sie vielleicht misshandelt. Missbrauch ist wie eine eitrige Krankheit, die sich durch die Generationen zieht. Ich wollte den Kreislauf unterbrechen, der Gewalt und dem Unrecht ein Ende setzen.

Ich bin die letzte Tochter von Skiary. Nach mir ist Stille."

18.1.2022, 15:30 Uhr

Murdo Armstrong war in den 1960er-Jahren aus den Borders nach Lochaber gekommen. Seine Frau Heather hatte er in Glasgow kennengelernt, wo sie beide arbeiteten. Mit dem Niedergang der Schiffsindustrie am Clyde wurde die Lage schwierig. Doch dann starben Heathers Vater und kurz darauf auch ihr Bruder und Heather war plötzlich Erbin der Croft in Kinlochhourn. Murdo, der Schweißer, schuftete sich von nun an mit Kühen und Schafen ab. Er war in dem neuen Leben nie heimisch geworden.

Rab konnte sich den elenden Alltag der beiden gut vorstellen. Eine Croft ohne Kapital war ein Fass ohne Boden, dazu in einer landschaftlich zwar schönen, aber sehr entlegenen Ecke Schottlands ohne direkte Nachbarn. Solche Männer verprügeln ihre Frauen oder missbrauchen ihre Kinder, dachte Rab. Oder beides.

Die Tochter zu finden, stellte sich als ausgesprochen schwierig heraus. Er hatte keinen Vornamen, den Nachnamen trug sie wahrscheinlich auch nicht mehr, wenn sie irgendwann geheiratet hatte. Simples Googeln würde ihn da nicht weiterbringen. Entweder er zapfte seine Polizeikontakte an oder er versuchte es mit logischem Denken.

Die missbrauchte Tochter war das einzige Kind des unglücklichen Paars. Sie dürfte die Croft nach dem Tod der Eltern geerbt und das Erbe mit ihrer Volljährigkeit angetreten haben. Er musste also nur den aktuellen Crofter fragen, von wem er damals sein Land gekauft hatte. Dass die junge Erbin Land und Haus, in dem sie missbraucht worden war und wo ihre Mutter den Vater getötet hatte, selbst bewirtschaftete, hielt er für ausgeschlossen.

Er blickte auf sein Handy. Jetzt im Winter war es eine kleine Weltreise bis Kinlochhourn, aber morgen könnte es bereits zu spät sein, sollte der Crofter die Zeitung und seinen Artikel lesen. Also versuchte er es lieber heute. Ein kleiner Überraschungsangriff. In einer perfekten Welt hatte der Crofter sogar Bilder von den Vorbesitzern in irgendwelchen alten Kartons im Schrank. Träumen durfte man ja.

Rab lächelte leise und griff nach dem Autoschlüssel. Seinen Polizeikontakt würde er nicht ansprechen. Lieber keine schlafenden Hunde wecken. Aus dem Curry auf der Couch wurde nichts, stattdessen würde er sich an der Tankstelle ein paar Sandwiches schnappen und gemütlich auf der Fahrt vertilgen. Wenn es gut lief, war er um kurz nach sieben in Kinlochhourn. Im Winter die perfekte Zeit, um bei einem Crofter vorbeizuschauen. Das Tagwerk war erledigt und ein wenig Abwechslung möglicherweise willkommen. Zumal man in der Einsamkeit von Lochaber keinen von der Tür wies, der in einer Winternacht demütig anklopfte.

Rab sprach den Gedanken als Formulierung für den Artikel in die Sprachaufnahmen seines Handys, schnappte sich das Ladekabel fürs Auto und machte sich auf den Weg. Unterwegs musste er sich unbedingt noch mit Schokolade und Kaffee eindecken. Und vielleicht eine Flasche *Famous Grouse*, um die Farmerszunge zu lockern.

18.1.2022, 6 Uhr

Ihre Zunge lag wie ein trockener Waschlappen in der Mundhöhle. Sie konnte den Whisky an sich riechen, sie konnte ihre Achseln riechen. Wann hatte sie sich das letzte Mal gewaschen? Langsam wachte Issy auf und sortierte ihre Gedanken.

Sie lag in den Armen einer Mörderin, doch die Umarmung hatte nichts Sexuelles. Sie war notwendig in der Kälte des Hauses. Fanny MacRae hatte es für das Beste gehalten, Issy mit den Handschellen an sich zu fesseln. So würden sie sich beide Wärme geben und Issy konnte nicht entkommen oder das Gewehr in ihre Gewalt bringen, weil Fanny immer an ihrer Seite war. Selbst im Schlaf. Sie hatten Vertrauen geschaffen am Abend zuvor, aber für Fanny ging es um viel. Sie war klug und würde aus Sympathie nichts riskieren, was sie später bereuen konnte. Es ging schließlich um ihre Freiheit und ihr Leben.

Issy hatte erstaunlich gut geschlafen, bedachte man die Umstände Sie war in einem verlassenen und kalten Haus mit Handschellen an eine Mörderin gefesselt und hatte einen schmerzhaften Kater nach dem Abend mit Whisky, Dope und Frauengesprächen. Und dennoch fühlte sie sich wohl und gar nicht bedroht. Vielmehr hatte sie das Bedürfnis, dieser geschundenen und doch mutigen Frau zu helfen, die sich nicht mit der Rolle des Opfers abgeben wollte und zurückschlug gegen die verhasste Unterdrückung, der die Männer ihrer Welt sie ausgesetzt hatten.

Sie spürte, wie Fanny ebenfalls langsam aufwachte.

„Hast du Paracetamol?“

„Guten Morgen, Issy“, kam zur Antwort.

Issy lachte laut. „Guten Morgen, Fanny. Würdest du mir die Handschellen abnehmen? Ich muss mal.“

Auf dem Weg zur Toilette bereute Issy es bitterlich, dass sie nicht unter der Decke auf der Matratze vor dem Raeburn geblieben war. Die Kälte war gnadenlos und ließ sie am ganzen Körper zittern. Im Badezimmer war ein winziges Fenster, das Fanny nicht verbarrikadiert hatte. Wozu auch, es war zu klein, als dass sie sich hätte durchzwängen können. Draußen war es stockdunkel, kein Mond sorgte für Licht, es regnete, da war der Himmel wohl wolkenverhangen.

Nachdem Issy etwas räumliche Distanz zwischen sich und ihre Geiselnehmerin gebracht hatte, fiel es ihr leichter, die Situation objektiver zu betrachten, als das gestern der Fall gewesen war. Sie wurde gegen ihren Willen festgehalten und es gab nur einen offensichtlichen Ausweg aus dem Dilemma. Sie wusste, was Fanny MacRae getan hatte. Fanny konnte sie nicht laufen lassen. Fanny musste sie zum Schweigen bringen.

Der Gedanke hätte Issy furchtbare Angst machen müssen, aber sie glaubte nicht daran. Dazu war dieses Band von Verständnis und Verbundenheit schon zu stark zwischen ihnen beiden.

Nun“, belehrte sie sich halblaut selbst, „sie kann sich entweder stellen, oder ich verhelfe ihr zur Flucht.“

18.1.2022, 16:45 Uhr schottische Zeit

Gabriele Freitag war beunruhigt. Sie hatte Issy auf der Fahrt durch England mehrere Nachrichten geschrieben, die allesamt nicht zugestellt worden waren. Das war ihr zunächst nicht ungewöhnlich erschienen, sie wusste ja, wie schlecht es um den Empfang in den Highlands bestellt war. Aber Issy hätte längst zuhause sein müssen von ihrer Wanderung und wieder WLAN haben und noch immer hatte sie die Nachrichten nicht gelesen. All die Anrufversuche, die Gaby auf dem Weg durch Frankreich aus dem Auto gemacht hatte, waren direkt auf die Mailbox gegangen. Kein Lebenszeichen von Isabel Hartman seit dem frühen gestrigen Morgen. Das war viel zu lang.

Mit jedem weiteren Kilometer, den sie sich von Kinlochhourn und Issy entfernt hatte, war sie unruhiger geworden, bis es ihr fast unmöglich war, noch länger im Auto sitzen zu bleiben. Auf den letzten Kilometern durch den Schwarzwald fasste sie den Entschluss, sich mit der Polizei in Schottland in Verbindung zu setzen, sobald sie zuhause angekommen wäre. Unterwegs bestand oft kein Handyempfang und über Bluetooth im Auto waren Gesprächspartner meist schlecht zu hören. Wenn man es dann noch mit einem Schotten am anderen Ende zu tun hatte, wollte man sicher sein, dass die Verbindung optimal war, um auch zu verstehen, was gesagt wurde.

Endlich daheim war Gaby überzeugt, dass Issys Leben in Gefahr war. Sie sah alles vor ihrem inneren Auge: Wie sie sich mit gebrochenem Knöchel aus der Wildnis zu schleppen versuchte, wie der Mörder ihr aufgelauert und sie angeschossen hatte, wie wilde Tiere sie attackierten. Gabys

Liste der grauenvollen Dinge, die einer Frau allein in der Wildnis passieren konnten, war lang. Sie parkte das Auto unter dem Carport und ging sofort in ihre Wohnung. Sie nahm sich gerade noch Zeit, die Fenster aufzureißen, um nach ihrer Abwesenheit zu lüften und die Heizkörper in allen Zimmern höher zu drehen, dann ergriff sie das Haustelefon und tippte aufmerksam die Ziffern ein, die sie von Robert Campbells Visitenkarte ablas. Wie gut, dass sie die behalten hatte.

„Dieser Teilnehmer ist vorübergehend nicht erreichbar."

Gaby runzelte die Stirn. Keine Möglichkeit, auf einer Mailbox eine Nachricht zu hinterlassen. Offensichtlich war der DI mit seiner Dienstnummer auch nicht auf WhatsApp. Gaby beschloss, ihm eine SMS zu schicken mit der Bitte um Rückruf und dem eindeutigen Hinweis, dass es dringend sei, weil sie sich große Sorgen um Isabel Hartmann machte, die sie gestern noch vor Sonnenaufgang in Kinlochhourn abgesetzt und seither nichts mehr von ihr gehört hatte.

Vielleicht wusste der Journalist was, mit dem Issy sich traf. Gaby hatte seine Nummer nicht, aber die herauszufinden konnte ja nicht so schwer sein. Der Mann war Journalist, der wollte erreichbar sein. Eine kurze Google-Suche später hatte Gaby alles, was sie brauchte, nur leider war Rabs Handy ebenfalls nicht erreichbar. Im Gegensatz zu dem Polizisten aber hatte diese Nummer einen Anrufbeantworter, auf dem man eine Nachricht hinterlassen konnte.

„Hallo, mein Name ist Gabriele Freitag. Ich bin eine Freundin von Issy und ich mache mir Sorgen um sie. Ich kann sie nicht erreichen und sie sollte mich schon längst zurückgerufen haben. Ich habe keine Ahnung, wo sie steckt. Ist sie bei Ihnen? Ich habe sie gestern früh in Kinlochhourn abgesetzt. Sie wollte zurück nach Glenelg wandern und jetzt frage ich mich, ob sie überhaupt angekommen ist. Bitte rufen Sie mich zurück. Egal wie spät. Sobald Sie dies hören. Danke." Gabriele gab noch ihre Nummer an und legte auf.

Dann schloss sie alle Fenster und ging in die Küche, um sich einen Tee zu machen. Dort angekommen entschied sie sich jedoch um und goss sich stattdessen ein großes Glas Rotwein ein. Die Putzfrau hatte das Feuerholz im Kamin aufgeschichtet, sodass Gaby es nur anzuzünden brauchte. Eingekuschelt in ihre Lieblings-Lambswool-Decke ließ sie sich mit dem Glas vor den Flammen nieder. Da saß sie im Schwarzwald vor dem Feuer und genoss Wein und Wärme. Und in Schottland?

Wie ging es wohl Isabel Hartmann in diesem Moment?

18.1.2022, 19:30 Uhr

Als Rab ausstieg, schlug ihm Schneeregen entgegen. Schnell schlüpfte er in die wasserabweisende Jacke und zog die Kapuze tief ins Gesicht. Das Bordlicht des Autos ließ die Welt um ihn herum in schwarzem Nichts versinken. Erst als sich das Innenlicht automatisch abschaltete, gewöhnten sich seine Augen langsam an die Dunkelheit.

Ein modriger Mix aus Dünger und nasser Erde verkündete seiner Nase die Nähe zur Croft. In einem Fenster brannte das einzige Licht. Rab steuerte durch den Matsch vorsichtig darauf zu und versuchte, sich nicht vorzustellen, wie der Weg im Tageslicht aussah, auf dem er gerade ging.

Es hatte etwas länger gedauert, als er erwartet hatte - die Schlange an der Tankstellenkasse war endlos gewesen. Und während er noch darüber nachdachte, ob er sich nicht doch besser angekündigt hätte, schlugen die Hunde an. Rab schätzte, es waren mindestens drei, sie klangen groß und nicht sonderlich freundlich. Inständig hoffte er, dass sie im Zwinger oder zumindest an der Kette lagen. Im Dunkeln waren Wachhunde eine echte Bedrohung.

John MacRae öffnete die Tür, ein Gewehr in der Hand, nicht im Anschlag, vielmehr wie einen gewöhnlichen und alltäglichen Gegenstand. Es war mehr diese Vertrautheit mit der tödlichen Waffe, die Rab Respekt einflößte als die Waffe selbst. Er blieb stehen. Regen prasselte auf seine Jacke. Mit einem Pfiff brachte der Crofter seine Hunde zum Schweigen.

„Hallo, ich bin's. Rab MacAskill von der *West Highland Free Press*. Ich hätte da noch in paar Fragen an Sie, Mr MacRae."

Der brummte eine vage Zustimmung. Dass die Presse den weiten und unbequemen Weg zu ihm gemacht hatte, schmeichelte ihm und gab ihm das Gefühl, wichtig zu sein. Doch war auch immer Vorsicht geboten mit diesen Typen. Mit der Wahrheit nahmen sie es oft nicht so genau.

„Ich weiß, wer Sie sind. Was wollen Sie wissen?“

Rab bewegte sich ein paar Schritte auf die offene Tür zu. Licht und Wärme hatten eine unwiderstehliche Anziehungskraft. Er hätte so gerne die Gesichtszüge des Crofters studiert, aber gegen das Licht aus dem Innern des Hauses sah er nur einen Schattenriss, keine Emotionen.

„Von wem haben Sie damals die Croft gekauft? Eine Frau Armstrong, nehme ich an? Kannten Sie die Familie, die vor ihnen hier gelebt hat?“

Ein trockenes Lachen hallte ihm entgegen.

„Das waren drei Fragen.“

Rab zuckte die Schultern und schaute erwartungsvoll zu MacRae. Er war nicht in der Stimmung zu rechnen.

„Ich habe die Croft nicht gekauft, ich habe sie geheiratet.“

Der Crofter stellte das Gewehr neben den Türrahmen an die Wand.

„Ich habe Fanny Armstrong geheiratet, als sie sechzehn war.“

BÄM!, dachte Rab und hätte sich am liebsten selbst auf die nasse Schulter geklopft.

„Kann ich Ihre Frau sprechen, Mr MacRae?“

„Sie ist nicht da, besucht ihre kranke Mutter.“

Eine Bombe hätte nicht besser einschlagen können als dieser Satz. Seinen Gesichtsausdruck unbeweglich und ausdruckslos zu halten, erschien Rab beinahe unmöglich, aber mit äußerster Willensanstrengung schaffte er es irgendwie. Kranke Mutter! Die „kranke Mutter“ war vor langer, langer Zeit im Gefängnis gestorben.

„Warum wollen Sie wissen, wo meine Frau ist? Was wollen Sie von uns? Hat es mit der Leiche zu tun?“

John MacRae nahm sein Gewehr wieder in die Hand. Seine buschigen dunklen Augenbrauen zogen sich noch mehr zusammen. Kalt blickte er dem nassen Reporter entgegen.

Rab dachte schnell nach. Die entscheidende Frage war: Wer log hier wen an, die Frau ihren Mann oder der Mann ihn?

„Ihre Schwiegermutter starb vor vielen Jahren im Gefängnis. Sie hatte ihren Ehemann erschossen. In Skiary. Ganz genau so wie der Deutsche erschossen worden ist. In Skiary.“

Nach einer Pause stellte Rab die alles entscheidende Frage:

„Wo ist Ihre Frau?“

18.1.2022, 16:45 Uhr

Robert hätte seine Frustration am liebsten ungehemmt herausgeschrien.

„Ich hab' nichts verstanden! Robert? Bist du noch da?", fragte DI Gunn aus dem Telefon.

„Heute Mittag hat John MacRae hier eine Zeugenaussage gemacht. Seine Frau, Fanny MacRae geborene Armstrong, ist angeblich zu Besuch bei ihrer kranken Mutter", blaffte Robert.

„Verdammt!" Gunn teilte den Ärger seines Kollegen vollauf.

„Wo ist er jetzt?" Robert schaute auf die Uhr.

„Wieder zurück auf der Farm. Hamish müsste ihn schon längst abgesetzt haben."

„Ich funke ihn an", sagte Gunn.

„Er soll in Tomdoun an der Kreuzung auf uns warten. Da müssen wir mit einer bewaffneten Einheit hin. MacRae hat mehrere Waffen in seinem Besitz."

Roberts Telefon machte *ping*. Leicht irritiert über die Störung bei diesem wichtigen Gespräch mit DI Gunn, schaute er aufs Display. Die Nachricht kam von einer deutschen Telefonnummer, die er nicht abgespeichert hatte. Unterschrieben war sie mit Gabriele Freitag und der Inhalt der Nachricht entlockte Robert ein lautes Stöhnen.

„*Fuck!*"

„Was ist, Robert?"

„Isabel Hartmann, die Deutsche, die die Leiche gefunden hat, wird vermisst. Eine Bekannte macht sich Sorgen um sie. Sie hat sie gestern in Kinlochhourn abgesetzt. Von da wollte sie zurück nach Glenelg wandern. Seither hat sie ihr Telefon nicht mehr benutzt."

„*Fuck*", sagte nun auch Gunn. „Dann brauchen wir auch die Küstenwache und die Bergrettung."

„Helikopter?"

Robert schüttelte den Kopf. „Zu windig und unwegsam und ich glaube nicht, dass der nachts landen könnte. Aber Don und Roddy sollen über den Seeweg kommen."

„Guter Plan!", erwiderte Gunn. „Ich mach' mich sofort dran." Robert hörte förmlich den nach oben gerichteten Daumen.

„Ich leite den Einsatz von Fort William."

„Ich mach' mich auf den Weg! Alles Weitere über Funk!", rief Robert. Dann schob er sein Handy in die Jackentasche und machte sich einmal mehr auf den Weg Richtung Kinlochhourn. Doch dieses Mal mit Vollgas und jeder Menge innerer Anspannung.

Die Jagd nach Fanny MacRae und die Suche nach Isabel Hartmann hatte begonnen und vielleicht hing beides eng zusammen.

Um sicherzugehen, dass Isabel Hartmann nicht in ihrem Cottage war und einfach nur das Handy ausgestellt hatte, rief Robert Brian Williamson von der Forstbehörde an und bat ihn, das zu überprüfen und es dann offiziell der Polizei zu melden. So würde es DI Gunn und damit auch ihn erreichen. Da Hamish in Tomdoun wartete und Wilma in COVID-

Isolation war, hatte er keinen Beamten mehr, den er zu ihrem Cottage nach Glenelg schicken konnte.

Um 17:15 Uhr hatte er Gewissheit: Von der Deutschen gab es in Glenelg keine Spur.

Um 18:20 Uhr kam Campbell an der Tomdoun-Kreuzung an. Wie ein Irrer war er hierhergebrettert. Im Sommer, wenn die Touristen mit ihren Campern alle ausbremsten, hätte er sicher doppelt so lange gebraucht.

Gunn zollte über Funk anerkennenden Respekt für die Fahrleistung des Kollegen, die leider gänzlich umsonst gewesen war, denn er würde so lange warten müssen, bis die Verstärkung hier ankam: ein Einsatzwagen mit einer bewaffneten Einheit von vier Beamten. Dazu zwei Einsatzwagen aus Fort William mit vier Police Constables, einer, um die Zufahrt hier abzusperren.

Bis zur Croft der MacRaes waren es knapp vierzig Minuten von der Kreuzung, dies war die einzige Straße, es gab keinen anderen Weg raus, außer über das Wasser.

„Was ist mit Mallaig? Kommt ein Boot der RNLI?“, wollte Campbell von Gunn wissen.

„Kyle. Nicht Mallaig. Die sind schon an der Einfahrt ins Loch Hourn und können jederzeit weiter nach Skiary. Sie warten nur auf unser Kommando“, krächzte es über Funk.

Blaulicht brach die Schwärze der Nacht. Das Piepen und Kratzen der Funksprüche und die harten, schnell gesprochenen Kommandos der Männer und Frauen, die sich hier im Wald versammelt hatten, um eine Mörderin zu stellen und eine vermisste Person zu finden, störten die abendliche Stille.

Um neunzehn Uhr waren endlich alle Einsatzkräfte vor Ort. Das RNLI Boot hatte von Gunn den Befehl bekommen, bis ans Ende des Meeresarms vorzudringen und in Sichtweite der Croft zu warten. Sollten sie unterwegs auf andere Schiffe oder Boote treffen, waren diese zu stoppen und zu kontrollieren. Im Winter war man nicht auf dem Wasser unterwegs und war dann doch einer da draußen, dann war es ziemlich wahrscheinlich jemand, der nicht gefunden werden wollte.

Die Polizeikarawane setzte sich in Bewegung.

„Volle Kapelle?", wollte der Fahrer der bewaffneten Einheit wissen, als er einstieg.

„An alle Einsatzfahrzeuge: Wir fahren mit voller Kapelle!"

Gunns Kommando kam kurz und klar. Dann war nichts mehr zu hören, als der Lärm der Sirenen, während sich die blaufunkelnde Karawane auf der engen *Single Track Road* entlang des River Garry Richtung Loch Hourn wand. Ein Chorus von Sirenen durchschnitt die nächtliche Stille. Sollte sich Fanny MacRae auf der Croft verstecken, sie würde von Weitem hören und sehen, was auf sie zukam. Und sie würde keine Möglichkeit haben, dem Gesetz zu entkommen, denn der Fluchtweg übers Wasser und der über die einzige Straße waren blockiert. Die Mörderin saß in der Falle.

18.1.2022, 19:40 Uhr

„Wo ist Ihre Frau?“

John MacRae kratzte sich zuerst im Schritt und dann am Kopf, ein eindeutiges Zeichen intensiven Nachdenkens.

„Fällt Ihnen denn gar nicht auf, wenn ihr Frau nicht da ist?“ bohrte Rab weiter nach.

Sein Gegenüber zuckte mit den Schultern und murmelt etwas.

Offensichtlich nicht, dachte Rab.

„Im Haus ist sie nicht.“ Da war MacRae sich sicher.

„Vielleicht irgendwo auf dem Gelände?“ Rab vermutete, dass es genug Ecken gab mit all den Nebengebäuden, Ställen und Schuppen, in die man sich für eine Weile zurückziehen konnte, wenn man ungestört sein wollte. Wäre er mit John MacRae verheiratet, er würde sich einen Rückzugswinkel ganz weit weg vom Haus suchen.

„John!“ Rab machte eine bedeutungsschwangere Pause. „So wie das aussieht, hat Ihre Frau den Deutschen umgebracht und ist abgehauen. Sie müssen doch was bemerkt haben. Und Sie müssen doch wissen, dass sie die Croft nicht hätte erben können, wäre ihre Mutter noch am Leben.“

Der einsame Ehemann schüttelte heftig den Kopf.

„Die Mutter ist in der Klapse in Inverness, in Craig Dunain. Sie ist verrückt. Hat ihren Mann erschossen. Deshalb hat Fanny alles erben können. So hat sie es mir immer gesagt.“

Rab sah John mit ungläubigem Mitleid an und sagte in deutlich sanfterem Ton: „Craig Dunain ist schon seit vielen

Jahren geschlossen, John. Die psychiatrische Klinik ist inzwischen zu Luxuswohneinheiten umgebaut worden. Das müssen Sie doch mitbekommen haben. Craig Dunain ist keine Irrenanstalt mehr, Craig Dunain ist ein Schickimicki-Wohn-Tempel."

In weiter Ferne, aber schon klar vernehmbar jaulten Sirenen. John und Rab traten aus dem Haus und schauten den Hügel hinauf. Ein blau flackernder Lindwurm wand sich hinunter zum Loch Hourn. Dort, im Wasser, lag hell beleuchtet das große Boot der RNLI. Ein unwirkliches Szenario in der großen Einsamkeit von Lochaber. Beide Männer betrachteten gebannt die sich nähernden Polizeifahrzeuge.

„Wenn Sie Ihre Frau nicht finden können, die tun es."

Dann waren die Einsatzkräfte vor Ort. Die bewaffneten Beamten sicherten schnell und effektiv den Einsatzort und stellten die Waffen sicher. Alle gemeldeten waren auch nach wie vor im Schrank.

Campbell nickte MacRae zu aufzustehen. Der kniete mit hinter dem Kopf verschränkten Armen.

„Wo ist Ihre Frau?"

Diesmal war es Robert Campbell, der John MacRae die Frage des Tages stellte. Doch der Crofter hatte noch immer keine Antwort, auch nicht für die Polizei.

Während die Beamten Haus und Hof durchsuchten, nahm Campbell sich den Ehemann vor. Rab hielt sich im Hintergrund und versuchte nicht aufzufallen. So bekam er zwar nicht alles, aber doch das meiste mit. Sensationelle Fotos würden ihm eine Menge Geld einbringen in den nächsten Tagen.

Ganz offensichtlich hatten die Helden in Uniform inzwischen in ihrem Archiv gefunden, was er ebenfalls wusste und waren nun genau wie er Fanny MacRae auf der Spur. Die Story wurde immer besser und er war mittendrin. Er überlegte bereits die möglichen Headlines: *Die Jagd nach der Mörderin, Killer-Croft in Lochaber, Polizei-Razzia in Kinlochhourn* … Es wollte ihm keine gute einfallen.

Langsam kam Bewegung in die Gruppe von Polizisten. Gut, denn Rab war es inzwischen eisig kalt. Vorsichtig und im Schutz der Dunkelheit näherte er sich Einsatzleiter Robert Campbell. Keine fünf Meter vom DI entfernt, pingte sein Handy. Die Polizisten drehten sich langsam zu ihm um. Im Licht der Scheinwerfer hob Rab in einer hilflosen Geste beide Handflächen nach oben. *Sorry, aber was soll ich machen.* Campbell drehte sich wieder um und studierte mit der Taschenlampe eine Karte auf der Motorhaube seines Wagens.

Hat der kein Google Maps? Rab sah ihm ungläubig zu, während er die Nachricht abhörte, die ihn eben erreicht hatte. Seine Reaktion auf die Sprachnachricht war kurz und eindeutig.

„*Shit!*"

„Was ist los?", blaffte Robert, den die Störung nervte.

„Es ist eine Nachricht von dieser Uhrmacherin aus Deutschland, der Ex-Freundin von Thelenbach. Sie hat sich wohl mit Issy angefreundet. Und sie hat, seit sie Issy gestern genau hier abgesetzt hat, nichts mehr von ihr gehört. Issy wollte wohl von hier nach Glenelg zurückwandern." Rab sprach so schnell, dass er sich mehrfach verhaspelte.

„Ich hab‘ auch keine Ahnung, wo sie ist. Ich habe seit zwei Tagen nichts von ihr gehört und eigentlich waren wir heute verabredet.“

Was ist eigentlich los mit diesen Männern hier, dachte Campbell. Weiß denn irgendeiner, was seine Frau oder Freundin gerade macht?

DI Robert Campell sah ernst aus, als er antwortete: „Frau Freitag hat uns auch informiert. Deshalb sind wie hier. Wir gehen davon aus, dass die beiden Frauen aufeinandergetroffen sind. Wir hatten gehofft, beide hier anzutreffen. Fehlanzeige.“

Rab schaute sich um und dann dem DI direkt in die Augen: „Es gibt nur einen Ort, wo sie noch sein können.“

„Skiary!“, sagten MacRae und Campbell gleichzeitig.

„*Shit*!“, brach es aus Rab heraus. „Skiary.“

18.1.2022, 20:30 Uhr

Die Temperatur fiel unter den Gefrierpunkt, aus dem Niesel wurde heftiger Schneeregen und der Wind frischte auf. Immer wieder riss die Wolkendecke auf. Dann gab der Mond Licht und Orientierung.

„Es wird verdammt schwierig, bei diesen Bedingungen rauszugehen“, sagte Campbell.

„Zu Fuß den felsigen und unwegsamen Küstenpfad entlang? Das ist Selbstmord im Dunkeln, ganz zu schweigen bei Regen und Eis. Wir könnten es mit dem RNLI-Boot versuchen“, meinte Gunn über Funk.

Campbell war nicht überzeugt. „Dann können wir auch einen Fanfarenzug bestellen, der unser Kommen begleitet.“

„Wenn du das Überraschungsmoment für wichtig hältst, fällt auch der Heli flach“, brummte Gunn.

Robert nickte. „Er soll sich aber bereithalten, falls es zu einem Schusswechsel kommt.“

„Warten wir, bis es hell wird?“

„Das sind noch fast zwölf Stunden. Eine Frau ist in Gefahr. So lange können wir nicht warten.“ Campbell spürte die Dringlichkeit genauso wie den Druck der Verantwortung für die Beamten, die hier ihr Leben riskierten, wenn er den Einsatzbefehl gab.

„Ich gehe allein!“ Robert Campbells Stimme war fest und entschlossen.

„Ich komme mit!“

Robert drehte sich um. Rab MacAskills Augen blitzten und er war ganz offensichtlich wild entschlossen, sich nicht abwimmeln zu lassen. Robert fragte sich, was den Journalisten motivierte, die Story oder die Gefahr, in der sich seine Freundin befand. Vermutlich war es beides.

„Ich komme mit. Zur Not krieche ich allein den Küstenpfad entlang“ sagte Rab mit Herausforderung in der Stimme und einem Selbstbewusstsein, das er angesichts der Aufgabe nicht wirklich spürte.

„Wenn er sich auch nur einen Zentimeter Richtung Felsenpfad bewegt, legt ihr ihm Handschellen an und nehmt ihn wegen Behinderung eines Polizeieinsatzes fest.“

Campbell schnaubte: „Einen Reporter auf einen sensiblen Einsatz mitnehmen!“

„Wir könnten die Spezialeinheit anfordern“, warf Gunn über Funk ein. „Aber das wird dauern.“

„Zu lange. Ich mach‘ das allein. Keine Sorge. Ich bin ausgebildet für sowas.“

Campbells Stimme hatte einen militärischen Klang angenommen. Der Staffelleiter der bewaffnete Einheit überprüfte das kurz über Funk und händigte Robert eine Dienstpistole aus. Der DI war berechtigt, eine Waffe zu tragen. Dann sollte er das ruhig tun. Er hatte nicht vor, seine Jungs im Dunkeln einer Gefahr auszusetzen, die er nicht einschätzen konnte. Wenn der DI darauf bestand, konnte der das gerne allein schalten und walten.

Gunn hatte über Funk bereits alles organisiert.

„Geh rüber zur Anlegestelle. Das RNLI-Boot kommt und nimmt dich auf. Seid ihr erst mal auf dem Wasser, seid ihr in fünf Minuten in Skiary. Die Jungs hier haben einen starken Motor und können Gas geben. Dann rudert Robert mit dem Beiboot an Land, wenn sie nicht nah genug ans Ufer kommen. Das sollte funktionieren, der Wind bläst zum Land hin. Don und Roddy sind zuversichtlich, dass sie es ziemlich nah an den Strand schaffen."

Die MacDonald-Brüder! Natürlich! Ihm blieb auch nichts erspart. In einer Notsituation war ein Campbell lieber nicht auf das Wohlwollen eines MacDonald angewiesen, aber er hatte keine Wahl und musste sich darauf verlassen, dass ihm die Brüder nicht nachtrugen, was seine Vorfahren deren Vorfahren in Glencoe angetan hatten. Auch wenn das über dreihundert Jahre her war. Die Abneigung war noch immer lebendig zwischen den MacDonalds und den Campbells.

Roddy nickte Robert zu, als der das schwankende Boot betrat. Die Brüder kannten die Lage. Gunn hatte sie informiert.

Langsam entfernte sich die *Spirit of Fred Olsen* von der Mole und nahm Kurs auf Skiary und das offene Meer, große Scheinwerfer spendeten ausreichend Licht. Roddy hätte sie mit all ihrem technischen Equipment auch ohne Licht steuern können.

Die Beamten der Einsatzgruppe sahen dem DI mit einem unguten Gefühl hinterher. Das Kopfende des Loch Hourn war sicher und einschätzbar. Gefahr lauerte in Skiary. Sobald die Sonne aufging, hielt die sich für die Beamten dann in Grenzen. Solange sollte der Einsatz warten.

Doch Campbell sah vor allem die Bedrohung für das Leben der jungen Deutschen, die wohl in der Gewalt einer bewaffneten Mörderin war. Sollte er sein Leben riskieren, wenn er wollte. Kein Gruppenführer würde dafür das Leben seiner Männer aufs Spiel setzen.

Robert war auf dem Weg durch die Dunkelheit. Was er wohl in Skiary vorfinden würde? Fanny MacRae, bewaffnet und gefährlich? Oder Isabel Hartmann, tot genau wie das erste Opfer?

Er drückte den Sprechknopf seines Funks.

„Skiary ist in Sicht. Ich kann kein Licht erkennen, die Fenster sind verbarrikadiert."

„Glaubst du, sie sind da?", wollte Gunn wissen. Manchmal war der Instinkt so gut wie die Augen.

„Ich kann riechen, dass jemand da ist. Da ist Feuer an im Haus."

Nach einer kurzen Pause sprach Robert erneut: „Ich geh' an Land."

„Okay, Robert. Sei vorsichtig", sagte Gunn.

„Keine Sorge, Gunn, das ist nicht mein erstes Rodeo!"

18.1.2022, 20:45 Uhr

Robert zog das kleine Schlauchboot an Land. Seine Kopflampe hatte er ausgeschaltet, der Mond gab genügend Licht und ließ die großen schwarzen Steine am Strand von Skiary wie Teufelsaugen blitzen. Campbell nahm die Rettungsweste ab und legte sie ins Boot, statt ihr zog er nun die schusssichere Weste an.

Stille. Nichts war zu hören außer den Wellen und dem Rauschen des kleinen Flüsschens, das in felsigen Kaskaden dem Meer entgegenmurmelte. Langsam und vorsichtig näherte er sich dem Haus.

Das RNLI-Boot war fast nicht mehr zu sehen. Don und Roddy hatten alle Lichter ausgeschaltet. Erstaunlich war, dass Rab nicht mehr Druck gemacht hatte, mitzugehen. Vielleicht ein gesunder Respekt vor Mörderinnen mit Schusswaffen. Möglicherweise aber auch eine gewisse Hemmung, die Freundin in Not zu sehen. Wäre Isabel Teil seines Lebens, kein Polizist auf der Welt hätte ihn davon abgehalten, sie aus dem tödlichen Griff einer Killerin zu befreien.

Der Rauch des Kamins erreichte seine Nase und nun, da er nur noch wenige Meter vom Haus entfernt war, sah er auch Licht hinter den Ritzen der Pressspanplatten, die die Fenster sicherten. Sie waren definitiv da drin. Robert schlich einmal ums Haus. Ganz leise. Froh um das bisschen Helligkeit, das der Mond über Skiary ausschüttete. Licht schien es nur in der Küche zu geben, doch für die gab es keinen direkten Zugang und zum Fenster konnte er auch nicht rein.

Seine Hand ertastete die Türklinke des Windfangs, der der Haustür vorgebaut war. Zwei Türen und ein Flur, die er unerkannt im Dunkeln passieren musste, um den Überraschungseffekt zu haben, den er brauchte, wollte er Fanny MacRae erfolgreich überwältigen und entwaffnen.

Vorsichtig drückte er die Klinke herunter. Die Tür öffnete sich langsam. Behutsam schob er seinen Körper in den kleinen Vorbau und schloss leise die erste Tür hinter sich. Die zweite war ganz aus Holz, was gefährlich laut sein konnte. Angestrengt hörte Campbell nach drinnen. Schritte in der Küche. Ein Quietschen, jemand hatte die Ofentür geöffnet. Robert legte die Hand auf die Klinke der Holztür und wartete, bis Fanny MacRae drinnen die Ofentür wieder schloss. Falls seine Tür ebenfalls ein Geräusch machen sollte, ging das hoffentlich im Geräusch aus der Küche unter.

Sein Timing war perfekt und er war sich sicher, dass ihn niemand gehört hatte. Die Kälte im Haus nahm ihm fast den Atem. Je näher er der Küche kam, desto wärmer wurde es. Eine Tür lag noch vor ihm, die letzte zwischen Robert, der Mörderin und ihrer Geisel. Unter der Küchentür schien ein gelbes Band hervor, das ihm den Weg wies, ohne dass er eine Lampe benötigte. Er würde sehr schnell sein müssen.

Und dann ging alles sehr schnell.

Mit der linken Hand drehte er den Türknauf vorsichtig nach links und brach, Waffe im Anschlag, unvermittelt hinein in die Küche.

„Hände hoch! Keine Bewegung! Polizei!“

Ein paar Sekunden passierte gar nichts. In der kleinen Küche herrschte absolute Stille.

Dann stellte Issy Hartmann den Becher Tee vor sich auf den Tisch und hielt beide Hände nach oben, so, wie sie es aus Filmen kannte. Auf dem Tisch stand eine Flasche Whisky, daneben ein Teller mit Keksen und Schokolade. Issy hatte ein leeres Glas vor sich, das andere wartete auf der gegenüberliegenden Tischseite auf jemanden, der es benutzen würde. Da, wo Robert Campbell jetzt stand. Außer den beiden war niemand mehr im Raum.

„Bitte nehmen Sie doch Platz, DI Campbell. Darf ich Ihnen einen Whisky anbieten? Oder möchten Sie lieber einen Tee?“

Noch immer hielt sie beide Hände nach oben.

Robert antwortete nicht. Er sah sich um, prüfte alle Ecken.

„Sind Sie allein?“, fragte er barsch.

„Ja.“ Issy verkniff sich eine möchtegernkluge Antwort.

Mit einem Nicken bedeutete er ihr, die Hände wieder herunterzunehmen. Dann verließ er ohne ein Wort die Küche, zückte eine Taschenlampe, schaltete die Kopflampe an und durchsuchte, Waffe im Anschlag, das gesamte Haus. Das Cottage war kalt, dunkel und verlassen und die Küche offensichtlich der einzige Raum, der benutzt wurde. Er checkte auch unter den Betten und in den Schränken, um sicherzugehen, dass sich Fanny MacRae nirgendwo versteckte. Dasselbe tat er mit den kleinen Gebäuden neben dem Haus: dem Gewächshaus, dem Holzschuppen und der kleinen Hütte. Erst dann ließ Robert die Waffe wieder ins Halfter gleiten und zückte das Funkgerät.

„RNLI und Einsatzkommando für DI Campbell!“

„RNLI hört. Alles in Ordnung?“

„Alles okay. Isabel Hartmann ist hier. Sonst niemand. Es geht ihr gut. Ich brauche noch ein bisschen, dann komme ich zurück."

„RNLI wartet."

„Einsatzkommando sichert den Fußweg. Over."

Im Hintergrund hatte Robert Rabs aufgeregte Stimme gehört. Der wollte natürlich wissen, was los war, und Robert gönnte sich die kleine Boshaftigkeit, es ihn so schnell noch nicht wissen zu lassen. Rab wusste, dass es Isabel gut ging. Der Journalist würde noch warten müssen, bis er mehr Informationen bekam.

Dann kontaktierte er DI Graham Gunn und informierte ihn über alle Details.

„Wir müssen Fanny MacRae zur Fahndung ausschreiben. Ich melde mich, wenn ich Informationen habe, die Rückschlüsse auf ihren Aufenthaltsort zulassen."

„Und die Deutsche?"

„Die sitzt am Herd und trinkt Tee." Es klang sarkastischer, als Robert es gemeint hatte.

18.1.2022, 21:20 Uhr

Als er wieder zurück in die warme Küche kam, stand auch auf seiner Seite des Tischs eine heiße Tasse Tee, dazu ein Whisky zweifingerbreit im Glas. Der Teller mit Keksen und Schokolade hatte sich von der Mitte des Tischs auf seine Seite bewegt.

Isabel trug die langen Haare offen und hatte den Habitus einer Frau, die nichts zu verbergen aber viel zu geben hatte. Mit einer eleganten Handbewegung lud sie ihn ein, sich zu ihr zu setzen. Robert zog die schusssichere Weste aus und folgte der Aufforderung.

„Wo ist Fanny MacRae?"

„Ich weiß es nicht. Sie ist fort."

„Das sehe ich. Seit wann ist sie weg?"

„Seit heute Mittag. So gegen zwölf ist sie gegangen."

„Und warum sind sie dann noch immer hier?" wollte Robert wissen.

„Sie hat mich mit einem Seil an den Stuhl gefesselt", murmelte sein Gegenüber. „Es dauerte eine Weile, bis ich mich befreien konnte, und dann war es schon zu spät, um mich auf den Weg zurück zu machen."

Prüfend sah er Isabel Hartmann an.

„Stört es Sie, wenn ich rauche?"

„Nein, natürlich nicht."

Sie reichte ihm den Aschenbecher. Erst als sie ihn vor Robert Campbell stellte, wurde ihr klar, dass das ein Fehler gewesen war. Da lag noch immer der Rest des gestrigen Joints drin. Robert erfasste sofort die Lage und musste unwillkürlich schmunzeln. Gemächlich zündete er sich seine Zigarette an, zögerte kurz und nahm dann einen großen Schluck Whisky.

„So, jetzt sind wir beide dran, wenn das rauskommt.“ Er lächelte Isabel an und sie strahlte zurück mit einer Wärme, die Robert körperlich spüren konnte.

„*Slàinte*!“ sagte sie und nahm auch einen Schluck.

„*Slàinte*!“ erwiderte Robert. „Willst du mir erzählen, was vorgefallen ist?“

Robert wusste sehr wohl, dass im Loch Hourn das RNLI-Boot und in Kinlochhourn die Einsatzkräfte auf ihn warteten, aber er wusste auch, dass er Issy die Zeit geben musste, die sie brauchte, wenn er lohnende Informationen bekommen wollte.

„Ist das ein offizielles Verhör?“

Robert nahm noch einen Schluck Whisky.

„Nein.“

Issy nickte und begann zu erzählen, zunächst, wie sie hierhergekommen war und dann, was Fanny ihr erzählt hatte.

Sie erzählte Robert von Fannys Mädchenjahren, ihrem Vater, der sie missbraucht hatte, der Mutter, die den Vater daraufhin getötet hatte, und der Unfähigkeit des Systems, für das traumatisierte Kind adäquat zu sorgen. Als die Mutter dann im Gefängnis starb und das Mädchen mit sechzehn Jahren den deutlich älteren John heiratete, um wenigstens auf der Croft leben zu können und eine Art Heimat zu haben. Wie sie dann viele Jahre neben ihm her lebte, ohne dass er jemals begriffen hätte, was für ein Mensch sie war oder wovon sie träumte.

Ein einsames Leben ohne die Liebe der Eltern, aber mit der gefühlten Schuld, die Tat und das Verderben der Mutter und den Tod des Vaters verursacht zu haben. Der Ekel vor ihrem eigenen Körper hatte sie nie verlassen, sie war schließlich nach dem Missbrauch nie in Behandlung gewesen. Sie hatte nie darüber gesprochen. Die Sünden des Vaters hatten sie ihr ganzes Leben begleitet.

Skiary war zu ihrer Heimat geworden, sie war regelmäßig hier, meist heimlich, wenn die Pächter nicht da waren. Ihre Seele wohnte hier. Und dann war dieses Paar aufgetaucht und der Deutsche hatte sich benommen wie einst ihr Vater: brutal, rücksichtslos und sexuell sehr aggressiv.

Was die beiden Männer da getan hatten am Küchentisch, war ihr wie das Echo ihres Traumas erschienen. Als der Deutsche dann allein gewesen war und ins Meer gegangen war, hatte ihr Hass keine Grenzen gekannt. Sodass sie ihre Wut schließlich an einem Mann ausließ, der in diesem einen kurzen Moment mit der Gestalt ihres Vaters verschmolzen war. Sie hatte nicht Tom Uwe Thelenbach erschossen, sie hatte ihren Vater erschossen, als der Deutsche nackt und selbstzufrieden aus dem Wasser kam. Jemand hatte ihn stoppen müssen. Wie ihre Mutter einst. Mit Thelenbach war alles wieder an die Oberfläche gekommen und der Hass hatte sie überwältigt. Fanny MacRae war zu ihrer Mutter geworden, der Mord ein Echo ihrer Tat.

Fanny war eine gute Schützin. Ihr Vater hatte ihr das Schießen beigebracht, welch Ironie. Die Waffe war im Haus gewesen, seit Fanny denken konnte. Woher sie gekommen war, wusste sie nicht. Nur, dass der Vater sie immer sorgsam gepflegt hatte. Ein Jagdgewehr mit Zielfernrohr.

Sie hatte hinter der kleinen Mauer gesessen, wo die alten Boote lagen. Hatte auf ihn gezielt, mehr spielerisch als mit der Absicht zu schießen. Er war untergetaucht und prustend wieder an die Oberfläche gekommen. Sein Grunzen hatte geklungen wie das des Vaters. Und dann hatte sie den Finger am Abzug gedrückt. Sie war das Schicksal, sie hatte sie Macht, sie entschied. Es war leicht gewesen. Fanny schoss Thelenbach von hinten in den Kopf. Eine Hinrichtung. Er hatte es vermutlich nicht einmal gespürt.

Dann hatte sie wie einst die Mutter die Leiche ins Meer gezogen und darauf gehofft, das die Flut ihn mitnehmen würde. Die Uhr an seinem Handgelenk hatte sie übersehen. Das Projektil hatte sie noch gesucht, aber nicht gefunden. Das Meer beseitigt alle Spuren, hatte sie gedacht, und recht behalten.

Dann packte Fanny die Sachen des Schiedsrichters und warf sie oben am Hang in eine schmale Schlucht, anschließend säuberte sie das Cottage und ging zurück nach Kinlochhourn.

„Und das Auto des Deutschen?“

„Hat sie in Glasgow entsorgt, ist wieder zurückgetrampt und den Rest gelaufen. Fanny ist ziemlich fit. Ich glaube sie geht oft jagen hier. Sie machte auf mich den Eindruck einer Frau, die wusste, wie man in der Wildnis überlebt.“

„Verdammt!“

Robert blickte Issy fragend an.

„Gaby. Die habe ich total vergessen. Die macht sich bestimmt Sorgen um mich."

„Ja", sagte Robert. „Sie hat sich in der Tat Sorgen gemacht und sowohl mich als auch Rab kontaktiert. Leider hat sie zunächst keinen von uns erreicht. Deine Freundin hat dich nicht vergessen und Rab hat sie in der Zwischenzeit sicher informiert."

„In der Zwischenzeit?" Issy verstand nicht. „Ist Rab denn auch hier?"

Robert nickte und beobachtete Issy aufmerksam.

„Er ist in Kinlochhourn. Die RNLI hat mich hergebracht und liegt vor Skiary vor Anker. Die restlichen Einsatzkräfte sind in Kinlochhourn geblieben. Es war zu gefährlich im Dunkeln auf diesem Terrain und zu dieser Jahreszeit für das Team. Rab wollte unbedingt mitkommen nach Skiary."

„Wegen mir oder wegen der Story?"

Dieses Mal sah Robert sie auch mit dem Herzen an.

„Ich weiß es nicht."

Er wusste es nicht, aber er glaubte, dass für Rab die Story immer an erster Stelle stehen würde.

„Und du bist allein gekommen, um eine Mörderin festzunehmen?"

„Das und vor allem, um eine Geisel zu befreien. Stellt sich heraus, dass die zufrieden mit Whisky und Schokolade in der Küche sitzt und über ihr Leben nachdenkt."

Issy nahm einen großen Schluck vom Blended Whisky und etwas Schokolade. Schärfe, Wohlbefinden, Sicherheit – in ihrem Kopf wirbelten Begriffe und Gedanken durcheinander, die nicht richtig zu fassen waren, was natürlich auch am Whisky lag und daran, dass sie seit zwei Tagen nicht ordentlich gegessen hatte.

„Hat Fanny MacRae die Waffe noch und in irgendeiner Form eine Andeutung gemacht, wohin sie gehen will oder was sie vorhat?“

Issy schüttelte vorsichtig den Kopf, um ihre Gedanken nicht noch weiter in Unordnung zu bringen.

„Ich weiß nicht, was mit der Waffe ist. Als sie hier war, hatte sie ein Gewehr. Das sah alt aus.“

„Offensichtlich auch illegal.“ Robert war nicht überrascht. Die Waffengesetze waren jetzt streng. In der Vergangenheit war das ganz anders gewesen und nicht alle hatten gemeldet, was in ihren Schränken stand, als es illegal wurde, sie ohne Kenntnis der Behörden zu besitzen.

„Ich hatte nicht den Eindruck, dass sie zu ihrem Mann zurückwollte. Sie ist fit, sehr durchtrainiert. Ich denke, sie ist in die Berge und versteckt sich dort. Es ist ihr bewusst, dass sie gesucht wird.

„Wir werden sie finden. Früher oder später werden wir sie finden.“

Robert hatte Issy geholfen, das Feuer zu löschen und das Haus abzuschließen. Den Schlüssel legte er unter die rostige Teekanne, die als Deko beim Haus stand. Dann ruderte er sie zum Boot der Brüder MacDonald, die die beiden dann in Kinlochhourn absetzten. Furchtbar erschöpft und durchgefroren wollte Issy nur noch in ein warmes Bett.

Rab empfing sie mit einem Kuss, aber sie war distanziert und kühl ihm gegenüber. Auf dem Weg zurück nach Glenelg hatte sie in Rabs Auto die meiste Zeit geschwiegen, um dann die Beziehung freundlich aber klar zu beenden, bevor sie aus dem Auto stieg. Dramatische Erlebnisse wie die Begegnung mit einer Mörderin oder eine Geiselnahme schärften den Blick für die wesentlichen Dinge im Leben. Rab war ganz offensichtlich keiner der wesentlichen Menschen in ihrem Leben.

Am nächsten Tag machte Issy die offizielle Aussage auf dem Revier und verabschiedete sich von Robert. Er hätte sie gerne zum Essen eingeladen, um noch einmal ihr an einem Tisch gegenüberzusitzen, um zu essen, zu trinken, zu rauchen und zu lachen. Unmöglich. Leider. Er hatte ohnehin schon zu viele Regeln gebrochen im Laufe der Ermittlungen. Issy gefiel ihm, aber sie war als Geisel und Zeugin tabu für ihn als ermittelnden Beamten.

Technisch war der Fall des getöteten Deutschen abgeschlossen. Man hatte endlich das Projektil sowie die Tatwaffe samt DNA-Spuren gefunden. Die Täterin hatte sie nicht ins Meer geworfen, sondern am äußersten Ende des Grundstücks vergraben. Wahrscheinlich, um sie irgendwann einmal wieder zu benutzen. Die DNA-Spuren waren mit der DNA der flüchtigen Fanny MacRae abgeglichen worden. Sie stimmten überein. Dazu kam das Geständnis, das sie gegenüber Isabel Hartmann abgelegt und das diese inzwischen zu Protokoll gegeben hatte. Der Fall war bereit für die Gerichte, fehlte nur noch die mutmaßliche Täterin. Die war zwar zur Fahndung ausgeschrieben, aber unauffindbar.

Mithilfe des örtlichen *Mountain Rescue Teams* wurden mögliche Fluchtrouten untersucht. Dabei spielten die Jahreszeit und der daraus resultierende Mangel an Tageslicht eine entscheidende Rolle. Die wahrscheinlichste Route führte von Skiary zu Fuß nach Inverie, einem der wenigen Orte in den schottischen Highlands, die nur übers Wasser oder zu Fuß erreichbar waren. Inverie hatte keine Straßenanbindung und genau das machte die Flucht von Fanny MacRae so schwer einschätzbar. Von all den Menschen, die noch in Inverie lebten, und das waren nicht mehr viele, hatte sie angeblich keiner gesehen. Besaß sie dort ein Boot? Oder die Gelegenheit, ein anderes Boot zu nutzen? Hatte sie sich nach Nordirland abgesetzt? Über die Grenze war sie definitiv nicht, wo also war sie?

Und wie war ihr die Flucht gelungen? Benutzte sie einen falschen Pass? Sie hatte ihr Leben, ihren Mann, ihre Heimat zurückgelassen. Sie hätte das alles ohnehin zurücklassen müssen, wenn ein ordentliches Gericht sie wegen Mordes verurteilte. Irgendwann würde sie ihren Pass benutzen oder ihre Bankkarte oder vor eine Überwachungskamera laufen. Irgendwann würde das System sie finden. Bis dahin wurde der Fall zu den Akten gelegt und die deutsche Polizei informiert.

Der Ehemann blieb geschockt zurück und gab bald den Versuch auf, die Croft allein am Laufen zu halten. Nur verkaufen konnte er das Land nicht, ohne Fannys Einwilligung. Er ging nach Glasgow, um in einer Metzgerei Arbeit zu finden.

CI Pankaj McGill hielt eine elegante Pressekonferenz und gab im Anschluss ebenso geschliffene Statements vor den Kameras. Er sah aus wie ein Schauspieler am Premierenabend. Fehlte nur noch eine Frau in einem dramatischen Abendkleid an seiner Seite. Der Chief Inspector der MIT war sich sicher, es war nur noch eine

Frage der Zeit, bis man ihn zum Superintendent machen würde.

In Glenelg ging alles weiter wie gewohnt. Brian vertickte Drogen, der Professor kämpfte um seine Rente und Martin MacDougall rückte die Bohnendosen gerade.

In Arnisdale sah das anders aus. David MacManus sortierte sein Leben neu. Er behielt seinen Job als Lehrer und wurde wegen seiner sexuellen Ausrichtung nicht ein einziges Mal gemobbt. Weder von den Schülern noch vom Kollegium. Die Menschen waren offener als er es jemals für möglich gehalten hätte. Und das war gut so.

Für Fanny MacRae gab es einen internationalen Haftbefehl. Irgendwann würde sie in die Falle laufen. Es ging gar nicht anders. Früher oder später. Für DI Robert Campbell war der Fall damit abgeschlossen, aber es nagte an ihm, dass er die Täterin nicht dingfest gemacht hatte.

Monate später gab es noch immer keine Spur der Verdächtigen. Robert hatte andere Fälle zu lösen, aber manchmal, in ruhigen Momenten, dachte er an Isabel Hartman, die inzwischen längst wieder zurück in Deutschland war, und an Fanny MacRae.

Beide waren irgendwo da draußen, in einem fernen, anderen Leben.

Epilog

Was macht Frauen schwach? Was macht sie stark? Keine Frau ist ausschließlich entweder das eine oder das andere. Jede hat Phasen der Schwäche und Momente großer Stärke oder Überlegenheit. Das Schicksal teilt ihnen die Momente zu.

Issy dachte viel nach in den Tagen und Monaten nach Skiary.

Warum sollten Frauen keine Mörderinnen sein? Sicher, die Mehrzahl der Straftäter war männlich, doch solange die Mehrheit der Täter männlich war, waren die Opfer, vor allem bei Sexualdelikten, vornehmlich weiblich. Nicht alle Frauen bleiben ihr Leben lang Opfer. Was machte Frauen zu Mörderinnen?

Auf all diese Fragen fand Issy vor allem eine Antwort: Männer!

Die Geschehnisse in Schottland hatten sie verändert. Sie gab ihre Übersetzung pünktlich ab, aber das Angebot ihres Verlags für eine weitere lehnte sie ab. Sie wollte Romane schreiben und sie glaubte, das Zeug dazu zu haben. Und warum auch nicht, sie war in der glücklichen Lage, nicht unbedingt arbeiten zu müssen, das Familienvermögen gab ihr finanziellen Freiraum. Issy brauchte kein Geld, sie brauchte ein Ziel und einen Rückzugsort. Also wieder zurück in die Highlands? Irgendetwas zog sie mit aller Kraft wieder dorthin. Doch jetzt im Sommer war Theresas Cottage an Touristen vermietet.

Manchmal brauchte es Abschiede, um den Dingen ihren Wert zukommen zu lassen. Issy hatte Sehnsucht nach den

Tagen von Glenelg. Gelegentlich stahl sich DI Robert Campbell in ihre Träume, doch schien er ihr, jetzt wo sie zurück in Deutschland war, so fern wie eine fremde Spezies in einer anderen Galaxie.

Wie es wohl Fanny ging und wo sie steckte? Hatte sie ihren Rückzugsort erreicht und endlich Frieden gefunden? War es ihr möglich, mit ihrer Schuld zu leben oder wurde sie langsam von ihr aufgefressen? Und wie viel Schuld sollte Fanny überhaupt auf sich nehmen?

Gedankenverloren surfte Issy durch ihren Instagram-Kanal, prüft die Likes ihrer Posts und die Interaktionen ihrer Reels. Jemand hatte ihr eine Direktnachricht geschickt. Ein privater Account namens @FreeWoman69, der nur einem Account, nämlich ihrem, folgte, selbst keine Follower besaß, aber um die zehn Postings veröffentlicht hatte: Fotos vom Meer, Berge im Hintergrund, ein Seeadler im Flug, Muscheln am Strand, gelb blühender Ginster – eindeutig Schottland, aber wo? Ein Feedpost lautete: *A woman's gotta do what a woman's gotta do!*

Issy war sich sicher: Dies war der Account von Fanny MacRae, geborene Armstrong, und sie hatte sich ausgerechnet das Motto ausgesucht, das ihr Opfer auf seiner Uhr bei sich getragen hatte. Ausdruck seines Lebensgefühls. Der Leitspruch eines Mannes, der die Entscheidungsgewalt für sich beanspruchte. Dass dieser ihn sich den ausgesucht hatte, war wenig überraschend, bei einem Schiedsrichter. Das war sein Beruf. Für Fanny war das zu tun, was sie tun musste, der Weg aus der Welt der Männer gewesen.

Sie lebte und sie war stark - irgendwo auf einer einsamen schottischen Insel. Frei. Wenn sie nicht entdeckt werden wollte, dann würde man sie nicht aufspüren. Issy schickte ein Herz. Sie hatte verstanden.

Sofort ploppte Fannys Antwort auf: *Thank you, Issy.*

Fanny MacRae, geborene Armstrong, hatte ihren Frieden gefunden.

„Pass gut auf dich auf", antwortete Issy und ging in die Küche, um sich einen Tee zu machen. @FreeWoman69 reagierte mit einem Herz.

Es war höchste Zeit, dass Issy wieder nach Schottland fuhr. Vielleicht im Spätsommer, wenn die Saison ausklang und die Heide blühte. Issy hatte Sehnsucht. Schließlich waren die schottischen Highlands jetzt der sicherste Ort der Welt für sie. Die Wahrscheinlichkeit, dass sie ein zweites Mal in einen Mord verwickelt werden würde, ging rechnerisch gegen Null.

Glossar

Orte

Achnasheen	Achna-schien
Arnisdale	Ahr-nissdähl
Barrisdale Bothy	Baridehl-Boði
Beinn Sgritheall	Boin Sgri-jall
Camusféarna	Ka-musförna
Cnap an t-Sear	Nap-ant-schar
Corran	Korren
Inverie	Inver-i
Knoydart	Noi-dahrt
Kyle of Lochalsh	Kail-of-Lo-chalsch
Ladhar Bheinn	Lörd Wainn
Lochaber	Loh-chaber
Lochalsh	Loh-chalsch
Loch Beag	Loch-Beck
Mam Ratagan	Mam Ratägen
Skiary	ski-jari
Sound of Sleat	Saund-of-Sleth

Tomdoun	Tom-Duhn

Namen

Rab MacAskill	Rap Mä-kaskill
Alistair MacRae	Alister-Mäkreh
Seumas	Scheh-mess
Pankaj McGill	Pankatsch-Mähk-Gil

Essen & Trinken

Cullen Skink	Kallen-Skink
Cranachan	Kranechen
Caol Ila	Kuhl-Ihle

Danke

Das Wichtigste kommt zum Schluss: Danke!

Danke euch allen, die ihr mich auch bei der Entstehung dieses Buchs immer wieder unterstützt habt. Allen voran meine Familie und der Mann, der immer noch versteht, warum ich mich in meine wunderbare Schreibhütte zurückziehe.

Danke an meine Testleserinnen, die mich darin bestärkt haben, diesen Krimi zu veröffentlichen. Ute, Moni, Alex und Birgit, ihr habt den ersten Entwurf gelesen, Unstimmigkeiten entdeckt, viele Fragen gestellt und mir wertvolle Tipps gegeben. Danke. Ihr seid die besten *partners in crime*, die man sich vorstellen kann.

Danke an Joanna, die ihre jahrelange Erfahrungen im schottischen Polizeidienst mit mir geteilt hat, und an Andrew, Pathologe im schottischen Gesundheitswesen, für die Informationen zu Wasserleichen und natürlich auch and den Deutschen Schützenbund e.V. und Bundestrainer Detlef Glenz für die Auskünfte zur Waffe und Ballistik. Der fachliche Austausch war eine echte Bereicherung und ich bin dankbar für die Zeit, die jeder Einzelne aufgebracht hat.

Und ja, ich neige zu Tippfehlern. Wenn ich Carolin nicht hätte, ich wäre aufgeschmissen. Wie schön, dass du auch für dieses Buch das Korrektorat übernommen hast.

Ein Buch im Selbstverlag zu veröffentlichen, ist ein komplexer Prozess. Ohne euch wäre es nicht möglich gewesen.

Thank you!

Follow me on Instagram

@nellie_merthe_erkenbach

@graveyards_of_scotland

Follow me on Facebook

@Nellies.Buchwelt

Schottland-Bücher von Nellie Merthe Erkenbach

Abenteuer Highlands – mein etwas anderes Leben im schottischen Hochland (2018)

Abenteuer Highlands 2.0 – zwischen Schwarzwald und Schottland (2021)

Schottland für stille Stunden – ein Reiseführer in die Seele Schottlands (2020)

Riding Towards Shadows (2018)

Scotland for Quiet Moments – an Inspirational Travel Guide to Scotland's Soul (2021)

Printed in Germany
by Amazon Distribution
GmbH, Leipzig

28058150R00233